# LES GARDIENS DES ÉLÉMENTS

## TOME I

PANINI BOOKS

# LES GARDIENS DES ÉLÉMENTS

## TOME 1

## LA MAITRESSE DU VENT

RACHEL CAINE

CRIMSON

Titre original : *Ill Wind*

Illustration de couverture : Larry Rostant
represented by Artist Partners Ltd. (www.artistpartners.com)

Traduit de l'anglais (États-Unis) par Marianne Audouard
Traduction révisée par Zibeline & Co

ISBN : 9-782809-427875

CRIMSON EST UNE COLLECTION DE PANINI BOOKS

www.paninibooks.fr


Première publication en anglais par Roc, un label de New American Library,
une division de Penguin Group (USA) Inc.

*« Le tonnerre est impressionnant,*
*mais c'est l'éclair qui est important. »*

Mark Twain

Extrait de *Posséder votre premier djinn*, publié par les Presses de l'Association des gardiens, 2002

## POSSÉDER VOTRE PREMIER DJINN

En vous accordant le droit de posséder l'un de ses djinns, l'Association des gardiens reconnaît que vous faites partie des meilleurs dans votre domaine de spécialité, que vous contrôliez les Cieux, le Feu ou la Terre. C'est avec humilité et courage que vous accepterez cet immense honneur et cette grande responsabilité.

Les djinns sont une ressource précieuse. Tout abus d'un djinn ou de ses pouvoirs fera l'objet de poursuites au titre des lois de l'Association, la peine encourue pouvant aller jusqu'à l'exécution.

***Ce que vous pouvez ou devez faire :***

- Utiliser votre djinn pour augmenter vos pouvoirs et demander conseil à votre djinn dans votre domaine de spécialité.
- Conserver soigneusement la maison de votre djinn (en général une bouteille). Même si votre djinn vous sera (par nécessité) exclusivement loyal jusqu'à votre mort ou jusqu'à ce que l'Association décide de vous le retirer, la perte d'un djinn est un délit grave et le responsable s'expose à des sanctions. Tous les djinns doivent être conservés dans des récipients susceptibles de se casser (voir les Règles Impénétrables ci-dessous) mais les précautions d'usage doivent être prises pour éviter tout accident.

***Ce que vous ne devez pas faire :***

- Montrer votre djinn en public sans lui avoir au préalable demandé de se rendre invisible ou de prendre une forme humaine.
- Maltraiter votre djinn en lui demandant de réaliser des actions déplaisantes ou immorales.
- EN AUCUN CAS, rompre le récipient de votre djinn.

## RÈGLES IMPÉNÉTRABLES

- Une fois qu'un maître lui a été désigné, le djinn ne peut accepter d'ordres que de ce maître, sauf si celui-ci transmet provisoirement le contrôle à un autre gardien pour des raisons professionnelles.
- Les djinns ne peuvent pas casser leur propre récipient. Il ne leur est cependant pas interdit de ruser pour amener les autres à le faire, ce qui les libère de votre service. VOUS DEVEZ EN ÊTRE CONSCIENT À TOUT MOMENT. Un djinn libéré est un grave danger pour nous tous.
- Ne demandez jamais à un djinn les Trois Choses Interdites : la vie éternelle, des pouvoirs illimités, ressusciter les morts.

## SAVOIR-VIVRE

Au fil du temps, vous développerez peut-être une certaine affection pour votre djinn. C'est à la fois normal et sain. Mais n'oubliez jamais que votre djinn est une créature magique dont les capacités sont quasiment illimitées et dont la vie est presque éternelle : un djinn n'est pas humain. Ses motivations ne sont pas toujours compréhensibles. Ne lui faites jamais entièrement confiance.

## ASSISTANCE TECHNIQUE

Si vous avez des questions sur la gestion quotidienne de votre djinn après la période de formation, veuillez contacter notre hotline, disponible vingt-quatre heures sur vingt-quatre. Des spécialistes sont à votre service à tout moment pour garantir votre sécurité.

# BULLETIN **N° 1**

Frais et nuageux,
une probabilité de
quatre-vingts
pour cent d'orages,
modérés à forts,
en milieu d'après-midi.

*Dieu merci, c'est bientôt fini!* me dis-je en passant à toute vitesse devant le panneau qui signalait l'entrée dans la ville de Westchester, dans le Connecticut. La circulation était cauchemardesque, sans surprise, puisqu'on était encore à l'heure de pointe. Je dus maîtriser mon impatience et jouer du frein tout en cherchant la sortie. *On se calme, tout sera revenu à la normale dans quelques petites minutes.*

Bon, d'accord, j'étais un peu trop optimiste. Assez irréaliste aussi, puisque je ne m'y connais pas vraiment en ce qui concerne le « normal ». À ma décharge, j'avais besoin de m'appuyer sur tout l'espoir dont j'étais capable à ce moment-là. Cela faisait plus de trente heures que je fonctionnais à l'adrénaline et au mauvais café. J'étais debout depuis si longtemps que mes yeux me donnaient l'impression d'avoir pris un bain de sable et de Tabasco. Il me fallait du repos. Des vêtements propres. Une douche. Et pas forcément dans cet ordre.

Mais avant, je devais rejoindre le type qui allait me sauver la vie.

Depuis la sortie d'autoroute, et en dépit des interruptions énervantes des feux rouges, je trouvai mon chemin jusqu'au quartier résidentiel que je cherchais. Sur le bout de papier froissé posé sur mes genoux, je vérifiai les numéros des maisons et finis par me garer devant une belle demeure de style colonial, le genre d'endroit qu'un agent immobilier qualifierait d'« idéal première acquisition ». Des tulipes d'un rouge flamboyant étaient plantées de manière artistique sous les fenêtres ; même le gazon paraissait sage. Bizarre. Je me serais attendue à trouver Lewis Levander Orwell, l'homme le plus puissant du monde, dans nombre d'endroits… mais vraiment pas ici. La banlieue chic ? C'est une plaisanterie !

Mes ongles rongés tambourinèrent sur le volant. Je pesai le pour et le contre, et finis par ouvrir la portière et sortir de la voiture.

Dès que je mis le pied par terre, le sentiment d'euphorie que j'avais éprouvé en entrant dans la ville s'évapora pour rejoindre les gaz d'échappement. Trop de stress, pas assez de sommeil, trop de peur. À propos de peur… Comme je sentais le vent me souffler dans le cou, je me tournai vers l'est. Un orage s'annonçait, aussi majestueux qu'une montagne pourpre ; de gros cumulonimbus s'empilaient à la façon d'un carambolage sur une autoroute. Je savais que, comme tous les orages, il ressentait ma présence. Il ne fallait pas traîner : je devais quitter Westchester avant que ce truc ne se décide à frapper. Depuis que j'avais quitté la Floride, les perturbations remontaient le long de la côte et me suivaient. Et, pour ne rien arranger, il s'agissait peut-être du même orage qui me traquait depuis le début.

Cela arrivait parfois. Ce n'était jamais bon signe.

Non seulement je ne pouvais rien y faire pour l'instant, mais en plus j'avais des problèmes bien plus importants à régler. Au bout de l'allée en dur, trois marches bordées de géraniums dans des pots en terre cuite, et une grande porte blanche. Je frappai et attendis, en me balançant sur mes talons de huit centimètres, lesquels commençaient d'ailleurs à m'évoquer un accessoire de la collection printemps-été de l'Inquisition. Un manque de prévoyance de ma part, certes. D'un autre côté, je m'étais attendue à une petite réunion de travail sympa, pas à une fuite désespérée à travers le pays. J'étudiai un peu ma tenue et fis la grimace : mon joli chemisier bleu en polyester tenait encore le coup, mais ma jupe beige en lin était cauchemardesque. Tant pis. J'aurais été ravie que Lewis fonde de désir en me voyant, mais je me résignerais de bonne grâce à ce qu'il se contente de me sortir de ce pétrin.

Silence. Je mis mes mains autour de mes yeux et tentai de voir à travers une vitre pas faite pour ça. De ce que je distinguais, il n'y avait aucun mouvement à l'intérieur. Avec le pressentiment de plus en plus prononcé d'une catastrophe imminente, je me rendis compte que je n'avais pas envisagé un seul instant la possibilité que mon chevalier servant ait pu quitter son château.

De nouveau, je frappai à la porte, regardai à travers la vitre opaque et appuyai sur la sonnette qui retentit sans que rien ne bouge. La maison paraissait normale.

Normale, et tout à fait déserte.

Dans le quartier, Westchester semblait profiter du soleil printanier. Les gens se promenaient, les enfants faisaient du vélo et les chiens couraient la langue pendante. À l'intérieur de la maison régnait un silence hivernal. Je regardai dans la boîte aux lettres. Vide. Soit il était passé chez lui plus tôt, soit il ne recevait plus de courrier du tout. Pas non plus de journal sur la pelouse.

L'alternative devant laquelle je me trouvais était simple : soit j'avais de nouvelles idées sur les endroits où continuer ma recherche, soit je me couchais par terre pour me laisser mourir. Je décidai de fouiner encore un peu ici. Malheureusement, l'herbe était humide, et mes chaussures n'étaient pas faites pour les chasses au trésor. Avec moult jurons, glissades et efforts pour sortir de trous aussi profonds que mes talons, je fis le tour de la propriété.

Cette résidence semblait transmettre un message du type « ne m'approchez pas », le signe qu'on l'avait armée de protections et de dispositifs de surveillance. J'en vérifiai néanmoins les fenêtres, effectivement toutes sécurisées. Le jardin agréable et extrêmement soigné donnait l'impression qu'il était l'œuvre de professionnels du jardinage et non d'un simple amateur de plantes. Lewis avait installé un joli petit atelier tout au fond, dont une moitié était consacrée à la menuiserie et l'autre à l'artisanat magique : celle-ci était si bien protégée que j'eus tout juste le temps d'y jeter un œil avant d'être obligée de battre en retraite pour éviter de me faire éradiquer.

C'était puissant, ce qui me convenait tout à fait : j'avais désespérément besoin de quelqu'un de puissant.

Je frappai à la porte de derrière et, là aussi, je jetai un coup d'œil par la vitre. Pas le moindre mouvement. Je pouvais voir le salon, décoré à la mode « américain normal et standard », comme sorti tout droit d'un magazine d'aménagement d'intérieur. Si Lewis vivait ici, il était bien plus ennuyeux que ce que je pensais.

J'avais plus d'un tour dans ma poche, mais rien qui ne m'aide à forcer l'entrée. Ma maîtrise de l'eau et du vent me permettait de détruire une maison, mais pas d'ouvrir une porte. J'aurais pu faire éclater une averse de grêle (allez, une toute petite !) qui aurait cassé une ou deux fenêtres… mais non, ça aurait été mal. En plus, je me ferais sans doute attraper avec un tour aussi voyant. Je me rabattis donc sur des tactiques humaines plus courantes.

Je lançai une pierre contre la fenêtre.

Évidemment, j'étais sûre que ça ne marcherait pas. Toutefois, on peut dire que cela eut un effet : la pierre rebondit à un centimètre de la vitre, sur une surface caoutchouteuse et invisible, puis la porte de derrière s'ouvrit bruyamment.

— Oui ? grogna le type qui bloquait le passage.

Il était grand, et par là je veux dire *immense*, bronzé, chauve, avec deux boucles d'oreilles en or qui luisaient dans le soleil matinal de Westchester. Par-dessus ses muscles saillants, il portait un gilet mauve orné de broderies dorées. J'eus l'impression d'un pantalon sombre, mais je n'osai pas baisser les yeux. Ce qui n'était pas si grave : son torse valait incontestablement le coup d'œil. Des pectoraux carrément divins !

C'était bien ma chance. Lewis avait laissé un djinn chez lui, son système d'alarme personnel et mystique.

— Bonjour, dis-je avec un grand sourire. Lewis est par là ?

Il prit un air renfrogné.

— Qui le demande ?

— Joanne Baldwin.

Je lui tendis ma main, la paume vers le haut. Le djinn passa sa paume sur la mienne et lut les runes blanches qui apparaissaient.

— Nous sommes amis. Lewis et moi, on se connaît depuis des lustres.

— Jamais entendu parler de vous, dit-il brusquement.

Les djinns ne sont pas connus pour être bavards ou de nature affable. En revanche, ils sont réputés difficiles à aborder et, s'ils ne vous aiment pas, ils sont tout à fait capables de trouver un moyen pernicieux pour vous faire disparaître. Non pas que je sois une spécialiste… Les djinns étaient réservés aux plus gros poissons que moi, un peu comme la voiture de fonction de l'Association des gardiens. Pour l'instant, je n'avais même pas mérité une place de parking.

Le djinn me fixait toujours.

— Partez maintenant, gronda-t-il.

Je ne cédai pas un pouce de terrain. D'accord, c'était techniquement son terrain et pas le mien, mais je résistai malgré tout.

— Désolée, je ne peux pas. Je dois parler à Lewis. C'est urgent.

— Il n'est pas là. Puisque vous êtes une gardienne, je ne vais pas vous tuer pour votre impolitesse.

Il fit mine de fermer la porte.

— Attendez !

Je plaquai ma main, qui se trouva être celle avec la rune, contre le bois. Ce n'était évidemment pas ma force qui le faisait hésiter. Même monsieur Univers n'aurait pas pu lutter contre un djinn ! Imaginez alors ce qu'il en était pour une femme d'un mètre soixante-cinq, avec plus d'arrogance que de masse corporelle.

— Quand sera-t-il de retour ?

Le djinn me regarda fixement. Les yeux des djinns ont des couleurs qui ne font pas partie du génome humain ; ils sont spécialement conçus pour favoriser une intimidation maximale. Ils peuvent être jaune citron comme vert fluorescent, et ils sont tous effrayants. Les yeux de celui-ci étaient d'un mauve qui aurait fait pâlir d'envie Elizabeth Taylor. Magnifiques, et aussi froids que la banquise.

— Écoutez, il faut que je le trouve. J'ai besoin de son aide. Des vies sont en jeu.

— Ah oui ? dit-il sans la moindre expression. Quelles vies ?

— Enfin, la mienne en tout cas, me corrigeai-je en tentant un sourire penaud.

Il me rendit mon sourire, et j'aurais préféré qu'il ne le fasse pas : il révéla des dents parfaites qui auraient été plus à leur place dans la mâchoire d'un grand requin blanc.

— Vous puez le pourri, dit-il. Je n'ai pas l'intention de vous aider.

— C'est à votre maître de décider ça, non ? répliquai-je. Allez ! Il me connaît. Demandez-lui, je sais que vous pouvez le faire. Il ne vous aurait pas laissé ici sans moyen de le contacter. Même Lewis ne laisse pas traîner des djinns derrière lui comme de vieux mouchoirs.

Ses yeux mauves commençaient vraiment à me mettre mal à l'aise. Je sentais la puissance du djinn me brûler la peau à l'endroit où ma main touchait le bois : encore une tactique méprisable pour me faire lâcher prise, me claquer la porte au nez et me repousser dans la rue. Rien n'est plus puissant qu'un djinn sur son territoire. Rien.

La douleur se faisait plus vive. De la fumée s'échappait à l'endroit où je m'appuyais contre la porte blanche. Tout mon corps tremblait, choqué. Malgré la nausée, je ne lâchais pas.

— Illusion, marmonnai-je.

Le djinn continuait à sourire.

— Ne me faites pas perdre mon temps. Mes pouvoirs n'auraient aucun effet sur un véritable gardien, dit-il. Si vous brûlez, c'est parce que vous le méritez.

D'accord. Je commençais à en avoir assez de jouer avec ce monsieur Propre version « méchant ». Je lâchai la porte et maintins ma main en l'air.

Le monde autour de moi se remit à respirer.

Je puais peut-être le pourri, mais j'étais encore maîtresse du vent. J'envoyai au visage du djinn une bourrasque avec la force d'un bolide. Les djinns sont essentiellement constitués de vapeur.

Cela le souffla.

Il disparut pendant près d'une demi-seconde avant de reprendre sa forme. Il avait l'air prêt à me faire sortir la cervelle par les trous de nez. Je lui renvoyai une bourrasque. Et une autre. La dernière fois, il reprit forme très lentement, depuis l'autre bout de la pièce. Il avait l'air énervé, mais respectueux. Je n'avais pas commis l'erreur de mettre le pied sur son palier, de sorte qu'il ne pouvait répliquer. Toute sa puissance phénoménale (et quand je dis phénoménale, je pèse mes mots) était inutile. Tant que je ne brisais pas les enchantements de la surveillance, je pouvais passer la journée à lui envoyer des rafales descendantes et des bourrasques catabatiques à la figure.

Le djinn marmonna quelque chose de déplaisant. Je levai de nouveau la main. Une forte brise vint soulever mes cheveux, et je sentis le picotement chaud qui signifiait que j'avais encore à ma disposition au moins une rafale capable de désagréger un djinn.

— Je n'ai vraiment, mais vraiment pas le temps de m'emmerder avec toi, dis-je. Donne-lui mon nom. Dis-lui que je dois le voir. Sinon…

— Personne ne me menace ! gronda-t-il.

— Ce n'est pas une menace, trésor.

Je sentais les runes blanches de ma main briller. Mes cheveux noirs me fouettaient le visage dans le vent que je maintenais autour de moi et qui était en train de prendre autant de vitesse qu'une tornade.

— Tu veux parier que je suis capable de t'envoyer dans une toute petite bouteille et mettre un bouchon dessus ?

— Vous ne savez pas ce que vous faites, répondit-il plus calmement.

— Faux. Je sais exactement ce que je suis en train de faire. Une autre démonstration peut-être ?

Il leva la main en un signe universel de reddition. Je laissai le vent tourbillonner et mourir. Le djinn se pencha et attrapa un objet métallique sur la table. Il me fallut quelques secondes pour enregistrer que c'était un téléphone portable. Mon Dieu, les djinns étaient entrés dans l'ère de la technologie ! Bientôt on verrait dans toutes les bouteilles des antennes satellites, Internet, des fours à micro-ondes…

Le djinn composa un numéro, dit quelque chose dans le combiné et me tourna le dos. J'eus l'occasion d'examiner un Djinn côté pile, chose rare. Il avait un beau fessier, mais ses jambes se terminaient dans un tourbillon de vapeur au niveau des genoux. Toutefois, c'était loin d'être décevant.

Il mit fin à son appel, se retourna vers moi et me montra ses dents pointues. *Oh oh*.

— Entrez, me dit-il. Vous ne risquez rien.

— Je vais attendre ici, merci.

Je me balançais d'avant en arrière. J'avais l'impression que quelqu'un avait mis le feu à mes pieds, et le canapé du salon semblait douillet et confortable. J'aurais préféré que le djinn continue à se montrer désagréable. J'avais du mal à jouer la salope dure à cuire, surtout quand je n'avais qu'une envie : me recroqueviller pour pleurer dans ces coussins si doux et si moelleux.

— Comme vous voudrez.

Le djinn se retourna pour fouiller dans les tiroirs de la cuisine. Il en sortit une pile, grogna et la replaça. Puis un tire-bouchon... une sorte de pince qu'on utilise pour refermer les paquets de chips... Et pour finir :

— Ah ! Voilà. Prenez ça.

Il me lança quelque chose de brillant. Je l'attrapai et sentis un objet froid et aiguisé se retourner dans mes doigts. Je ne tenais qu'un voile de brume en train de se dissiper. J'ouvris la main pour regarder. N'était visible qu'une faible marque rouge sur ma paume. Je fronçai les sourcils et passai en mode rapide de Seconde Vue, mais il n'y avait rien. Rien de mauvais en tout cas.

— Qu'est-ce que c'est que ça ?

Le djinn haussa les épaules.

— Une précaution, dit-il.

Encore un sourire de requin, très déstabilisant.

— Au cas où vous vous perdriez en route.

Avant que j'aie le temps de dire « merci mais ça va aller », je sentis la force paranormale des dispositifs de sécurité me tomber violemment dessus. Le djinn en avait manifestement assez de me faire tourner en bourrique, ne serait-ce que pour s'amuser.

Il s'éleva au-dessus du palier et me regarda reculer pendant que j'essayais de lutter.

— Eh ! fulminai-je. Merde ! Je veux juste lui *parler* ! C'est tout ! Je ne vais pas le dénoncer ou un truc comme ça !

— Prenez votre voiture. On vous contactera avec des instructions.

Avant même que j'aie eu le temps de penser à me défendre, je me retrouvai sur le trottoir.

Je remuai ma main, mais elle ne me semblait pas différente d'avant. En Seconde Vue, on ne voyait rien d'autre que de la chair et des os, des muscles et des nerfs, le flux lumineux du sang qui suivait son chemin.

Le djinn avait senti sur moi la Marque du Démon. Ce n'était pas bon. Pas bon du tout.

Cela voulait dire que je n'avais plus beaucoup de temps.

Dieu a le sens de l'humour, et d'après mon expérience, ce n'est jamais très gentil. Cela faisait maintenant plusieurs jours que je tentais le diable… Mon sac ne contenait ni brosse à dents, ni vêtements de rechange, ni tampon. Il me restait toujours mon American Express Platinum avec un crédit illimité en cas d'urgence… Mais là encore, je n'osais pas m'en servir. Mes amis et mes collègues étaient sans doute à l'affût du moindre signe de ma part, et à moins de retrouver Lewis, et donc ma sécurité, je n'osais pas attirer leur attention. Si le FBI était capable de me pister, je pouvais être sûre que cela poserait encore moins de problèmes aux gardiens.

Tout en conduisant ma belle Mustang bleu nuit de 1971 pour sortir de la ville, je me tenais éveillée en faisant mentalement ma liste de courses. Sous-vêtements : oui. Affaires de toilette : oui. Vêtements : absolument. Nouvelles chaussures : indispensables.

Je reniflai l'air à l'intérieur de la voiture. Une douche et un désodorisant pour l'habitacle ne seraient pas de trop. Peut-être un parfum « voiture neuve ». J'adore les vieilles voitures, mais on vous les vend avec un sacré bagage et des années de puanteur incrustée. Des odeurs de pieds, de transpiration, de sexe, les fantômes de café jadis renversé. J'avais commencé à sentir tout cela au bout de quelques heures à peine, et c'était peut-être dans ma tête, mais là, j'aurais donné n'importe quoi pour une senteur de propre et de frais, comme on le dit dans les publicités.

Je baissai les vitres et sentis autre chose, quelque chose de beaucoup plus menaçant. La pluie. L'orage se rapprochait.

Je me suis aperçue qu'en tant que gardienne, il est préférable d'avoir une voiture rapide et aérodynamique que le vent peinera à pousser d'une falaise. Ce n'est pas parce que je suis capable de contrôler le temps (quand je me concentre) que le temps aime ça, ou qu'il ne va pas se mettre en tête de m'ennuyer dans les situations les plus délicates. Dans mon domaine, non seulement nous comprenons la théorie du chaos, mais en plus nous la respectons totalement. Le chaos, ça arrive. Et lorsque c'est le cas, il est nécessaire d'être rapide.

Sans le moindre égard pour le code de la route, j'accélérai pour quitter la ville et m'aventurai dans le réseau labyrinthique du Connecticut. Je me dirigeai vers le sud et l'ouest, tout simplement car c'était l'unique moyen de fuir l'orage qui approchait et avait teinté les cieux à l'est d'un gris-vert pesant. « *On vous contactera avec des instructions.* » Est-ce que le djinn s'était moqué de moi ? C'était possible, les djinns étant connus pour leur méchant sens de l'humour. Peut-être n'avait-il pas réussi à joindre Lewis. Ou peut-être Lewis lui avait-il dit qu'il ne voulait pas me voir, auquel cas les seules instructions que le djinn était tenu de me donner selon son serment seraient d'aller au diable.

Je me trouvais dans la région des antiquaires, sur la CT 66, et je passais devant des boutiques qui vendaient des commodes du XIXe et des chaises Shaker, certaines peut-être même authentiques. Dans d'autres circonstances, j'aurais peut-être été tentée de m'arrêter. La décoration de ma maison de Floride avait largement besoin d'être refaite, et j'aimais le côté ésotérique des choses anciennes. Il était grand temps que je dépasse ma période à la Bree Van de Kamp « chaque chose à sa place » : désormais, les couleurs pastel et les bonnes manières me révulsaient. Je m'accrochais au rêve de pouvoir rentrer chez moi un jour et retrouver une vie normale comme à un radeau en pleine mer.

Je dépassais justement une boutique qui semblait abriter tous les ramasse-poussière que le XIXe siècle avait été capable de produire lorsque la radio s'alluma. Les poils de ma nuque se dressèrent, et je compris que je ne voyageais pas seule, mais accompagnée d'un enchantement. Un enchantement puissant et terrible : l'œuvre, sans doute, de mon ami le djinn.

La radio fit défiler les stations et choisit le message à transmettre comme on découpe des mots dans du papier journal pour écrire une lettre de menaces.

Une voix aiguë de femme prononça « Allez… »

Suivie d'un baryton: « ... jusqu'à... »

Enfin, à tue-tête, le slogan d'un spectacle de Broadway: « ... L'Oklahoma, c'est bon ! »

— Quoi ? fis-je, outrée. Vous rigolez, non ?

La radio fit de nouveau défiler les stations. Elle s'arrêta sur un morceau classique de rock: « No-no, no, nuh-no, no, no-no-no-no-no no no no, nuh-no ».

Soit le djinn me mettait à l'épreuve, ce qui ne serait vraiment pas drôle du tout, soit l'enchantement venait d'Ailleurs, et j'espérais qu'il ne s'agissait pas d'un Ailleurs qui s'appellerait Enfer.

— Très drôle, marmonnai-je.

Je changeai de vitesse et sentis la Mustang prendre ses aises et avancer comme si elle était vivante.

— Un endroit en particulier dans l'Oklahoma ? C'est pas comme Rhode Island. C'est construit partout, là-bas.

Des lettres cette fois-ci. « O... K... C. »: Oklahoma City.

J'eus un mauvais pressentiment.

— Sans vouloir vous vexer... Je peux avoir la preuve que ce message vient de Lewis ?

— Non, dit une voix de femme, déterminée.

Des interférences. La radio s'éteignit.

Cela *pouvait* être le djinn. En fait, c'était même probable. Je l'avais embarrassé et il se devait de me rendre la monnaie de ma pièce. Pourtant, il avait téléphoné, et je ne pouvais pas passer à côté de cette chance s'il était en toute honnêteté en train de me donner des instructions pour que je retrouve son boss. Les djinns avaient beaucoup de défauts, mais le mensonge n'en était pas un.

De toute façon, il fallait que je sème l'orage qui me collait aux basques.

— Oklahoma City, soupirai-je à voix haute. La Mecque du mauvais temps. Génial.

Le seul point positif était que je connaissais la région et que l'une de mes meilleures amies avait pris sa retraite à OKC. Ce serait bien d'avoir une amie, maintenant. Quelqu'un sur qui compter. Une épaule pour pleurer.

Quoi qu'il en soit, il fallait que je voie le bon côté des choses. Parce que les nuages orageux étaient vraiment très noirs, et ça ne s'arrangeait pas.

J'AVAIS RENCONTRÉ LEWIS Levander Orwell à Princeton. Il était déjà diplômé : une licence en sciences et un doctorat en droit. Curieusement, il expliquait cela en disant qu'il avait voulu assurer ses arrières, pour le cas où la filière « magie » ne donnerait rien. Apparemment, il ne faisait pas de distinction entre les arts magiques et les arts libéraux.

Et de fait, pendant un certain temps, on put penser qu'il avait bien fait. Lewis avait été recruté, ou plutôt sélectionné, après avoir fait preuve de certaines dispositions particulières à l'âge de quinze ans ; toutefois, ce talent semblait s'être évanoui. Lewis avait un fort potentiel, mais rien de concluant... Rien de concret qui aurait pu démontrer quel type de pouvoirs il avait ou la forme que ces pouvoirs pourraient prendre. Puis, alors qu'il était en deuxième année du programme, on le vit travailler dans le jardin. En hiver, de la neige jusqu'aux genoux. Il faisait pousser des roses.

Des roses rouges, en pleine floraison, de la taille d'une assiette. Et il fut sincèrement surpris d'apprendre que c'était difficile à réaliser.

À l'origine, on jugea donc qu'il était un gardien de la Terre, capable de donner une forme aux choses vivantes, d'altérer la terre elle-même et de faire pousser des plantes sur des étendues arides ; capable aussi d'empêcher ou de provoquer des tremblements de terre et des éruptions volcaniques. Un pouvoir puissant et profond, très rare. Durant sa troisième année, on découvrit qu'il avait également des affinités avec le feu. Les spécialités doubles sont pratiquement inexistantes. Dans l'histoire, seuls cinq autres gardiens avaient à la fois maîtrisé le feu et la terre. La maîtrise simultanée de l'eau et de l'air était normale, voire banale ; mais la terre et le feu ne font pas bon ménage. On parlait beaucoup de Lewis. Il allait, nous disait-on, faire de grandes choses.

C'était sans doute beaucoup de pression, même si rien dans son comportement ne le laissait paraître. Lewis restait discret. Il faisait son travail, allait en cours ; il avait quelques amis, mais il donnait aussi l'impression d'incarner une île faite homme. Je l'admets, j'avais un faible pour lui. J'avais mes raisons.

Malheureusement, Lewis fuyait les filles du programme comme la peste. C'était un peu par ma faute : notre première rencontre avait été… disons, mémorable. Quoi qu'il en soit, il choisissait délibérément des filles normales. Des majors en sociologie ou des diplômées en psychologie, parfois une baba cool qui faisait arts plastiques. Des filles dont la plus grande ambition était de trouver un poste de secrétaire chez Morgan Stanley et de partir en vacances aux Bahamas avec leur chef… Contrairement à nous qui faisions partie du programme, et qui ne rêvions que d'avoir à affronter des tornades de catégorie F5 et de calmer des fleuves en crue.

Comme je ne le poursuivais pas et n'étais que vaguement consciente de sa présence, il se trouva que j'étais présente le jour de l'Événement. C'est ainsi que nous avions par la suite baptisé ce qui se produisit ce soir-là, une fois que nous avions pris suffisamment de recul.

Le soir où Lewis fut passé à tabac par six mecs d'une fraternité lors d'une beuverie.

C'était la fête des Kappa Kappa Psi, une fraternité de musique. Pour une raison obscure, les bandes de *geeks* organisaient toujours des soirées de fous. Nous étions quatre du programme à nous y être rendus. Lewis, qui arriva au bras d'une minuscule flûtiste brune, ainsi que Paula Keaton, Ed Hernandez et moi, attirées par les verres à l'œil et l'infime possibilité d'être séduites au point d'en perdre nos dessous. J'aperçus Lewis en début de soirée : il parlait avec sa flûtiste mais n'avait pas l'air très à l'aise. Il ne buvait pas beaucoup. La soirée s'annonçait chaude.

La demoiselle à la flûte finit par être emportée par la vague de punch, et Lewis se retrouva seul. Il savait que j'étais là, enfin je crois, mais nos chemins ne se croisèrent pas. Si cela avait été le cas... bref. L'eau, les ponts, tout ça quoi.

Vers 2 heures du matin, il renversa le verre d'un type. Une raison bien ridicule pour tout ce qui s'ensuivit ; toutefois, au bout du troisième ou quatrième round d'insultes, la raison cessa d'avoir une importance quelconque. Soudain, ils étaient six, il était seul et les coups se mirent à pleuvoir. Deux types le tenaient immobile tandis que les autres le tabassaient à tour de rôle jusqu'à ce qu'il s'écroule. Comme toutes les autres personnes présentes à la fête, j'étais pétrifiée, choquée, ma bière froide à la main. La violence survient si rapidement. À moins que vous ne soyez celui qui reçoit les coups, il faut du temps pour l'enregistrer, d'autant plus quand l'alcool est de la partie. Si vous êtes spectateur, vous ne réagissez que bien plus tard, quand vous vous demandez pourquoi diable vous n'êtes pas intervenu.

Les coups les plus forts n'avaient sans doute pas duré longtemps, peut-être moins d'une minute, mais en soixante petites secondes, six hommes totalement déchaînés peuvent faire de sacrés dégâts. Au moment où d'autres personnes se rendirent compte qu'il fallait intervenir et que j'ouvrais la bouche pour pousser un cri, Lewis reçut un coup de pied à la tête et bascula de mon côté. Je vis son visage.

Ensanglanté. Mort de peur. Désespéré.

Il tendit le bras vers moi. Non, c'est faux : il tendit le bras dans ma direction. Il cherchait à attraper la puissance, de manière aussi instinctive qu'un enfant tend les bras vers sa mère.

Notre Mère à Tous répondit à son appel.

Je sentis cette puissance m'envahir et s'extraire de moi, dans une tempête de fourmillements ; je sentis l'air se tarir autour de moi, les gouttes d'eau s'arracher de ma peau et de ma bouteille, par la seule force de son appel.

Le vent se leva avec la puissance d'un convoi de marchandises. Il avait une cible bien précise, et il avait faim. Je le sentis se frayer un passage, mais il me décoiffa à peine. Il se dirigea droit sur les six garçons de la fraternité, les souleva, les poussa jusqu'à l'autre bout du parking, contre la façade d'un bâtiment, et les plaqua contre le mur, à dix mètres du sol.

Personne, à part ceux qui étudient les phénomènes climatiques, ne comprend l'incroyable nature du vent. Une bourrasque de quatre-vingts kilomètres par heure est brutale, mais une bourrasque de cent vingt kilomètres heure est plus de deux fois plus puissante, à cause de la pression accrue au centimètre carré. Un vent de cent quarante kilomètres heure est trois fois plus puissant.

Ces étudiants furent écrasés par un vent d'au moins cent quatre-vingt-quinze kilomètres heure. L'impact à lui seul suffit à provoquer des fractures. D'autres os furent cassés par la pression qu'ils subirent pendant que le vent les maintenait contre le mur. Je me souviens d'avoir pensé, alors que j'admirais cette incroyable manifestation de puissance, *mon Dieu, il va en faire de la bouillie*. Mais à la seconde suivante, Lewis cligna des yeux et le vent retomba, de même que les garçons.

Ensuite, ce fut le chaos. Lewis était allongé par terre, haletant, les yeux fixés sur moi. Choquée, je le regardais aussi. Après ce qui me sembla être une éternité, je me précipitai vers lui, m'accroupis et posai ma main sur son front. Il était brûlant.

— Mon Dieu, Lewis, tu as appelé le vent ! Tu as tout. *Tout.*

Il réussit tout juste à hocher la tête. Sans doute ne comprenait-il pas ce que cela voulait dire, vu son état. L'Association arriva sur les lieux en moins de cinq minutes ; Lewis fut conduit dans une ambulance, accompagné de trois des plus puissants gardiens du monde, qui, très agités, discutaient de ce qui venait de se produire.

Lewis avait l'air effrayé. Pris de vertige. Je me dis encore aujourd'hui que si j'avais fait ou dit quelque chose, si j'avais essayé de les empêcher de l'emmener, peut-être que tout aurait été différent.

Mais soyons réalistes, probablement pas.

Au bout d'une demi-heure, je me dis que la radio ne me ferait plus l'honneur d'une de ses annonces mystico-musicales. D'une main, je sortis mon portable de mon sac pour vérifier l'état de la batterie. Deux barres. Pas moyen de le recharger. Je n'avais pas pu attraper les affaires de toilette les plus élémentaires, encore moins les accessoires de mon téléphone. Je fis défiler mon répertoire. Maman, Sarah, mon pressing, mon kiné… Ah ! Estrella Almondovar. Justement celle que je cherchais.

J'appuyai sur le bouton et patientai. Le téléphone sonna longtemps puis une voix ensommeillée marmonna :

— Y'a *vraiment* intérêt à ce que ce soit important.

— Assez, répondis-je sur un ton aussi faussement gai que possible. Bonjoouuur ma petite chérie !

Elle s'éclaircit la voix. Je la voyais en train de passer la main dans ses cheveux noirs comme l'ébène pour essayer de dissiper ses rêves.

— J'ai tout ce qu'il te faut, *bimbo*. *Jesus María*, quelle heure est-il ?

— 8 heures sur la côte est.

— Ouais, genre 6 heures ici. Tu sais, la petite aiguille sur le 6, sauf que tu la vois pas parce qu'il fait *noir* ? Qu'est-ce qu'il se passe, on vous apprend pas les fuseaux horaires en Floride ?

J'entendis un bruit de draps et des interférences sur la ligne.

— J'imagine que tu as besoin de quelque chose.

— D'un bon coup, soupirai-je. Avec un homme magnifique, avec un énorme…

— …compte en banque, conclut-elle. Il y a des choses qui ne changent pas, hein ? Le pire, c'est que tu finiras sans doute par l'avoir. Mais en attendant, c'est moi qui dois supporter tes fantasmes à des heures complètement indécentes.

Je rétrogradai pour me mettre dans le sillage d'un semi-remorque qui avançait à toute berzingue dans la file de gauche. Avec une voiture comme ma belle Delilah et le prix du pétrole toujours en augmentation, cela vaut le coup de faire toutes les économies possibles de carburant. La Mustang frissonna au moment d'entrer dans l'aspiration puis ronronna de plaisir.

Quelque part en Oklahoma, Estrella faisait du bruit avec des ustensiles métalliques, fit tomber le téléphone, le ramassa.

— À toi, Jo. Je te laisse jusqu'à ce que ma machine à café ait fini de remplir la première tasse. Ensuite, je raccroche, que tu aies fini ou non.

— Des gens à voir, des trucs à faire ?

Elle grogna.

— *Chica,* arrête le crack. Je n'ai rien à faire et personne à voir, comme d'habitude.

C'était bien trop proche de la vérité pour que nous ayons envie de nous attarder là-dessus.

— Alors, ça devrait te faire plaisir : je suis en route.

— C'est vrai ?

Elle était maintenant sur la défensive :

— Qu'est-ce qui ne va pas ?

— Quoi ? Pourquoi est-ce que ça n'irait pas ?

Je secouai la tête. Estrella, Star pour les intimes, ne me connaissait que trop bien.

— Tu veux rire, non ? *Toi,* tu quitterais une vie pleine de plages ensoleillées et de beaux corps musclés pour venir en vacances dans *l'Oklahoma* ?

— Je meurs d'envie de te voir !

— C'est ça, fit-elle sur un ton sarcastique. Ça fait combien de temps ?

— Heu…

Je ne m'en souvenais plus.

— Un an ?

— Essaye avec deux plutôt.

— Eh, je garde le contact ! Je t'appelle. Et n'oublie pas mes cartes de Noël.

— Tes cartes de Noël, je les reçois en février, dit-elle.

O.K, elle avait raison : je n'étais pas l'amie la plus fiable du monde.

— Bon, qu'est-ce qu'il se passe, Jo ? Tu as besoin d'un endroit où dormir ?

— Peut-être. Enfin… oui.

Je l'entendis verser du liquide dans une tasse.

— Je devrais être chez toi d'ici deux jours. Tu crois que je peux m'arrêter cinq minutes, prendre une douche et un peu de repos ? Je n'en aurai peut-être pas besoin. C'est juste au cas où. Je t'inviterai à dîner, promis. Dans un endroit sympa, pas le truc pourri du quartier.

Star buvait son café. J'étais verte de jalousie, je salivais rien qu'en y pensant.

— Je vais te dire un truc. Tu vas *peut-être* venir, je te laisserai *peut-être* entrer. Et ça, c'est seulement si tu me jures que tu ne vas pas avoir d'emmerdes comme la dernière fois.

— Ce n'était *vraiment* pas ma faute. Les tornades sont un phénomène naturel. J'y suis pour rien, moi, si elles viennent chez toi en vacances.

— Eh, qu'est-ce que tu veux, copine, c'est trop cool ici. Alors ? Pourquoi est-ce que tu viens dans le trou du cul du monde ?

— C'est pas le trou du cul du monde. Et en plus, toi tu es là-bas.

Je fis une grimace. Cela ressemblait étrangement à ce que mon pote Andy m'avait dit quand je lui avais demandé si j'avais grossi : « *tu n'es pas grosse, tu es mon amie !* ». Ça avait au moins eu le mérite de me mettre au régime.

— En fait… Je n'ai pas été tout à fait honnête. Il y a quelque chose qui ne va pas. Il faut absolument que je trouve quelqu'un. C'est important.

— Quelqu'un qui se trouve ici ?

— Aux dernières nouvelles, il était dans les parages.

Je n'avais pas très envie de dire son nom, mais Star avait raison : elle savait tout sur tout le monde et sur tout ce qui se passait dans ce coin-là de la planète.

— Heu… c'est… Lewis.

— *Qué ?* s'écria-t-elle. Tu sais, je rigolais tout à l'heure pour le crack. Sérieusement, tu as fumé ? Tu sais le nombre de personnes qui l'ont cherché depuis sa disparition ?

— Ouais, je sais. À peu près tous les gens haut placés.

— Et qu'est-ce que tu comptes faire, toi, quand tu le trouveras ?

Rien que je puisse admettre, en tout cas pas à Star.

— S'il te plaît, on va éviter les détails. Disons que c'est pour rattraper le temps perdu.

— Bien sûr, pas de problème.

Encore des bruits métalliques, des poêles sans doute. Star était une super cuisinière.

— Bon, je te surveille alors.

Je sentis quelque chose de son côté, quelque chose qu'elle voulait me demander. J'attendis, et elle finit par dire :

— Eh, tu n'as rien entendu, pas vrai ? À propos de moi ?

— Par qui ?

— Non, laisse tomber.

— Dis-moi ! Par qui ?

Nouvelle hésitation. Ce n'était pas son genre. Star était toujours dans l'action.

— C'est juste que je m'inquiète parfois, tu sais. J'ai peur qu'ils changent d'avis. Qu'ils viennent terminer le boulot.

Ce fut un coup violent, à l'endroit où je l'attendais le moins. J'avais mal pour elle.

— Non ma puce, ça n'arrivera pas. Tout le monde était d'accord, tu mérites de garder ce que tu as. Tu le sais, ça. Pourquoi changeraient-ils d'avis ?

— Pourquoi est-ce qu'ils font ce qu'ils font ?

Elle eut un rire forcé.

— Ah, ne t'inquiète pas, je suis juste complètement parano, tu le sais ça. J'écoute trop les petites voix que j'ai dans la tête.

C'est ce que je ferais aussi, si j'étais à sa place. Ce qui entraînait des spéculations sur lesquelles je n'avais pas envie de m'attarder.

— Bravo, maintenant je suis jalouse. J'aimerais bien avoir des petites voix dans la tête, moi aussi. Mais je vais devoir me contenter du fait qu'il y a *vraiment* des gens qui veulent ma peau.

— Salope, me dit-elle cordialement.

— Poufiasse.

Après quelques insultes peu inspirées, nous avions raccroché. Je reposai mon téléphone sur le fauteuil passager. Star allait m'héberger, elle ne me dénoncerait jamais à ceux qui me cherchaient, mais elle était vraiment vulnérable. Quelques années plus tôt, Star avait reçu un coup colossal, physique et émotionnel, et avait été contrainte de quitter les gardiens. D'habitude, lorsque les gens démissionnent, on les bloque. C'est une forme de lobotomie magique, pour s'assurer qu'ils ne puissent pas agir sans aucun contrôle. Star y avait échappé de justesse, ils lui avaient permis de conserver le peu de pouvoir qui lui restait. En attendant.

Et Star avait parfaitement raison ; il était très possible qu'un jour quelqu'un sonne chez elle pour lui transmettre les compliments des autorités et anéantir l'essence même de ses pouvoirs à la racine. Une chose était sûre : s'ils la trouvaient en train de comploter avec moi qui portais la Marque du Démon, ils sauteraient sur l'occasion. *Mon Dieu.* Je ne devrais pas l'entraîner dans cette histoire, mais il n'existait que quelques rares personnes à qui j'aurais pu confier ma collection de CD et encore moins ma vie. En fait, il n'y en avait que trois.

Lewis, Star, et Paul.

Ça va aller. Si je trouvais Lewis, s'il faisait ce que je lui demandais, si tout fonctionnait comme prévu… je ne serais pas obligée de la mettre en danger.

Si. Si, si, si.

C'était un mot bien petit pour y accrocher le reste de ma vie. Et de celle de Star, aussi.

Quand j'avais quinze ans, ma mère tomba amoureuse d'un type qui s'appelait Albert. Franchement, « Albert » ! J'imagine que ça aurait pu être pire. Il aurait pu s'appeler Gilbert ou Robert. Mais à quinze ans, «Albert» c'était déjà terrible. L'ours Albert. Un type grand et poilu, avec un rire qui faisait penser au bruit d'une scie sauteuse rouillée, et un sens de la mode aussi développé que celui d'un bûcheron de l'Alaska, rapport à son goût prononcé pour les grosses chemises à carreaux.

Albert voulait que nous nous rapprochions de la nature. Déjà à l'époque, je savais que c'était une très mauvaise idée alors même que je ne savais pratiquement rien concernant les pouvoirs de manipulation des éléments. Toutefois, comme ma mère pensait qu'Albert avait non seulement accroché la lune dans le ciel, mais qu'en plus, il l'avait peinte, nous avions rempli nos sacs de matériel de randonnée, de chemises à carreaux et de chaussures de marche, et nous étions partis à l'aventure dans les grandes étendues sauvages.

En fait de grandes étendues sauvages, c'était le parc national de Yellowstone, mais l'idée était là.

Évidemment, c'était très beau, à vous couper le souffle, même aux yeux d'une adolescente de quinze ans désabusée qui n'avait aucune envie de quitter pour l'été ses amis et le centre commercial. C'était beau, sauvage et puissant.

Mais surtout, je m'ennuyais: je rêvais de télévision, de MTV et de garçons. Les geysers grandioses? O.K! Les paysages splendides? O.K! L'ennui à mourir? O.K aussi!

Nous avions marché. Marché. Marché. Ce n'était pas vraiment mon truc. Le premier jour, alors que j'avais des ampoules, l'ours Albert refusa de me laisser me reposer sous prétexte que ça m'endurcirait les pieds. Je râlais sans arrêt et priais pour tomber et me casser une jambe, afin qu'une équipe de grands sauveteurs bruns vienne me chercher. Je souhaitais par moments qu'Albert se fasse dévorer par un ours, mais ça, c'était avant que j'en voie un. Après, je ne souhaitais plus à personne de finir ainsi.

Toujours est-il que nous gravîmes la crête jusqu'au sommet, et pendant que maman et Albert admiraient la vue sur la vallée, je regardai le ciel.

— Il va pleuvoir, dis-je.

Le ciel était d'un bleu profond et clair ; le soleil ressemblait à une pièce d'or, vestige d'un trésor oublié. Je m'assis sur un rocher et commençai à enlever mes chaussures.

— Ne les enlève pas, grommela Albert de sa voix de basse. Les pieds enflent. Et je crois que tu te trompes, Jo. Je n'ai pas l'impression qu'il va pleuvoir.

Je me penchai en arrière, la main devant les yeux, et regardai la masse sombre penchée au-dessus de moi. Sympa d'être à l'ombre. Pas très sympa d'être dans l'ombre d'Albert.

— Tu vois ça ?

Je lui montrai les nuages fins et légers qui parsemaient le ciel en vaguelettes parfaites.

— Ce sont des cirrus, ils viennent de l'est.

— Et alors ?

Pour un type féru de céréales et de câlins aux arbres, Albert n'était pas très au courant des phénomènes météorologiques.

Je souris.

— Regarde. (Je pris un bâton et dessinai un cercle dans la poussière.) La planète tourne dans ce sens, d'accord ? D'est en ouest.

— Bravo !

J'ignorai son sarcasme et dessinai une flèche dans le sens opposé.

— Le vent se déplace d'ouest en est, dans le sens contraire. Alors pourquoi est-ce que le vent vient de l'est ?

Cette fois-ci, il ne dit rien. Moi ça m'allait, je ne l'écoutais pas de toute façon.

— Il vient de l'est parce qu'il y a quelque chose qui tourne (je dessinai une spirale au-dessus de l'endroit où je pensais que nous nous trouvions) qui change la direction du vent. Et quelque chose qui tourne, ça veut dire un orage.

Il regarda ma mère. Ma mère le regarda. Je me dis que cet échange silencieux devait concerner le fait que j'étais vraiment bizarre, qu'est-ce qu'ils allaient faire de moi, etc. Non pas que je ne me sois jamais dit la même chose.

Je dessinai des vagues dans le sable, à côté de la spirale.

— Les cirrus se forment à très haute altitude ; ce sont des nuages de cristaux de glace, et ils se déplacent plus vite qu'un système de pression. Donc, il va sans doute pleuvoir. Compte tenu de la vitesse à laquelle ils se déplacent, l'orage sera là avant la nuit.

Une brise rafraîchissante de vent d'est me décoiffa et plaqua quelques mèches sur mon visage en sueur.

Au loin, au-delà des arbres, au-delà de l'endroit où le jour se lève, je le sentais grossir. Je le sentais tirer sa puissance de la collision entre l'air froid et chaud, concentrer l'eau et l'énergie, recueillir les microgouttes pour en faire de la brume, puis transformer la brume en nuages et les nuages en pluie.

Je fermai les yeux. J'en sentais presque le goût, aussi léger qu'un nuage, un goût de laiton et d'ozone, d'eau claire. Mon Dieu, que c'était bon. Je ressentais des fourmillements dans tout le corps, très profondément. Je ne m'étais jamais trouvée dans la nature avant un orage. Je ne m'attendais pas à cette puissance brute et sauvage.

— C'est des conneries, dit Albert brusquement en éclatant de rire. C'était bien tenté, Jo. C'est une véritable petite arnaqueuse que tu as là, Nancy.

Ma mère ne souriait ni ne riait. Elle me regardait d'un air grave, les pouces coincés dans les sangles de son sac à dos, tout en se balançant sur ses jambes. Maman n'était pas non plus habituée aux randonnées, mais elle ne s'était pas plainte et ni les ampoules ni la soif ou la fatigue ne l'avaient faite râler.

— C'est vrai que tu cherches à nous arnaquer, Jo ? me demanda-t-elle.

Je ne répondis pas et elle se retourna vers Albert.

— Nous ferions mieux de rentrer.

— Allez, Nancy ! Tu ne vas pas me dire que tu crois à ces bêtises ! Elle a quinze ans, ce n'est pas une spécialiste de la météo. De toute façon, on peut prévoir le temps qu'il va faire plusieurs jours à l'avance ici. Le ciel est clair comme de l'eau de roche !

— Pression élevée au sud, dis-je en refaisant les lacets de mes chaussures. Un mur de nuages se forme à l'horizon, à l'est. Il sera ici à la tombée de la nuit, il se déplace vite. L'air chaud se déplace toujours plus vite que l'air froid.

— Il faut rentrer, répéta Maman. Tout de suite.

Et voilà. L'ours Albert grognait et ronchonnait, mais nous commençâmes à descendre. Peu après 15 heures, l'obscurité envahit l'horizon à l'est (on se serait cru en soirée) et colora rapidement le ciel, comme un encrier qu'on aurait renversé. Albert finit par cesser de dire qu'il fallait que j'apprivoise ma peur des grands espaces et consacra son souffle à avancer plus vite. Nous dévalions des pentes abruptes, nous courions dans les vallées et avancions prudemment le long des étroits chemins pierreux au-dessus des gorges. Les gens parlent de la nature comme d'une mère, mais pour moi, elle a toujours été une Médée prête à massacrer ses enfants. Chaque descente était une gueule ouverte ; chaque rocher, une dent prête à mordre.

Je n'étais pas connectée à la Terre, mais j'en sentais néanmoins la puissance, la colère, le désir de nous écraser, nous, les prédateurs. Je ressentais la même chose avec l'orage. Les perturbations qui entraient dans les villes sont moins conscientes d'elles-mêmes, plus instinctives. Ce qui s'approchait maintenant vibrait de menace pure.

De l'air plus chaud se frayait un chemin entre les arbres, faisant bouger les branches et les feuillages. La brise augmenta d'intensité, tout en apportant l'odeur de la pluie.

— Plus vite, dis-je alors que nous arrivions dans la plaine.

Nous nous mîmes à courir : l'orage déployait ses tentacules nuageux au-dessus de nos têtes et la pluie se mit à tomber comme un rideau de plomb. Le ciel était entrecoupé d'éclairs blancs et pourpres, et sans aucune ville pour la contrôler la foudre était immense et puissante, plus grande encore que la montagne qu'elle frappait. Le tonnerre me heurta physiquement. Le corps humain est essentiellement constitué d'eau ; le son se déplace en vagues. Ma peau, mes os, mon cartilage, tout en moi vibra.

Au-dessus de nous, sur la crête, un arbre s'enflamma comme une torche.

Albert criait quelque chose à propos d'un refuge de gardes forestiers. Je voyais à peine où je mettais les pieds. La pluie me fouettait comme un essaim de guêpes, et sous les arbres l'obscurité était totale. De toute façon, il valait mieux ne pas rester sous le couvert : le risque d'attirer la foudre était trop grand.

Des fourmillements le long du dos, jusqu'au sommet de mon crâne.

— Couchez-vous ! criai-je en me jetant par terre, recroquevillée en boule, pour laisser le moins de surface possible à la foudre.

Je sentais désormais l'orage. Il était comme un homme aveugle qui chasse une souris avec sa hache. Il me voulait. Je l'attirais.

Il me *haïssait*.

La foudre tomba près de moi, très près de moi. Je sentis l'explosion et entendis quelque chose de trop fort pour n'être qu'un *bruit*. C'était une *force*, avec sa propre énergie, sa propre vie.

Je pleurais. J'étais certaine que la fois suivante, il m'aurait. Il savait où je me trouvais, il pouvait sentir ma peur.

Quelqu'un m'attrapa par le bras et me força à me lever. Nous courûmes à travers l'obscurité, en glissant sur l'herbe et dans la boue. Des cerfs surgissaient de la nuit et nous coupaient la route, tels des fantômes blancs s'échappant d'un cimetière.

Nous étions enfin au refuge des gardes forestiers. Lorsque je vis que maman et Albert étaient déjà là, grelottants, emmitouflés dans des couvertures, je me rendis compte que je ne connaissais pas la personne qui m'avait sortie de l'orage.

Petite, brune à la peau dorée, elle riait tout en enlevant son chapeau de garde pour le faire sécher.

— Le temps idéal pour une promenade, dit l'autre garde en tendant du café chaud à maman et Albert.

Mon sauveur lui sourit et regarda par la fenêtre. La pluie s'abattait violemment contre la fenêtre, comme pour nous atteindre.

— Ouais, répondit la jeune garde. Parfait.

Elle me jeta un coup d'œil et je sentis le courant s'établir. Nous étions pareilles. Nous partagions quelque chose de fondamental.

Je n'étais pas la seule proie de l'orage. Il nous chassait toutes les deux.

— Tu devrais faire plus attention, dit-elle. Certaines personnes ne sont tout simplement pas faites pour communier avec la nature.

— Et toi, c'est quoi ton excuse ? répliquai-je.

Elle haussa les épaules.

— Il faut bien quelqu'un en première ligne, dit-elle. Estrella Almondovar. Star, pour les intimes.

Je me présentai. Elle alla me chercher une couverture et du chocolat chaud à la place du café. En me le tendant, elle baissa la voix et me dit :

— Tu as reçu une lettre ? De l'Association ?

— Oui. Je passerai en conseil d'admission à dix-huit ans.

— Eh bien, n'attends pas. Commence à te former dès maintenant, comme moi. C'est mon stage, ici. Tu en as besoin. Je n'ai vu le parc réagir de cette manière qu'avec une seule autre personne.

— Qui ça ? demandai-je.

Elle me fit un sourire taquin, du genre « tu aimerais bien le savoir, hein ? ».

— Tu ne le connais pas. Mais il s'appelle Lewis.

Elle s'approcha de nouveau de la fenêtre et observa le feu qui brûlait sur la crête, provoqué par le premier coup de foudre. Sous mes yeux, l'incendie tressaillit, crépita puis s'éteignit.

C'est à ce moment-là que je sus. Elle n'était pas une gardienne des Cieux comme moi. Son pouvoir s'exerçait sur le feu.

À partir de ce jour-là, nous fûmes amies. Je ne saurais pas vraiment dire pourquoi : hormis nos dons, nous n'avions pas grand-chose en commun ; mais nous partagions une forme de connexion, d'énergie. Nous réagissions aux mêmes fréquences.

Nous avions fini par vivre en colocation à Princeton, et avions partagé des milliers de moments de joie, des tragédies et des triomphes. C'était la meilleure amie que j'aie jamais eue, et on aurait pu penser, à un moment donné, que toute notre vie serait agréable et insouciante. Intelligentes, belles, douées. Unies comme les doigts de la main. La perfection.

Puis Yellowstone avait brûlé, et tout avait changé pour nous deux.

Je pensais sombrement à Oklahoma City. Le chemin le plus direct était de suivre les routes à péage du Connecticut jusqu'à la I-90. Cela prendrait la majeure partie des deux journées de voyage. Le café que j'avais ingurgité dans une orgie de caféine à 4 heures du matin n'était qu'un vague souvenir ; les gargouillis de mon estomac me rappelaient que même si c'est délicieux, le *mocha* ne constitue pas un aliment solide.

Fallait-il s'arrêter pour manger ou avaler des kilomètres ? Mes décisions dépendent presque toujours des prévisions météo ; je cherchai donc la station météo de la radio.

L'orage qui m'avait suivie depuis la Floride ravageait maintenant la côte est. La ligne d'horizon s'obscurcissait derrière moi, et je voyais les flancs de l'orage supercellulaire. Il commençait à tourner, poussé par l'effet de Coriolis et son puissant moteur interne qui réchauffait et refroidissait l'eau. Une fois la rotation accomplie, ce serait l'orage le plus terrible de la côte.

Et je n'avais aucune intention de me trouver dans les parages à ce moment-là.

Vous vous demanderez peut-être pourquoi je ne remuais pas tout simplement la main pour m'en débarrasser, chose qui relevait tout à fait de mes compétences. En fait, c'est parce que Newton avait raison : chaque action entraîne une réaction. Chaque fois qu'un gardien intervient sur le temps, la puissance doit aller quelque part, et croyez-moi, personne n'a envie qu'un orage supercellulaire libère son énergie à travers lui. La puissance dégagée est de l'ordre de trois ou quatre grosses bombes atomiques. Si j'avais directement tenté de dissiper cet orage traqueur, si j'avais (pour donner une description biblique) levé les bras au ciel et fendu les vents, j'aurais sans doute réussi à le dissiper là où je me trouvais, mais j'aurais peut-être aussi créé la plus grosse tornade du monde, qui aurait tout ravagé sur son passage, dans une direction opposée à la mienne. En outre, je n'étais pas une gardienne officielle dans cette région… Pas plus qu'ailleurs puisqu'on en parle. Plus maintenant.

Pourtant, j'avais été l'un des manipulateurs des Cieux les plus subtils de l'histoire, tous les rapports le confirmaient. Je pourrais sans doute intervenir sans que personne ne le voie, même si on me cherchait en Seconde Vue. Je n'avais pas franchement le choix. Quelle que soit mon allure pour lui échapper, cet orage me rattraperait forcément. Il connaissait mon odeur.

J'allumai la radio, m'installai confortablement dans le siège ergonomique de la Mustang, et me mis à fredonner tandis que Jim Morisson chantait (quelle coïncidence) les aventures des cavaliers de l'orage. Tout en conduisant, je transformai l'air au-dessus de moi. Je le refroidissais ici, le réchauffais là, ralentissais les courants ascendants qui donnaient sa force à la tempête. C'était un travail en finesse : il fallait prendre garde à ce que l'énergie dilatée n'aille pas s'ajouter à une autre perturbation, tout en s'assurant d'effectuer assez de changements pour affaiblir la tempête. De plus, je me devais de rester discrète. La dernière chose dont j'avais envie était d'attirer l'attention des responsables locaux.

Il me fallut environ deux heures et demie pour l'atténuer et transformer un salopard enragé en une dépression inoffensive… et ce n'est vraiment pas rien de le faire en écoutant un marathon des albums des Doors au volant d'une Mustang. Je sortis de la route et me garai sur le parking d'un café-restaurant appelé le Kountry Kafe. Je fermai les yeux pour sortir de mon corps et aller examiner le résultat.

En Seconde Vue, le monde est très différent. J'observai ma main où l'on distinguait des filigranes de cristal, mon aura d'un bleu froid agrémentée de pointes vertes et, plus grave, de touches de rouge. Rouge, ce n'était pas bon. Rouge, c'était synonyme de problèmes. Pas étonnant que le djinn ait senti la Marque.

Je ne pouvais rien y faire pour l'instant. Je m'élançai dans ma forme astrale et admirai la perfection limpide de la Mustang, encore plus admirable en Seconde Vue que dans le monde réel. C'était une vraie beauté magique. Il me suffit de jeter un coup d'œil au Kountry Kafe pour me convaincre que je n'avais pas envie d'y manger. L'endroit vibrait de mauvaises énergies, une énorme masse tremblotante de gelée rance.

J'étendis mes bras immatériels et remontai. Dans cette réalité-là, on n'avait pas de sensation de vitesse, pas de résistance non plus d'ailleurs. Je remontai, toujours plus haut, jusqu'à voir en dessous de moi la surface arrondie de la Terre. Depuis ces hauteurs vertigineuses, je contrôlais la spirale de l'orage en train de se déformer. En Seconde Vue, il était quasiment identique à ce qu'on en voit dans le monde tangible, sauf qu'au lieu de produire des éclairs, l'énergie apparaissait en couleurs. Des couleurs brillantes et vives qu'un gardien bien formé savait interpréter. J'en conclus que j'en avais fait assez. Le mouvement général de rotation avait été interrompu et les flashs de lumière étaient d'or et de vert, comme des superpositions de charges positives et négatives scintillantes. Si mes manipulations précédentes avaient échoué, j'aurais vu des touches de rouge et des nuances sombres photonégatives.

Je lâchai prise et la planète se précipita à ma rencontre. La première fois que j'avais été en Seconde Vue, j'avais été terrifiée, et ce n'est pas étonnant : la sensation qu'on a lorsque l'on retombe dans son enveloppe physique est l'une des plus effrayantes qui existent. À présent, cela me faisait frissonner de plaisir. Trop peu de frissons de plaisir dans ma vie ces jours-ci. Sans parler des rendez-vous galants, encore moins nombreux.

Je retournai dans mon corps et le monde reprit poids, forme, dimension. Delilah la Mustang retrouva sa couleur bleu nuit brillante et familière.

Mon estomac gargouilla de nouveau. Avec un dernier regard de regret vers le Kountry Kafe, je me mis en route.

De l'extérieur, le restaurant dans lequel je m'arrêtai ressemblait beaucoup à l'autre, mais avait l'air mieux en Seconde Vue. Il s'appelait *Vera's Place*. En fait, Vera avait quitté ce monde depuis longtemps et la propriétaire, et serveuse, actuelle était une certaine Molly, la trentaine, guillerette, dont les cheveux trahissaient plusieurs essais de teinture maison, et à la peau laiteuse dont rêvent toutes les actrices hollywoodiennes.

— Du gâteau ? me demanda-t-elle tandis que je finissais les dernières miettes de mon sandwich au poulet accompagné de purée.

Le restaurant n'était pas très animé : j'avais compté six vieux schnocks et un couple de bobos qui ressemblaient à une pub pour Chevignon. Ils avaient regardé le menu d'un air dédaigneux et n'auraient jamais envisagé de manger quelque chose d'aussi « classe moyenne » qu'une part de gâteau. C'est ce qui me décida.

— Quoi, vous avez l'impression que je suis morte de faim ? lui demandai-je en ramassant les dernières gouttes de la délicieuse sauce avec ma fourchette.

Elle m'adressa un immense sourire.

— La dernière personne qui est venue ici et qui n'a pas pris de gâteau, c'était un super avocat de Los Angeles, me confia-t-elle.

Je lui passai mon assiette toute vide.

— Je n'aimerais pas qu'on me mette dans le même sac que lui. Qu'est-ce que vous avez ?

Elle leva un sourcil.

— Vous voulez vraiment toute la liste ?

— Juste les points forts.

Les points forts à eux seuls auraient suffi à remplir deux pages en interligne simple. Je me décidai pour le chocolat.

— Crème au brandy, crème anglaise ou meringue ?

— C'est un choix, ça ? Meringue, évidemment. La question ne se pose même pas.

La meringue était plus haute que les trois épaisseurs du gâteau. C'était parfaitement délicieux et ça s'alliait à merveille avec le chocolat crémeux et épais. La pâte était à tomber par terre, croustillante et divine. Le meilleur gâteau de ma vie. Sincèrement. En Seconde Vue, on ne peut jamais se tromper sur la qualité de la nourriture, en particulier des gâteaux.

Tout en savourant les dernières bouchées, je sortis une carte routière et étudiai mon trajet. Très, très long, et très ennuyeux. Je demandai à Molly si elle connaissait des endroits où je pourrais m'arrêter ; elle m'en recommanda deux. Après un passage aux toilettes, je retournai à ma voiture avec une satisfaction chocolatée, fermement décidée à trouver un *Holiday Inn* avec toutes les chaînes pour adultes et un minibar. On s'amuse comme on peut.

Au moment où j'allais ouvrir la voiture, une sensation de fourmillements, terrifiante et sans ambiguïté, s'empara de moi. J'ouvris la portière et me jetai à l'intérieur. Mes pieds avaient à peine quitté le sol qu'un premier éclair souleva la poussière à l'endroit où je m'étais trouvée, qu'un autre descendit des nuages gris et que les deux se rencontrèrent au milieu dans un formidable claquement de force. J'en fus éblouie et la puissance de l'explosion fit siffler mes oreilles. Je sentais une odeur forte et métallique d'ozone. J'avais été à deux doigts de servir de fusible à ce courant !

La foudre peut tomber d'un ciel bleu, mais il faut qu'elle soit dirigée par une énergie qui vienne de *quelque part*, et l'orage dont je m'étais occupée n'avait plus la charge nécessaire.

Il n'y avait aucun potentiel ; et pourtant, je sentais tout autour de moi une forte charge positive dans le sol et des charges négatives dans le ciel au-dessus de ma tête, clair mais humide.

En Seconde Vue, je vis onduler comme des serpents transparents des chaînes d'électrons qui se formaient en une guirlande froide et dure s'apprêtant à s'abattre sur moi. Bon Dieu, quelqu'un était en train de faire cela. Quelqu'un de vraiment puissant.

Je me penchai vers la portière, enlevai des mèches de cheveux de mon visage et vis qu'à l'endroit où je m'étais trouvée, le sol était noir avec de la fumée. La porte du restaurant s'ouvrit brusquement. Molly et les autres clients, même le couple bobo, se précipitèrent pour voir ce qui se passait. Trop prudents pour sortir, trop curieux pour vraiment rester en sécurité. Je leur fis un signe de la main pour leur montrer que j'allais bien, et m'apprêtai à m'enfermer dans la voiture.

L'intérieur de la portière était carbonisé de haut en bas, pauvre chérie. J'hésitai et touchai doucement le métal. Il était chaud, mais pas brûlant. La portière grinça quand je la claquai, mais le moteur se mit en route et les vitesses fonctionnaient.

Il fallait que je mette une certaine distance entre moi et ce qui se passait. Et je devais aussi réparer le mal qui avait été fait dans l'atmosphère avant que la foudre vicieuse, enragée et stupide, ne tombe sur la région comme autant de cobras bleus et blancs. Je rejoignis la route et je commençai à inverser la polarité des particules chargées au-dessus de ma tête. L'astuce était de ne pas tout changer, mais seulement d'intervenir sur assez de maillons de la chaîne pour briser la connexion. Je choisissais les particules à l'instinct, en inversant *celle-ci*, puis *celle-là*, puis en en inversant toute une série, comme une crêpe qu'on retourne.

Je cassais la chaîne de la destruction.

Les particules revenaient à leur place et se connectaient plus vite que la pensée, à ma poursuite.

*Merde !*

J'appuyai sur l'accélérateur et Delilah sursauta. Elle avançait comme si sa vie en dépendait. Je délaissai le ciel et me concentrai sur la mince couche d'humidité sur la route, sous les pneus. Je n'étais pas capable de modifier la charge de la terre; je ne pouvais même pas sentir si le sol avait été sensibilisé, mais je *pouvais* contrôler l'eau. C'était une chose à laquelle mon ennemi, quel qu'il soit, n'avait peut-être pas pensé.

Une fraction de seconde avant que la foudre ne se décharge au travers de la chaîne ouverte de particules, j'inversai la polarité de l'eau et envoyai sa décharge d'énergie dans le sol.

Le circuit se brisa et l'énergie se dispersa, inoffensive, en un million de directions.

J'attendis, en passant en Seconde Vue pendant que mon enveloppe corporelle se chargeait de maîtriser la folle course de la Mustang sur le bitume mouillé. J'observai les particules vivantes et pensantes s'agiter encore et encore, et errer à la recherche d'un nouveau circuit potentiel.

Soudain, je les vis revenir à leur état normal, quand celui ou celle qui était derrière tout cela abandonna.

Je poussai un profond soupir et me rendis compte que j'étais en sueur. La voiture empestait.

Je baissai la vitre tout en continuant à conduire. Je n'osai même pas ralentir.

LA MÉTÉO N'EST pas ce que vous pensez. Loin de là.

C'est un prédateur. En fait, le monde qui vous entoure est plein de prédateurs que vous ne pouvez ni voir ni sentir, et qui ne sont maintenus hors d'état de nuire que par leurs propres caprices et par les pouvoirs d'environ un pour cent de l'humanité. Vous vous demandez pourquoi les dinosaures ont disparu? Très simple: les gardiens n'existaient alors pas.

Nous appartenons à trois catégories différentes. Les gens qui contrôlent l'eau et l'air sont les gardiens des Cieux; notre mission consiste à faire en sorte que les terribles orages qui sévissent sur la planète n'éradiquent pas l'humanité. C'est aux gardiens de la Terre que nous devons de ne pas rejoindre la grande liste des espèces éteintes : chaque année, ils évitent des dizaines de catastrophes qui auraient réduit notre planète en poussière. Enfin, les gardiens du Feu contrôlent, ou essaient de contrôler, la tendance qu'a la planète à vouloir réduire les choses en cendres. Mère Nature est schizophrène et assassine, et vous n'êtes protégés d'une mort hideuse et douloureuse que par l'action de quelques milliers de personnes qui, partout dans le monde, s'accrochent. Contents ? La plupart des gens n'ont pas envie de savoir. Bordel ! La plupart du temps, même moi je préférerais ne rien savoir.

Les gardiens sont des gens avec de grandes compétences magiques, mais l'Association des gardiens est, surtout et avant tout, une machine bureaucratique. C'est ça, nous sommes des fonctionnaires, nous sauvons des vies, nous faisons des bonnes actions, etc. Nous sommes payés, nous travaillons dans le cadre d'une structure, avec des objectifs à atteindre et un programme de soins dentaires très avantageux. Un peu comme le fisc, si le fisc était là pour vous éviter chaque jour de mourir d'une mort atroce.

Les responsables sont les hauts gardiens, qui constituent le Conseil mondial (lequel, curieusement, a son siège dans le bâtiment des Nations unies à New York, évidemment dans un étage pas très fréquenté). Sous la responsabilité des hauts gardiens, on a les gardiens nationaux, qui contrôlent des pays entiers, puis les gardiens sectoriels, les gardiens régionaux, les gardiens locaux et le personnel.

Nul n'aurait jamais pensé qu'il puisse y avoir quelque chose de plus puissant qu'un gardien du Conseil mondial, tout comme nul n'aurait jamais pensé qu'un Lewis puisse apparaître. Lewis, qui contrôlait tous les éléments, n'avait pas sa place dans l'organisation. Ou, pour être exacte, sa place était au sommet. Un véritable maître de l'art, absolument unique. Personne dans la grosse machine qu'était l'Association n'aimait cette idée-là. Le problème était qu'on ne pouvait pas douter de l'étendue de ses pouvoirs, puisque Lewis faisait une démonstration de ses talents à chaque fois qu'on lui demandait d'appeler le feu, l'eau, l'air et la terre. Après l'incident avec les garçons de la fraternité, Lewis vécut comme un rat de laboratoire, cerné par des gens qui auraient donné n'importe quoi pour le contrôler, prouver qu'il était un escroc, le comprendre, l'arrêter, l'aduler, le détruire. Et par d'autres aussi, qui ne voulaient qu'un autographe.

J'avais essayé de savoir ce qui se passait, mais je n'étais qu'une apprentie, même si tout le monde s'accordait sur le fait que j'avais moi aussi un grand pouvoir et que j'étais prometteuse. Il n'y avait malgré tout aucune chance pour qu'on me tienne au courant des décisions prises au niveau mondial. À un moment donné (je ne fais que supposer) ils ont certainement décidé que ce serait plus sûr si Lewis n'existait tout simplement pas.

Je crois que quelqu'un tenta de le tuer. Et pire encore. Il me semble qu'ils furent assez bêtes pour échouer.

Quoi qu'il en soit, ce qu'on sait, c'est que Lewis avait pris la fuite. Il avait disparu avec trois (rendez-vous compte : *trois* !) précieuses bouteilles de djinns dérobées dans la chambre forte de l'Association. Hop ! Le crime du siècle, commis par l'homme le plus recherché du monde.

Depuis, cela faisait sept ans que de nombreuses personnes cherchaient Lewis.

Je n'étais que la dernière en date.

DES ÉCLAIRS SORTIS de nulle part. Génial. Quelqu'un essayait de me tuer. *De manière active*. C'était nouveau, différent, et j'appréciais peu.

Il était possible (O.K, quasi certain) que tout ceci soit lié à un type du nom de Bad Bob Biringanine. Cela ne faisait pas deux jours que Bad Bob était mort. J'avais été présente lors de son grand final, et on me tenait très certainement pour responsable. J'avais *peut-être* une petite chance de m'en tirer, mais seulement si je sortais de ma cachette pour parler au Conseil des gardiens… Toutefois, tenter une telle sortie alors que je portais la Marque du Démon était une autre histoire. Je pouvais toujours essayer de leur expliquer, ils ne me croiraient pas. Jamais.

Dans tous les cas, qu'ils me croient ou non, ils ne pourraient pas m'aider.

Je priais de toutes mes forces pour que Lewis en soit capable. Mon problème était d'arriver à le trouver avant que quelqu'un d'autre ne me trouve.

Ces éclairs pouvaient également constituer un avertissement officiel des gardiens, auquel cas j'étais vraiment au fond du trou, sans issue visible. Je devais en être sûre avant de décider de mes prochaines actions. Il n'y avait qu'une personne de l'Association à qui je pouvais encore faire confiance. J'attrapai mon portable, vérifiai le niveau de charge (une seule petite barre) et composai le numéro.

Paul décrocha à la première sonnerie.

— Nom de Dieu de merde, Jo, qu'est-ce que tu viens de faire ?

C'était un hurlement, pas une question. J'éloignai le téléphone de mon oreille, puis le rapprochai doucement.

— Une putain de surtension de la taille du New Jersey, bordel ! Et c'est en plein dans mon secteur ! Ne me dis pas que ce n'était pas toi, je reconnais ton style !

— Ce n'était pas moi. D'accord, c'était dirigé *contre* moi, mais ce n'est pas moi qui ai commencé.

J'attendis qu'il en ait terminé avec sa tirade d'insultes. Paul Giancarlo était un gentil. Son tempérament se résumait en beaucoup de bruit, peu de colère. D'ailleurs, pour quelqu'un qui avait des connexions « familiales » (quand je dis Famille, je pense *Cosa Nostra*) il était étonnamment doux. Cependant, j'étais dans le secteur à l'intérieur duquel Paul était le maître absolu des Cieux. C'était une responsabilité qu'il prenait *très* au sérieux. Si je me montrais négligente avec des vies humaines, il m'en voudrait.

Paul était à la tête d'une centaine de gardiens régionaux et locaux, et son bout de territoire s'étendait de Montpelier jusqu'à Philadelphie, en Pennsylvanie. Je me trouvais pile au milieu. Paul avait la possibilité de rendre mon voyage très désagréable, de par son génie à petite échelle, par exemple en m'envoyant avec une précision d'orfèvre une mousson qu'il fixerait au-dessus de ma Mustang, de sorte qu'elle me suivrait où que j'aille ; ou encore en m'offrant un entonnoir nuageux qui me conduirait tout droit au pays d'Oz. Mais je n'avais pas le temps. En outre, un conflit entre gardiens n'est jamais bon pour personne.

— Ils te cherchent, dit-il plus calmement. J'imagine que tu le sais déjà puisque tu as disparu sans laisser de traces.

— Ouais, enfin c'est pas comme si j'avais eu le choix.

— C'est sûr, avec les accusations de meurtre et tout ça.

— Ce n'était pas un meurtre ! C'était (ça sonnait vraiment comme une mauvaise excuse !) de la légitime défense.

Il grogna.

— Tu sais Jo, ce genre de défense, ça ne tient pas bien la route, même dans des tribunaux normaux. Encore plus quand il s'agit d'un type qui avait trois fois ton âge et qui n'était pas armé.

— Comme si un gardien n'était pas armé ! Eh, c'est de *Bad Bob* qu'on parle là ! Pas d'un pauvre type que j'aurais attaqué pour lui piquer son portefeuille.

Le soupir qu'il poussa fit crépiter le téléphone.

— Il avait beaucoup d'amis. Beaucoup d'amis puissants. Qu'est-ce qui t'a pris d'aller aussi loin ? D'accord, c'était parfois un salaud, mais putain, tu n'étais pas obligée de détruire sa maison avec lui à l'intérieur, Jo ! Sans parler de l'orage que tu as concocté à ce moment-là et qui te suit depuis comme un missile à tête chercheuse.

Je ne voulais pas en parler maintenant ; il y avait trop de choses à expliquer au sujet de Bad Bob et de la Floride.

— Plus tard. Une chose à la fois. Quelqu'un m'a envoyé un éclair totalement improbable.

Il y eut un sifflement long et expressif.

— Ça expliquerait le bordel que ça a mis dans ma météo. Tu es en train de me dire que quelqu'un l'a envoyé sur toi ? Exprès ?

— Je suis en train de te dire que quelqu'un de très *bon* me l'a envoyé. Et j'ai un peu besoin de savoir qui c'est. Est-ce que c'était… tu sais… officiel ?

— Tu me demandes si quelqu'un a validé avec moi avant ? Bien sûr que non. Crois-moi sur parole : ça n'est pas passé par la chaîne de commandement.

Il se tut quelques secondes durant lesquelles je l'entendais presque réfléchir.

— Écoute-moi, Jo, ça devient trop sérieux. Tu ferais mieux de venir me voir. À Albany. Tu connais l'adresse.

Effectivement.

— Paul ?

Il comprit ma question avant même que je ne la pose.

— Je ne vais pas te dénoncer, ma puce. C'est pas comme si je venais d'une famille de délateurs.

Sur ce, il raccrocha. Je gardai le téléphone un moment en essayant de prendre une décision ; en réalité, je n'avais pas le choix. Les propositions de Paul n'étaient rien d'autre que des ordres polis.

Je poussai la Mustang un peu plus loin sur l'échelle des amendes pour excès de vitesse et pris la direction d'Albany.

J'AVAIS RENCONTRÉ PAUL lorsque j'avais dix-huit ans, au cours du conseil d'admission officielle en tant que gardienne.

On m'avait fixé rendez-vous dans un *Holiday Inn* à la périphérie de Sarasota. J'avais eu des instructions et une heure de rendez-vous, le tout fourni sur du papier à en-tête de l'Association. J'avais passé le plus clair du voyage à essuyer mes mains en sueur tout en souhaitant pouvoir continuer à rouler éternellement et disparaître. Mais les gardiens avaient été très clairs sur le fait que ma présence était exigée, pas simplement souhaitée. Ils avaient également évoqué leur capacité non seulement à me rendre la vie impossible, mais aussi, s'ils le souhaitaient, à lui mettre fin de manière très désagréable.

J'entrai donc dans le petit hôtel modeste et regardai les panneaux qui indiquaient les salles de réunion. *Conseil d'administration de la société Culligan* : non. *Association des femmes cultivatrices de roses* : probablement pas. *Institut de recherches météorologiques* : cela devait être la bonne. Je tirai de nouveau sur ma jupe en regrettant de ne pas avoir revêtu quelque chose de plus classique, puis je suivis ce qui me semblait être le couloir de la mort. La porte était fermée. Je frappai.

Et c'est alors que je rencontrai Paul. Il m'impressionna dès qu'il ouvrit la porte, et pendant une seconde éternelle, la seule chose que je fus capable de penser était « *Whoua ! Quel canon* ! ». Il aggrava largement les choses en écarquillant les yeux et en me faisant passer un scanner rapide et complet comme les hommes savent si bien le faire. Il mesurait un mètre quatre-vingt cinq, avec la peau mate, des cheveux noirs et une barbe de trois jours très étudiée. Son corps était soit l'œuvre d'un coach onéreux, soit le fruit de dispositions génétiques incroyables.

— Joanne Baldwin ? me demanda-t-il sur le pas de la porte.

Je hochai la tête.

— Vous êtes en retard.

Sa voix ne s'accordait pas avec son corps : elle était basse, grave et rugueuse. Elle faisait pourtant vibrer des parties de mon corps qui, en général, ne réagissent pas aux sons. J'avalai ma salive en espérant que mes jambes ne tremblaient pas trop et je le suivis dans la pièce.

Sur les sept personnes qui se trouvaient là, Paul était incontestablement celui qu'on remarquait à cause de sa beauté, mais cela ne voulait rien dire. Je sentis un potentiel colossal de puissance le long de ma colonne dès l'instant où j'entrai. Belle ou disgracieuse, chacune des personnes présentes était capable de détruire des pays entiers.

L'homme assis en bout de table se leva. Il était plus âgé, avec un visage impassible et des yeux gris aussi chaleureux que du marbre poli. J'ignorais alors que se tenait face à moi le responsable des Éléments pour l'ensemble des États-Unis, un homme qui d'habitude avait mieux à faire que d'évaluer si une gamine de Floride avait les dispositions nécessaires.

— Joanne Baldwin, dit-il.

Cela servait de présentation formelle. Je hochai la tête en me retenant pour ne pas lui faire une révérence, que ma minijupe aurait de toute façon rendue catastrophique.

— Je m'appelle Martin Oliver. Vous avez fait la connaissance de Paul Giancarlo (le beau gosse m'adressa un signe). Je vais vous présenter les autres membres de la commission.

C'était un véritable *who's who* des « Gens Qui Comptent ». Étaient présents les gardiens d'État du Texas, de l'Arkansas et du Montana ; ainsi que Marion Bearheart, une Amérindienne au regard bon et à l'aura assez puissante pour briser le verre. Et le gardien d'État de Floride, Bob Biringanine. Bob était petit, de type irlandais, le teint toujours rouge, un duvet de cheveux blancs et des yeux d'un bleu d'acier. Je ne lui revenais pas. Je le sentis au premier regard indifférent qu'il posa sur moi.

— Asseyez-vous, me dit Martin Oliver en accompagnant ses paroles d'un geste de la main.

Je m'installai avec précaution dans une chaise noire un peu grinçante. Tout le monde avait le regard rivé sur moi.

— Je vous sers un café ?

— Non merci, réussis-je à dire. Écoutez, je ne suis pas sûre de savoir…

— Vous êtes ici soit pour être admise dans le programme, soit pour qu'on vous prive de vos pouvoirs, dit Bob. Vous êtes beaucoup trop dangereuse pour être laissée en liberté.

Les yeux gris et froids de Martin se posèrent brièvement sur Bob, qui ne sembla pas accuser le coup. J'essayai de formuler une réponse. Rien ne me vint à l'esprit. Bob (j'appris plus tard qu'on l'appelait Bad Bob) fouilla dans des documents posés devant lui et trouva quelque chose d'intéressant. Je ne voyais pas ce que c'était.

— Il y a un an, il y a eu un orage. Vous l'avez dirigé de manière à ce qu'il évite votre maison.

Ah. Ça. Je pensais que personne ne s'en était aperçu. Mes lèvres et ma bouche étaient de nouveau sèches.

— J'ai été obligée.

Ma voix était trop douce, enfantine. Le regard de Bad Bob me paralysait.

— *Obligée*? répéta-t-il en échangeant des regards avec quelques autres personnes. Mais bon Dieu, jeune fille, vous comprenez ce que vous avez fait? Votre interférence a accru la force de l'orage. Un phénomène qui n'aurait causé que des dommages *mineurs* à votre maison a fini par en détruire six autres. À cause de *vous*. Vous manquez de jugement.

Je ne savais pas cela. Je pensais vraiment que j'avais fait ce qu'il fallait. De manière soigneuse, précise. L'idée que j'aie pu aggraver les choses ailleurs était totalement inédite.

— C'est un peu dur, dit Marion Bearheart.

Elle s'appuya contre le dossier de sa chaise et m'observa.

— Nous avons tous foiré à un moment ou à un autre, Bob. Tu le sais très bien. L'année dernière, Paul a laissé tomber quarante-cinq centimètres de pluie sur une plaine inondable, alors qu'il était simplement chargé de produire une averse estivale. Combien de maisons as-tu emportées, Paul ?

— Cinq, grogna Paul. Et je te remercie de remettre ça sur le tapis aussi souvent que possible.

Bad Bob l'ignora et regarda fixement Marion.

— Paul n'a provoqué la mort de personne.

Mon cœur s'arrêta net. Le silence régnait autour de la table. Bob fouilla dans ses papiers et en sortit un article de journal.

— Dans les décombres de la maison, on a retrouvé le corps de Liza Gutierrez, âgée de vingt-neuf ans, et de Luis Gutierrez, trente et un ans. Trois enfants, âgés de deux à neuf ans, ont réussi à s'échapper avec l'aide des voisins avant que la maison ne s'écroule.

J'avais l'impression d'écouter quelqu'un en train de lire mon propre éloge funèbre. Je tentai de déglutir. Impossible. Je baissai le regard vers le faux parquet et tentai de retenir mes larmes. *Je ne savais pas je ne savais pas je ne savais pas.* Le mantra du désespoir.

Puis une voix grave et rauque retentit.

— Ce sont des conneries.

Je levai la tête et vis que Paul avait les yeux fixés sur Bob.

— Ça va, Bob, elle a détourné l'orage, d'accord, sans tenir compte des vecteurs force et de la vitesse du vent, mais c'était quand même du bon boulot. Ensuite, *toi* tu n'as pas vérifié si les conditions avaient changé avant de commencer à rabaisser le plafond dans la mésosphère. Si tu veux définir les responsabilités de chacun, je crois que tu devrais en assumer une part. Et qui plus est, les gens meurent. Si nous n'étions pas là, la côte atlantique ne serait qu'un amas de cadavres, tu le sais aussi bien que n'importe qui. On ne peut pas toujours sauver tout le monde. Parfois, on ne peut même pas sauver sa peau. Tu le sais. Toi plus que n'importe qui.

— Paul, dit Martin Olivier doucement. Cela suffit.

Paul se tut. De même que Bad Bob, qui referma son dossier. Martin Oliver ouvrit le sien.

— Joanne, peut-être devrions-nous parler de choses beaucoup plus élémentaires. Est-ce que vous avez *envie* de devenir une gardienne ? Ce n'est pas une vie facile et ce n'est pas particulièrement gratifiant. Vous ne serez jamais célèbre, et bien que vous sauviez de nombreuses vies, vous ne recevrez jamais de marques de gratitude ou de reconnaissance. Il vous faudra passer par une formation d'au moins six ans avant qu'on ne vous fasse confiance en tant que gardienne.

Il m'observait avec ses yeux gris, totalement impartial.

— Certaines personnes n'ont tout simplement pas le tempérament adéquat. J'ai cru comprendre que vous aviez tendance à agir d'abord et à réfléchir ensuite.

Je passai ma langue sur mes lèvres.

— Parfois.

— Dans quels cas pensez-vous qu'il soit admis d'utiliser les pouvoirs qui vous ont été donnés ? Pour se débarrasser d'un orage violent par exemple.

— Pour… sauver des vies ?

Personne ne m'avait dit que ce serait un test. Merde.

Martin échangea un regard avec Bad Bob.

— Et pour sauver des bâtiments ?

— Heu… non.

— Non ?

Martin haussa les sourcils, ce qui eut pour effet d'agrandir ses yeux.

— N'y a-t-il aucun cas où il serait préférable de sauver des bâtiments plutôt que des vies ?

Mon cœur battait trop vite et me faisait mal. Il m'était difficile d'avaler tellement ma gorge était nouée.

— Non, je ne crois pas.

— Et si le bâtiment en question est un réacteur nucléaire, dont la destruction entraînerait la mort de milliers de personnes ?

Oups. Je n'avais pas pensé à ça.

— Ou encore, un centre de distribution de nourriture dans un pays souffrant de famine ? Vous choisiriez de sauver le bâtiment ou les gens, si en sauvant les gens vous aggraviez la famine ?

— Je ne sais pas, murmurai-je.

Mes mains tremblaient. Je serrai les poings quand le rire de Bad Bob rompit le silence.

— Elle ne sait pas. Évidemment. Voilà avec quoi on se retrouve de nos jours ! Un tas de jeunes qui ont grandi sans jamais avoir à se soucier de rien, qui n'ont jamais eu de décision plus difficile à prendre que le choix de la série télé qu'ils allaient regarder. Et vous voulez lui faire confiance à *elle* en lui donnant un pouvoir de vie et de mort ?

Il eut un mouvement de dédain et jeta mon dossier au milieu de la table.

— J'en ai assez entendu.

— Attendez ! criai-je. Je suis désolée. Je n'avais pas compris.

Marion Bearheart me regarda depuis le côté opposé de la table, son regard brun empli de compassion.

— Et vous comprenez maintenant, Joanne ?

— Bien sûr. (Je mentais.) Je sauverais la centrale. Et… la nourriture.

Le silence retomba autour de la table. Bad Bob se leva. Personne ne discuta ni ne bougea d'un pouce quand il leva ses mains au niveau de ses épaules.

Un nuage apparut au-dessus de nos têtes. Au début seulement de la brume qui s'accrochait au plafond comme du brouillard, cela devint plus dense pour acquérir forme et consistance. Je sentais l'humidité attirée par cette chose, lui donner de l'énergie.

— Eh ! dis-je. Heu…

La puissance bondissait à travers la pièce, passant de chacun des gardiens présents au nuage qui se nourrissait d'eux, en tirait son énergie. Il était… Il était… *vivant*.

Bad Bob m'observait de son regard inquiétant et froid.

— Il vaudrait mieux faire quelque chose, conseilla-t-il. Je ne sais pas combien de temps il va se contenter de rester là sans rien tenter.

— Il faudrait faire quoi ? fis-je en glapissant.

Je ne me souvenais pas de m'être levée, mais j'avais quitté ma chaise et je reculai. L'énergie présente dans la pièce, une menace incontrôlable et diffuse, l'impression que le nuage au plafond *réfléchissait*…

Je le sentis me prendre dans son collimateur comme si une connexion venait de s'ouvrir, et quelque chose de chaud et de puissant surgit du nuage pour se diriger vers moi. Je n'eus pas le temps de réfléchir, pas le temps de faire quoi que ce soit à part *réagir*.

Je me tendis vers le nuage et le détruisis. Aucune délicatesse, aucune maîtrise, simplement la libération d'une puissance brute sous la forme d'une décharge d'électricité statique qui se dégagea de toutes les surfaces métalliques qui se trouvaient là. Du verre se brisa. L'eau du broc posé sur la table s'évapora bruyamment.

Je me recroquevillai dans un coin jusqu'à ce que ce soit terminé et que la pièce soit de nouveau calme et silencieuse.

Très silencieuse.

Je levai les yeux : ils étaient tous assis dans leur siège, les mains posées sur la table. Personne n'avait bougé d'un pouce. Marion fut la première à se lever pour se diriger vers un chariot où elle se saisit d'une grosse serviette de plage afin d'essuyer les flaques d'eau sur la table. Quelqu'un d'autre, sans doute un gardien du Feu, rétablit la lumière. Exception faite de quelques traces noires autour des prises électriques, tout semblait relativement normal.

Bad Bob reprit sa place, s'adossa, décontracté, et posa son menton sur son poing.

— Je n'ai rien à ajouter. Elle constitue une menace.

— Je suis d'accord, affirma le type qui ressemblait à un bibliothécaire agressif et qui venait de l'Arkansas. J'ai rarement vu quelque chose d'aussi incontrôlé.

Martin Oliver secoua la tête.

— Elle a d'immenses pouvoirs. Vous savez tous à quel point c'est rare.

Ils firent un tour de table, chacun donna son avis sur mes mérites ou mon inutilité, selon le cas. Marion Bearheart vota pour moi, ainsi que deux autres gardiens.

Puis ce fut au tour de Paul Giancarlo, qui se leva et s'approcha de moi. Il me tendit la main pour m'aider à me relever, et ne me lâcha que quand il fut certain que je n'allais pas m'écrouler.

— Tu sais ce qu'il se passe ? me demanda-t-il. Ce que nous sommes en train de décider ?

— Si vous allez ou non m'admettre parmi les gardiens, répondis-je.

Il secoua la tête, très gentiment.

— Si nous allons ou pas te laisser vivre. Si j'affirme qu'on ne peut pas te former, c'est Marion qui prendra soin de toi. Elle et son équipe tenteront de supprimer tes pouvoirs sans te tuer. Parfois, cela fonctionne. Parfois… pas si bien que ça.

S'il avait espéré m'effrayer, c'était gagné. J'aurais voulu dire quelque chose, mais je n'avais vraiment aucune idée. Tout ce que j'avais entrepris jusque-là avait misérablement échoué. Peut-être me taire était la meilleure chose à faire.

Il finit par sourire.

— Tu ne vas pas nous supplier, n'est-ce pas ?

Je secouai la tête.

— C'est déjà ça, dit-il.

Il se tourna vers Martin Oliver.

— Je m'en charge. Si elle n'y arrive pas, cela relèvera de ma responsabilité. Mais je pense qu'elle sera un jour une sacrée bonne gardienne.

Martin fit une grimace.

— Elle ne l'est pas encore.

— Ouais, mais bon, qui l'est, à dix-huit ans ?

— C'était ton cas, dit Martin. Le mien aussi.

Paul haussa les épaules.

— Marty, nous sommes des prodiges, bordel ! Et aucun de nous deux n'a jamais eu la moitié de la puissance de cette nana qui arrive à peine.

— C'est bien ce qui me fait peur, dit Bad Bob. C'est *exactement* ce qui me fait peur.

Il y eut quatre votes contre trois pour faire de moi une gardienne.

Au bout de deux heures de route, j'étais arrivée à Albany. Une ville pas mal : jolie, ancienne, un peu démodée mais néanmoins du genre idéal pour un couple qui voudrait se ranger. Elle était sans doute plus petite que ce que ses habitants auraient voulu, compte tenu du fait que c'était la capitale de l'État. J'arrivais à la belle saison : les tulipes s'épanouissaient en rangées de couleurs éclatantes, écarlates et jaunes comme des cercles de feu autour des arbres et dans les jardins. Je traversai la zone industrielle près de l'Erie Canal, passai devant de vieilles maisons en pierre rouge dont le perron était noir comme la suie et me dirigeai vers les quartiers sud à travers Hamilton vers la partie de la ville appelée, très à propos, les Manoirs.

Paul habitait dans une maison qu'il avait dû acheter au moins deux cent cinquante mille dollars… Avec une grande pelouse, un design élégant, et une tonnelle blanche comme de la dentelle au fond du jardin, au-dessus d'une roseraie.

J'entrai sur le chemin et garai ma Mustang; je laissai le moteur refroidir et fis un tour en Seconde Vue.

Je le regrettai presque. Dans le monde éthéré, la maison de Paul était un château. Et je vous parle d'un véritable *château*, avec des remparts, des drapeaux et des meurtrières. Ce n'était pas vraiment surprenant dans la mesure où Paul avait toujours été un chevalier, au sens guerrier, le genre ancien et sanguinaire, avec sabre et épée. Son secteur était son fief. Le monde de Paul était très largement blanc et noir. Mauvaise nouvelle pour l'équipe à bibi, dont les couleurs, ces jours-ci, tiraient sur le gris et le gris foncé.

Je me tournai vers les tulipes et les colonnes grecques du porche quand la porte d'entrée s'ouvrit. Paul vint à ma rencontre. Quelle qu'ait pu être son apparence chevaleresque en Seconde Vue, dans le monde réel Paul était tout simplement un pur-sang italien… Fort, musclé, avec une structure osseuse quasiment divine. Il arborait toujours sa barbe de trois jours, sauf que je savais depuis longtemps que ce n'était rien d'autre que celle du jour. Paul avait quarante-deux ou quarante-trois ans, mais cela ne l'avait absolument pas gâté. Putain, il était toujours canon.

Et, malheureusement, il était en ce moment très en colère contre moi.

— Sors de cette voiture, aboya-t-il en me faisant un signe brusque.

J'abaissai la vitre.

— Pas encore.

Il me lança un regard noir.

— Et pourquoi ? Tu ne me fais pas confiance ?

— Jette un coup d'œil à la portière.

Les marques de la foudre n'avaient pas franchement fait du bien à la carrosserie de Delilah.

— Allez, quelqu'un a essayé de me faire cuire dans mes Jimmy Choo la dernière fois que j'ai mis un pied dehors. Je ne me ferai pas avoir une deuxième fois.

La fureur de Paul s'atténua quelque peu quand il vit la preuve de ce que j'avançais. Mais fidèle à lui-même, il n'exprima ni surprise ni sympathie, pas plus qu'il ne me posa de questions délicates. Il me dit :

— Tu as peur.

— Sans blague. Toi aussi, tu aurais peur à ma place.

— Quoi ? Tu ne me crois pas capable d'éviter un petit éclair ?

— Disons simplement que je préférerais que tu aies quatre pneus en caoutchouc qui t'en séparent quand tu essaieras. Allez Paul, monte pour qu'on puisse discuter. Fauteuils en vinyle hyper confortables...

Il émit un grognement.

— Tu sais aussi bien que moi que les pneus en caoutchouc ne serviraient à rien face à un demi-million d'ampères.

— Non, mais la carrosserie est en acier. Ma voiture ne fondrait pas comme le tas de merde en plastique qui est garé là-bas.

Je fis un signe en direction de sa Porsche dernier modèle.

Il prit un air blessé.

— Ne dis pas de mal de Christine. Elle pourrait te mettre cinq secondes dans la vue et en plus elle t'exploserait les portières.

Il s'autorisa, enfin, un sourire, et je sentis que cela me réchauffait comme un feu de joie. Je ne comptais plus le nombre de fois où nous avions débattu des mérites de divers types de voitures, où nous étions entrés dans les détails de réparations, où nous avions déliré sur le vainqueur d'une hypothétique course de bolides.

— Putain, Jo, ça fait du bien de te voir. Malgré toutes ces emmerdes. Allez, entre, je te promets que tu seras en sécurité.

— Sans vouloir te vexer, Paul, je ne peux pas vraiment te faire confiance, tu sais ? Tu occupes une place un peu trop proche du sommet de la chaîne alimentaire pour ignorer que les ordres sont de m'arrêter pour m'interroger.

— Évidemment, j'ai reçu la circulaire. Mais je suis disposé à entendre ta version des faits.

— Tu serais bien le seul.

— Non, pas le seul. Eh, fillette, tu crois peut-être que tu es seule sur ce coup-là, mais tu n'es pas obligée. Tu as des amis. Et maintenant, l'heure est venue de les compter. Aie confiance dans le système.

Je le voulais, de toutes mes forces. S'il n'avait été question que d'une mort et d'un petit interrogatoire, cela aurait été une chose. La Marque du Démon en était une toute autre.

— O.K, si la montagne ne va pas à Mahomet, etc. Ouvre-moi.

J'ouvris la portière côté passager. Il fit le tour de la voiture ; lorsqu'il monta, les amortisseurs tremblèrent sous son poids. Paul, loin d'être petit, avait l'air un peu écrasé dans le siège passager ; nous fîmes quelques ajustements de manière à ce que son sang puisse circuler librement, à défaut d'avoir la place d'étendre ses jambes.

L'odeur qui remplit la voiture était chaude, sexy et familière. Je m'approchai de Paul pour le renifler et levai les sourcils. Il rougit.

— Mais c'est pas vrai ! J'ai juste mis un peu d'après-rasage. J'ai un rendez-vous à l'heure du déjeuner.

— Elle a de la chance, dis-je. Alors, qui est-ce qui essaye de me tuer ?

— Si seulement c'était aussi simple que ça, dit-il en cherchant une position plus confortable. Bon Dieu, tu pourrais songer à rembourrer les sièges quand même ! Il y a plus de ressorts que de mousse !

— Ouais, j'imagine que ton gros cul s'est habitué au luxe de l'artisanat allemand.

Je savais très bien que ce n'étaient pas les ressorts du siège qui le mettaient mal à l'aise.

— Allez Paul, tu dois bien avoir une idée.

— Il y avait beaucoup de gens qui appréciaient Bad Bob. J'ai toujours trouvé que c'était un enfoiré, mais ce n'est que mon avis personnel. En revanche, c'était un super gardien.

Paul haussa les épaules et regarda ses mains grandes et fortes.

— Je sais que vous ne vous entendiez pas tous les deux.

J'aurais eu beaucoup à dire à ce sujet. Il y avait d'ailleurs pas mal de choses que je mourais d'envie de dire, mais ce n'était ni l'endroit, ni le moment. De toute façon, je n'étais même pas sûre que Paul serait capable de comprendre. Dans son monde à lui, les choses étaient plus simples. Qu'est-ce que j'aurais aimé y vivre !

— Il faut que tu me racontes ce qui s'est passé ce jour-là, me dit-il tandis que je gardais le silence. C'est important. À moins que tu n'aies l'intention de plaider coupable, il faut que tu penses à mettre en place une défense. Je peux t'aider. J'ai *envie* de t'aider.

— Je ne peux pas.

— Jo.

Il se tourna dans son siège, avec des grincements de ressorts, et me fixa droit dans les yeux. Il n'y avait plus rien de doux à présent dans son regard, rien d'autre qu'un avertissement direct et clair.

— Tu *dois* me parler. Je ne te le dis pas en tant qu'ami, mais en tant que gardien. Si tu ne te rends pas pour raconter ta version des faits, tu sais qu'ils vont se lancer à ta poursuite. Tu ne peux pas continuer à fuir. L'un des types les plus puissants de la Terre est *mort*.

— Et alors, tu vas appeler les Power Rangers à la rescousse ?

C'était notre blague à nous… Le département de Marion Bearheart au sein de l'Association n'avait pas d'appellation officielle, mais dans notre petit monde en marge, ces gens-là représentaient en quelque sorte la justice. Ils réglaient discrètement les problèmes. Rendaient calmement la justice lorsque c'était nécessaire. Pas d'arrestation, pas de jury, simplement le doux jugement dernier du bourreau.

Il retint mon regard.

— Ce n'est pas la peine, et tu le sais. Ils te trouveront. Ils sont déjà sur tes traces.

Une pensée qui me glaça le sang me vint à l'esprit.

— Tu crois que la foudre…

— Je pense que c'était un avertissement, Jo, des Rangers ou de quelqu'un d'autre. La situation est grave. Tu ne peux pas le tourner en plaisanterie, pas cette fois.

Il s'approcha et me prit la main. Malgré la douceur de son geste, je savais que sa force physique était suffisante pour me broyer les os. Si Paul avait envie de m'arrêter, ce serait pour lui une simple formalité, à moins que je ne décide de lutter dans le monde éthéré. Ce qui me fit penser à Bad Bob, et je sentis monter la nausée. J'en tremblais.

— Reste, dit-il.

C'était pour l'instant une demande.

— Je croyais que tu avais un rendez-vous.

— Ça peut attendre.

Il m'observait de nouveau, les yeux mi-clos, de ce regard intense qui faisait dérailler mes hormones. Le pire est qu'il le savait. Si je restais, je finirais d'une manière ou d'une autre par me mettre dans de vilains draps.

— Je ne crois pas que tu aies fait quoi que ce soit de mal. Je crois que Bad Bob était fidèle à sa réputation et que les choses ont dû lui échapper… C'est comme ça que ça s'est passé ?

— Je ne peux pas faire ça, dis-je en retirant ma main.

Paul me fixait de ses grands yeux bruns calculateurs. Il fronça les sourcils. L'odeur de l'après-rasage me rappela que j'avais envie de l'embrasser. Je m'enfonçai un peu plus dans mon siège pour essayer de résister à la tentation, luttant pour ne pas penser à la manière dont le soleil tombait sur son visage et donnait à sa peau une teinte dorée. J'avais besoin de réconfort. J'aurais voulu que quelqu'un arrange la situation.

Mais je n'étais pas assez bête pour penser que je pourrais trouver la solution ailleurs qu'en moi.

— Tu as besoin de mon aide pour stabiliser le système ? lui demandai-je.

La foudre avait dû mettre en pièce les arrangements qu'il avait soigneusement effectués auparavant, et provoquer un chaos météorologique pour l'instant invisible à l'œil nu. Il secoua la tête.

— J'ai déjà mis trois personnes dessus. Moins tu travailleras dans le monde éthéré, mieux ce sera. Et putain, ne passe pas en Seconde Vue. Surtout si tu es décidée à continuer comme cela. Tu brilles autant qu'une lampe à infrarouge.

— Je n'ai pas le choix, Paul. Je dois continuer.

— Je pourrais t'en empêcher, tu sais.

— Je sais.

Je me penchai en avant et l'embrassai. Je le pris par surprise. Au bout de quelques secondes, je sentis ses lèvres sensuelles et charnues répondre aux miennes. Dans mes fantasmes, ça avait toujours été sympa ; dans la réalité, c'était encore mieux. Quand je me reculai, son regard brun était vitreux, mais il cligna des yeux et tout s'éclaircit. Voilà donc pour ma capacité à troubler l'esprit des hommes…

— Nom de Dieu, soupira-t-il.

— Ce n'était pas *si* bien que ça, protestai-je.

Il ne plaisantait pas. Il me regardait avec de grands yeux, fixement. Il voyait.

— Il y a quelque chose qui cloche, dit-il. Je ne sais pas pourquoi, mais ton aura est devenue rouge. Couleur de sang, Jo. Tu sais ce que cela veut dire…

Je tournai mon regard vers moi-même, et je vis la forme noire de la Marque du Démon sur ma poitrine et sur mon cœur. Elle était en train de descendre en se tortillant. Je me concentrai profondément et réussi à interrompre sa progression, mais je n'y parviendrais pas longtemps. Lorsque je levai les yeux, Paul était en Seconde Vue, juste devant moi : des couches successives de vert, d'or et de bleu, d'une intensité parfaite. Il allait la voir. Il allait *forcément* la voir à l'intérieur de moi.

De retour dans le monde réel, il dit simplement :

— Tu es malade ?

J'avais envie de lui dire. Je ne savais pas pourquoi il ne la distinguait pas, mais je voulais qu'il sache, pour m'aider à me débarrasser de cette chose. Je tremblais du désir de lui dire.

Toutefois, je ne pouvais pas me le permettre. C'était la seule chose qu'il ne laisserait pas passer.

— Oui, malade, finis-je par dire.

— Laisse-moi t'aider. S'il te plaît, laisse-moi appeler Marion. Elle peut t'aider…

— Non !

Ce cri de protestation surgit de mes entrailles avec une force telle que je le sentis atteindre Paul comme un coup. Mon mentor battit en retraite. Je fis un gros effort pour retrouver le contrôle de ma voix.

— Non, elle ne peut pas. Personne ne peut. C'est compris ?

Il continuait de m'observer, de m'examiner. J'avais l'impression qu'il voyait tout, jusqu'à l'ombre noire de la Marque. Mon Dieu. Je ne pouvais pas prendre ce risque.

— Il faut que j'y aille, dis-je. Tu vas me dénoncer ?

Dans la voiture, le silence était total, à tel point que je percevais les petits bruits du moteur de Delilah en train de refroidir. J'entendais même les battements rapides de mon cœur. Au loin, le tonnerre grondait. Paul se pencha vers moi et me posa un doigt sur le visage, qu'il fit glisser le long de ma joue, avant de reculer brusquement comme s'il regrettait de m'avoir touchée.

— Je ne vais pas me ruer tout de suite sur le téléphone. Je t'accorde cette avance. Mais nous savons tous les deux que l'équipe de Marion finira par te retrouver. Et si ce n'est pas le cas, lorsque le Conseil m'appellera pour que je me joigne à la chasse, c'est moi qui t'aurai, chérie. Tu le sais. Je n'ai pas le choix.

Il poussa un long soupir.

— Mais c'est peut-être la meilleure chose qui puisse arriver. Parce que si tu es vraiment malade…

— Je sais.

Je ne le regardais plus. Je me concentrais sur mes mains, sur mes ongles déchiquetés. J'en tripotai un et me focalisai sur la goutte luisante et rouge qui apparut près de la cuticule, portai la main à ma bouche et sentis le goût acidulé et cuivré du sang.

— Je te laisse cinq heures pour sortir de mon secteur, dit-il. Si tu tentes de revenir, mon djinn t'arrêtera. Ne remets plus les pieds sur mon territoire, Joanne. Pas avant que tout ceci soit fini. Compris ?

— Oui.

Les réponses monosyllabiques étaient tout juste gérables. Putain, ça faisait mal. J'avais tout anticipé, mais pas l'ampleur de la douleur.

Paul s'approcha et prit ma main dans la sienne. Sa peau était très chaude et étonnamment rugueuse. Je me souvins qu'il travaillait avec ses mains. Sur sa voiture.

— Dis-moi, dit-il. Dis-moi où tu vas. Je te jure que ça ne sortira pas d'ici. Je veux simplement savoir.

— Je ne peux pas.

Et je n'osais pas. Finalement, je pris une grande inspiration et lui dis :

— Je vais chercher Lewis.

Il eut l'air confus, et même embêté.

— Lewis ?

— Lewis Orwell.

— Putain, je sais qui est Lewis. Tout le monde le sait. Mais pourquoi Lewis ?

— Parce qu'il a trois djinns. J'en ai rencontré un chez lui, ce qui veut dire qu'il en a encore deux. J'ai juste besoin qu'il m'en donne un.

— Chez lui ? répéta Paul.

Il n'était pas souvent surpris, mais là, il en restait bouche bée.

— Qu'est-ce que tu veux dire, « chez lui » ? Comment tu peux savoir où il habite ?

— Il me l'a dit.

J'avais un air suffisant en disant cela, mais bon, cela faisait longtemps que je gardais le secret. J'avais bien mérité un petit moment de gloire, en particulier avec Paul qui était rarement à côté de ses pompes.

— Il y a longtemps.

Il me lança un regard furieux largement mérité.

— Je ne te demanderai même pas ce que tu as fait pour ça.

— Eh ! Je n'y peux rien, moi, si je suis irrésistible.

Oui, effectivement, je paraissais suffisante. Mais cela me convenait.

— C'est d'ailleurs pour cela qu'il va m'aider et me donner un djinn.

Il me regarda fixement.

— Tu es complètement folle. Pourquoi est-ce que Lewis ferait ça ?

— Parce que, répondis-je sans réfléchir, je crois qu'il était amoureux de moi.

Paul secoua la tête et sortit de la voiture. Puis il se pencha par la vitre côté passager. Un vent d'est le décoiffa : l'orage approchait.

— Nom de Dieu, Jo, ce n'est pas le seul.

Puis il retourna dans son château.

Je quittai Albany sans savoir exactement que penser. J'aimais Paul. Je l'avais toujours aimé. C'était Paul qui m'avait écrit une lettre de recommandation pour le programme de Princeton. C'était grâce à lui que j'avais eu mon diplôme et la formation pour devenir une véritable gardienne.

C'était grâce à lui que je n'étais pas qu'un légume en train de hurler à la mort dans un asile. Je *savais* que malgré la douceur qui faisait la réputation de Marion, je n'aurais pas été capable de continuer sans mes pouvoirs. Je me serais écroulée. Paul l'avait empêché.

Dans ma vie, toutes les bonnes choses étaient arrivées grâce à Paul.

Toutes les mauvaises choses étaient arrivées à cause de Bad Bob.

Les gardiens possèdent des locaux très chics dans lesquels ils accrochent des plaques en hommage aux meilleurs ; le nom de Bad Bob ornait tous les murs. C'était l'un des gardiens les plus doués de l'histoire. C'était aussi le plus controversé.

Adolescent, il avait été talentueux et caractériel. Il était devenu un adulte brillant, colérique, avec une façon de faire désagréable. On avait peur de Bad Bob. Aucune personne saine d'esprit n'avait envie de se retrouver sous ses ordres. Même à son niveau, voire même au-dessus, les gens redoutaient sa présence.

Moi, je l'avais eu comme chef.

J'avais entendu toutes les histoires qui circulaient : Bad Bob avait jeté un cocktail au visage du président des États-Unis, et l'Association avait dû déployer des trésors d'ingéniosité pour que les services secrets le sortent de sa cellule. Durant le pot de départ à la retraite d'un gardien national en Angleterre, Bad Bob avait avalé une bouteille entière de champagne (lui qui n'aimait pas boire) simplement pour agacer le vieux gardien. On le craignait, on le vénérait, et son statut de légende vivante était bel et bien fondé sur quelque chose. Se quereller avec lui était un honneur qui pouvait animer les dîners mondains pendant des mois.

Les gardiens des Éléments font parfois davantage penser à une équipe de bras cassés qu'à une véritable organisation professionnelle. C'est évidemment parce qu'aucune association regroupant des originaux dotés de superpouvoirs ne pourra jamais vraiment être *organisée*. Nous réussissons pourtant, à notre manière arrogante et souvent chaotique, à protéger l'espèce humaine d'environ quatre-vingts pour cent des saloperies que nous envoie Mère Nature.

Personne n'avait cependant réussi à stopper l'ouragan Andrew.

Arrivé par la zone cyclonique, Andrew ressemblait fort à tous ses cousins mollassons qui n'avaient exigé que quelques transferts de pression bien sentis pour être arrêtés. Dans les bureaux de Floride, nul ne s'en inquiétait vraiment. Bad Bob, alors gardien sectoriel, n'en avait même pas été informé. C'était à son personnel de gérer ce genre de choses, sa responsabilité à lui consistant à superviser les événements au niveau global et à garantir la stabilité de l'ensemble du secteur.

Andrew n'était pas gérable. D'abord, deux gardiens y travaillèrent, puis cinq, puis davantage. Avant la fin, plusieurs centaines d'entre eux tentèrent d'intervenir pour désamorcer la bombe à retardement de la tempête.

Même les gardiens des Cieux doivent faire attention lorsqu'ils gèrent un cyclone de cette ampleur. Plus d'une vingtaine fut tuée, plus d'une dizaine en perdit ses pouvoirs, et au moment où Bad Bob finit par arriver sur les lieux, Andrew était déjà sur les côtes de la Floride où il avait entamé sa folle course destructrice.

Bad Bob entra dans l'œil du cyclone et l'arrêta. Tout seul.

Évidemment, il y eut des dommages : c'était l'ouragan le plus destructeur du siècle sur la côte. Pourtant, même face à ce niveau de dévastation, *nous* savions à quel point cela aurait pu être pire. Andrew était un ouragan doué de sensations, qui avait accumulé assez d'énergie pour conserver sa forme et poursuivre ses ravages sur plus de mille cinq cents kilomètres. Andrew était en colère, et il avait faim comme peu de choses en ce monde. Et pourtant, Bad Bob l'avait affronté seul et avait réussi à le faire plier à sa volonté.

Après cela, même ceux le tenant pour un connard et un salaud n'auraient pas rechigné à faire partie de son équipe, l'occasion se fût-elle présentée. On considérait que c'était à la fois une horreur et un honneur. Une marque suprême de courage.

Début 2002, cela faisait quatre ans que je travaillais en tant que gardienne, la plupart du temps le long de la côte atlantique. Techniquement, je travaillais pour Bad Bob en Floride, mais comme pour les PDG des grandes entreprises, sa présence se manifestait principalement par des coups de téléphones aux personnes placées bien au-dessus de moi ou par une signature griffonnée sur des rapports. Je dépendais directement du gardien régional, John Foster, un homme compétent et décontracté avec un penchant prononcé pour les vestes en tweed et les pipes, le genre de personne dont on attendait des intonations britanniques très snobs au lieu de l'accent traînant de Caroline du Nord qui sortait de sa bouche. Nos tâches étaient routinières : un peu plus de pluie ici, un peu moins là ; changer une tempête tropicale en bourrasque, dévier les tempêtes des zones densément peuplées. Rien de vraiment sérieux. Je m'étais plantée quelques fois, comme tout le monde, et Bad Bob m'avait passé un savon au téléphone. Il n'y avait rien de personnel. Tout le monde se faisait passer un savon par Bad Bob au moins deux fois, si on parvenait à tenir le coup dans son équipe.

Puis au mois d'avril la tempête tropicale Samuel vint frapper à la porte. C'était un peu tôt pour la saison cyclonique, mais d'après mon expérience, le pire arrive toujours tôt, ou au contraire tard. Samuel présentait une configuration très inhabituelle qui nous faisait penser à Andrew. La décision fut prise, au plus haut niveau du Conseil mondial, d'arrêter la tempête avant même qu'elle ne constitue une menace. Plus personne ne faisait preuve de complaisance à l'égard de ce type de phénomènes.

Je suis encore étonnée que mon nom ait été choisi pour cette mission. Certes, c'était une opération à petite échelle, pas un événement majeur, et j'avais un bon dossier en matière de tempêtes tropicales. John Foster avait très certainement pensé que ce serait un bon entraînement pour moi, puisqu'il faudrait travailler avec une gardienne de l'autre côté de l'océan, Tamara Motumbo, de Mauritanie. J'avais déjà fait des manipulations en tandem, mais seulement en classe et en laboratoire, jamais sur ce genre de concentré de puissance qui se tenait en embuscade, sur le point de sortir du ventre de la mère nourricière des tempêtes également connue sous le nom de Triangle des Bermudes.

Le service national de météorologie dispose de beaux locaux à Coral Gables, en Floride, tout neufs, reconstruits après avoir été réduits en morceaux par l'ouragan Andrew. Ce matin-là, j'arrivai décontractée, détendue et prête à tout. Le fait de travailler en Floride m'avait donné l'occasion de m'adonner à la recherche du bronzage et du bikini parfaits. J'étais assez sûre d'avoir finalement atteint au moins l'un de mes deux objectifs : quinze centimètres carrés de Lycra bleu au prix d'environ quinze dollars le centimètre. Il était posé dans un tout petit sac sur le siège avant de Delilah et c'était le cadeau que je m'étais offert pour le travail que j'étais sur le point d'accomplir. Il s'agissait de débarrasser la planète de la tempête tropicale Samuel, d'enfiler mon bikini et de passer le reste de la journée à la plage.

Il n'y avait rien d'inhabituel à se rendre dans les locaux du SNM. Nous, c'est-à-dire le personnel et les gardiens régionaux, le faisions tout le temps. Nos badges indiquaient « visiteur » ou « chercheur », ce qui n'empêchait pas au moins la moitié du bâtiment de nous soupçonner d'être autre chose, même si personne ne le disait à voix haute ou ne posait de questions. Ça nous valait pas mal de regards en coin… et de Coca gratuits.

Ce matin-là, je passai donc à l'accueil et j'accrochai mon badge à mon ample tee-shirt blanc (il devait faire double emploi et me servir à la plage aussi). Je discutai un peu avec la réceptionniste, une Afro-Américaine magnifique du nom de Monet. Comme nous échangions quelques anecdotes sur la chasse au bikini, mon regard tomba sur la liste des visiteurs. Mes yeux se fixèrent sur un nom.

*Robert Biringanine.*

— Bad Bob est là ?

Monet leva les yeux vers moi, regarda autour d'elle et s'approcha du comptoir.

— Il a rendez-vous avec quelqu'un, me confirma-t-elle. Je n'ai pas demandé qui c'était.

— Eh bien, je pense que je vais sacrifier un petit animal à fourrure en hommage au dieu qui m'a épargné cela !

— Chérie, je crois que je serais prête à sacrifier plus que ça pour être sûre de sortir *indemne* de cette réunion.

Monet leva les yeux au plafond.

— Ce type mange ses propres enfants, j'en suis sûre.

— En tout cas, une chose est certaine : il bouffe les enfants de son personnel. D'ailleurs, il bouffe aussi son personnel.

Je jetai un coup d'œil sur ma montre, cinq minutes avant le début de l'opération.

— Il faut que j'y aille. À plus ?

— À plus. On prend des sandwichs cubains pour midi, dans un coin sympa à peu près six rues plus bas.

Je la saluai et passai la porte pour entrer dans une jungle hi-tech de cabines en verre, de salles de conférences et de rangées d'ordinateurs qui clignotaient dans leur sommeil mécanique. Deux ou trois analystes et météorologues levèrent la tête pour me regarder passer, mais personne ne dit rien. Eux comme moi savions où j'allais.

La salle de crise numéro 2 est normalement un centre secondaire de gestion de crise, mais elle est rarement utilisée. La plupart du temps, les gardiens s'en servent de bureau informel. Je m'y étais déjà rendue cinq ou six fois ; je savais donc à quoi m'attendre en ouvrant la porte.

Sauf que quelqu'un d'autre était déjà là.

Bad Bob Biringanine était installé sur une chaise, les pieds sur la table, le regard fixé sur le ciel bleu, en train de boire un verre d'eau gazeuse. Je ne l'avais pas vu depuis mon presque désastreux conseil d'admission. Je me sentis devenir petite et faible en sa présence. En particulier quand d'un regard bleu et acéré il me dévisagea, avant de sembler considérer que j'étais quantité négligeable.

— Baldwin, c'est ça ? demanda-t-il.

Il avait une voix légèrement aiguë, neutre et indifférente.

— Oui, monsieur.

— Je suis simplement ici pour observer, dit-il.

*Observer*. Comme si ce n'était pas pire que tous les ennuis que j'avais déjà eus. Même le meilleur des gardiens aurait été nerveux à l'idée d'être observé par Bad Bob, et je n'étais pas assez arrogante pour me penser la meilleure. Pas encore.

J'accusai le coup et m'assis pour me pencher sur le dossier tout juste sorti de l'imprimante : des cartes des systèmes de pression, des photos satellites montrant la masse circulaire et croissante de Samuel qui balayait pour le moment l'océan désert au large des Bermudes. Ma partenaire attendait dans la capitale mauritanienne, Nouakchott. Le téléphone avait été programmé pour que je puisse la joindre. Les voix portent mal en Seconde Vue; les lignes fixes sont toujours un atout quand on travaille à distance.

— Vous comptez commencer avant que je prenne ma retraite ? me demanda Bad Bob.

Il n'avait pas bougé et gardait le regard fixé sur le paysage. C'est drôle que j'y pense comme à un simple paysage : nous étions tous les deux en train de regarder un ciel bleu et clair sans aucun nuage à l'horizon, et nous nous sentions attirés par le nombre infini des possibles. Je déglutis et sentis ma gorge se serrer. Une carafe d'eau était posée sur la table mais je n'avais aucune envie de montrer à Bad Bob que mes mains tremblaient. J'essuyai mes paumes sur mon jean.

— Bien sûr. Aucun problème.

Je composai le numéro. Tamara Motumbo décrocha à la deuxième sonnerie et nous échangeâmes nerveusement des politesses pendant que Bad Bob tambourinait la table avec ses ongles. Je me dépêchai de passer à la première étape, la confirmation de notre champ d'intervention. Il vaut toujours mieux aborder une situation compliquée en ayant une idée claire de ce que l'on veut accomplir.

Nous allions donc perturber Samuel suffisamment pour en faire une petite bourrasque. Il n'y avait pas de raison de le faire disparaître totalement puisque cela ne servirait qu'à déplacer l'énergie ailleurs, où l'on pourrait se retrouver avec quelque autre tempête tout aussi méchante. Je prenais des notes en tremblant. Il n'y a rien de tel pour le stress que de savoir que tout ce que vous faites est consigné par écrit.

— Prête ? demandai-je à Tamara.

Elle me répondit qu'elle l'était, mais je parierais que nous n'en étions pas sûres du tout, ni l'une ni l'autre.

Je pris une grande inspiration, lâchai prise et sortis de mon corps pour passer en Seconde Vue. La pièce devint grise et brumeuse, mais Bad Bob était aussi brillant qu'un néon, sa puissance tellement lumineuse que j'avais du mal à le regarder directement. Des touches de rouge. Je me demandai s'il était malade, mais je n'avais pas l'intention de prendre des nouvelles de sa santé, pas maintenant. Je me détournai de lui et m'orientai vers le vide infini de la mer en laissant les ondes d'énergie de l'eau me transporter vers le haut, très haut, pour voler sans bruit ni pression au travers du liquide que nous nommons air. Pas de nuages en Seconde Vue non plus, mais il y avait une ligne rouge d'énergie assez bas au-dessus de l'océan et une ligne blanche correspondante qui descendait de la mésosphère. Traduction : des nuages arriveraient plus tard et après cela, la pluie, d'ici un jour ou deux. Les fronts d'air chaud et froid de l'océan constituent le moteur d'une puissance inconcevable qui régit la machine de la vie. Le fait d'entrer en connexion avec cela, sur la côte, était une expérience sensuelle et dangereuse.

Je m'élevai en flèche. En Seconde Vue, on parcourt des distances colossales en une fraction de temps réel, mais j'avais néanmoins l'impression d'avoir fait un long voyage quand j'aperçus l'entité tourbillonnante que nous avions baptisée Samuel. C'était un grand garçon en pleine croissance, qui avait déjà bien entamé son adolescence rebelle et qui était en passe de devenir un dangereux voyou. En face de ce genre de tempête, vous vous sentez minuscule. Et pas simplement minuscule, inexistant. Les forces qui lui donnaient sa forme et sa vie étaient des géants par rapport à celles que je pouvais engendrer moi-même.

Je transférai juste assez de conscience vers mon corps pour demander à Tamara, au téléphone, si elle avait un djinn.

— Oui, dit-elle. Toi non ?

— Je devrais en recevoir un d'ici à six mois.

— Tu veux donc que j'alimente.

— Oui, s'il te plaît.

— Aucun problème.

D'un point de vue technique, j'aurais dû tirer l'énergie d'un djinn pour faire ce que nous étions censées faire… Cela relève en général de la responsabilité du gardien qui se trouve le plus près de la tempête. Le fait d'utiliser un djinn en guise de source revient à placer un supraconducteur dans un circuit, qui permet d'accroître et d'amplifier nos pouvoirs et de les diriger de manière adéquate. Je compris soudain que le fait qu'on m'ait assigné cette tempête sans me donner un djinn pour m'alimenter n'était pas un accident. C'était un test.

Et Bad Bob était mon examinateur. Whaou. Aucune pression.

Je me débarrassai du frisson qui me traversait et me mis au travail. Au bout d'environ trente secondes en temps réel, je vis une forme s'approcher de moi en Seconde Vue. C'était Tamara. Grande, lumineuse, les couleurs de son aura d'une vivacité surprenante, avec une ligne blanche d'énergie qui la reliait à la Mauritanie. Je vis la force surgir le long de cette ligne : son djinn livrait la marchandise.

Je me penchai vers Tamara et nos corps éthérés se touchèrent. Les forces conjuguées passèrent l'obstacle et me pénétrèrent ; résister était difficile car je n'étais pas habituée à la puissance fournie par un djinn à ce niveau-là. Je me sentais ivre, prise de vertige et amoureuse ; connectée à ce type de puissance, je sentais chaque molécule de l'air tourbillonnant, la moindre variation de température entre les molécules. C'était un peu comme…

…comme de jouer à Dieu.

Quelque part, Bad Bob m'observait. Cette idée m'ôta tout sentiment de divinité et me poussa à me remettre au travail. C'était prévisible : il y avait une crête de pression élevée qui avançait devant Samuel. Dans le monde éthéré, cela ressemblait de manière frappante à une explosion qu'on aurait gelée, avec une pression nulle en son centre et de l'énergie qui partait dans tous les sens. Impossible d'arrêter une chose pareille.

Il faut se contenter d'affaiblir les forces qui la poussent dans votre direction.

Tamara et moi travaillions rapidement et, si je puis me permettre, de manière efficace pour atténuer et égaliser les variations de température à la surface afin de couper court au flux d'énergie qui nourrissait le monstre. Nous tentions également d'élever la température au sommet, ce qui permettrait de créer une vague de pression plus courte. Nous faisions de petites modifications et analysions ensuite de manière détaillée les effets produits. Une chose à la fois, en revenant toujours à la source… à l'océan… avant de procéder à un autre changement infime.

Le travail ne prit pas plus de trente minutes en temps réel, et la tempête tropicale Samuel fut réduite à un simple vent de sud-est un peu fort accompagné de gros nuages de pluies. Je laissai Tamara partir, à contrecœur, et sentis toute la puissance me quitter.

Je retombai dans mon corps si rapidement et si soudainement que cela m'effraya, et je compris à quel point j'étais fatiguée. D'habitude, je contrôlais mieux que cela. Je n'avais jamais eu la moindre idée de la dépendance que ce type de puissance pouvait susciter, pas plus que je n'aurais cru me sentir aussi ridicule et pathétique une fois qu'elle m'aurait quittée.

Dans le monde réel, au téléphone, Tamara me disait des choses gentilles sur notre collaboration. Je me rappelai comment bouger les lèvres et je pus la remercier.

Bad Bob se pencha pour appuyer sur le bouton et couper la communication.

— Joanne Baldwin, dit-il. C'est drôle. J'avais voté contre toi ce jour-là, tu sais. Lors de ton conseil d'admission.

Comme si je pouvais un jour l'oublier.

J'étais trop épuisée pour avoir peur de ce qu'il s'apprêtait à me dire. Il me faudrait avaler les couleuvres qu'il allait me jeter à la figure en essayant de ne pas trop me rappeler cette sensation d'être Dieu parce que, incontestablement, ce serait dément de pouvoir faire tomber la foudre sur ses fesses. De me sentir puissante, juste une fois, en face de lui.

D'une main lourde il serra mon épaule et me donna deux petites tapes.

— Eh bien, peut-être ai-je eu tort, dit-il. Tu es loin d'être mauvaise, Baldwin. Beaucoup de puissance brute, c'est certain. Très honnêtement, je n'en ai jamais vu autant.

Je pense qu'avec un tel pouvoir, tu pourrais faire beaucoup de dégâts.

Je n'étais pas sûre d'avoir bien entendu. Je clignai des yeux et essayai de mobiliser mon cerveau pour comprendre ce qu'il était en train de dire.

— Des dégâts ? Je n'ai pas…

— Oh non, au contraire. Tu as vraiment fait du bon boulot aujourd'hui.

Il avait maintenant posé ses deux mains sur mes épaules. Je me demandai, pendant une folle seconde très désagréable, s'il n'était pas en train de me peloter. Le harcèlement sexuel n'était pas l'apanage du monde extérieur, après tout. Une chose était sûre : les hommes qui avaient le pouvoir de détruire des pays entiers avaient certainement une tendance encore plus prononcée pour ces choses-là. Je me demandai ce qu'il fallait que je dise pour me sortir de là.

Puis je me rendis compte qu'il n'était pas en train de me masser de manière tendancieuse. J'avais davantage l'impression qu'il me maintenait de force sur la chaise.

— D'accord, dis-je doucement. Bien, je devrais vraiment y aller…

— Les dégâts, c'est ce que tu feras lorsque tu perdras la maîtrise des choses, Baldwin, m'interrompit-il. J'ai vu des centaines de jeunes comme toi. Des garçons et des filles arrogants et impertinents qui n'ont aucune idée du prix à payer pour le véritable pouvoir. Et aucun respect non plus d'ailleurs.

— Je vous assure, monsieur, j'ai beaucoup de respect. Juré.

— Non, ce n'est pas le cas. Pas encore. Mais ça viendra.

Il ne me lâchait toujours pas.

— Tu n'as pas la moindre idée de ce que je suis en train de te dire, n'est-ce pas ?

Je ne voulais pas l'admettre. De toute façon, il s'en moquait.

— Bon Dieu, quelle force tu as, dit-il en me regardant fixement de ses yeux impitoyables. Toute cette puissance gâchée. Tu n'as même pas besoin d'un djinn. Tu n'as besoin de rien. Je me souviens de ce que c'était que d'être jeune et bête. Et tu sais ce qui arrive, fillette ? Ça disparaît. Tôt ou tard, tu vieillis, tu deviens plus lent, tu t'émousses. Et à ce moment-là, tu te fais baiser.

J'étais trop effrayée pour dire quoi que ce soit. Il n'était même pas vraiment en train de me parler à moi. Quelque chose de mauvais se tramait, sous la surface. Ses doigts s'enfoncèrent dans mes épaules comme des clous en acier.

— Tu vas essayer de me baiser, fillette ?

Il me montra ses dents.

— Au sens figuré, évidemment.

— Non, monsieur, murmurai-je. Pas du tout.

— Exactement, pas du tout.

Je sentais que nous n'étions pas seuls dans la pièce. Il y avait une présence immense, sombre, diabolique. Violente.

*Ce truc veut quelque chose. Quelque chose que j'ai.*

Bad Bob sembla s'en rendre compte, lui aussi. Il cligna des yeux, se secoua et me lâcha. Je sentis mon sang circuler à nouveau et je sus que j'aurais des bleus à cet endroit-là.

— Allez, dit-il. Fous-moi le camp.

J'imagine que je suis sortie, que je suis passée devant les météorologues par le portique de sécurité, que j'ai rendu le badge à Monet, sans doute lui ai-je aussi dit quelques mots. Mais je ne me souviens de rien entre le moment où je me suis levée de la chaise et celui où je me suis retrouvée assise dans ma voiture, haletant pour retrouver mon souffle, au bord des larmes.

À cet instant-là, j'ignorais à quel point j'étais passée près de la mort, mais je le sentais. À un certain niveau, je le *savais*.

J'allai chercher du réconfort dans un bar de la plage. Quand on y réfléchit, ce n'est sans doute pas la meilleure façon de gérer une crise, mais dans ces cas-là, on suit ses intuitions.

Les miennes étaient tout simplement… mauvaises.

## BULLETIN **N° 2**

Des orages épars,
éventuellement importants,
dans l'après-midi. La zone
sera en état d'alerte à
compter de 11 heures,
heure de la côte est.

PAUL M'AVAIT LAISSÉ cinq heures pour sortir de son secteur. Ce n'était pas généreux, mais il savait que ma Mustang en était capable. Même en ralentissant près de Philadelphie pour éviter les radars, je restais dans les temps. D'après mes calculs, je serai hors de son fief avec une demi-heure d'avance. Je savais qu'il avait ordonné à son djinn de me surveiller, ainsi ne fus-je pas surprise d'en voir un apparaître sur le siège passager.

Contrairement au djinn que j'avais rencontré dans la maison de Lewis, qui avait pris une apparence traditionnelle, celui-ci était plutôt branché. C'était une jeune femme noire très soignée, absolument parfaite : coiffée de tresses renversées, elle portait des lunettes de soleil panoramiques et un tailleur-pantalon jaune vif. J'adorais son vernis à ongles jaune. C'était une touche finale très réussie.

Je parvins par miracle à ne pas atterrir dans le fossé, malgré un cafouillage lors du changement de vitesses.

— Tu as énervé beaucoup de gens, me dit le djinn. (Elle avait une belle voix de fumeuse, un peu grave.) Ça peut te paraître amusant mais ça me donne beaucoup de travail.

Elle baissa ses lunettes et je vis ses pupilles jaunes et sauvages. Les yeux des monstres de films d'horreur ne sont jamais aussi effrayants, ni aussi beaux.

— Je la vois, dit-elle. Elle est en train de se creuser un terrier.

Elle émit un claquement sec avec sa langue, comme un insecte.

— Paul ne l'a pas vue.

— Les gardiens ne voient pas, murmura-t-elle. Sauf s'ils nous demandent de leur montrer. Et ils ne le font pas, car ils ne connaissent pas la question à poser.

Ah.

— Tu veux m'en débarrasser ? demandai-je.

Elle sourit.

— Tu connais les règles. Un djinn ne rend pas service. Un djinn n'accepte d'ordres que de son maître. Et toi, tu n'es pas *mon* maître.

— Et si Paul t'ordonnait de me la prendre ?

— Je ne pense pas qu'il le ferait, compte tenu du fait que cela me détruirait et qu'on ne lui donnerait pas d'autre djinn.

Elle remit ses lunettes de soleil.

— Tu as déjà commencé à pourrir. Tu sens comme une plaie en décomposition.

— Vas-y, remonte-moi le moral.

Elle sourit. Ses grandes canines blanches apparurent.

— Je le ferais volontiers si je pouvais. Tu te diriges vers la frontière ?

— Si tu ne me mets pas de bâtons dans les roues.

Elle éclata de rire.

— Pourquoi est-ce que je ferais ça ? Tout ce que je fais doit être dans l'intérêt de mon maître. Ce sont les règles du jeu. Mais si tu ralentissais un peu, tu pourrais rendre les choses plus intéressantes.

Elle était très bavarde, pour un djinn. Je décidai de satisfaire ma curiosité. Nous roulions en vitesse de croisière sur la I-95 en direction de Philadelphie.

— Cela doit être chiant, d'être en esclavage et tout ça.

— En esclavage ? demanda-t-elle.

Cela n'eut pas l'air de la déranger.

— Nous ne sommes pas des esclaves.

— C'est ce qu'on nous apprend à l'école.

Elle renifla et tapota la vitre de Delilah de ses griffes jaunes. J'espérais qu'elle ne laisserait pas de traces.

— Votre école a malheureusement de grosses lacunes. Les djinns sont les enfants du feu. Nous servons comme il se doit, comme le feu sert lorsqu'il est enchaîné et comme il dévore lorsqu'il est libre.

— Libre ? Je pensais que vous étiez du genre, heu… éternellement maudits.

Ce n'était pas la meilleure façon de l'exprimer, mais je ne trouvai pas d'expression plus politiquement correcte.

Elle haussa les épaules.

— Le feu ne sert personne pour l'éternité. Il est toujours prêt à brûler la main qu'il réchauffe.

Les djinns étaient rares, nous le savions tous. Une ressource précieuse. Un seul djinn au cours d'une vie, et à la mort du gardien, son djinn était remis dans le circuit et se voyait attribuer un autre maître. Je n'avais jamais rien entendu sur la libération des djinns.

Elle me lança un sourire froid.

— C'est vraiment dommage que tu sois sur le point de mourir. Je te trouve plutôt sympa. Je vais te faire une faveur. Pose-moi une question.

— Est-ce que Paul t'a dit de me tuer si je ne parvenais pas à sortir de son territoire ? laissai-je échapper.

Encore un sourire.

— C'était nul comme question. Tu veux réessayer ? Les secrets de l'univers ? Les numéros gagnants du Loto ? Si ton grand amour sera grand, brun et beau ?

J'y réfléchis. Toujours se méfier du cadeau d'un djinn.

— Où est Lewis ?

Elle enleva ses lunettes, et même sans la regarder, je sentais la pression de ses yeux terribles et magnifiques. C'était un animal de compagnie dangereux, un prédateur élégant, dont la soif de sang n'était maîtrisée que grâce à un approvisionnement continu de croquettes et à une grande laisse magique.

— Tu connais déjà la réponse, ronronna-t-elle.

— À Oklahoma ? Qu'est-ce qu'il fout là-bas ?

Elle détourna le regard.

— Il est en train de sauver quelqu'un. N'est-ce pas toujours le cas ?

Son mépris était presque tangible.

— Un de ces jours, ça va lui coûter cher.

— On peut griller l'intermédiaire, là ? Tu peux m'en dire plus sur Oklahoma ?

Dents blanches.

— Tu as déjà utilisé ton service, Blanche-Neige. La prochaine fois, tu choisiras mieux.

— Génial. Oublie les services. Un conseil à me donner ?

— Sois gentille avec ton djinn.

— Je n'ai pas de djinn.

Elle haussa les épaules.

— Tu en auras un si tu survis. Je le sens, ça aussi.

— Attends !

Je savais qu'elle était sur le point de disparaître. Elle remit ses lunettes de soleil et s'assit correctement, poliment ennuyée. D'une main, elle battait la mesure tandis qu'Ozzy Osbourne massacrait une chanson sur des cochons guerriers.

— Est-ce que tu peux donner un message à Paul de ma part ?

— Je peux, dit-elle. Reste à voir si je le ferai, Blanche-Neige.

— Je m'appelle Joanne.

— Je préfère Blanche-Neige. Moi, c'est Rahel, dit-elle en pointant une de ses griffes contre sa poitrine.

Je me demandais si ses ongles n'étaient pas plus longs qu'avant. Un autre sourire éclatant.

— Parle.

— Dis à Paul que je suis désolée. Et que je l'aime toujours.

Elle haussa délicatement les épaules.

— J'essaie de me tenir à l'écart des aventures sexuelles des mortels.

— Oui, bon, nous sommes juste amis.

— C'est ce que tu dis, me répondit-elle en levant un sourcil brun très élégant. Tu n'as pas vu l'état dans lequel il était après.

Cette remarque m'entraînait sur des chemins que je n'avais pas envie d'explorer, en particulier alors que j'étais au volant d'une voiture lancée à toute vitesse. Rahel joignit ses mains et disparut dans un claquement jaune.

Je m'efforçai de ne pas me sentir trop soulagée.

Je ne connaissais pas le gardien de Philadelphie, et j'aurais été contente de traverser son territoire sans lui être présentée, mais il fallait que je fasse une pause aux toilettes. Je quittai l'autoroute et pris la sortie « Independance Hall » pour faire le plein. Après avoir réglé mes problèmes de vessie et ravitaillé ma Mustang, je partis à la recherche d'un cheeseburger pour la route. La fatigue était en train de me ramollir le cerveau et j'aurais bien fait une sieste dans un motel, mais je prenais Paul au pied de la lettre. Il fallait que je sois sortie de Philadelphie à temps. L'idée que Rahel avait sur moi un quelconque pouvoir était extrêmement motivante.

Independance Hall m'aurait sans doute divertie et aurait été idéal pour étirer mes jambes endolories, mais je n'avais absolument pas l'intention de prendre le risque d'attirer la foudre dans un endroit peuplé comme celui-ci. Ce que je pus voir du lieu était agréable. En passant, je ne pus m'empêcher de remarquer que Benjamin Franklin, avec ses lunettes et toute la panoplie, était assis sur un banc, en train de faire la lecture à un groupe d'enfants captivés. Je ne comptais pas apporter mes problèmes ici. Les habitants de ce monde-là ne savaient pas que le soleil et la pluie leur étaient fournis, tout comme ils ignoraient que quelqu'un devait au quotidien les protéger de la fureur de la Terre et des éléments.

C'était agréable à visiter, même si je ne pouvais pas m'y installer.

En sortant de la ville, je contrôlai l'horizon et les prévisions météo. L'orage était toujours là, qui me suivait vers l'intérieur des terres comme mon ombre, mais l'équipe de Paul s'occuperait de tout ce qu'il restait à faire. Je pouvais me détendre et profiter du voyage.

Avec un peu de chance.

Il me restait bien sept heures avant mon prochain refuge à Columbus ; entre ici et là-bas, il y avait des villes avec des gardiens que je connaissais à peine et qui risquaient de ne pas être bien disposés à mon égard. Le gardien de secteur pour la région entre Philadelphie et Columbus était Rashid Al-Omar, un très bel homme de sept ou huit ans mon aîné, connu pour sa droiture et son conservatisme, en matière de contrôle du temps comme du reste. Pour une raison obscure, la plupart des gardiens des Cieux étaient des conservateurs. C'étaient les gardiens de la Terre, souvent un peu hippies, qui étaient des libéraux.

Les gardiens des Cieux à droite, les gardiens de la Terre à gauche… Ce qui laissait le centre aux gardiens du Feu. Jadis, mon amie Estrella avait été une gardienne du Feu, l'une des meilleures. Mais le feu est une chose très particulière. Comme l'avait dit Rahel, il est toujours prêt à brûler la main qu'il réchauffe.

Je sentis un nœud de tension se relâcher lorsque je dépassai le panneau indiquant la frontière de Philadelphie. Les États-Unis s'étendaient devant moi. J'étais hors de la juridiction de Paul.

En vérifiant dans le rétroviseur, je vis Rahel debout à côté du panneau, en train de jouer avec ses griffes fluorescentes et de m'observer avec ses yeux jaunes de bête sauvage. Elle me fit un signe.

Je fus prise d'un frisson.

MON CHEESEBURGER ÉTAIT GRAS, mais il me remplit l'estomac. Je n'étais pas particulièrement inquiète pour mon cholestérol.

De toute façon, avec la Marque du Démon sur ma poitrine, il me restait peu de chances de vivre assez longtemps pour que cela devienne un problème. Comme je la sentais bouger, je posai la paume de ma main contre ma poitrine. J'aurais voulu l'écraser et la rendre plus plate encore que le tatouage auquel elle ressemblait. Hélas, elle existait avant tout dans le monde éthéré, et il n'y avait pas grand-chose à faire. Je percevais ses battements sous mes doigts. Beurk. J'essuyai convulsivement mes mains contre mon jean et pris une gorgée de Coca, qui me fit tousser lorsque j'avalai de travers. C'était peut-être la nervosité, peut-être autre chose, toujours est-il que je laissai la Mustang s'emporter.

Je roulais à cent trente kilomètres heure vers l'ouest, sur la I-70. Je dépassais tout juste Harrisburg quand j'entendis une sirène. Dans mon rétroviseur, des lumières rouges et bleues clignotaient dans mon sillage.

Super, c'était parfait.

Je n'avais rien à gagner à faire la une des journaux en tentant de les semer. Je pris donc quelques inspirations profondes et reposai le Coca dans le porte-gobelet, puis je rétrogradai et me garai sur le bas-côté. Le moteur de Delilah grogna de frustration ; je compatis.

Mes paumes étaient en sueur tandis que j'attendais. Il fallut bien trois minutes aux policiers pour sortir de leur véhicule : sans doute étaient-ils en train de contrôler l'immatriculation et l'état de mon casier judiciaire… Lequel serait vierge pour eux, à moins qu'ils ne soient des gardiens. Tout en essuyant à nouveau mes mains sur mes genoux, je les regardai s'avancer de façon menaçante vers moi. J'avais déjà baissé la vitre ; une odeur printanière, douce et fleurie, me chatouillait les narines. Je savais que je ne paraissais pas en forme. Un contrôle dans le miroir confirma : des cernes noirs sous mes yeux bleus, pas de maquillage, des cheveux plats qui avaient un besoin urgent de shampoing. En plus, je sentais mauvais. Il me fallait prendre une douche et dormir.

Un policier apparut si soudainement à ma fenêtre que je supposai qu'il avait calculé son entrée, comme Rahel plus tôt.

Mon visage pâle et mon expression bovine se reflétaient dans ses lunettes de soleil.

— Bonjour, dis-je d'une petite voix.

— Permis, carte grise, assurance.

Je lui tendis les papiers. Il les prit sans dire un mot mais ne les regarda pas.

— Vous venez de Floride, mademoiselle ?

La Mustang était immatriculée dans l'État ensoleillé. Ce n'était donc pas sorcier à deviner.

— Oui, monsieur. De Saint Petersburg.

— Ah bon. (Le ton de sa voix était suspicieux.) Vous poussiez ce bolide un peu trop fort.

— Je suis désolée. Il m'a un peu échappé des mains.

Comme si une voiture avait jamais pu m'échapper des mains.

— Vous devriez être attentive, avec une voiture comme celle-ci. Elle est très puissante pour… (il avait failli dire *pour une petite dame comme vous*, mais les cours de sensibilisation avaient manifestement porté leurs fruits)… la conduite quotidienne.

— Merci, monsieur, je vais faire attention.

Était-ce un nuage noir qui se déplaçait, bien trop vite ? Je ne pouvais me fier qu'au reflet dans les lunettes de l'officier, mais j'aurais juré qu'il s'agissait d'un nuage…

— Un instant s'il vous plaît, mademoiselle.

Il disparut avec mes papiers. Je me penchai et essayai de voir ce qui se passait au-dessus de ma tête. Je lâchai prise sur mon corps, juste assez pour passer en Seconde Vue, et me vis irradier d'or, de violet et de rouge, tandis que la Marque se tortillait comme un nid de serpents au-dessus de mon cœur. Puis je regardai vers le haut, à travers le toit transparent de la Mustang, et me rendis compte que j'avais le regard fixé sur les gorges de l'Enfer.

Ce qui se tramait là-haut n'obéissait absolument pas aux règles de la nature. C'était *forcé*. Je tentai d'approcher les nuages, les vents, la pression, mais je fus balayée comme un enfant. Quelque chose d'incroyablement fort était en train de manipuler tout ce qui se trouvait sous l'exosphère, jusqu'à la couche limite planétaire. Des nuances rouges apparaissaient dans les nuages, et pendant que j'observais, elles changèrent de spectre et devinrent photonégatives.

Quelle que soit la chose qui s'apprêtait à me tomber dessus, elle allait le faire avec une force colossale.

Le flic réapparut à ma vitre, et cette fois-ci, je sursautai. La Seconde Vue le dévoilait comme un imbécile robuste et vicieux, probablement ni bon ni mauvais, mais avec lequel je préférais ne pas avoir de problème. Il me tendit une feuille que je signai. Sans doute me dit-il quelques mots auxquels je répondis, puis il me rendit mes papiers.

J'avais une envie incroyable de lui crier de retourner à son véhicule, mais ce n'aurait pas été une bonne idée. Je serrai la contravention dans ma main en sueur, démarrai et repris la route. Prudemment. Les flics s'installèrent en voiture pour mettre leurs dossiers à jour. Je me sentis soulagée... Au moins, ils ne risquaient plus de se faire frire comme des œufs sur le macadam. Maintenant, je n'avais plus qu'à me préoccuper de moi.

— Doucement, dis-je à Delilah. Tout doux, tout doux.

Nous avancions en respectant les limitations tandis que l'orage grandissait, tourbillonnait et ressassait sa haine. Il me suivait. De nouveau, je tentai de le disperser, mais la force qui le contrôlait me chassa de manière très efficace.

Il me restait sept heures de route : l'Enfer attendrait-il aussi longtemps ?

L'ORAGE RESTA À mes côtés jusqu'à Pittsburgh en se déplaçant tel un ballon accroché à l'antenne de ma voiture. Panique sur la station météo. Les météorologues, hors de la confidence et sans la capacité de passer en Seconde Vue, n'étaient pas en mesure d'augurer les conséquences, mais leurs prévisions étaient sombres. Moi, je *connaissais* les conséquences, et ils avaient raison : mes prévisions étaient sombres.

Après cinq longues heures de route, j'étais en sueur, toute tremblante. Même si la Mustang avançait pratiquement seule, je m'étais épuisée en essayant d'influer sur les facteurs qui contrôlaient l'orage au-dessus de moi. Je sentais que d'autres gardiens tentaient de travailler sur l'orage, mais il se moquait de nous. C'était de la magie puissante. Et du gros temps.

C'était un genre de torture bien particulier. Le créateur de l'orage savait que je m'efforçais de l'arrêter, et ce malade se réjouissait certainement de mon stress, puisque je ne savais ni où ni quand l'orage allait éclater. Je me languissais de Paul. Peut-être que si je l'appelais… lui, ou Rashid… Non, ils étaient déjà débordés, et s'ils ne parvenaient pas à résoudre ce problème, ils ne pourraient rien faire pour moi. Qui donc avait réussi à forcer brutalement la création de ce truc ? Si, malgré l'association de leurs pouvoirs, les gardiens ne l'avaient pas encore défait, c'était qu'il était nourri par une sacrée énergie. En Seconde Vue, on ne distinguait pas d'identité claire, personne dans les parages qui aurait pu être coupable. Il s'agissait donc de quelqu'un d'assez puissant pour travailler de très loin, sans avoir besoin de se déplacer en Seconde Vue pour manipuler les éléments. C'était incroyable. Et très, très effrayant. Qui était capable de faire une chose pareille ? Très peu de gens, me dis-je. Des vieux gardiens, des membres du Conseil mondial… Lewis.

Soudain, j'eus un très mauvais pressentiment.

Le monde défilait, assombri par de gros nuages. Le printemps s'efforçait de rester gai, mais il perdit de ses couleurs quand le soleil disparut. Les oiseaux m'accompagnaient dans ma fuite vers l'ouest. D'autres voitures avançaient comme des bans de poissons : soit leurs conducteurs étaient inconscients, soit ils tentaient de parvenir à destination en dépit de tout. Je n'avais pas le choix : m'arrêter serait suicidaire. Et continuer n'était pas mieux.

À Columbus, je serai à court d'essence.

Il fallait réfléchir. J'étais quand même une gardienne des Cieux ! Je n'avais peut-être pas une super réputation ces derniers jours, mais j'étais tout de même vachement bonne dans mon travail. Mes paumes étaient de nouveau moites.

Je les essuyai, l'une après l'autre, et bus un peu de soda. Ma gorge était toute sèche. L'amende froissée était posée sur le siège à côté de moi. Si je survivais à ce voyage, je pouvais survivre à une amende de la police de Pennsylvanie.

À l'école, le vieux Yorenson disait toujours que le mauvais temps n'est jamais invincible. Le mauvais temps est aussi fragile qu'un château de cartes. Si vous enlevez une carte, le château commence à s'écrouler. Le truc consiste à prévoir l'effondrement. Yorenson disait qu'une opération parfaite permet d'éradiquer la menace tout en créant un environnement favorable.

Peut-être avais-je abordé le problème sous le mauvais angle en voulant toucher l'orage lui-même et défaire la magie qui le maintenait vivant. Peut-être fallait-il simplement que je le change d'endroit. J'attrapai mon téléphone et composai de mémoire le numéro.

Grognement de Paul :

— C'est une blague ? Tu es folle de m'appeler ! Je croyais que nous avions un accord.

— Écoute, je sais que tu traques ce machin…

— Ouais, je sais, il est pile au-dessus de ta tête.

Il avait l'air déprimé, je me demandai si quelqu'un était en train d'écouter sa conversation.

— Tu te souviens de ce qu'on t'a appris, Joanne. Tu emmerdes le temps, le temps viendra t'emmerder.

— Paul, ceci n'est pas juste une tempête en colère. Quelqu'un la dirige.

— Le commandement pense que c'est toi. Ils pensent que tu as pété les plombs.

— Génial, soupirai-je. Génial. Tu sais que ce n'est pas le cas.

— Je te dis juste.

Je me mordis la langue et sentis le goût du sang. Du sang et de l'ozone. La tempête se faisait plus violente et tourbillonnait comme une toupie. Les autres voitures s'étaient mises à l'abri. J'étais seule à présent sur la route, et devant moi je vis une bourgade.

— Écoute, nous n'avons pas beaucoup de temps. Aide-moi.

— On essaye, bordel, mais si ce n'est pas toi qui nous as cuisiné ce truc, je ne sais pas qui ça peut être. C'est plus puissant que tout ce que j'aie jamais vu...

— On doit travailler ça ensemble. Il faut que tu crées un courant descendant froid depuis le sommet de ce truc. Il faut que tu le rendes rapide et violent.

Il grogna.

— On a déjà essayé, ça a foiré.

— Tu le feras en même temps que je créerai une masse d'air chaud en dessous. Nous devrions pouvoir envoyer cet enfoiré à trente kilomètres de hauteur et commencer à lui casser la gueule par une transformation adiabatique. Il me le faut dans la mésosphère, Paul. Il faut que nous lui volions son énergie, sans quoi nous ne parviendrons pas à le mettre en pièces.

Paul se tut pendant quelques secondes puis me dit :

— Laisse-moi deux minutes.

— Il faut que le timing soit précis.

— Il sera précis.

Je sentis qu'il était sur le point de raccrocher et lui dis très vite.

— Tu as le numéro de Rashid ?

— Ouais.

— Présente-lui mes excuses par avance, et préviens-le de faire gaffe aux cisaillements, dis-je avant de raccrocher.

Le plan était donc d'étendre et de réchauffer fortement l'air qui se trouvait sous la tempête pour le pousser vers le haut, tandis que Paul créerait un processus vertical qui l'emmènerait jusque dans la mésosphère. Là, nous pourrions travailler dessus avec des forces beaucoup plus importantes jusqu'à ce que l'orage s'effondre. Il y avait des inconvénients : créer ce type de courant ascendant soudain et violent allait ébranler la stabilité de la zone. Une des conséquences probables était les cisaillements du vent, susceptibles de provoquer des chutes d'avions. D'où mon avertissement à Rashid : ce serait à lui de gérer les effets secondaires désastreux.

Je regardai l'horloge numérique du tableau de bord à qui il fallut une éternité pour passer à la minute suivante. Des énergies se rassemblaient au-dessus de moi, et j'étais incapable de dire si c'était l'orage qui se préparait à s'abattre ou si c'était Paul qui réunissait ses forces. Quoi qu'il en soit, ce n'était pas une sensation agréable.

Sur l'horloge, les minutes changèrent. Je m'étirai, attrapai de l'air et lui insufflai de la chaleur… Je le réchauffai si rapidement que les molécules furent obligées de grossir, à n'importe quel prix. L'orage essaya de résister, mais il ne pouvait pas se battre sur deux fronts à la fois. Je sentis qu'il subissait l'attraction du couloir d'air froid de Paul et qu'il était aspiré au travers des strates, la troposphère, la stratosphère. Doucement, il atteignit la zone aride et froide de la mésosphère.

Mon ennemi, quel qu'il ou elle soit, allait devoir nourrir cet orage d'une énergie équivalente à quinze ou vingt réacteurs nucléaires simplement pour le maintenir en l'état. Il lui serait presque impossible de le faire redescendre compte tenu de la colonne d'air chaud que j'avais fabriquée et que je maintenais. À court terme, l'air chaud l'emporte sur l'air froid. Ce sont les bases de la météorologie physique.

Je sentis le moment où son créateur lâcha prise. Un orage de cette ampleur ne peut pas se désagréger, et c'est pourtant ce qui se produisit. Il éclata comme un ballon. Sans la magie qui le soutenait, ce n'était plus que de l'eau et du gaz. Je sentis la pression se relâcher à l'intérieur de ma tête.

Et disparaître.

Mon téléphone sonna, je décrochai.

— Pas mal, dit Paul.

— Toi aussi.

— Ne reviens pas. Je ne peux pas changer ma décision.

— Je ne pensais pas que tu le ferais. Ne t'inquiète pas. Je ne suis plus un de tes problèmes maintenant.

Le rire de Paul me réchauffa.

— Ça serait à marquer d'une pierre blanche.

Je venais de raccrocher quand la première microrafale s'abattit sur la voiture à la vitesse d'un train et me fit sortir de la route. Je m'agrippai au volant ; la Mustang hurla tandis qu'elle cherchait à rester sur la chaussée mais c'était comme si le bitume était recouvert de glace et d'huile. Le monde tanguait. Oh mon Dieu, il y avait quelqu'un là, au bord de la route, et j'allais lui rentrer dedans…

Je dérapai en laissant derrière moi un nuage de poussière et sentis le « boum » d'un impact contre la carrosserie. Mes pneus accrochèrent l'herbe du bas-côté, les lois de la physique reprirent le dessus et la voiture commença à se renverser dangereusement.

*Pas la voiture*, me dis-je, désespérée. *Je vous en prie, pas la voiture*.

Quelque chose m'attrapa et me stabilisa : Delilah se retrouva les quatre pneus sur le sol. J'en avais le souffle coupé, mais à part le fait que la chape des pneus était quelque peu restée par terre, nous n'avions pas été blessées. Delilah en était toute tremblante. Moi aussi d'ailleurs.

Je coupai le contact et posai mon front en sueur contre le volant. J'avalai de l'air que je trouvais délicieux, malgré le goût de la peur et des fantômes de fast-food.

— Désolée, chérie, murmurai-je à l'attention de Delilah. J'ai cru que nous allions toutes les deux à la casse.

Il me fallut une seconde pour me souvenir du reste. Du bruit sourd de l'impact.

Oh, non, j'avais accroché quelqu'un.

Je m'emmêlai dans ma ceinture de sécurité, trop pressée de la défaire. *Mon Dieu, non, faites qu'il aille bien*…

Quelqu'un tapa à ma vitre. Je manquai de me faire un traumatisme cervical en tournant la tête, et vis une ombre… grande, sombre et menaçante. J'inspirai pour m'apprêter à pousser un cri.

Je clignai des yeux, et l'ombre se transforma en un simple… gars. Un type aux cheveux bruns, qui avait besoin d'aller chez un coiffeur, et des lunettes rondes ridicules qui reflétaient l'éclat du soleil. Un visage sympathique, avec autour des yeux des rides d'expression qui disaient qu'il était plus âgé que ce que l'on aurait pu croire au premier abord. Il portait un trench kaki rapiécé qui, pour une raison obscure, me faisait penser à la Première Guerre mondiale. Sans doute un aficionado de la mode *vintage*. Ou quelqu'un qui ne pouvait se permettre que le prêt-à-porter de l'Armée du Salut.

Je baissai la vitre.

— Ça va ? me demanda-t-il en ajustant un sac à dos sur ses épaules.

Ah. O.K. J'avais compris. C'était un mec de la route, qui passait sa vie à marcher et faisait du stop quand c'était possible. S.D.F. peut-être plus par choix que par nécessité. Un type en quête d'aventures.

Eh bien, il avait dû avoir sa dose, cette fois-ci !

— Bien. Ça va bien, dis-je en enlevant mes cheveux raides et gras du visage. Ça va, toi ? Je ne t'ai pas touché ? Pas de marques de pneus sur le corps, rien ?

Il secoua la tête. Je vis une boucle d'oreille scintiller. J'essayai de me souvenir à quelle oreille elle devrait être accrochée pour signifier qu'il était gay, mais j'avais des doutes : peut-être n'était-ce qu'une légende urbaine. Comme il m'adressait un sourire très chaleureux et peu académique, j'en tirai la conclusion que soit c'était des conneries, soit la boucle d'oreille était accrochée sur l'oreille hétérosexuelle.

— Tu te rends compte de ce temps ! C'est complètement fou ! dit-il.

Je voulais bien le croire… Un nuage qui s'élevait à la verticale à la vitesse de l'éclair avant de disparaître comme si Dieu lui-même l'avait réduit en pièces. Et après ça, Delilah arrivant à toute vitesse avant de faire la toupie. Ce n'était pas quelque chose que l'on voyait souvent, même pour un gars dans son genre.

— J'ai vraiment cru que nous allions y passer.

J'espérai que le « nous » était un terme générique, et pas un signe du genre « salut-c-est-moi-qui-te-traques-ce-soir ».

— Ah oui, du mauvais temps ? Je n'ai pas remarqué.

Il ajusta de nouveau son sac à dos, comme si son poids le gênait, et hocha la tête en se redressant.

— Fais attention quand même. Ce serait dommage qu'une aussi belle voiture finisse dans un fossé. Sans parler de la jolie demoiselle.

Galant, certes, mais un vrai mec : il avait fait passer la voiture en premier. Pourtant, c'est ce qui acheva de me séduire. Il ne dégageait rien de bizarre, et même la compagnie d'un fumeur de joint en quête de symbiose avec la nature valait mieux que la solitude, avec Delilah pour seul interlocuteur pendant ce voyage infernal. En plus, il avait un beau sourire.

Je l'observai en Seconde Vue pour être sûre, mais il n'y avait rien en lui de particulier, rien de mauvais, rien de brillant, seulement de la normalité. J'ouvris la portière passager et lui demandai :

— Tu veux que je t'avance ?

Il s'arrêta et me regarda. Il avait des yeux très sombres, mais chaleureux et pétillants. S'il avait été une saison, il aurait été l'automne.

— Pourquoi pas, répondit-il. Mon sac commence à être lourd. Combien ça coûte ?

— Rien.

Les sourcils tressaillirent, comme s'il avait été sur le point de les lever.

— Rien n'est jamais gratuit.

— Le plaisir de ta compagnie.

— Ça, je pourrais le comprendre de plusieurs manières, dit-il en enlevant son sac.

Le sac prit place sur la banquette arrière, comme un deuxième passager. Mon nouveau compagnon de route n'avait pas besoin d'autant de place que Paul pour ses jambes.

— Non pas que j'y trouve à redire.

Je me rendis compte que je devrais me sentir vexée.

— Tu trouves vraiment que j'ai l'air d'une fille qui ramasserait un type repoussant sur le bord de la route ?

— Non, dit-il d'un air à la fois rusé et serein. Et pour que les choses soient claires, je refuse le qualificatif de repoussant. J'ai pris un bain.

J'attendis qu'il se soit bien attaché avant de laisser Delilah rouler. Les rayons du soleil passaient à travers la frondaison et dessinaient des motifs tigrés sur la route. Une légère brise soufflait d'ouest en est en dérangeant les feuilles. Je n'avais pas remonté ma vitre, et l'air frais, doux et parfumé, coiffait mes cheveux en arrière. C'était agréable, sur ma peau en feu.

— D'accord, pas repoussant, finis-je par admettre. Mal dégrossi ?

— Tu trouves que j'ai l'air mal dégrossi ?

— Peut-être un peu crasseux.

— J'accepte « crasseux ».

Je lui jetai un coup d'œil : il pouffait. J'éclatai de rire, si proche de l'hystérie que j'incriminai la fatigue et la peur. Je repris mon souffle et m'essuyai le visage.

Il me dit :

— Je m'appelle David, au fait.

— Moi, c'est Joanne.

— Ça fait combien de temps que tu es sur la route ?

— Ce ne serait pas plutôt à moi de demander ça ? Je crois que ça fait environ trente-six heures, mais je n'en suis plus tellement sûre.

— Un peu dormi ?

— Pas trop.

— J'imagine que tu sais que ce n'est pas très sûr de conduire comme ça.

— C'est plus sûr que de s'arrêter.

Je me demandai pourquoi j'avais dit cela ; je ne fais pas tellement de confidences aux gens, surtout pas aux gens normaux. David hocha la tête et regarda par la fenêtre.

— Et toi, ça fait combien de temps que tu es sur la route ?

— Ça fait un moment maintenant. J'aime bien. C'est beau.

Il montra de la tête le paysage qui défilait à la vitesse de la Mustang.

— Tout le monde devrait parcourir le monde un bout de temps, pour savoir qui on est, et pourquoi.

Cela me semblait assez philosophique et New Age, mais bon, je reconnais volontiers être un peu cynique.

— Moi, ça va, merci. Je me contente largement de toilettes, de repas cuisinés et d'un chauffage qui fonctionne. La nature c'est génial, mais je crois simplement qu'elle ne nous aime pas beaucoup.

— Elle nous aime bien, répondit David. Mais elle ne prend pas parti, alors que nous pensons qu'elle le devrait. Pour elle, les cafards ont droit aux mêmes conditions que les humains. Je pense que c'est juste.

— Je me fiche de ce qui est juste ; ce qui m'intéresse, c'est de gagner.

— Personne ne gagne, dit-il. Tu ne connais pas Discovery Channel ?

— Personnellement, je préfère la chaîne Comédie. Et ne viens pas me dire que tu as une cabane avec le câble dans ton sac à dos.

Cette fois, il me fit un grand sourire.

— Non, mais parfois je prends une chambre dans un motel, ça me permet de me laver et de dormir dans un vrai lit, pour changer. Tu as quelque chose contre Discovery Channel ?

— Les chaînes pour adultes avec paiement à la séance, c'est ce qu'il y a de mieux, lui conseillai-je.

Curieusement, je me sentais moins fatiguée et embrumée depuis qu'il était monté dans la voiture. Peut-être y avait-il quelque vérité dans l'axiome selon lequel la consolation des malheureux est d'avoir des semblables. De plus, un petit flirt ne manquait jamais de me revigorer.

Il m'adressa un sourire qui aurait été cynique sans la douceur de son regard.

— La vraie vie est toujours plus intéressante, dit-il. On ne sait jamais ce qui va arriver.

CE QUI EST ARRIVÉ, c'est que nous avons roulé pendant une demi-heure sous des cieux clairs et inoffensifs, et que j'ai pu enfin faire un arrêt pipi chez *Krazy Ed, essence et alimentation*. Krazy Ed lui-même tenait la caisse. Je ne sais pas s'il était *Krazy*, mais il était plus mauvais qu'un pitbull : j'aurais volontiers parié qu'il avait tué quelques voleurs potentiels dans sa jeunesse. David resta silencieux et poli, et sortit aussi vite que possible avec son butin constitué de chips, de gâteaux à la crème et de soda sans sucre. Manifestement, sa communion avec Mère Nature n'allait pas jusqu'à être un adepte de l'alimentation bio.

Delilah se nourrit à la pompe, puis j'essayai de soulager mes pieds endoloris par les instruments de torture qui me servaient de chaussures et demandai à Krazy Ed s'il y avait dans les parages un magasin de vêtements. Apparemment, c'était le cas. Un endroit appelé « centre commercial ».

— Un centre commercial, répétai-je une fois que David et moi fûmes de nouveau à l'abri dans la voiture, loin des oreilles de Krazy Ed. Je me demande bien quelle peut être la taille d'un centre commercial dans une ville comme celle-ci. Un Wal-Mart[1], je veux bien, il y en a dès que plus de trois personnes vivent au même endroit, mais…

David ne répondit pas et se contenta de montrer du doigt un panneau posé devant nous : « Dépôt d'usine de Green Hills, le plus grand de Pennsylvanie ! » Même si, d'après mes calculs, nous étions sortis de Pennsylvanie depuis quelques kilomètres déjà.

— Ah, dis-je. Assez grand alors, j'imagine.

Nous avons donc suivi les panneaux.

*Grand* n'était vraiment pas le mot adapté. Cet endroit était gigantesque. J'avais déjà vu de grands aéroports dont la surface était moins importante. Quant aux voitures, on aurait pu réunir une douzaine de concessionnaires automobiles qui n'auraient pas fait le poids face à tous les véhicules garés en rangs étroits autour du dépôt d'usine. Je proposai à David de continuer en stop avec l'un des milliers d'autres clients, mais il déclina poliment ma proposition et entra

[1] Première chaîne de grande distribution au monde, avec profusion de points de vente aux États-Unis.

dans le centre avec moi. Il marchait les mains dans les poches, le regard coquin et amusé, comme s'il était étudiant en sociologie et faisait une étude de terrain. Je me demandai s'il avait déjà mis les pieds dans un centre commercial. Finalement, ses vêtements ne sortaient pas d'une friperie : une chemise à carreaux en coton bleu, un jean, des chaussures de marche usées, son imperméable *vintage*. Tout semblait être de bonne qualité, et sans crasse incrustée. En fait, on aurait dit que les vêtements sortaient presque de la machine. Tout comme David d'ailleurs. Il sentait légèrement la sueur mâle, mais rien d'agressif. S'il avait vécu à la dure, cela n'avait sans doute pas été plus dur que la plupart des vacanciers.

Ce qui soulevait une question, puisqu'en général, les types qui parcourent les routes depuis quelque temps portent les kilomètres sur leur visage. Le sien était tout à fait vierge de kilomètres.

Je vérifiai de nouveau en Seconde Vue. Il était placide et inoffensif.

— J'ai pas besoin de grand-chose, lui dis-je. Des vêtements, des trucs comme ça. Tu peux aller du côté des restaurants et manger consistant pour changer. Je t'invite.

En fait, nous nous trouvions devant les restaurants. La zone était immense, et même le plus difficile des passants aurait trouvé quelque chose à son goût dans ce labyrinthe de couleurs et de plastique, depuis les hamburgers jusqu'à la cuisine chinoise en passant par les plats indiens et les tourtes à la viande. David avait l'air quelque peu impressionné. Je lui tendis un billet de vingt dollars.

— Fais-toi plaisir. Je te retrouve ici dans une heure. Si je ne te vois pas, je partirai du principe que tu as trouvé un autre chauffeur, d'accord ?

Il mit le billet dans sa poche sans protester et hocha la tête sans me regarder.

— Je serai là. Ne m'oublie pas, me dit-il.

Aucune chance que cela arrive. En arrivant au pied de l'escalator, je jetai un œil par-dessus mon épaule et le vis debout, en train de m'observer. La monture ronde de ses lunettes brilla sous les néons lorsqu'il se retourna et entra dans la foule, son imperméable flottant gracieusement le long de son corps.

Il avait vraiment... quelque chose. Je ne savais pas bien quoi. Pourquoi diable l'avais-je pris avec moi ? Non, ce n'était même pas la question. Une fille peut très bien avoir un faible passager pour un étranger mignon et mystérieux. La question était de savoir pourquoi diable j'étais encore avec lui.

Je pris ma décision. Quand j'en aurais terminé ici, je sortirai par la porte latérale et le laisserai seul. Quand même, je l'avais avancé de plusieurs kilomètres, j'avais donné vingt dollars à sa cause, j'avais fait plus que mon devoir ! Et puis, je devais penser à moi. J'avais mes problèmes, merde.

Oui, exactement. C'était ce que j'allais faire.

L'escalator me laissa à un étage de prêt-à-porter dans tous les styles : vêtements trash, branchés, ou d'autres que même ma grand-mère aurait trouvé « immettables ». Je choisis une boutique appelée *Violent Velvet*[2] : elle méritait sans doute le coup d'œil, rien que pour son nom.

Je découvris que le ton de la saison était le mauve. Enfin, de la saison précédente, puisqu'il s'agissait d'un dépôt et qu'on y trouvait des invendus, mais cela n'avait aucune importance. J'aime le mauve. Et j'aime plus encore le velours mauve. En outre, puisque le printemps était malgré tout un peu frisquet, j'avais un conflit « mode contre confort » à résoudre.

Une demi-heure plus tard, j'émergeai de la cabine d'essayage vêtue d'un pantalon mauve moulant, d'un chemisier blanc en stretch et en dentelle et d'une veste mauve évasée qui rappelait la Belle Époque. Tout ce que je portais, jusqu'à mes sous-vêtements, était neuf. C'était tellement bon, presque sexuel. Je payai, choisis deux autres ensembles et un pyjama en satin mauve, et me délectai de mes nouvelles chaussures plates, un peu grosses mais à la

[2] Littéralement « velours violent ».

mode. Mes pieds étaient en état de choc, mais néanmoins reconnaissants. Un arrêt d'un quart d'heure dans un supermarché me permit de m'approvisionner en tampons, dentifrice, brosse à dents, bain de bouche, maquillage et, parce que les Scouts sont toujours prêts, en préservatifs. Mais je me rappelai que j'allais larguer David sur le bord de la route. Les préservatifs n'étaient donc que la manifestation de mes fantasmes.

Quoi qu'il en soit, cela n'avait rien à voir avec lui. Dans ma tenue, il se pouvait très bien que j'obtienne un rendez-vous avant même que je sois parvenue au pied de l'escalator.

Je me prélassais dans ma féminité offensive quand je sentis soudain des picotements sur le haut de mon crâne. Quelque chose n'allait pas. Le temps ? Non, tout semblait en ordre. Une vérification en Seconde Vue me le confirma. C'était autre chose. Je ne parvenais pas à mettre le doigt dessus, mais le sentiment restait présent. Au milieu de tous ces gens pressés, de toutes ces boutiques qui avalaient de l'argent comme les casinos de Las Vegas, quelque chose ne tournait pas rond. Quelque chose qui avait un rapport avec l'air, mais pas avec le temps.

Je me sentais faible, sans comprendre pourquoi. Quelques secondes plus tôt, j'avais été en pleine forme, amoureuse de mon « velours violent », prête à affronter le monde. Et maintenant, voilà que j'avais besoin de m'asseoir.

Je trouvai un banc libre en fer forgé et m'assis près de quelques gros pins. Ils n'avaient pas l'air convaincus par la lumière qui leur tombait dessus. Bizarrement, un pinson était parvenu à entrer ; il était perché sur une branche et me regardait de ses yeux méchants. Il émit un cri perçant qui me parvint très atténué, comme si j'avais été sous l'eau ; puis il battit des ailes et s'envola.

Je me sentais défaillir. Les sons disparaissaient. Je ne concevais pas ce qui se passait. Je respirais plus vite, mais la partie de mon cerveau chargée de paniquer me criait que ce n'était vraiment pas normal.

J'étais encore en train de réfléchir à ce qui se passait lorsque je tombai sur le côté, contre le banc. La sensation du fer blanc contre ma joue. Très agréable. Tellement fatiguée…

Les gens s'amassèrent autour de moi. Des lèvres bougeaient. Les sons ne me parvenaient pas. Je haletais à présent, tout essoufflée ; comme ma main était à côté de ma joue, je pouvais voir que mes ongles prenaient une teinte bleue, pure et délicate.

Quelque chose qui avait un rapport avec… avec… une expérience, à l'école… Oh, mon Dieu, je n'arrivais plus à respirer. Non, faux, je respirais, mais il n'y avait *rien* à respirer. Rien, à l'exception du gaz carbonique que je rejetais.

Je me souvins, brusquement, et aussi clairement que si cela se passait sous mes yeux, que j'avais déjà fait cela. Pas en tant que sujet, mais en tant qu'expérimentateur.

J'avais fait cela à un rat de laboratoire. J'avais ôté tout l'oxygène de l'air qui l'entourait, ce qui avait créé une bulle empoisonnée autour de lui. Ainsi, où qu'il aille, où qu'il tente de s'enfuir… Je n'avais pas tué le rat. Une fois la technique maîtrisée, j'avais fait éclater la bulle et le rat, blanc avec un museau rose (c'est drôle comme on se rappelle de ces choses-là), s'en était sorti sain et sauf.

Mais la personne qui s'entraînait sur moi n'avait pas l'intention de faire éclater la bulle.

*Concentration, bordel !*

Mon cerveau se mit à envoyer des signaux hystériques de détresse. Des flashs de couleurs me passaient devant les yeux. Un souvenir bizarrement réaliste de ma mère, qui se penchait vers moi, de mon point de vue aussi grande qu'une géante. Delilah qui déboulait à toute vitesse. Lewis, allongé par terre, du sang qui coulait de son visage et qui tendait le bras vers la dernière clé de son pouvoir.

Je m'aperçus que j'avais cessé de respirer, et je n'arrivais pas à recommencer.

Qu'est-ce qui n'allait pas ?

J'entendis ma mère dire, très clairement : *J'aurais voulu que cela n'arrive pas*. Elle paraissait tellement déçue par moi.

Yorenson. Déçu lui aussi. Debout sur l'estrade, en train d'écouter ma mauvaise réponse. *Vraiment Joanne, vous le savez. Vous savez comment faire.*

Je ne me souvenais pas. Il faisait noir. Très noir. Chaud aussi, dans la nuit, mais pas d'étoiles ni de lune.

Non. Le couloir. Quelque chose au bout du couloir. Je me déplaçai dans cette direction sans avoir l'impression de bouger. Il y avait de la lumière, de la lumière et...

J'étais assise sur une chaise d'école en bois qui grinçait, et la pièce sentait vaguement le détergent et la craie. Yorenson tirait sur sa veste en tweed tel un gamin irritable et me posait une question que je ne comprenais pas. La panique m'envahit comme une tempête surgit au large. Il fallait que je donne la bonne réponse, il le fallait. Yorenson me regarda d'un air désappointé et se tourna vers le tableau noir. Il y dessina une molécule d'air. La craie crissait.

J'étais seule dans la pièce. J'étais restée après les cours. Rattrapage de théorie météorologique. Non, ce n'était pas cela. Je n'avais jamais...

*Soyez attentive,* me dit-il sans se retourner. À nouveau, le crissement de la craie. *Ceci requiert de la délicatesse, ma chère.*

Sur le tableau ! La réponse était au tableau. Il me suffisait de... de...

Des étincelles de cristal autour du tableau noir de Yorenson, qui gagnaient du terrain. L'obscurité tout autour et les étincelles mangeaient la réponse.

*Non.*

Je tendis ma main, et la structure chimique du tableau se décomposa en éléments rouges, bleus, jaunes, tridimensionnels, tourbillonnants ; je retirai la seule chose qui n'aurait pas dû se trouver là : une grappe jaune au mauvais endroit, sur le tronc, et y plaçai une grappe bleue.

Encore. Plus vite. J'attrapai des milliers de modèles tourbillonnants, des millions, des milliards, et ce n'était pas mon bras qui se tendait, c'était mon esprit, c'était moi.

Yorenson se retourna vers moi, posa la craie et me sourit. *Respirez,* me dit-il. *N'oubliez pas de respirer.*

…et soudain, j'avais de l'air bon et doux dans les poumons. Et le bruit, mon Dieu, le bruit était assourdissant : des gens criaient, des pieds couraient, des voix, une alarme dans une boutique, la basse sourde de la musique au loin, le chaos, le cher chaos.

Je prenais des inspirations avides, j'écoutais mon cœur battre la chamade, et je me dis : *Je détestais ce cours pourri.*

On me tenait la tête. Je clignai des yeux, fixai mon regard, et vis David. Il était pâle comme un linge, et je sentais ses mains trembler. Il n'avait plus ses lunettes et son visage en était différent. Plus fort. Ses yeux brillaient de lueurs cuivrées.

— Coucou, murmurai-je.

Il s'apprêta à dire quelque chose mais se tut.

On me recouvrit le visage d'un masque à oxygène dont je n'avais pas besoin.

C'EST ÉTRANGE COMME une expérience de mort imminente peut vous donner faim. J'étais assise dans un restaurant avec David, en train d'engloutir un repas gargantuesque composé de kebab au bœuf, de riz au safran, de *samossa*, et d'eau minérale très branchée sans bulles ni arrière-goût. David avait encore l'air d'avoir vu un fantôme. Il était resté muet pendant l'examen hystérique des pompiers, puis durant la discussion qui visait à déterminer si j'avais ou non subi assez de dommages cérébraux pour justifier une hospitalisation. En fait, il n'avait rien dit à personne. Il s'était contenté de rester là, en marge du chaos, les bras croisés, à me regarder les sourcils froncés.

C'était assez mignon, au fond.

J'avais dû signer des formulaires de décharge et d'engagement à ne traduire quiconque en justice, sans parler des sombres prédictions de handicap et de mort que j'avais dû supporter de la part du médecin local arrivé au pied levé, accompagné d'un avocat spécialisé dans les dommages corporels.

Quand ce fut enfin terminé, j'avais attrapé David par le bras en lui disant « Je meurs de faim », et tout le temps où nous avions marché puis passé commande et mangé, il n'avait *toujours* rien dit.

Alors que j'avalais les dernières gorgées de mon eau minérale en ramassant les grains épars de mon riz orange, il se pencha en avant et me demanda :

— Tu as assez mangé ?

— Oui, je pense.

J'avalai une dernière bouchée de *naan*, me léchai les doigts avant de me rabattre finalement sur la serviette en papier. Les gens continuaient à me regarder, tout autant à cause de mon sens fantastique de la mode que parce qu'ils attendaient que je m'écroule en bavant. C'était sans doute l'événement le plus excitant du centre commercial depuis la fête de Noël.

David m'observait lui aussi avec cet air-là.

— Tu veux bien me raconter ce qui t'arrive ?

— Non, pas vraiment, dis-je. Écoute, sans vouloir te vexer, je pense que ce serait mieux que tu prennes les vingt dollars que je t'ai donnés et que tu te cherches un autre plan. Ce n'est pas que je t'aime pas, c'est juste que…

— Tu pourrais avoir un nouveau truc comme ça ?

Ouais. C'était possible, mais cette fois, au volant de Delilah, en train de conduire à toute vitesse. La prochaine fois, mon ennemi invisible déciderait peut-être d'entourer David d'un rideau de poison pour me distraire pendant qu'il nous sortirait un nouveau tour de son chapeau de magicien. On ne voulait *vraiment* pas que je parvienne jusqu'à Lewis. Qui ? Pourquoi ? Qui savait même que je le cherchais ? Le djinn, bien sûr, mais les djinns n'agissent pas sans avoir reçu d'ordres de leur maître. En outre, le djinn en question était celui de Lewis, et si Lewis m'avait donné des instructions pour que je le retrouve, il ne serait pas en train d'essayer de me tuer. Bon, Paul savait, à peu près. Et Star. *Merde*. Ces spéculations ne me mèneraient nulle part.

— Si tu as une autre attaque comme celle-ci, tu auras besoin d'aide, dit David. En plus, j'ai l'impression que tu as un long trajet devant toi, et cela me rendrait service si je pouvais t'accompagner. Vraiment. Je vais loin aussi.

— Ah bon ?

C'était la première information plus ou moins directe que David me donnait.

— Où ça ?

— À Phoenix, dit-il. Mon frère a des problèmes. J'essaye de le rejoindre.

Je trouvai un dernier grain de riz et l'enfonçai sur ma fourchette.

— Comment il s'appelle ?

David hésita, puis détourna le regard.

— Joseph.

— Très bibliques, les prénoms, chez vous.

— Notre famille est très croyante.

Je repoussai le plateau et posai mes mains à plat sur la table. Elles ne tremblaient plus, c'était bon signe. Et je ne sentais pas grand-chose autour de moi, pas d'un point de vue ésotérique en tout cas. Beaucoup d'enfants bruyants et d'adultes en pleine discussion, de la musique qui sortait des magasins, des babillages dans cent langues différentes. Et tout cela dans le monde réel.

Ce qui avait failli me tuer n'avait rien à faire ici, dans cette dimension. Mon ennemi avait fait preuve d'une grande finesse cette fois-ci en s'en prenant directement à moi. Maintenant, j'étais sur mes gardes et il n'aurait plus beaucoup d'occasions. La prochaine fois, sa tentative risquerait d'être plus imprécise.

Je ne pouvais pas me permettre d'être au milieu de la foule quand cela se produirait.

— Phoenix, répétai-je. Écoute, sérieusement, tu n'es pas en sécurité si tu restes avec moi. D'accord ? Appelle ça comme tu veux : crise d'épilepsie, possession démoniaque, poison, hommes de main de la Mafia… Le fait est que ce n'est pas sûr. Alors, prends soin de toi, achète un ticket de bus, saute dans un avion, loue une voiture, tourne les talons et va-t'en. Maintenant.

Il me regarda d'un air sérieux par-dessus la table de plastique bleu. Sur la colonne carrelée située derrière lui se trouvait une sculpture de néons qui représentait un perroquet. Les couleurs vives donnaient à David une apparence terne, comme un oiseau au ramage hivernal.

— Tu es sérieuse ?

— Comme un pape.

Il finit par hocher la tête.

— D'accord.

À quoi est-ce que je m'attendais ? Une dispute ? Une dose d'héroïsme ? Des déclarations d'amour éternel et de loyauté ? Après tout, il était un vagabond, juste un type que j'avais pris en stop et qui s'était retrouvé dans une pagaille impossible. Mignon, certes, mais qui ne jouait pas dans la même cour que moi.

Tout de même... Je n'aurais pas cru qu'il dirait « d'accord » puis tournerait les talons comme cela. Pas vraiment. Pas sans insister un peu. Un sacré coup porté à mon ego !

Il n'avait pas encore disparu. Il prit mon plateau avec les couverts et les assiettes jetables, puis en jeta le contenu. Il posa le plateau sur le haut d'une pile et revint vers moi, les mains toujours dans les poches.

— Je voulais te dire, tu es vraiment très belle avec ces vêtements. Le mauve te va carrément bien.

Il attendait quelque chose. Je levai les sourcils.

— Autre chose ?

— Mon sac à dos, répondit-il, très raisonnable. Il est dans la voiture.

— Oh. Rends-toi utile, lui dis-je en lui mettant mes emplettes dans les bras.

Il me fit un sourire totalement diabolique.

— C'est souvent le cas.

Pendant que nous parcourions la distance digne d'un G.R. qui nous séparait de la voiture, je gardai un œil sur le ciel, bien qu'il ait été bleu et parsemé seulement de quelques cirrus. On sait que la foudre peut se former à des centaines de kilomètres du cœur d'une tempête, et qu'elle peut s'abattre sur des gens et les tuer alors que le ciel est dégagé. Sauf que si cela m'arrivait, ce ne serait pas un accident.

La pauvre Delilah attendait sagement à l'endroit où je l'avais laissée, avec sa portière brûlée. J'ouvris le coffre et en sortis le sac de David qui s'avéra étonnamment lourd. David le sauva avant que je ne le laisse tomber.

— Qu'est-ce que tu as mis dedans ? Tu as braqué Fort Knox ?

— Ouais, c'est comme ça que j'imagine une fuite rapide et efficace, me dit-il en enfilant son sac comme s'il l'avait fait toute sa vie. Une tente, un réchaud, des casseroles, des fringues, une autre paire de chaussures et quelques dizaines de livres.

— Des livres ?

Il me lança un regard de pitié.

— Tu ne lis pas ?

— Je ne transporte pas la bibliothèque municipale de New York dans mon sac à dos. Putain, je ne la transporte même pas dans mon coffre !

— Tant pis pour toi.

Il avait récupéré ses affaires ; pourtant, il paraissait attendre quelque chose.

— Ça va aller, toi ? me demanda-t-il.

— Moi ? Bien sûr.

— Tu m'expliques ce qui s'est passé tout à l'heure ?

— Le truc du curry ? Bah, c'est juste que j'adore les plats indiens.

— Très drôle.

Il attendit. Moi aussi.

— Tu ne comptes pas m'expliquer.

— Non, c'est un peu l'idée. Tu n'as pas envie de savoir. C'est mieux comme ça. C'est plus sûr.

Il secoua la tête. Avant que j'aie eu le temps de l'arrêter, ou même de réfléchir à la question, il se pencha et m'embrassa légèrement sur la joue. Je reculai et levai la main pour toucher ma peau brûlante. J'étais étonnée de sentir mon cœur battre aussi vite.

— Fais attention à toi, dit-il. Et à Delilah.

— Ouais.

J'aurais voulu dire quelque chose de profond, mais je fus à peine capable de sortir ce seul mot. Il repartit vers le centre commercial. Après quelques pas, il se retourna en faisant virevolter son manteau.

— Eh ! m'appela-t-il en continuant à marcher à reculons.

— Oui ?

— On dirait que tu as fait tes courses au vide-greniers de Prince, dit-il en souriant.

Un vrai sourire, entier et magnifique.

— Sexy, non ?

— Un véritable incendie.

Il me fit un signe de la main, exécuta un demi-tour parfait, digne d'un danseur, et poursuivit son chemin.

Je le suivis du regard jusqu'à ce qu'il disparaisse à l'intérieur du centre commercial. J'avais ouvert la portière, mais je ne m'en souvenais pas. Le métal était chaud sous ma main. Je m'installai au volant. Je sentais les effluves fantômes de son après-rasage : une touche de cannelle, un parfum exotique et chaud. Je mis le contact. Delilah démarra et ronronna.

— Plus que nous deux, chérie, lui dis-je.

Et cela me plut bien moins que je ne l'aurais cru.

QUAND J'AVAIS DIX ANS, ma mère et moi avions passé des vacances à Disney World. Juste toutes les deux. Mon père était parti à l'époque, disparu dans le soleil couchant tel Lucky Luke… sauf qu'au lieu de monter Jolly Jumper, il montait sa secrétaire, Eileen Napolitano. Non pas qu'à dix ans j'aie été au courant. Je savais simplement qu'il était parti et que ma mère était en colère, et qu'à chaque fois que je pleurnichais pour peindre mes ongles de pieds en orange, elle me répondait qu'elle ne voulait pas que je termine secrétaire.

Maman et moi étions donc allées à Disney World ensemble. Ma sœur aînée Sarah avait, par snobisme, opté à la place pour un camp de musique de quinze jours. Nous étions arrivées à Orlando par un bel après-midi ensoleillé du mois de mars, mais à 19 heures, les météorologues annoncèrent que la saison des ouragans arrivait tôt cette année. Personne ne les croyait. Nous avions pris le monorail jusqu'à notre hôtel où je m'étais amusée dans la piscine puis extasiée devant les dessins animés de la télé, sans me laisser démonter par le fait que je les avais déjà vus vingt fois. Maman passait quant à elle beaucoup de temps à regarder par la fenêtre, où s'étalait un ciel froid de velours parsemé d'étoiles et où brillait la pleine lune annonciatrice de l'ouragan.

Le lendemain matin, lorsque nous entrâmes dans le Royaume magique, des nuages se pressaient depuis l'est : une grosse tempête noire s'approchait avec la marée. Maman n'était pas du genre à se laisser décourager par un peu de pluie. Nous avions déjà fait le train de la mine, le Space Mountain et la maison hantée. Nous avions testé toutes les attractions pour lesquelles j'étais assez grande, jusqu'à celles qui donnaient la nausée à ma mère. Nous avions acheté des souvenirs pour Sarah. Personnellement, je pensais qu'elle ne les méritait pas : du haut de ses quatorze ans, elle passait son temps à lever les yeux au ciel et à faire sa petite diva.

Nous prenions des photos avec Mickey et Minnie quand la pluie se mit à tomber. C'était comme si quelqu'un avait renversé un lac, et le Royaume Magique se transforma en Royaume de la Mer. Pour les photos avec Polochon le poisson, c'était parfait. À 16 heures, même les plus hardis des minis Mickeys étaient partis s'abriter dans les hôtels, loin des fenêtres et des lampes. Jusqu'à Pluto qui ne résista pas à la pluie. Mais maman et moi, si. Nous étions déjà trempées de la tête aux pieds, de sorte que cela n'avait plus grande importance. Nous descendîmes la Main Street USA en poussant des cris et en nous éclaboussant, et nous jouâmes aux requins à Tomorrowland, tout en faisant semblant d'avoir privatisé l'ensemble de l'empire Disney pour nous deux, juste pour un jour.

Ce fut le meilleur moment que nous ayons jamais passé ensemble. Et oui, c'est sûr, la pluie n'était peut-être qu'une coïncidence. Mais lorsque j'y réfléchis maintenant, ce n'était que le début. Tous les grands événements de ma vie ont été marqués par du gros temps, et pendant très longtemps j'ignorai pourquoi.

Même après que j'eus su et accepté ce qu'il en était réellement de mes pouvoirs, ma mère n'en fut jamais capable. Apparemment, c'était courant avec les parents. Elle n'eut de toute façon pas le temps de se faire à l'idée. Un arrêt cardiaque à l'âge de quarante-neuf ans. Vivante une minute, disparue l'instant d'après, comme frappée par un coup de foudre tombé d'un ciel bleu.

Beaucoup plus tard, je m'étais surprise à me demander si cela avait été arrangé. J'essayais de ne pas trop y penser, car cela me conduisait à remettre en question la voie que j'avais choisie, ou qu'on avait choisie pour moi.

Je ne nouais pas de relations avec les gens. Plus maintenant.

Ce qui expliquait à merveille pourquoi j'avais laissé David derrière moi, tout comme j'avais laissé toute forme de vie normale derrière moi le jour où j'avais prêté serment et rejoint les gardiens. Chaque utilisation de mes pouvoirs mettait ma vie en danger. Je n'avais pas le droit de risquer celle de quelqu'un d'autre par la même occasion.

Dommage. Il était vraiment, vraiment mignon.

Nous étions à peine sorties de la ville, à trois kilomètres de la frontière de l'État, que Delilah toussota. Ce n'était qu'un minuscule pépin, mais j'eus l'impression qu'on m'enfonçait un couteau entre les côtes. *Mon Dieu, pas maintenant.* Le temps n'avait rien de menaçant, mais cela ne voulait pas dire que l'occasion ne ferait pas le larron. Ou de moi le dindon de la farce.

Peut-être que ce n'était rien, me dis-je. Juste un petit dysfonctionnement, une coïncidence, un raté…

*Merde.* Elle toussa de nouveau. Et encore. Le moteur postillonna puis revint à la vie.

— Chérie, non, ne fais pas ça…

Delilah ne m'écoutait pas. Elle avalait de l'air, toussait du gaz, s'étouffait.

Je réussis à nous arrêter sur le bas-côté, sous un panneau vantant les mérites du *McDonald's* qui se trouvait à sept kilomètres de là. Je sortis sous le sourire guilleret de Ronald et me retins pour ne pas mettre des coups de pied dans les pneus. Je pouvais la réparer. Je la réparais toujours.

Mais pas vêtue de mon nouveau velours mauve. *Relou.* J'avais acheté des vêtements plus pratiques, mais ils étaient encore dans les sacs plastiques, dans le coffre, et il n'y avait pas de vestiaire à l'horizon. Bah, la route n'était pas si passante que cela, et j'étais désespérée. J'attrapai un jean et une chemise, et m'installai sur la banquette arrière.

Il est moins facile que ce que l'on pourrait croire de s'extirper d'un pantalon en velours, surtout sur la banquette arrière d'une Mustang. Non pas que je manque d'entraînement, mais il ne fallait tout de même pas négliger le facteur « pudeur ». Chaque fois que j'entendais une voiture, je plongeais pour me cacher en retenant ma respiration. Finalement, je me retrouvai en petite culotte de satin mauve et en chemisier en dentelle. Pas de soutien-gorge, j'avais voulu faire une bonne impression à David. Ce qui n'avait pas fonctionné, puisqu'il n'était plus là pour apprécier.

J'étais complètement nue à l'exception de ma culotte quand j'entendis qu'on frappait à la fenêtre derrière moi. Je hurlai et attrapai ma veste en velours pour couvrir ce que je pouvais.

Évidemment. Pourquoi m'étais-je même posé la question de savoir qui cela pouvait être ?

— Salaud ! criai-je.

David avait l'air déconcerté et beaucoup trop innocent pour l'être vraiment.

— Allez ! Retourne-toi, s'il te plaît !

— Pas de problème.

Il s'exécuta. Je farfouillai autour de moi, enfilai mon pantalon puis, les yeux fixés sur son dos, ma chemise en jean. Dans un des sacs, j'avais un soutien-gorge, mais je n'avais pas le temps de l'attraper.

Je me laissai glisser sur le siège et en m'étendant, j'ouvris la portière et sortis l'affronter.

— C'est marrant, me dit-il. J'étais en train de marcher le long…

— Je m'en fiche ! Bon Dieu, tu m'as foutu la trouille !

— Désolé.

Il n'avait pas l'air désolé, mais sur ses joues, il y avait un peu de rouge, alors que cela n'avait pas été le cas quand nous nous étions dit au revoir. Une lueur dans ses yeux aussi, et ce n'était pas du regret.

— J'ai cru que tu avais des problèmes.

— Quel génie ! *J'ai* des problèmes.

Je fis le tour de la voiture, soulevai le capot de Delilah et mis la tige en place.

— Le moteur a planté.

— Ah oui ? (Il jeta un coup d'œil par-dessus mon épaule.) Qu'est-ce qui se passe ?

— Je le sais, moi ?

Je me mis à examiner les durites. David ne me dérangeait pas, et ça, c'était bizarre. Combien d'hommes connaissez-vous qui ne se seraient pas penchés sur le moteur pour vous prodiguer des conseils, malgré le fait qu'ils ne soient pas capables de faire la différence entre un « radiateur » et un « radis à feuilles » ? Au bout de quelques minutes, je me retournai : il avait enlevé son sac à dos et il était sagement assis dessus, en train de feuilleter un livre de poche.

— Putain mais qu'est-ce que tu fais ?

— À ton avis ? Je lis.

Il corna une page quand il entendit une voiture s'approcher et mit son pouce en l'air. Le camion nous passa devant dans un nuage de vent et de chrome.

— Tu fais du stop ?

— C'est mieux que de marcher.

Il tendit de nouveau son pouce. Je contrôlai d'autres durites. Elles avaient toutes l'air en bon état. Les étaux étaient intacts. Merde. Je ne pensais pas que cela puisse être un problème de soupape, mais avec les vieilles Mustang, on ne sait jamais. J'avais déjà fait refaire le moteur de Delilah deux fois.

Je me détournai de la voiture, posai mes mains pleines de cambouis sur mes hanches et le fixai.

— O.K, je suis peut-être un peu lente, mais je finis toujours par comprendre. Tu me suis.

Il se concentra pour essayer d'arrêter une Coccinelle qui avait exactement la même couleur qu'un citron, mais elle ne ralentit même pas.

— C'est la route principale pour sortir de la ville, dit-il. Et je vais à Phoenix, tu te souviens ?

— Tu me suis !

Je me retins encore une fois de donner un coup dans les pneus de Delilah. Il n'y avait aucune raison de passer mes nerfs sur ma petite chérie.

— Et tu sais des choses.

— Comme quoi ?

Il n'avait pas l'air inquiet. En fait, il n'avait même pas l'air intéressé.

— Comme qui me fait tout cela.

— Bon, je sais que ce n'est pas moi. Ça t'aide ?

Il laissa tomber le stop et retourna à son sac à dos déguisé en chaise longue. Je lui lançai un regard noir avant de continuer mon inspection des durites, mais Delilah ne me fournissait aucun indice.

— Essaye de la redémarrer.

Il était assis, en train de lire. Je l'ignorai et vérifiai le niveau d'huile. Non, la jauge était pleine, sans saletés. *Re-merde.* Je ne voyais rien de cassé, aucune trace suspecte d'huile ou de liquide. L'ensemble avait l'air en bon état.

Cela ne servait à rien de retarder l'inévitable. Je m'accroupis sur le gravier, m'allongeai et me glissai sous la voiture.

— Tu as besoin d'aide ?

— Non ! hurlai-je. Va-t'en !

— D'accord.

J'entendis David se lever et avancer en direction de la route tandis qu'une autre voiture approchait. Elle ralentit puis accéléra en faisant crisser ses pneus.

— Abruti.

— Tout le monde n'est pas aussi sympa que moi, lui dis-je. Merde. Merde, merde, merde.

Le moteur avait l'air normal d'ici aussi. J'étais en train de me couvrir de cambouis et de sable pour rien du tout.

— Génial. Allez, chérie, fais-moi plaisir.

Je sortis tant bien que mal du dessous de la voiture, enlevai les graviers des paumes de mes mains et essuyai mon jean. Je secouai mes cheveux bruns pour enlever la poussière et annonçai :

— Je vais essayer de la redémarrer.

David ne se laissa pas impressionner. Il avait repris son sac et avait avancé d'une petite dizaine de mètres. Il lisait, assis contre le panneau du *McDonald's*.

Je m'installai au volant et tournai la clé.

Delilah se mit à ronronner, fluide et douce, comme toujours.

Je la fis tourner au ralenti, accélérai, montai le régime en fermant les yeux, à l'affût de tout bruit suspect.

Rien. Je la fis à nouveau tourner au ralenti pour percevoir les vibrations de la mécanique.

David lisait *le Marchand de Venise*. Il était appuyé contre le panneau, détendu, les pieds posés sur son sac. Ses cheveux bruns prenaient des reflets roux au soleil ; au-dessus de lui, le ciel était bleu, d'un bleu impitoyable.

J'enclenchai la première et le dépassai avant d'accélérer. Il ne leva même pas les yeux.

Trois mètres après le panneau, j'appuyai sur le frein et m'arrêtai en dérapant dans le gravier. Dans le rétroviseur, je le vis corner sa page, ranger le livre dans son sac et soulever son barda sans le moindre effort.

Il le posa sur la banquette arrière et s'installa sans rien dire. Au moment où il entrait, j'attrapai sa main et la maintins la paume vers le haut. Je passai ensuite ma main par-dessus en me concentrant.

Rien. S'il était un gardien (je le soupçonnais d'être un gardien de la Terre), il n'avait en tout cas pas de glyphes. Un égaré, un maître des Éléments inconnu de l'Association ? Ceux-ci étaient rarissimes, d'après ce que j'avais entendu, mais il n'était pas impossible que David ait quelque talent.

Il replia sa main en fronçant légèrement les sourcils.

— Et ça, c'était… ?

— Je voulais juste vérifier que tu avais les mains propres.

Il me regarda d'un air sceptique, moi, pleine d'huile, de poussière et de crasse. J'accélérai pour prendre la route.

— Comment m'as-tu trouvée ? lui demandai-je.

— Coup de chance.

— Ouais, dis-je d'une voix morose. Tu parles d'un coup de chance.

Huit kilomètres plus loin, je repérai un nuage à l'horizon, devant nous. Un tout petit nuage, de la taille de mon poing. Presque rien.

Mais je sentais que la tempête était de retour. *Salope.*

AU COUCHER DU SOLEIL, j'étais épuisée. J'avais prévu que David me relaierait au volant, mais il y avait un petit problème dans mon plan génial.

David ne conduisait pas.

— Pas du tout ? Je veux dire, tu ne *sais* pas ?

— Je viens de New York, m'expliqua-t-il.

Comme si c'était une explication valable. Cela me faisait le même effet qu'une rencontre avec un individu à trois têtes originaire de la planète Bozbarr. Cette révélation entraînait aussi une embûche de taille dans mes projets : je n'avais pas pensé m'arrêter avant d'arriver en Oklahoma, sauf pour prendre de l'essence et aller aux toilettes. Hélas, je commençais à voir des étoiles et le monde m'apparaissait de manière très inégale ; je lévitais à plusieurs centimètres de mon corps et mes muscles tremblaient comme du caoutchouc trop vieux.

Je finirais par nous tuer tous les deux si je continuais comme cela.

— On s'arrête pour la nuit, déclarai-je. J'ai besoin de me reposer.

David hocha la tête. Il avait une petite lampe accrochée à son livre et était plongé dans les aventures de l'un des avocats de John Grisham. J'aurais aimé qu'il montre un peu plus d'intérêt à l'idée de passer la nuit dans un hôtel avec une bombe qui détenait un ensemble en velours mauve, mais apparemment, cela ne risquait pas d'arriver.

Je lui tendis une perche.

— Des préférences ? Décor pourri ? Chaînes câblées pour adultes ?

Il tourna une page.

— Des toilettes à l'intérieur, ce serait un plus.

Autre perche, plus grosse cette fois :

— Deux chambres ou une seule ?

Je continuais de regarder la route et le coucher de soleil. D'après ce que je pouvais voir du coin de l'œil, il avait l'air aussi détendu qu'avant, pas intimidé du tout. Il corna néanmoins sa page et éteignit la liseuse.

— Ça enlève tout le mystère si tu poses la question.

— Je pensais juste à voix haute.

— Une seule, ce sera bien.

Bon, c'était une vraie réponse, mais je n'y perçus aucune note de séduction. David était impossible à déchiffrer, ce qui était assez drôle vu le temps qu'il passait avec l'écrit. Bon. Très honnêtement, j'étais de toute façon trop épuisée pour tenter une manœuvre de séduction.

Devant moi, la lueur bleue d'un panneau de motel flottait au-dessus de la route comme un ovni. Des draps propres, des oreillers moelleux, des petits savons. À ce moment-là, cela ressemblait au paradis. De plus près, on avait plutôt l'impression de se trouver au purgatoire. C'était suffisant malgré tout pour résister à une tempête.

Je réservai donc une seule chambre sans que le réceptionniste ne réagisse à aucune de mes blagues et réglai en espèces, lesquelles disparaissaient à une vitesse vertigineuse. Je signai le reçu, pris la clé et retournai à la voiture.

Le morceau de plastique orange attaché à la clé indiquait que nous avions la chambre 128. Évidemment, celle-ci se trouvait de l'autre côté du bâtiment, du côté sombre, là où la moitié des lampadaires étaient morts et l'autre moitié en phase terminale. Je garai Delilah pile en face de la porte d'entrée.

L'avantage, c'est que c'était calme. Incroyablement calme. On n'entendait rien, à part le murmure du vent dans les arbres et un sac plastique qui vagabondait sur le parking.

— On y va ? demandai-je en me penchant pour attraper mes affaires.

David sortit son gros sac et son matériel de camping. Je ne pensais pas qu'il aurait besoin de tout cela, mais je supposai que lorsque l'on vit dehors, on préfère garder ses possessions avec soi.

Une fois à l'intérieur, mes rêves de tuyauterie brillante et de moquette dense et moelleuse disparurent en fumée. La moquette était la même qu'à l'extérieur ; la salle de bain avait dû être rénovée dans les années cinquante, et le papier peint posé sur les murs (des clowns tristes !) n'avait sans doute jamais été à la mode. Mais les draps étaient propres, les oreillers raisonnablement confortables et une rapide reconnaissance me permit de vérifier qu'il y avait bien de petits savons. On était à deux pas du paradis.

David posa son sac à dos contre le mur.

— Un seul lit, dit-il.

— Heureusement que tu as pris ton matos de camping.

Je m'écroulai sur le lit et immédiatement, je sentis une augmentation considérable de la force de gravité. Le matelas était vieux et usé, mais avec mon dos meurtri, j'avais l'impression d'être posée sur un nuage cotonneux.

— Mon Dieu, je pourrais dormir pendant des jours.

Le lit craqua. J'ouvris un œil et vis que David s'était assis au bord du matelas et qu'il était en train de m'observer. Dans un monde parfait, il aurait été submergé de désir romantique. Dans mon monde résolument réel, il me dit :

— Tu as vraiment une sale tête.

— Merci, murmurai-je en refermant mon œil. Ce que tu peux être charmeur.

Le lit craqua de nouveau et je l'entendis fouiller dans son sac à dos. Des pas sur la moquette. La porte de la salle de bain se referma et la douche se mit à couler avec un sifflement.

Quelques minutes plus tard, le bruit de l'eau se mélangea au bruit régulier et furtif de la pluie. Il pleuvait. C'était mauvais signe, je le sentais, mais je ne me souvenais pas pourquoi. La pluie cognait contre les fenêtres, poliment dans un premier temps, puis de plus en plus fort, comme impatiente d'entrer. Le vent murmurait; j'entendis un roulement de tonnerre et sentis sur ma peau le frisson des électrons qui s'alignaient.

Un éclair, bleu et blanc, devant la fenêtre.

Il venait me chercher…

Je me réveillai en sursaut et vis David en train de me poser une couverture rugueuse sur le corps. Je me débattis pour m'en extraire et titubai jusqu'à la fenêtre, poussai les rideaux et fixai l'obscurité.

Le silence. Le silence des cimetières. Pas de pluie, pas d'orage, pas de foudre en train de me frapper.

— Qu'est-ce qu'il y a ? me demanda-t-il.

J'avais envie de lui dire *Il me cherche,* mais jamais je n'aurais pu lui expliquer une chose pareille. J'étais tellement fatiguée, incohérente, tremblante, au bord des larmes. *Il est là, quelque part.*

— Il a plu ? réussis-je à demander.

— Je ne crois pas. Peut-être que tu as entendu la douche. Tu n'as pas dormi longtemps.

Ah. Je me souvenais à présent. La douche. Il avait pris une douche.

Quand je me retournai, je me rendis compte qu'il ne portait qu'une serviette et quelques gouttes d'eau bien placées. Ce fut comme un coup de poing à l'estomac. Il était absolument, indéniablement, *magnifique.* Sa peau, comme de l'or bruni, recouvrait les muscles les plus parfaits que l'on puisse trouver chez un homme : longs, minces, bien définis sans pour autant être gonflés. La toison dorée de sa poitrine descendait le long de son torse en une ligne fine vers ce qui se cachait sous sa serviette.

— Oh, laissai-je échapper. Waouh. Tu... ne portes pas grand-chose.

— Non, convint-il d'un air grave. En général, je ne dors pas en grenouillère.

— Ce serait indiscret de te demander ce que tu portes pour dormir ?

— Un pantalon de pyjama. À moins que cela ne te dérange.

Si ça me dérangeait ? Ah ça oui. Mais ça me dérangeait d'une manière agréable, liquéfiante et chaude...

— Non, répondis-je faiblement.

Une goutte d'eau coula le long de son épaule et disparut dans les poils de sa poitrine. Me vint à l'esprit un fantasme si net que j'en eus la chair de poule.

— Tu as l'intention de dormir comme ça ?

Je portais toujours ma tenue crasseuse et tachée d'huile, et en le regardant ainsi, dans toute sa splendeur, je me sentis sale, petite et puante.

— Heu... non.

J'attrapai mon sac et m'enfuis dans la salle de bain.

C'est drôle comme une lueur de désir peut dissiper le brouillard de l'épuisement. Je me déshabillai et balançai mes vêtements sous le lavabo avant d'entrer dans la douche qu'il avait gardée chaude pour moi. Le shampooing et l'après-shampooing moussèrent à mes pieds, je me lâchai sur le savon... Tout le confort de la salle de bain de quelqu'un d'autre.

Je me savonnai et me frottai jusqu'à en être rouge, me lavai les cheveux et les essorai, puis m'enveloppai dans l'une des serviettes fines et rêches du motel. Temps record. Je réfléchis qu'il fallait me raser les jambes, décidai que non, changeai d'avis, puis réussis à le faire en moins de quatre minutes et en ne m'infligeant qu'une minuscule coupure au niveau de la cheville gauche.

Lorsque je sortis de la salle de bain, le lit était vide. Pas de David.

Il était emmitouflé, fermeture à glissière remontée, dans son sac de couchage sur le sol.

J'en restai bouche bée, ruisselante et vaporeuse.

— C'est une blague.

Il n'ouvrit même pas les yeux.

— Tu me l'as déjà dit. J'ai vraiment l'air si marrant que cela ?

— Salaud.

Je m'effondrai de nouveau sur le lit, me glissai sous les couvertures et enlevai la serviette.

— À cause de toi, je me suis levée pour rien.

— Non, corrigea-t-il. Maintenant tu es propre, tu dormiras mieux.

Il se retourna sur le côté, dos à moi. Je me demandais s'il était nu dans son sac de couchage, grognai de frustration et mis ma tête sous l'oreiller. Comme la suffocation comportait finalement peu d'attraits, j'enlevai l'oreiller et lui dis :

— Tu peux ramener ton sac de couchage ici, tu sais. C'est plus confortable que par terre.

Pendant quelques secondes, il ne dit rien. Assez longtemps pour me permettre de connaître le sentiment de rejet total. Puis il se retourna, se releva en s'appuyant sur son avant-bras et me regarda.

Je m'attendais à ce qu'il fasse une blague, ou pose une question, mais il se contenta de me regarder. Puis il ouvrit son sac de couchage pour en sortir et avança vers le lit.

Il n'avait pas menti. Il portait un pantalon de pyjama, très bas sur ses hanches.

Je repliai les couvertures. Il s'installa. Je posai ma tête sur mon oreiller en continuant de l'observer, et il se tourna sur le côté, de manière à me faire face.

Quelque partie raisonnable de mon cerveau me disait qu'il n'était qu'un type que j'avais ramassé sur la route, nom d'un chien, un type qui pouvait très bien être un violeur ou un assassin. Cette partie-là de mon cerveau avait à la fois complètement raison et complètement tort. Je le connaissais à des niveaux qui n'avaient rien à voir avec mon esprit.

— Tourne-toi sur le côté, me dit-il.

J'obéis, en ayant déjà l'impression de rêver. Le glissement des draps frais atténua la chaleur extrême de mon corps.

Je le sentais, tout chaud, dans mon dos, à quelques millimètres de moi. Il posa une main sur ma hanche et la fit doucement glisser vers le haut.

Je ne respirais plus.

Il posa ses doigts à la base de mon cou et les fit descendre le long de ma colonne, jusqu'en bas. Je sentis mes muscles se contracter et frissonner; j'eus besoin de toutes mes forces pour me retenir de m'étirer comme un chat contre lui.

Si auparavant je fondais de l'intérieur, j'étais maintenant en ébullition.

— Il va falloir que je réclame une pénalité, me dit-il. (Sa voix me semblait lointaine.) Tu ne portes même pas de tee-shirt. C'est incontestablement une violation du règlement.

Du bout des doigts, il suivit de nouveau la courbe de ma hanche.

La chambre glauque avait disparu, et il n'y avait plus que nous deux, suspendus dans le temps et dans le silence. Aucune règle ne s'appliquait, ou, tout du moins, pas que je sache. Il ne restait rien, sauf l'instinct. Comme je commençais à me tourner vers lui, il plaqua sa main contre moi pour m'empêcher de bouger. Sa respiration me réchauffait le cou, ses lèvres effleuraient ma peau.

— Tu as peur de moi, murmura-t-il.

Sa main se déplaça vers la zone stérile de mon ventre.

— N'aie pas peur.

Mais ce n'était pas de lui dont j'avais peur, c'était de moi. J'étais fatiguée, vulnérable, effrayée, seule, désespérée. Je ne pouvais pas faire confiance à mes sens, et encore moins… à ça. À lui, quel qu'il soit.

Cela faisait des heures que je n'avais pas pensé à la Marque, mais à présent je la sentais bouger à l'intérieur de moi. Elle se retournait, impatiente, et semblait-il avec la même faim que moi. Oh mon Dieu, je ne parvenais pas à me concentrer suffisamment pour la retenir, pas quand il était si près de moi, si chaud.

— Chut, murmura-t-il, alors que je n'avais pas émis le moindre bruit.

Sa main se déplaça de nouveau, doucement, pour tracer une ligne de feu depuis mon ventre jusqu'entre mes seins. Elle se posa sur mon cœur.

— Reste tranquille.

Je sentis un bond à l'intérieur, un frisson, un coup de chaleur.

La Marque du Démon cessa de remuer.

— Comment… ? laissai-je échapper, avant de me taire.

Je ne voulais pas savoir. Il y avait tellement de choses que je n'avais pas envie de découvrir : il m'aurait fallu m'éloigner de lui, renoncer à cette chaleur, à cette paisible beauté.

— Chut, répéta-t-il, et ses lèvres effleurèrent ma nuque. Aucune question, aucune douleur, aucune peur.

Je perçus alors quelque chose, les contours de quelque chose d'immense et de puissant, et je compris presque…

Sa main se déplaça encore, vers le bas, et détourna mon esprit de ce qu'il chassait dans le noir. Ses doigts passèrent légèrement sur mes mamelons durcis et se posèrent sur mon ventre.

— Tu devrais dormir, murmura-t-il.

Comme si c'était envisageable. Comme si je pourrais un jour m'endormir, après avoir senti cela, après avoir appris tout cela…

Mais cela m'échappait, comme l'eau qui file entre les doigts ou l'air qui fluctue librement dans les cieux. Je tombais, tombais, tombais.

Sa main descendit lentement pour arriver au-dessus du vide douloureux de mon ventre. Elle se posa à plat et me transmit toute sa chaleur, jusqu'au plus profond de mon corps.

— Fais de beaux rêves, me murmura-t-il.

Le plaisir me submergea comme une vague, m'inonda des pieds à la tête, encore et encore. Ce fut la dernière chose dont je fus consciente, à l'exception de mes rêves.

Je rêvai de la pluie.

La nuit où Lewis apparut sur le pas de ma porte, il pleuvait… de cette pluie lente, régulière et nourricière dont les gens pensent qu'elle constitue un dû sur cette Terre, le genre de pluie qu'il faut soutirer de force à Mère Nature. J'y avais travaillé toute la journée, et quand je finis par rentrer chez moi pour me plonger dans un bain chaud, j'étais épuisée.

Cela faisait à peu près dix minutes que je barbotais lorsque la sonnette retentit. Une partie de moi soupira en disant *laisse sonner*. L'autre partie me rappela que j'étais adulte et responsable, et gardienne ; en outre, peut-être mon visiteur était-il un représentant de la loterie nationale venu me remettre un gros chèque, ou, encore moins probable, un beau gosse.

Ce fut la possibilité du beau gosse qui me tira du bain. J'enfilai un épais peignoir bleu miteux et allai à la porte en laissant des traces de pas mouillés.

Je l'ouvris et… personne. Puis je baissai les yeux.

Un homme était recroquevillé par terre, contre le mur ; il était trempé et ses cheveux bruns totalement hirsutes lui donnaient un air de porc-épic. Tremblant, il essayait de se réchauffer de ses bras. Cela me prit dix bonnes secondes avant de reconnaître son visage et de ressentir le choc.

— Lewis !

Avant même d'avoir réfléchi à ce que je faisais, je mis mes mains sous ses bras et le tirai à l'intérieur. Je n'étais évidemment pas capable de le soulever toute seule, mais il coopéra et entra dans mon salon en titubant. Il resta debout, ruisselant et grelottant de manière incontrôlée. Je claquai la porte et la fermai à clé, puis je me précipitai vers le placard du couloir pour attraper la couverture la plus chaude dont je disposais. Comme je vivais en Floride, elle n'était pas si chaude que ça. Lorsque je revins, il était de nouveau assis, cette fois-ci sur le carrelage de l'entrée.

J'utilisai un sort pour aspirer l'eau de son corps et de ses vêtements et la diriger vers l'évier de la cuisine où elle s'écoula en gargouillant. Je réchauffai la couverture et la lui jetai sur les épaules.

— Eh, lui dis-je en m'accroupissant, je sais que c'est confortable par terre, mais j'ai aussi un canapé.

Il ouvrit les yeux et je fus surprise d'y lire de la peur. Lewis, *terrifié*. Qu'est-ce qui pouvait bien effrayer le gardien le plus puissant du monde ?

— Peux pas y arriver, reconnut-il.

Il avait l'air vraiment mal en point. Il était maigre, presque squelettique ; sa peau était vilainement pâle comme s'il avait passé trop de temps dans un endroit sombre.

— Merci.

— Je t'ai juste séché et apporté une couverture. Ne me remercie pas encore. Allez, lève-toi.

Je l'attrapai de nouveau sous les bras et le tirai, et nous parvînmes au canapé sur lequel il s'allongea, donnant ainsi la preuve qu'une personne de plus d'un mètre quatre-vingt-trois ne peut pas s'étendre de tout son long sur un canapé de taille normale. Je l'enveloppai dans la couverture.

— Quand est-ce que tu as mangé pour la dernière fois ?

— Me souviens plus, murmura-t-il.

J'allais me diriger vers la cuisine quand il attrapa mon bras.

— Jo.

Ce contact physique nous brûla la peau. Il me lâcha dès qu'il s'en rendit compte.

— Tu as des problèmes, dis-je. (Pas besoin d'aller chercher très loin.) Ça va, j'ai compris. Et non, je ne vais appeler personne.

C'était ce qu'il voulait entendre. Il hocha la tête et ferma ses yeux bruns si chaleureux.

Quand je revins avec un bol de soupe réchauffée au micro-ondes, il réussit à se hisser en position assise. Il avala son bol bien plus vite qu'il n'aurait dû. Je pris un coussin pastel pour m'y asseoir; je l'observai. Quand il eut terminé la dernière goutte de soupe, je lui pris le bol pour le poser sur la table basse.

— C'est bon, murmura-t-il.

J'appliquai une main sur son front. Il était brûlant de fièvre.

— Je vais bien.

— Ouais, hyper bien.

Je pris des médicaments dans la salle de bain et lui fis avaler deux comprimés avec une autre ration de soupe. Une vraie petite femme d'intérieur. L'appartement était silencieux, à l'exception du bruit ininterrompu de la pluie contre le toit et les fenêtres.

Il ne dit pas un mot avant d'avoir terminé son deuxième bol de soupe. Il fit tourner le récipient vide entre ses mains en m'observant avec des yeux fiévreux, puis demanda :

— Tu ne vas pas me poser de questions ?

— Est-ce que j'en ai le droit ?

Je lui ôtai une nouvelle fois le bol des mains.

— C'est toi le *big boss*, Lewis. Moi, je suis juste une employée. Dis « grenouille », je saute. Dis « guéris-moi »...

Il fit un bruit dédaigneux.

— Bien sûr. Tu as la fibre maternelle, Jo. Et tu n'es pas du genre à poser des questions.

Certes.

— D'accord. Qu'est-ce que tu fiches ici, affamé et malade, devant ma porte ? Ce n'est pas comme si on se connaissait, Lewis. Du moins pas d'une manière qui ait de l'importance.

C'était cruel, mais vrai. Les yeux de Lewis s'écarquillèrent et il baissa le regard.

— Je te connais, dit-il. Et je te fais confiance.

— Pourquoi ?

Il m'adressa un sourire désarmant en guise de réponse. Je me sentis rougir.

— Bon, je reformule ma question. Des problèmes de quel genre ?

Son sourire s'évanouit. Il avait l'air malade, fatigué.

— Le pire qui soit. Des problèmes avec le Conseil. Je me suis évadé.

J'en restai immobile, mon bol de soupe à mi-chemin devant ma bouche. La vapeur, pleine de fantômes d'épices, me chatouillait le nez.

— Évadé ?

— Ils m'avaient enfermé dans un hôpital, celui où…

Il sembla se plonger dans ses souvenirs, et à voir l'expression de son visage, ce n'étaient pas des souvenirs agréables.

— Ils me gardaient à la Fourrière.

La Fourrière, c'était le surnom des jeunes gardiens pour l'hôpital supervisé par Marion Bearheart. Les gardiens y entraient, et quand ils en sortaient, seuls ou aidés, ils étaient devenus des êtres humains normaux. C'était l'endroit où on nous neutralisait ; dans mon cas, celui où j'avais été stérilisée.

C'était l'endroit où on pouvait nous arracher nos pouvoirs par la racine.

— Non, murmurai-je.

Je posai mon bol pour lui saisir les mains. Elles étaient froides et inertes.

— Mon Dieu, Lewis, ils *n'ont pas pu*. Pas toi.

— Ils n'avaient pas encore décidé, mais je savais comment cela allait se terminer. Martin ne voulait pas, mais les autres… (Il haussa les épaules.) Je ne rentre pas dans les cases, Jo. J'ai trop de pouvoir, ils ne peuvent pas le contrôler. Ils n'aiment pas ça.

Pas étonnant qu'il se soit enfui. Il avait tellement à perdre, tellement… Je ne pouvais pas imaginer que Marion soit d'accord, mais elle était liée par un serment d'obéissance, comme nous tous. Lewis avait eu raison de ne pas courir ce risque.

Cela expliquait pourquoi il était arrivé chez moi dans cet état, trempé et malade. Il ne pouvait pas utiliser ses pouvoirs, même pas pour se protéger de la pluie ou éradiquer le moindre virus de son organisme. Lewis illuminait le monde éthéré de mille feux chaque fois qu'il manipulait les puissances. Avant d'avoir recouvré toutes ses forces, il était sans défense.

Je posai une main sur son front brûlant et le regardai droit dans les yeux. Les étincelles jaillissaient entre nous, faibles, mais toujours présentes.

— Tu me fais confiance ? demandai-je.

Il hocha la tête.

— Alors, repose-toi. Personne ne pourra te faire de mal ici.

Quelques minutes plus tard, il dormait, emmitouflé dans la couverture. Je lavai les bols, les posai sur l'égouttoir, puis entrai dans la salle de bain pour vider la baignoire. Le temps d'enlever mon peignoir et d'enfiler un débardeur et un bas de survêtement, Lewis ronflait.

Il avait l'air très jeune, mais de fait, il l'était. Quelques années de plus que moi, mais bien plus jeune que la plupart des autres gardiens. Je m'assis par terre, le dos appuyé contre le canapé, et l'écoutai dormir pendant que je regardais la télé avec le son coupé. Je n'osais pas fermer les yeux. Je montais la garde en Seconde Vue, à l'affût de toute personne susceptible d'être à sa poursuite.

Vers le matin, la pluie cessa et, sans le vouloir, je m'endormis. Quand je me réveillai, Lewis avait disparu du canapé. J'entendis la douche couler dans la salle de bain. Le sol avait meurtri mes muscles ; quand je réussis finalement à me lever et à avancer jusqu'à la cuisine pour commencer à préparer le café, Lewis était de retour, vêtu de mon vieux peignoir bleu. Qui lui allait bien. Alors qu'il traînait par terre quand c'était moi qui le portais, il lui arrivait poliment à mi-mollets, sans que mon invité n'ait besoin de remonter les manches.

— Comment tu te sens ? lui demandai-je en lui versant une tasse de potion magique matinale.

Il le goûta en me regardant. Ses yeux étaient plus clairs, même si ses cheveux toujours aussi hirsutes lui donnaient un air vulnérable.

— Mieux.

— C'est bien.

J'attrapai le gâteau que j'avais posé sur le plan de travail et fis la grimace quand un autre groupe musculaire refusa de coopérer.

— Je voudrais pouvoir dire la même chose.

Je ne le vis pas s'approcher de moi, et le contact de ses mains chaudes sur mon dos fut une véritable surprise.

— Ça t'embête ?

— Oh, pas vraiment.

Il déplaça ses grandes mains compétentes jusqu'à ma taille et appuya avec ses pouces exactement là où les muscles me faisaient mal. Une pression lente et délibérée au début douloureuse, qui se dissolvait ensuite en plaisir absolu. J'inspirai lentement puis expirai : la tension s'évanouit, depuis mes épaules jusqu'à mes pieds.

— Whaou. Tu as déjà pensé à faire carrière comme masseur ?

— Je suis ouvert aux nouvelles idées.

J'entendais son sourire. Il appuyait maintenant plus légèrement, en cercles lents.

— Ça fait du bien ?

— Encore un peu, et je perds toutes mes capacités motrices.

— Je suis désolé de t'avoir entraînée dans cette histoire.

Ses mains remontaient et chassaient les tensions.

— C'était… une mauvaise nuit.

— Je connais ça. Il n'y a pas de problème, tu sais. Tu peux rester aussi longtemps que tu veux.

Ses mains étaient sur mes épaules ; son massage éliminait toutes les heures de stress.

— Non, je ne peux vraiment pas, dit-il.

Il y avait plusieurs interprétations possibles, mais si Lewis pensait à quelque chose de plus intime, c'était en tout cas impossible à dire. Il continuait d'appuyer lentement et régulièrement sur tous les nœuds de tension. Ses pouces s'enfoncèrent dans les centres névralgiques derrière mes omoplates, et je sentis mes jambes faiblir.

— Donc tu t'en vas.

Je sentis de nouveau son sourire.

— Que veux-tu que je te dise ? J'ai toujours été le coup d'un soir.

Il me caressa doucement le dos.

— Il faut que je parte. Si je reste avec toi, je te plonge dans l'incendie avec moi. Ce n'est pas la peine que tu attires leur attention.

— Moi ?

Je me retournai, étonnée, et me retrouvai la poitrine collée contre lui. Il ne recula pas.

— Pourquoi ?

— Tu sais pourquoi.

Ses yeux bruns étaient sombres, mais la lueur d'amusement n'avait pas tout à fait disparu.

— Ils n'aiment pas tellement que les gardiens aient trop de pouvoir. Et toi, tu es différente. Pour ne pas dire incontrôlable.

— Eh ! (Je posai mes mains sur sa poitrine et le repoussai.) Attention à ce que tu dis !

— Ce n'était pas péjoratif. (Il haussa les épaules.) Je veux dire qu'*ils* ne peuvent pas te contrôler. Ce qui fait qu'ils te surveilleront, Jo. Ne leur donne pas de raison de le faire.

— Tu dois encore avoir de la fièvre. Je suis juste *employée*, bon sang. Pourquoi est-ce que quelqu'un me surveillerait ?

Lewis leva les mains en signe de reddition.

— D'accord, je vois. Je me trompe sûrement.

Non, il ne se trompait pas. Je le voyais. Je lui lançai un regard noir.

— Ne me raconte pas de conneries.

— Ne fais pas semblant de ne pas savoir ce que tu es.

— De fait, je ne *sais* pas. Dis-moi, toi, ajoutai-je en fronçant les sourcils.

Il prit ma main dans la sienne.

Peau contre peau.

Des étincelles. Des ondes de pouvoir qui trouvaient un écho en passant à travers moi, puis à travers lui, amplifiées quand elles revenaient vers moi.

Je me libérai et reculai jusqu'à ce que je sente le plan de travail de la cuisine derrière moi. Pendant quelques secondes, nous nous regardâmes, puis il hocha la tête, me contourna pour prendre sa tasse de café et s'en fut à la salle de bain.

Je sentis à peine le goût de mon café, que j'avalais pourtant en regardant la porte fermée.

Quand il ressortit, il était vêtu d'un jean, d'un large pull vert, et des chaussures de marche qu'il portait la veille. Au moins, elles étaient sèches. Son visage trop maigre avait repris des couleurs. J'entrai dans la salle de bain et attrapai une boîte de médicaments contre le rhume que je mis dans un sac avec un petit casse-croûte et des bouteilles d'eau. Cela ne constituait pas un gros baluchon. Je vidai aussi le contenu de mon porte-monnaie, rien de très impressionnant non plus, et lui tendis le tout.

Ses doigts effleurèrent les miens, provoquant de nouvelles étincelles. Il en mourait d'envie, je le savais. Moi aussi d'ailleurs. Et aucun d'entre nous ne pouvait se le permettre.

Il m'avait laissé quelque chose dans la main, un bout de papier méticuleusement plié. Je commençai à le déplier mais il m'arrêta.

— C'est une adresse. Si tu as besoin de moi, c'est là que tu me trouveras. Mais ne…

— …la donne à personne ? terminai-je en lui faisant un faible sourire. Tu sais bien que non.

— Oui.

Il se pencha en avant pour m'envelopper dans ses bras. Il me serra tout contre lui ; des ondes résonnaient et s'écrasaient dans ma tête.

Tandis qu'il m'embrassait, j'eus l'impression de flotter dans une mer brillante, lumineuse et argentée. Une telle puissance…

Il était déjà parti quand l'éblouissement se dissipa. Je fermai la porte à clé et restai debout un long moment, la main sur la poignée, à penser à lui. Je n'avais aucune idée de ce que je ressentais, de ce que cela voulait dire, de rien.

Mais je m'inquiétais pour lui. Je me faisais du souci pour lui. Et pour moi.

Deux heures plus tard, on sonna à la porte. Cette fois-ci, c'était trois gardiens polis et imperturbables qui avaient beaucoup de questions à me poser sur Lewis.

Il avait raison. À partir de ce moment-là, ils ne me quittèrent plus des yeux. *Ils te surveilleront, Jo. Ne leur donne pas de raison de le faire.* Je n'avais jamais prévu de le faire.

Tout comme je n'avais pas prévu de déplier un jour ce morceau de papier.

Et puis… ce truc avec Bad Bob était arrivé.

C'était maintenant au tour de Lewis de m'aider et de me consoler.

DANS LE MOTEL, les membres de mon corps s'éveillèrent les uns après les autres. D'abord, les orteils, quand les rayons chauds du soleil tombèrent dessus. Puis les jambes… les cuisses… les hanches… quand je finis par ouvrir les yeux, je me sentais engourdie et totalement détendue, plus heureuse que je ne l'avais été depuis plusieurs années.

J'avais l'impression de m'être envoyée en l'air comme jamais. Mais ce n'était pas le cas. N'est-ce pas ? Non, il n'y avait eu aucune fusion corporelle avec David. Mais évidemment, aujourd'hui était un jour nouveau, avec des possibilités infinies…

J'étais couchée sur le ventre. Je roulai sur le côté, mais ce qui aurait dû être une manœuvre gracieuse digne d'une star hollywoodienne se transforma en farce à la Laurel et Hardy : j'étais coincée dans les draps. Quand je parvins à m'extraire de ce cocon et à rabattre mes cheveux en arrière, je me rendis compte que c'était peine perdue de toute façon.

David était parti.

Il y avait un creux dans la literie là où il s'était couché. Je laissai ma main s'y promener quelques secondes puis pressai les draps froissés contre ma poitrine et regardai dans la chambre. Pas de sac de couchage par terre, pas de sac à dos posé contre le mur.

Je m'étais fait larguer. Et en beauté.

Je me levai et fis le tour de la chambre, mais peu de choses indiquaient qu'il avait été là, presque rien à part la marque laissée par sa tête sur l'oreiller et une serviette humide dans la salle de bain. Je me tins debout dans la fraîcheur blanche et carrelée, et me regardai dans le miroir. La douche et la nuit de sommeil m'avaient fait du bien. J'avais toujours des cernes sous les yeux, mais au moins j'étais présentable. Et même s'il était parti, je me sentais encore toute vaporeuse de cette nuit avec lui. Je fermai les yeux et passai en Seconde Vue. Mon corps brillait de couleurs dorées, avec une tâche d'un orange chaud et vif juste au-dessus de mon ventre. Une tâche qui avait la forme de la main de David.

Je la touchai et sentis quelque chose, comme une petite décharge électrique. *Fais de beaux rêves*. Son murmure me traversa de nouveau, et je sentis une nouvelle fois ce tremblement, comme si mon corps tout entier avait envie de répondre.

Merde. Je ne savais plus si j'avais envie de me mettre à genoux pour le supplier de revenir ou si je voulais lui mettre un coup de pied aux fesses capable de l'envoyer jusqu'en Californie. Non, en fait je savais très bien, c'était juste que je n'avais pas envie de l'admettre. Des larmes me brûlaient au coin des yeux. C'était parfaitement *ridicule*, je ne connaissais même pas ce type, comment pouvais-je me sentir déçue par lui ? Ou par moi ?

Pourtant, c'était bien le cas. J'avais, encore une fois, fait confiance à un homme. Et encore une fois, je me retrouvais toute seule, effrayée, désespérée.

Je m'assis sur le lit et tentai de me maîtriser. Mes mains tremblaient, ma respiration était irrégulière et je savais que si je me mettais à pleurer, je ne pourrais plus m'arrêter. C'était trop. Et tous ces sentiments n'avaient pas vraiment à voir avec David ; ils étaient liés à *tout*, à la Marque, à Bad Bob, à l'impression consternante et nauséabonde que je n'avais plus le contrôle sur ma vie.

Je ne pleurerai pas. Pas pour ça. Pas pour lui.

J'arrachai l'étiquette d'une nouvelle culotte et enfilai mon chemisier stretch en dentelle et mon ensemble en velours. Je voulais être belle, belle de défiance, dans le style « regarde un peu ce que tu rates ». Je passai du temps dans la salle de bain à me coiffer et à me maquiller. Quand j'eus terminé, le résultat n'était pas digne d'une couverture de *Vogue*, mais j'étais assez appétissante pour faire tourner des têtes. Qui plus est, mes mains ne tremblaient presque plus.

Je n'avais pas grand-chose à ranger, juste mon sac. J'y fourrai mes affaires, le refermai et m'apprêtai à repartir. J'ouvris la porte et fis un pas, mais quelque chose m'arrêta.

La chambre retenait la présence de David. Elle avait encore son odeur. Je ne parvenais pas à me défaire du sentiment, même en sachant que c'était n'importe quoi, qu'il était encore là quelque part, simplement invisible, caché. Mais il n'y avait pas d'endroit où se cacher. Et même si c'était un farceur, ça, ça aurait juste été une mauvaise blague.

J'avais prévu de claquer la porte, mais je la refermai doucement, comme David avait dû le faire quand il m'avait abandonnée à mes rêves.

La jolie Delilah luisait et brillait sur le parking. J'ouvris la portière passager, posai mon sac sur la banquette arrière et pensai au petit-déjeuner. Après réflexion, je décidai que je pouvais me permettre d'en prendre un, dans la mesure où mon estomac grondait comme un volcan au bord de l'éruption. Il me fallait du café aussi. Du café fort de camionneur, comme on préparait l'expresso avant.

Il me fallait une raison de vivre.

Des gaufres. Ce n'était pas pire qu'autre chose pour commencer.

LE *WAFFLE HOUSE*[3] était, comme toujours, peint en jaune, orange et brun, des couleurs qui réveillaient la nostalgie de

[3] Chaîne de restaurants spécialisée dans les gaufres.

la décoration de mon enfance, avec ses appareils verts et ses moquettes marron. Tout bien considéré, le fait qu'ils soient restés bloqués dans les années soixante-dix était une chance, vu que les prix pratiqués remontaient à la même époque. Je commandai une grande gaufre aux noix de pécan avec du sucre glace et du bacon grillé. La serveuse me servit mon café noir dans une tasse de la taille d'une pinte pendant que je jouais avec les couverts en attendant ma commande. Enfin servie, j'avalai de grosses bouchées juteuses en alternant avec des bouts de bacon croustillant, jusqu'à ce que mon monde et l'absence de David dans ce même monde me paraissent moins terribles.

L'affluence était réduite. À part moi, il n'y avait que quatre types fatigués qui portaient de vieilles casquettes de base-ball, au physique rebondi de ceux qui passent le plus clair de leur temps à conduire des camions et à manger des gâteaux. Tous buvaient du café noir, pas des boissons de chochotte comme du cappuccino ou du déca. Nous étions tous là pour nous abreuver du liquide sombre servi dans d'énormes tasses en céramique.

Trois immenses tasses plus tard, j'étais dans les starting-blocks. Je réglai la note à la vieille caissière et me tournai vers les grandes fenêtres. Entre les affiches qui faisaient la promotion des spécialités du chef, je vis que la tempête se rapprochait. Pas avec une force infernale, mais tout de même. Pour l'instant, elle ne constituait pas un problème. Je pouvais encore lui échapper. Toutefois, je ne voulais pas avoir à faire de manipulations car le risque d'être repérée par mon ennemi traqueur ou par l'Association était trop important. Pour l'instant, je ne savais pas ce qui serait le pire. Paul était sans doute arrivé à bout de patience au moment où le temps qu'il m'avait accordé s'était achevé. Maintenant, tous les gardiens du pays étaient certainement à ma recherche.

En remettant mon portefeuille dans mon sac, je renversai une salière posée sur le comptoir. Le capuchon argenté se dévissa, roula jusqu'au bord du comptoir et se mit à tourner sur lui-même.

Je m'en rendis à peine compte, car mon attention était attirée par ce que faisait le sel.

Il… parlait.

Il forma des petites lettres salées et blanches qui disaient *Joanne.*

Je regardai autour de moi. La caissière était passée à autre chose et les serveuses faisaient le tour de la salle avec des cafetières. Il n'y avait que moi et le sel parlant.

— Heu… oui ? demandai-je un peu hésitante.

Le sel se répandit en une couche uniforme, puis s'étendit sur le comptoir. Encore des mots. *Sud 40 km, G sur Iron Road.*

Mon cœur se mit à battre très fort. Je fixai le sel et murmurai :

— C'est Lewis ?

Rien. Le sel effaça les mots et se répandit de nouveau.

À ton avis ?

— Très drôle. En plus je me tape des condiments qui ont le sens de l'humour.

D'un point de vue technique, le sel appartenait à la terre…

Lewis aurait été capable de le contrôler. De fait, dans un endroit aussi peu naturel que celui-ci, c'était peut-être bien la seule chose qu'il *pouvait* suffisamment contrôler pour faire passer son message. Quant à moi, j'étais contente qu'il n'ait pas essayé d'écrire des choses avec du jaune d'œuf.

*C'est compris ?* me demanda le sel. Non seulement il était arrogant, mais en plus, presque agressif.

— Quarante kilomètres au sud, à gauche sur Iron Road, répétai-je. Compris.

Je pris une grande inspiration et soufflai sur le sel, dispersant ainsi les mots.

Il ne sembla pas apprécier et reforma une colline avant de s'étaler de nouveau. Un doigt invisible écrivit : *Bien.*

Il forma ensuite un petit visage souriant qui disparut à l'instant où la serveuse approcha. Elle soupira et essuya le sel avec un torchon humide.

— Vous allez bien ?

Je devais faire une tête bizarre, parce qu'elle me regardait fixement.

— Je suis en train de parler au sel. À votre avis ?

Elle haussa les épaules et continua de nettoyer.

— Mademoiselle, vous auriez mieux fait de prendre du déca.

## BULLETIN N° 3

Le service national de météorologie a décrété l'alerte rouge sur quatre États : l'Ohio, l'Indiana, l'Illinois et le Missouri. Possibilités de grêle, de vents forts et de tornades. Veuillez rester à l'écoute des bulletins météo pour plus d'informations.

QUARANTE KILOMÈTRES PLUS LOIN, un panneau abîmé, avec des impacts de balles, indiquait Iron Road. Je ralentis et me garai sur le côté pour observer la bifurcation : «*qu'est-ce qu'une personne plus intelligente et plus saine d'esprit que moi ferait dans la même situation ?*»

J'inspectai les lieux à la lueur des ampoules du warning. Iron Road était une petite route à deux voies qui disparaissait au milieu d'arbres denses et feuillus, dans un jeu d'ombres et de lumières. Pittoresque, ce qui n'était finalement qu'un synonyme d'«isolé». Pourquoi Lewis voudrait-il que je m'écarte des chemins battus ? Pourquoi ne pouvait-il pas tout simplement venir me rejoindre dans un restaurant, commander des œufs Bénédictine et parler du bon vieux temps ? Bien sûr, il avait lui aussi des raisons de rester prudent. Après tout, Lewis était le gardien le plus recherché du monde. Par rapport à lui, je n'étais même pas dans le *top ten*.

— Et puis merde, fis-je à Delilah en passant la première.

Ma voiture descendit sans effort la colline vers Iron Road et roula dans l'ombre des feuillages sur le bitume lisse et désert. Je restais à petite vitesse. Sur des routes de campagne comme celle-ci, n'importe quoi pouvait surgir et présenter un danger, en particulier des animaux, qu'ils soient sauvages ou domestiques. La dernière chose dont j'avais besoin était de devoir m'arrêter pour enlever des morceaux de vache de mon pare-chocs pendant qu'une tempête fondait sur moi.

Les champs s'étendaient au-delà des arbres, repus de soleil et d'un vert indécent. Je baissai la vitre et respirai un air frais et propre, épicé de senteurs de terre et de feuilles. Lewis ne m'avait pas dit jusqu'où je devais avancer sur Iron Road : je ne pouvais rien faire d'autre qu'attendre un nouveau signe.

Au sommet de la colline suivante se trouvait une jolie petite ferme rouge avec un hangar assorti, le genre de paysage que l'on trouve sur de vieux tableaux dans les foires artisanales. Je n'en avais jamais vu d'aussi *parfait* avant. Il y avait même un moulin à vent et quelques grosses vaches Hereford dignes de poser pour un peintre. Elles ruminaient dans les champs, dans un enclos entouré d'un muret en ruines et parsemé de fleurs sauvages aux couleurs éclatantes. Du Thomas Kinkade tout craché. Le vent soufflait en vagues de velours sur l'herbe grasse, et je me souvins de l'un de mes instructeurs, je ne sais plus lequel, qui m'avait fait remarquer à quel point la mer et le vent se ressemblaient. *Nous nageons dans un océan d'air*. En y réfléchissant, ce n'était probablement pas un cours sur le temps. Plutôt un cours de littérature.

Iron Road continuait sans changer de nom, mais elle aurait dû. Après la jolie petite ferme, elle devenait la Route pourrie, cahoteuse et inégale. Je ralentis encore et m'inquiétais pour l'état des amortisseurs de Delilah. Devant moi, rien de particulier à part une colline au loin dans les tons bruns et verts, et d'autres arbres qui tendaient leurs bras vers le chemin.

Delilah ralentit encore, sans que mon pied n'ait touché le frein.

C'est drôle comme on *sait* simplement ces choses-là, quand on forme une véritable équipe avec sa voiture. De la même façon que si c'étaient mes pieds sur le sol et non pas les pneus de Delilah, je sentais que quelque chose ne tournait pas rond, vraiment pas, comme si nous traversions une étendue de boue ; pourtant la route était sèche et les ornières dures comme de la pierre avec des traces de pneus. Qu'est-ce qui nous ralentissait ?

J'entendis quelque chose siffler sous le train de la voiture. Je connaissais ce bruit. C'était comme…

Delilah frissonna et j'entendis son moteur prendre une voix plaintive et mécontente. Elle luttait pour avancer, mais c'était de plus en plus difficile à chaque tour de pneu.

C'était comme des sables mouvants.

Le revêtement se métamorphosait en sable, et nous nous y enfoncions.

— Merde ! criai-je.

Je passai en Seconde Vue. À peine sortie de mon corps, au-dessus de la voiture, je vis que la terre était d'un rouge sombre. Elle bougeait, remuait, comme une chose vivante. Le sol dur et sec était écrasé en minuscules petits grains de sable. Non, pas de sable… la route se transformait en *poussière*, plus fine que le sable, et pas seulement en surface. Cela continuait en profondeur, à au moins trois mètres.

Je tournai le volant, en essayant de conduire Delilah hors de la voie, vers les arbres où les racines et les plantes ralentiraient la progression de cette terre en liquéfaction, mais c'était déjà trop tard. Les roues ne répondaient plus. Il n'y avait plus de direction. La poussière se souleva comme un geyser dans l'atmosphère sèche et disparut sur les vagues de l'océan d'air. La voiture se tassa d'environ trente centimètres, et je savais que la seule chose qui la retenait de s'enfoncer, c'était le poids distribué de manière égale, et, éventuellement, la bonne volonté de quelqu'un.

Delilah et moi flottions, incapables de nous échapper.

En Seconde Vue, je repérai mon ennemie avant même qu'elle ne soit sortie des fourrés. Une aura bleu-vert parsemée du blanc très pur de la puissance, de l'or symbolisant la ténacité, et de l'argent qui manifestait un caractère impitoyable.

Marion Bearheart m'avait trouvée.

Je revins dans mon corps et la vis s'approcher sur ma gauche à travers les arbres. Marion était telle que dans le souvenir que j'avais d'elle durant ma réunion d'intronisation : une femme d'âge mûr, très digne, à la peau cuivrée, dont la chevelure noire et argentée retombait gracieusement sur les épaules. Marion avait toujours ce regard bon et doux, mais elle ne dégageait aucune faiblesse.

— Joanne.

Sa voix basse était, d'une certaine façon, accueillante.

— Cela ne sert à rien d'essayer de fuir. Où que tu ailles, je pourrai dissoudre le sol sous tes pieds ou t'attacher avec des racines et des herbes. Faisons cela simplement, veux-tu.

Évidemment. J'avais oublié. Marion était une gardienne de la Terre.

Un bruit dans les buissons de l'autre côté de la voiture attira mon attention sur quelqu'un d'autre, un homme plus jeune que Marion. Je ne le connaissais pas. Ses cheveux étaient blonds, presque blancs, comme les Scandinaves ; sa peau était claire et ses yeux très bleus. Comme Marion, il portait une chemise épaisse, un jean et des chaussures de marche. Un autre gardien de la Terre. Avec leur sens de la mode, ou plutôt leur absence de style, on ne pouvait pas se tromper.

La troisième personne, à côté de lui, était si menue que je la remarquai à peine : petite, brune, délicate. Ses vêtements en revanche n'avaient rien de délicat. Beaucoup de cuir, rentre-dedans. Ses cheveux étaient très courts et parsemés de mèches verdâtres peu naturelles. Elle portait des piercings au visage, une boucle de nez avec un clou assorti à l'autre narine.

— Tu es venue avec des amis, dis-je en me retournant vers Marion.

Elle sourit faiblement.

— Contre toi ? Naturellement.

Elle fit un signe de la tête dans leur direction.

— Erik et Shirl. Si tu envisages d'appeler une tempête, je te le déconseille. Shirl est vraiment très habile, mais elle a tendance à avoir la main un peu lourde.

Les pièces du puzzle commençaient à se mettre en place.

— Ah. Le sel ?

Cette fois-ci, elle me gratifia d'un vrai sourire.

— Je voulais simplement te parler, Joanne. Et j'ai pensé que c'était la façon la plus simple d'organiser une entrevue. Je savais que tu cherchais quelqu'un. Il était raisonnable de penser que c'était un autre gardien. J'espérais simplement que c'était quelqu'un qui avait du pouvoir sur la Terre, sans quoi cela t'aurait semblé un peu bizarre.

Dans la mesure où Lewis avait toute la panoplie de pouvoirs, rien ne m'aurait vraiment semblé bizarre… et cela résumait bien ce que sont les gardiens. Pour nous, du sel parlant était un phénomène à peine étrange.

C'était bien ma chance. Elle avait fait un pari, je m'étais laissé avoir.

Une pensée un peu plus noire me traversa l'esprit.

— La foudre ?

Marion eut l'air ébahie.

— Bien sûr que non ! Nous voulons simplement te parler, pas te tuer. De toute façon, Shirl a une autre spécialité que les cieux.

Du coin de l'œil, je vis quelque chose scintiller. Je me tournai et vis Shirl la paume tendue devant elle. Du feu dansait sur sa peau. Il brillait d'or, d'orange et de rouge, et se reflétait dans les yeux noirs de la jeune femme dont l'arrogance me révulsait. *Je connais de meilleurs gardiens du Feu que toi, ma mignonne. De ceux qui n'ont pas besoin d'en faire trois tonnes pour épater le chef.* La petite flamme me donnait néanmoins la chair de poule. Ça avait toujours été le cas. J'avais vu, de près, les dégâts que cet élément pouvait faire.

— Alors, parle, dis-je. Ou rendez-moi la route pour me laisser partir. Une tempête approche.

— Je sais.

Marion lança un regard à Shirl, qui fit disparaître le feu.

— Allons faire une promenade, Joanne.

Elle se pencha en avant et ouvrit la portière. Une dalle de terre solide prit forme dans les sables mouvants, juste assez grande pour que je puisse y tenir debout. Je m'extirpai de mon siège et sentis Delilah balancer telle une barque sur un lac. Je me penchai pour voir sur quoi ma voiture était posée.

Je passai mes doigts dans la poussière. Presque aucune résistance. Les particules étaient si fines que j'en eus le vertige. Quiconque tombait là-dedans ne remontait jamais.

— Par ici, dit Marion en se retournant.

Je posai ma main sur la carrosserie poussiéreuse de Delilah pour tenter de la rassurer, et de me rassurer moi-même, et pour lui faire comprendre que la situation n'était pas aussi critique qu'il paraissait. Puis je m'éloignai de la dalle, vers l'ombre des arbres.

On aurait dit un autre monde. Le monde de Marion. La terre lui parlait, de la même manière que le ciel s'adressait à moi : le murmure des feuilles ; le craquement sec des branches ; les pas étouffés des choses vivantes, petites, grandes, minuscules, qui composaient son royaume. Je pensai à la ferme que j'avais vue en arrivant, le cadre idyllique. C'était sans doute la manière qu'avait Marion de griffonner pour ses loisirs. Une herbe parfaite, élégamment parsemée de fleurs sauvages. À partir du chaos, Marion créait la beauté, ou peut-être se contentait-elle simplement de démontrer à quel point le chaos peut être beau si on le regarde correctement.

Nous étions à présent à l'orée de la forêt, dans une prairie dont les herbes hautes et argentées murmuraient et bruissaient sous l'effet de la brise de nord-est. Les cirrus s'entremêlaient comme de la dentelle. Un avion traversa le ciel et traça une ligne blanche dans les nuages. On avait l'impression que tout était au même niveau, mais je savais que l'avion ne se trouvait qu'un tout petit peu au-dessus de la troposphère. Les cirrus quant à eux culminaient à au moins sept mille sept cents mètres, peut-être plus, bien plus loin encore qu'un ballon météorologique. Et ces nuages apparemment tranquilles et pacifiques avançaient à grands pas, tirant la tempête dans leur sillage.

Marion se retourna face au vent et me dit :

— Les Indiens *Zuni* disent toujours que le premier éclair annonce la pluie. Mais nous sommes très loin du pays des *Zuni*.

— Tout le monde a des choses à dire sur la météo. Et la plupart du temps, c'est n'importe quoi.

— La plupart du temps, oui.

Elle tourna son regard fatigué, patient et doux vers moi.

— Une accusation de meurtre, c'est quelque chose de grave, Joanne. Cela ne sert à rien de s'enfuir. Tu sais qu'on te retrouvera.

— Je ne l'ai pas tué.

Elle leva ses sourcils bruns, mais son visage demeura impassible.

— Vous vous êtes disputés, il est mort. Est-ce que tu penses que nous allons croire qu'il s'agit d'un accident ?

Non, évidemment. Cela n'avait pas été un accident. J'avais *essayé* de tuer Bad Bob Biringanine.

C'est juste que je n'aurais jamais pensé *réussir*.

Elle interpréta mon silence comme une confirmation.

— Tu étais censée m'attendre en Floride.

— Je ne pouvais pas. J'avais des choses à faire.

— Comme quoi ?

Elle secoua la tête et passa la main dans ses cheveux pour dégager son visage lorsque le vent les posa comme un voile devant ses yeux.

— Raconte-moi ce qui s'est passé entre toi et Bad Bob. Je peux peut-être t'aider.

J'ouvris la bouche pour lui parler de la Marque du Démon, mais cela m'était évidemment impossible. Cela aurait été du suicide. Marion ne pouvait pas la voir, sans quoi elle et une centaine d'autres gardiens auraient été au courant de l'état de Bad Bob, bien avant qu'il ne me transmette son infection. Rahel me l'avait dit : les Marques sont invisibles aux humains, même s'il s'agit de gardiens, sauf s'ils posent la bonne question à leur djinn. Nauséeuse, je me sentais prise au piège, et plus effrayée que jamais. À *l'aide*, avais-je envie de dire. Mais je n'osais pas parce que je savais qu'il n'y avait pas d'aide possible, pas de remède, rien d'autre qu'une longue et terrible agonie. Si je ne parvenais pas à me procurer un djinn, je ne survivrais pas. L'Association ne sacrifierait pas l'une de ses précieuses ressources pour me sauver la vie. Ils étaient très stricts sur ce point. Un djinn par personne, accordé uniquement en fonction du grade. Quant à moi, j'avais gâché ma chance avant même d'avoir obtenu le mien. Me donner un djinn maintenant, ce serait comme de donner des perles aux cochons. Il n'y avait aucune chance qu'ils en sacrifient un pour ma petite personne.

Je me couvris. Il valait mieux lui donner une partie de la vérité plutôt que rien du tout.

— Il y avait un problème avec lui, dis-je. Bad Bob. Je ne sais pas ce que c'était, mais il m'a attaquée. J'ai cru qu'il allait me tuer. Je n'avais pas le choix.

— Tu as appelé la foudre, murmura Marion.

Elle s'accroupit et ramassa une mauvaise herbe, la tint délicatement entre ses doigts. Un bourgeon émergea, qui explosa en une fleur aux couleurs luxuriantes. Rouge, cette fois-ci. D'un rouge sang brillant, avec un cœur noir comme un œil.

— Tu n'as pas essayé de l'immobiliser par exemple, comme on a dû te l'apprendre.

— Eh, c'était *Bad Bob*, pas un apprenti de cinquième année qui faisait le malin. Plus un gardien est haut placé, plus les conséquences sont graves s'il perd le contrôle. Putain, Marion, tu le sais ça. Le pouvoir et la responsabilité.

Toujours est-il que j'ai été obligée de me battre, et il a fallu que je me serve de l'artillerie lourde. Tu veux que je dise que je suis désolée ?

— Non, dit-elle.

La fleur dans sa main vécut un bel été, se fana, se flétrit quand vint l'hiver, puis mourut. Une vie complète en moins d'une minute. Telle était la démonstration silencieuse de Marion : *Tu contrôles les cieux. Je contrôle la vie elle-même.*

— Je veux que tu comprennes que tu auras la possibilité de nous raconter ta version des faits. Mais le jugement rendu sera sans appel.

— Ce sont des conneries. Vous avez déjà pris votre décision. Vous pensez que je constitue un danger. Vous voulez…

Me neutraliser. Me raboter la tête avec de la laine d'acier. M'enlever tout ce que j'aime.

— Non, ce n'est pas mon cas, dit Marion en laissant tomber la fleur. Mais si le Conseil décide qu'on ne peut pas te faire confiance pour maîtriser les pouvoirs dont tu disposes, alors on te les enlèvera. Je sais que tu le sais. Tu ne peux pas continuer à fuir comme cela. Tu dois revenir.

— Je ne peux pas. Pas encore.

— Le Conseil se réunit *demain*. Personne ne m'a envoyée te chercher aujourd'hui, mais si tu ne te présentes pas demain pour être jugée dans les locaux du Conseil, quelqu'un le fera, et les ordres que je recevrai seront d'une nature tout à fait différente.

— Tu te déplaces avec un bataillon, fis-je remarquer. Deux gardiens de la Terre et un gardien du Feu. C'est simplement pour faire contrepoids à mes pouvoirs sans avoir à m'affronter avec les cieux. N'est-ce pas ?

Elle ne répondit pas. Ce n'était pas la peine de toute façon.

Je finis par ajouter :

— Demain est un autre jour.

La tempête s'était approchée à pas de loup. Je sentais des picotements lointains à la frontière de ma conscience. La tempête me parlait, comme la forêt et le champ parlaient à Marion. C'était à la fois mon pouvoir, et mon ennemi.

— Tu vas me laisser partir ou quoi ?

Marion sourit, et je sus immédiatement ce que cela voulait dire.

Je sentis de minuscules mais néanmoins solides cordes végétales m'entourer, glisser sur mes chaussures, monter le long de mes jambes. Je criai de dégoût et m'extirpai de ces chaînes, sautant d'un pied à l'autre. Le sol se ramollit sous moi, et même si mes talons étaient bas, mes chaussures s'enfonçaient rapidement. Je les enlevai, les ramassai et m'enfuis en courant.

J'avais l'impression de courir sur des lames de rasoir : toutes les pierres se retournaient pour m'opposer leur côté tranchant. Les branches me fouettaient le corps et le visage, tandis que l'herbe faisait de son mieux pour me ralentir et me faire tomber. La seule pensée d'avoir à me frayer un chemin à travers les arbres me mit en sueur, mais je n'avais pas le choix. Je me baissai le plus possible, de sorte que les branches ne puissent plus me frapper, et je tentai de sauter par-dessus les volées d'herbes et de racines qui essayaient de me faire obstacle.

Le feu surgit en une ligne droite entre moi et la portière ouverte de Delilah. De l'autre côté de la voiture, je vis Shirl, les mains tendues, en train de contrôler le feu et de le diriger vers moi. *Merde,* je déteste le feu.

Il y avait de la poussière très fine en abondance dans l'atmosphère, exactement ce dont j'avais besoin pour condenser l'eau dans l'air. Je gelai l'air sur un cercle de six mètres de diamètre, en rapprochant les molécules : je forçai les molécules d'eau à s'accrocher autour des fines particules de poussière. Je transformai l'air en brume et sentis mes cheveux grésiller et se dresser à cause de la puissance. J'y déversai de l'énergie, sans considération des conséquences. Ici, en rase campagne, les dommages provoqués par une erreur ne seraient pas trop importants, et j'étais presque assez en colère pour ne pas m'en préoccuper.

En dix secondes, j'avais au-dessus de ma tête un nuage épais et gris comme l'acier. J'inversai les polarités, et la charge entama le processus d'attraction et d'accumulation. Des gouttes fondaient, fusionnaient, grossissaient, jusqu'à ce que leur poids soit supérieur à la pression de l'attraction des gouttelettes.

L'averse arriva à point nommé, droit sur la cible. Froide, dure, argentée, elle tomba du ciel comme des serpents. Le feu grésilla ; Shirl jura à voix haute et tenta de trouver une parade, mais toute la zone était saturée d'humidité. Les lois de la physique jouaient contre Shirl qui ne parvenait pas à réchauffer suffisamment le cœur du feu. Il lui aurait fallu y déverser plus d'énergie que la plupart des gardiens du Feu en disposaient. Leur don consistait à contrôler le feu, pas à le nourrir.

— Joanne, non !

Marion se trouvait juste derrière moi. Je jetai un coup d'œil à la mare instable de poussière sur laquelle Delilah flottait, mare qui était en train de se transformer en boue sous l'effet du déluge, et ravalai ma peur. La pluie glacée me coulait dans la nuque, me plaquait les cheveux sur le crâne, me faisait frissonner. Je n'avais d'autre choix que de parier sur le fait que Marion ne me laisserait pas mourir.

Je fis un bond vers la portière de la voiture.

Une plante feuillue m'attrapa le pied et me fit perdre l'équilibre. Mes doigts caressèrent le métal froid et mouillé. L'instant d'après, je tombais, tombais, tombais…

Je m'enfonçais dans les sables mouvants.

— Non ! cria Marion.

Ce n'était pas comme de s'enliser dans la boue : la boue a du poids, elle offre une résistance. Là, c'était comme de dégringoler dans des plumes.

Mon instinct me dictait de respirer, mais je me fis violence et gardai la bouche fermée, en tentant de ne pas inspirer : aspirer une bouffée de ce machin-là me conduirait à une mort atroce. Je fermai les yeux afin de les protéger. Aucun bruit ici, aucune sensation à part celle de la chute sans fin. Jusqu'où m'enfoncerais-je ? Marion n'avait pas pu ramollir la terre à plus de trois mètres, cela n'aurait servi à rien. Cela n'avait pas d'importance. Trois mètres suffiraient amplement à m'enterrer vivante.

Ce qui importait, c'était que Marion était tout aussi démunie que moi. Elle pouvait durcir le sol, mais cela me tuerait tout aussi rapidement. Il ne s'agissait pas de science, mais d'art. C'était son océan, et j'étais en train de m'y noyer. Elle essaierait de me sauver : elle n'avait rien à gagner à me tuer, en tout cas pas pour l'instant, et il valait mieux qu'elle trouve une idée très vite. Peut-être essaierait-elle de durcir le sol sur une pente ascendante, afin de créer une rampe vers la surface que je n'aurais simplement qu'à trouver.

Oui mais comment la trouver ? Mon Dieu, ce que j'avais envie de respirer. *Besoin* de respirer.

Cela, au moins, je pouvais le faire. J'attrapai l'air emprisonné dans les particules de poussière et en tissai un cocon autour de moi, lequel formait une coquille de quelques centimètres d'épaisseur. Pas assez pour me permettre de rester en vie bien longtemps, mais assez pour me permettre de prendre quelques inspirations propres. Il fallait que je remonte, mais je ne savais pas comment faire. L'air n'avait pas assez de volume pour que je puisse créer un effet de réchauffement et de refroidissement qui aurait pu me servir de moteur. Je tâtonnais dans l'obscurité, sans rien rencontrer de solide.

J'étais coincée.

Quelque chose m'effleura la nuque, quelque chose de chaud et de solide, et je me tendis désespérément dans cette direction.

De la peau. De la peau humaine. Il faisait trop noir pour pouvoir voir quoi que ce soit, mais je touchais une personne vivante. Je m'aperçus que ce n'était pas une femme : même la femme la plus dénuée de poitrine a quelque chose de moelleux dans cette partie du corps. J'étendis ma bulle d'air qui engloba ce nouveau venu, et utilisai une précieuse inspiration pour murmurer :

— Erik ?

Le blond gardien de la Terre aurait au moins pu me servir de bouée de sauvetage, même si cette bouée me conduisait tout droit en prison.

Mais ce n'était pas Erik.

Des lèvres se posèrent sur les miennes, douces, chaudes, parfaitement savoureuses. Et je le reconnus, je le connaissais au plus profond de moi, où le souvenir de son contact perdurait.

— David ?

Il ne répondit pas. Je sentis de nouveau ses lèvres se poser sur les miennes. Il souffla de l'air frais dans ma bouche que j'ouvris pour mieux le recevoir.

Nous flottions tous deux dans le noir, aussi proches que des amants.

Il attrapa ma main, celle qui ne tenait pas mes chaussures, et se mit à nager *sur le côté*. C'était très bizarre, de plusieurs points de vue.

D'abord, parce qu'il n'y avait pas de résistance, donc aucune possibilité de propulsion. Malgré tout, David se propulsait sans aucun problème. Ensuite, le fait d'aller *de côté* aurait dû nous conduire droit sur les murs solides du tunnel, là où Marion n'avait pas ramolli la terre. Pourtant, nous avons simplement continué d'avancer, encore et encore. Mes poumons me brûlaient, j'avais besoin d'air. Comme s'il le sentait, David se retourna et expira dans ma bouche. Cela non plus, ça n'aurait pas dû fonctionner puisque ses poumons auraient déjà dû avoir consommé tout l'oxygène, en ne lui laissant que les déchets à partager avec moi.

J'inspirai de l'air pur et doux, ou du moins quelque chose qui revenait au même. C'était comme de s'approvisionner directement sur une bouteille d'oxygène. L'énergie m'emplit comme une lumière blanche.

Après je ne sais combien de temps, David se mit à nager vers le haut. Je sentis des choses m'effleurer les mains et les bras : des racines.

Nous surgîmes dans une clairière déserte, où l'herbe frissonnait, murmurait et pliait ses extrémités argentées sous l'effet d'une brise rafraîchissante.

Je n'eus pas à grimper pour sortir. Le sol se durcit sous moi et me poussa vers le haut, jusqu'à ce que je me retrouve pieds nus sur l'herbe, telle une Vénus poussiéreuse née de la terre.

David me tenait toujours la main. Il était remonté avec moi, de la poussière sur ses épaules et les manches de son manteau. Il secoua la tête et la poussière se dispersa. Derrière les verres sales de ses lunettes, j'aperçus ses yeux. Cette fois-ci, il ne tenta pas de dissimuler leur vraie nature. Ou leur signification.

Ils étaient profonds, magnifiques et parfaitement étranges. D'une couleur cuivrée, avec des pointes d'or. Ils devinrent plus clairs pendant que je l'observais, pour prendre une teinte brune presque humaine.

— Salaud ! sifflai-je.

— Un « merci » aurait suffi. Tu ne veux pas appeler un nuage pour nous ? J'ai vraiment besoin d'une douche.

— Tu es un djinn !

— Évidemment.

— Comment ça, « évidemment » ? Qu'est-ce que cela veut dire, « évidemment » ? J'étais censée *savoir* ? J'ai pas l'impression d'avoir été prévenue !

Il se contenta de me regarder. Il enleva ses lunettes, accessoire dont il ne pouvait avoir besoin, et commença à les nettoyer avec le bord d'un tee-shirt bleu marine qui faisait la publicité de *X-Files*. Mulder et Scully avaient l'air mauvais et mystérieux. Ses cheveux bruns avaient des reflets cuivrés, malgré la couche de poussière. À l'exception de ses yeux, il paraissait très humain.

Je savais désormais que cela relevait de son choix.

Je tremblais de colère.

— À qui tu appartiens ? C'est Lewis qui t'a envoyé ?

Il remit ses lunettes, m'attrapa les bras et effectua une prise d'art martial pour m'envoyer à terre. Je tombai dans l'herbe avec un bruit sourd. David allongé au-dessus de moi : il s'était rattrapé les bras grands ouverts. Je fus couverte de poussière. Il marmonna quelque chose dans une langue inconnue et la poussière forma un petit tourbillon, puis une petite boule, avant de disparaître.

Cela ne fit qu'accroître ma colère. J'ouvris la bouche pour lui hurler dessus, il approcha ses lèvres de mon oreille et murmura :

— Si tu cries, ils nous entendront. Je ne pourrai rien y faire.

Je ravalai mon exclamation. Je percevais, à moins d'un mètre de nous, des bruits de pas. Une ombre fit obstacle à la lumière. Je regardai derrière David et vis Shirl qui se tenait là, consternée.

— Tu vois quelque chose ? dit la voix de Marion sur la gauche, en se rapprochant à pas rapides de nous.

Au-dessus de moi, le visage de David était impassible. Je voyais bien qu'il était en train de faire quelque chose dont j'ignorais tout, qui toutefois les empêchait de nous voir, dans le monde physique comme éthéré. À moins qu'ils ne nous marchent dessus ou que je ne fasse du bruit, ils ne nous trouveraient pas.

— Rien, dit Shirl.

La silhouette de Marion vint rejoindre celle de la jeune femme.

— Merde, ce n'est pas possible. Elle était là-dessous, j'en mets ma main à couper. Mais Erik m'a dit qu'elle n'y était plus quand il est descendu.

— J'ai vu de la poussière ici, dit Marion.

Elle faisait les cent pas, bien trop près de ma tête pour que je puisse me sentir à l'aise.

— Exactement ici. Mais je ne vois pas comment elle a pu faire cela. Elle n'est pas une puissance de la terre.

— Peut-être que quelqu'un l'aide.

Shirl était trop perspicace à mon goût. Ça, en plus de son piercing au nez, faisait que de mon point de vue elle était décidément du mauvais côté.

— Elle a des amis gardiens de la Terre ?

— Quelques-uns, mais je les vois mal prendre des risques pareils, sachant de quoi elle est accusée.

Marion hésita de nouveau. Elle regardait le sol, droit dans ma direction. Je n'osai même pas respirer. David ne me touchait pas, mais je sentais la chaleur qu'il dégageait ; peut-être les autres la sentaient-ils aussi ?

— Tu pourrais peut-être appeler ton djinn.

Une nouvelle voix, celle d'Erik. Il arrivait de l'autre côté.

— Tu pourrais le lancer sur ses traces.

— J'ai d'autres choses à faire faire à mon djinn.

Marion lui répondit sur un ton qui me convainquit qu'Erik aurait dû s'abstenir de faire cette proposition. Apparemment, cela convainquit également Erik qui se tut. Après quelques battements de cœur, Marion ajouta :

— Bon. Nous avons sa voiture. Elle n'ira nulle part, ou en tout cas pas très vite. Attendons qu'elle vienne la récupérer.

— Et si elle ne revient pas ? demanda Erik.

Marion sourit.

— Je vois que tu ne connais pas Joanne.

Ils disparurent tous les trois à travers le bois. Tandis qu'ils s'éloignaient, je n'osai ni bouger, ni respirer, ni parler. Lorsque l'on n'entendit plus que le murmure sec de l'herbe, David baissa les bras et se laissa doucement descendre de manière à se retrouver sur moi. Une pression à la fois douce et dure qui rendait ma respiration difficile.

— Dégage, lui ordonnai-je.

Ses yeux étincelèrent, bruns, cuivrés, dorés, toute la richesse de la terre.

— C'est gentil à toi de me le proposer, mais ne crois-tu pas que nous devrions y aller ?

Sans transition, il se retrouva debout. Il était tellement rapide que je ne le voyais même pas bouger. Merde alors, il avait joué avec moi tout le temps : il avait joué à être humain. La petite mise en scène qu'il avait organisée au motel avait été pour lui juste *pour rire*.

J'ignorai volontiers le fait que cela avait été amusant pour moi aussi.

Je me relevai et lui fis face, parfaitement consciente de la poussière sur moi, de ma fatigue et de mes ecchymoses. Au moins, je n'étais pas pieds nus. Je laissai tomber mes chaussures et les enfilai, ignorant la saleté de la semelle intérieure.

— Je ne partirai *pas* avec toi si tu ne me dis pas à qui tu appartiens !

— Tu préfères aller avec eux ? me demanda-t-il en regardant dans la direction où Marion était partie.

On les voyait encore, à l'orée de la forêt, qui s'approchaient de ma voiture. Pauvre Delilah abandonnée.

— Il suffit de le dire. Je peux faire disparaître le voile et tu peux retourner à ce que tu étais en train de faire. Si je me souviens bien, tu t'apprêtais à mourir.

— Tu n'as pas répondu à ma question ! De qui es-tu le djinn ?

David sourit. Pas le sourire franc et ravi d'un être au pouvoir illimité, mais le sourire coincé et malheureux de celui qui en sait trop.

— De personne, dit-il. Et j'espérais vraiment que tu ne me poserais pas la question trois fois.

Trois fois. Je ne l'avais pas fait exprès, mais c'était un nombre magique et il avait été tenu de répondre.

Il voulait dire qu'il était libre. Pas lié à qui que ce soit.

*Un djinn libre.*

C'était… impossible. Absolument…

Et cela voulait dire… Oh mon Dieu, cela voulait dire que *je pouvais le revendiquer*. Et une fois que je l'aurais revendiqué, je pourrais le forcer à prendre la Marque. Il était exactement ce que je recherchais. Il était ce que j'étais décidée à demander à Lewis.

Voilà que je n'avais plus du tout besoin de Lewis.

David me regarda fixement, avec des yeux qui n'étaient ni tout à fait humains, ni tout à fait ceux d'un djinn. Le vent de nord-est soulevait ses cheveux bruns et cuivrés ; le tonnerre grondait au loin. La tempête se rapprochait, et toutes choses étant égales par ailleurs, elle serait attirée vers moi car j'étais son contraire.

Je sentis la Marque du Démon bouger dans ma poitrine et cette sensation me donna envie de vomir de dégoût. J'avais la possibilité de m'en débarrasser, maintenant, et pour l'éternité.

Tout ce que j'avais à faire…

Je vis la peur jaillir comme la foudre dans l'horizon lointain du regard de David.

Je savais à présent qu'il m'avait sauvé la vie, pas une fois mais plusieurs. Allais-je vraiment le remercier de cette manière ? En le réduisant en esclavage ? En le forçant à recueillir cette horrible chose ? En le condamnant à une agonie éternelle ?

Les djinns ne meurent pas. En tout cas, pas que l'on sache. S'ils prennent la Marque du Démon, ils deviennent fous et on les enferme à jamais, tandis que le poison les ronge de l'intérieur. Hurlant pour l'éternité.

Je pouvais lui infliger ça. Tout ce que j'avais à faire, c'était de prononcer les mots. Mon cœur se mit à battre plus vite, mes jambes flanchèrent. La tête me tournait et j'avais la nausée. La partie rationnelle de mon cerveau insistait : *Allez ! Ne fais pas ta chochotte.*

Mais quand j'ouvris la bouche, tout ce je trouvai à dire fut :

— J'imagine que tu n'as pas d'idée pour récupérer ma voiture ?

Je fus estomaquée par le soulagement que je lus sur son visage. J'aurais préféré ne pas m'en rendre compte, parce que cela voulait dire que je devrais réfléchir à sa signification. David n'aurait pas été soulagé s'il n'avait pas eu peur. Et s'il l'avait craint, c'est qu'il me savait capable de…

*Je ne peux pas y penser maintenant.* L'auto-préservation d'abord, la compassion ensuite, n'est-ce pas ? Je n'avais pas les idées claires. Plus tard, je ferai ce qu'il fallait.

David dut le sentir, car pour la première fois, il détourna son regard de moi.

— Non, mais si tu n'es pas trop regardante, Marion est arrivée avec un Land Rover en parfait état et avec le réservoir plein.

LE LAND ROVER, un colosse blanc délibérément tâché de boue pour montrer qu'il ne s'agissait pas simplement d'un accessoire de bourgeoise, était garé sans surveillance sous un bosquet près de la ferme, dans un lieu trop beau pour être sauvage. Tout autour, je voyais les preuves des interventions de Marion ou d'Erik : de l'herbe un peu plus verte, des arbres d'une magnificence surréaliste, des fleurs parfaites qui déployaient leurs pétales au soleil.

Le Land Rover avait l'air d'un énorme cafard mécanique posé sur une pièce montée.

Je tentai d'ouvrir la portière, en espérant que Marion n'ait pas poussé le vice jusqu'à enclencher l'alarme en pleine campagne… Pas de sirène, mais je ne réussis pas à ouvrir.

— Fermé à clé, dis-je à David.

Il se pencha par-dessus mon épaule et toucha la porte. Un bruit de remous dans le métal.

— Ouvert, me dit-il.

Et la portière s'ouvrit en grand.

Nous montâmes en silence et pour moi, fatiguée et endolorie, c'était aussi pénible que l'ascension de l'Everest. Installée dans le siège confortable, regardant le paysage au travers des vitres fumées, je laissai les odeurs de la voiture d'une autre femme me submerger. Des odeurs subtiles, pas aussi anciennes que celles de Delilah… Parfums d'épices, principalement, d'herbe fraîche, de terre. Personne n'avait abîmé cette beauté par des restes de fast-food en voie de décomposition ou du café renversé. Même pas sûr qu'il arrive à Marion de renverser quelque chose, et si c'était le cas, c'était sans doute des infusions. Un thermos argenté se trouvait sur la banquette arrière. J'espérais que c'était du café. Erik avait l'air suffisamment viril pour en prendre une tasse de temps en temps.

David dut croire que j'attendais l'inspiration divine qui viendrait pallier l'absence de clés. Il se pencha et toucha le contact d'un doigt. Il y eut une étincelle bleue, et le moteur se mit en route.

— C'est pas mal de t'avoir sous la main, surtout le jour où je me reconvertirai dans le vol de voitures. Tu sais faire d'autres trucs sympas qui pourraient m'intéresser ?

C'était une question lourde de sens, et il eut la sagesse de ne pas y répondre. Il s'enfonça dans son siège et attacha sa ceinture. J'attachai la mienne et enclenchai la première pour rejoindre Iron Road ; le véhicule sortit du champ en cahotant. Une fois sur la route, j'appuyai violemment sur l'accélérateur. Durant quelques instants de stress, je gardai les yeux sur le rétroviseur sans y voir aucun signe du courroux de Marion. Il n'y avait de toute façon pas grand-chose qu'elle puisse faire pour nous frapper à cette distance, dans une voiture, sur une route goudronnée. Un séisme peut-être, mais cela aurait mis les autres en danger et Marion avait des scrupules.

Avec un peu de chance.

Je sentis malgré toute la tension s'apaiser dans mes épaules lorsque je tournai à gauche et quittai Iron Road pour revenir sur la route principale.

Je pris à droite, vers le nord. David remua, mais je ne lui laissai pas le temps d'ouvrir la bouche.

— Ils s'attendent à ce que j'aille vers le sud, dis-je. Et c'est ce que je vais faire, mais en prenant des chemins détournés. Il faut que je disparaisse avant qu'ils ne pensent à faire appel aux flics pour me chercher. Ce tank ne passe pas vraiment inaperçu.

— Parce qu'une Mustang vintage, si ?

Certes. Je me dirigeai vers le nord jusqu'à la prochaine intersection, tournai au hasard vers l'ouest, et suivis de petites routes dépourvues de signalisation, et qui n'en avaient sans doute pas besoin. La sagesse populaire du coin voulait que, si on ne savait pas où on allait, on n'avait rien à faire là. Je regardai le tableau de bord. Marion avait pris l'option GPS. Je l'allumai et étudiai la carte tout en conduisant. David fit de même, d'un air particulièrement intéressé

En silence, il me montra du doigt des possibilités de trajet, jusqu'à ce nous tombions sur une route qui nous conduirait jusqu'à Oklahoma City à travers des villes de taille moyenne du Kansas.

— Il y a un chemin plus court, me fit-il remarquer.

— Les raccourcis commencent à m'inquiéter. De toute façon, j'ai une amie qui vit près d'Oklahoma City, nous irons là-bas d'abord.

— Et puis… ?

— Et puis je trouverai une idée.

— Ben ça au moins, c'est un sacré plan à long terme.

— Tais-toi maintenant, O.K ?

Ce qu'il fit. C'était dommage, parce que j'avais beaucoup de questions. Évidemment, l'une d'entre elles portait sur ce qui arriverait à Delilah, ma petite chérie. L'idée qu'Erik ou, pire encore, Shirl, se retrouve en train de la conduire me donnait presque envie de faire demi-tour.

Nous n'avions pas échangé un mot depuis au moins une demi-heure lorsque je lui demandai :

— Alors comme ça, tu n'as vraiment pas de maître ?

J'avais encore du mal à y croire. Bien sûr, dans les histoires… il y avait toujours d'anciennes lampes de cuivre, posées dans un coin en attendant qu'on les frotte pour faire sortir le génie qui exaucerait des vœux. Mais les vrais djinns ne fonctionnent pas comme cela. Les vrais djinns sont numérotés, attribués, comptés comme des joyaux précieux, et leur service est éternel.

David regardait le paysage, parsemé de vaches et de champs, défiler par la fenêtre. Il ne tourna pas la tête.

— Tu sais très bien que c'est l'une des rares questions à laquelle j'étais tenu de répondre honnêtement puisque tu me l'as posée trois fois. Non, je n'ai pas de maître.

Les djinns pouvaient mentir sur à peu près tout, sauf sur qui ils étaient et qui ils servaient. Il fallait cependant leur poser la question directement et être très concentré, car ils étaient aussi des maîtres de l'embrouille. Ils n'hésitaient pas à recourir à la ruse pour détourner l'interrogateur. Toutefois, la réponse de David ne semblait pas obscure, mais bien simple et directe. Il représentait donc ce rêve impossible, celui du djinn libre. Ce qui signifiait... Non, je ne voulais pas penser à ce que cela signifiait. Beaucoup trop tentant. Beaucoup trop facile.

Il tourna son visage vers moi, et je vis qu'il ne se donnait plus la peine de camoufler ses yeux. Ils étaient d'une couleur cuivrée brillante, d'une beauté indescriptible et absolument terrifiante. Je voyais à présent que son déguisement d'humain avait été assez minime, une simple mutation de ses yeux et de ses cheveux, son aura puissante tournée vers l'intérieur.

— Tu t'es caché en Seconde Vue, dis-je.

Je ne comptais pas lui faire part de mes réflexions. Les djinns ne sont pas les seuls à pouvoir éviter les questions.

— Comment est-ce que tu as fait ?

— C'est différent lorsque nous sommes libres. Nous n'avons accès à notre plein potentiel que lorsque nous travaillons pour un maître. Hors de ce cadre-là, nous avons simplement des dons de camouflage et d'autres petites choses, à peine plus que ce que vous avez.

Et ça, ça venait de quelqu'un capable de démarrer une voiture avec le doigt et de nager dans de la terre solide comme si c'était de l'eau. Je réalisai néanmoins qu'un gardien de la Terre ou un gardien du Feu correctement formé pouvait en faire autant. Après tout, David n'était peut-être pas en train de me raconter des salades.

— J'apparais comme ton subconscient me forme.

— Tu es humain ?

— En partie. On peut me blesser.

— Te tuer aussi ?

Il secoua la tête.

— Peut-être. Cela fait très longtemps que je n'ai pas été libre. Je ne sais pas. Mais blessé, c'est sûr.

— Et si je passe en Seconde Vue maintenant...

— Tu me verras comme un humain.

Il haussa les épaules.

— Ce n'est pas pour toi spécialement. C'est juste l'apparence que nous avons quand nous sommes libres.

Ce qu'il disait avait du sens, en fait. Les djinns, comme tout être vivant, avaient dû développer une capacité à se dissimuler de leurs prédateurs. Au sens littéral, c'est ce que les êtres humains pourvus de pouvoirs magiques sont pour eux : des prédateurs, prêts à bondir et à les dévorer. Ou du moins à les réduire en esclavage. C'était une pensée à la fois très intéressante et dérangeante : il y avait potentiellement plus d'un David dans le vaste monde. Cachés sous nos yeux, espérant que personne disposant des informations nécessaires ne dévoile leur véritable identité, car il serait tellement simple de...

Je m'arrachai à mes élucubrations ô combien tentantes. Encore une fois.

— Tu m'as suivie, l'accusai-je.

Je levai le pied et laissai le quatre-quatre ralentir. Nous approchions d'une zone urbaine, une petite ville : Eliza Springs. Pas grand-chose d'une ville, en réalité. La zone limitée à cinquante kilomètres heure ressemblait davantage à une excuse pour justifier les impôts locaux.

David ne se donna pas la peine de répondre.

Je poursuivis :

— Quelqu'un t'a envoyé. Peut-être que ce n'est pas ton maître, d'accord, ça, c'est peut-être vrai. Mais quelqu'un t'a envoyé.

Silence. Certes, je n'avais pas posé de question directe. J'aurais été moi-même très énervée si un sortilège m'avait contrainte à répondre à toutes les questions. Je continuai donc sur le ton de la conversation, quelque peu péremptoire.

— C'est toi qui as provoqué ma sortie de route.

Ses épaules se contractèrent, un tout petit peu. Il se détendit. Aucune réponse.

— J'ai senti la voiture basculer. J'ai cru que j'allais faire des tonneaux.

— Oui.

— Et puis tu l'as arrêtée.

Pas de réponse. Il était temps de recourir à la force.

— Pourquoi ?

— J'avais l'impression que c'était une bonne idée.

Son regard chaud et métallique se posa brièvement sur moi. Je me rappelai que même s'il était obligé de donner des réponses, il n'était absolument pas tenu de me dire la vérité, à moins que je ne lui pose la même question trois fois. Et même dans ce cas, seulement si certaines règles étaient respectées. Je n'avais pas envie de le faire, car rien ne l'empêchait de disparaître en un clin d'œil. C'était un peu comme avec un animal sauvage, beau et nerveux… Trop de remue-ménage, et il s'enfuirait.

— Tu allais me laisser faire des tonneaux et brûler vive dans la voiture.

Je dis cela sur le ton de l'affirmation.

— Pourquoi me sauver ?

— J'aimais bien ton apparence. Je t'avais vue au restaurant, quand la foudre s'est abattue. Tu aurais pu aller te réfugier à l'intérieur. Pourquoi es-tu rentrée dans la voiture ?

— Mais tu rigoles ? Il y avait un tas de…

— De gens. Tu n'as pas voulu les mettre en danger. C'est ce que je te disais. J'aimais bien ton apparence.

— En Seconde Vue.

Il ne confirma pas, ne nia pas.

— Mais je ne t'ai pas vu, *toi*, en Seconde Vue, et pourtant, je *cherchais*.

— Nous en avons déjà parlé. Tu ne peux pas me voir si je ne veux pas que tu me voies.

Soudain, il vacilla, comme une image sur un écran de télévision, réapparaissant par intermittence. Sous le choc, je faillis quitter la route.

— Désolé. C'était juste pour te montrer.

— Ce matin, au motel, tu n'étais pas parti. Tu te…

Cachais. Je pensai alors à autre chose.

— Tu m'as matée ! Tu m'as regardée me changer !

Il ferma les yeux et s'installa confortablement. À cause du sourire qu'il affichait, je le frappai sur l'épaule. Fort.

— Eh ! Je suis en train de te parler !

Il ne bougea pas. Il restait assis, détendu et inerte, les yeux fermés.

— C'est ça. Comme si les djinns faisaient la sieste.

— En fait, si. Et c'est ce que je vais faire.

Il avait vraiment l'air fatigué.

— Comme tu veux.

— Exactement.

Je tripotai les boutons de la radio. J'étais inquiète à cause des flics éventuels, de Marion, des téléphones portables, et du fait que ce navire britannique était beaucoup trop tape-à-l'œil. Sur les trois stations que je captais, deux passaient de la country, la troisième du rap. Je choisis le rap. David avait peut-être des objections, mais il s'endormit avant de pouvoir m'en faire part.

Nous avions tranquillement dépassé les six intersections et l'unique supermarché qui constituaient Eliza Springs avant d'arriver sur une route de campagne qui allait vaguement vers l'ouest. J'accélérai et le Land Rover trouva son rythme de croisière. Je fronçai les sourcils en regardant le compteur de vitesse, qui m'indiquait les kilomètres heure au lieu des miles heure auxquels j'étais habituée. Tant pis, cela me donna tout de même une idée. Et j'avais des problèmes plus graves qu'une éventuelle contravention pour excès de vitesse.

L'un d'entre eux ronflait doucement à ma droite, et continua jusqu'à la frontière de l'État.

QUELQUE CHOSE DANS l'effet que David me faisait (et il me faisait de l'effet, sans l'ombre d'un doute) me rappelait mon premier rendez-vous. Ce fameux rendez-vous n'aurait pas dû connaître le moindre imprévu. Maman nous avait emmenés, Jimmy et moi, au cinéma du centre commercial. Elle nous avait acheté des billets, des Coca et du pop-corn, m'avait souhaité de passer un bon moment, m'avait embrassée et était partie faire du shopping.

Jimmy transpirait. Il voulait tellement être galant qu'il me donna une tape sur la main au moment où j'essayais d'ouvrir une porte, ce qui allait un peu à l'encontre des règles de savoir-vivre. Je réussis à ne pas lui mettre une claque en retour. Nous étions installés dans la salle de cinéma, avec notre boisson et notre pop-corn, assis raides comme des piquets l'un à côté de l'autre, en priant pour que les lumières s'éteignent vite, pour que nous n'ayons pas à faire la conversation trop longtemps. Nous avions épuisé les défauts de M^me^ Walker la prof de maths, de M^me^ Anthony la prof d'anglais et de M. Zapruzinski, le prof de sport des garçons, qui sentait toujours la cigarette et la transpiration. Il n'y avait pas de sujet lié aux filles et aux garçons que nous aurions pu aborder, puisque nous ne nous sentions compétents dans aucun.

Nous venions d'ajouter la prof de musique à notre liste d'ennemis communs quand les lumières s'éteignirent. Complètement. Genre coupure de courant. Et à l'extérieur, l'orage rongeait son frein depuis trois heures, menaçant…

Il était là pour moi. Et oui. Il était en colère. Le tonnerre grondait si fort que je me demandais si nous n'étions pas déjà en train de regarder *Star Wars*. Assise dans le noir avec un groupe de préadolescents agités, quelques adultes paniqués et l'objet de mon rendez-vous, j'entendais la pluie frapper contre le toit, comme des millions de pierres jetées par une foule enragée. C'était un orage de révolte. Un orage d'assaut. Je sus, *immédiatement*, que la situation était critique et qu'elle était en train de s'aggraver.

Jimmy essaya de m'embrasser. Ce fut une tentative dans la panique et la sueur : il rata son coup et me donna un coup de tête. L'espace d'une seconde, je vis les étoiles de *Star Wars*. Jimmy se reprit et posa ses lèvres sur les miennes et…

Oh.

Bon.

Ce n'était pas si mal que cela. Il se rassit rapidement quand la lumière revint. Il arborait un air triomphant. Et il y avait de quoi. Je me sentais… bizarre. Toute chaude, en particulier au milieu, comme si j'avais commencé à fondre.

— Peut-être qu'on devrait y aller, dis-je, hésitante, à Jimmy.

Le cinéma était en train de se vider, les parents poussaient leurs enfants vers la sortie comme des moutons effrayés, tandis que quelques adolescents sortaient de leur pas indolent en espérant garder leur air cool et insouciant. Peut-être aussi étaient-ils pour quelque chose aussi dans l'agitation générale.

— Tu veux y aller ? me demanda-t-il.

*Il est décidément sympa*, me dis-je. Des cheveux bruns épais et raides, des yeux bleu clair et de longs cils, un air sensible. Nous étions les derniers dans la salle. La grêle s'abattait sur le toit et le tonnerre grondait en roulements de tambour.

Jimmy avait de beaux yeux.

— On peut rester, dis-je, d'un air faussement nonchalant. Tu veux du pop-corn ?

C'était ma première tentative de séduction. Elle réussit.

Jimmy se pencha et m'embrassa, avec plus d'enthousiasme que de savoir-faire. Le pop-corn se renversa tout autour de nous, et le centre liquide de mon corps, déjà chaud, se mit à bouillir. Ce truc de s'embrasser, c'était sympa. Nous avons continué un petit moment, et j'imagine que la tempête à l'extérieur faisait toujours des siennes mais je n'y faisais pas vraiment attention, et Jimmy respirait comme une machine à vapeur dans mon oreille et il posa sa main sur ma poitrine et *oh mon*…

Les lumières vacillèrent de nouveau et s'éteignirent. J'en étais reconnaissante.

La main de Jimmy se déplaça, et mon téton se durcit. À ce moment-là, je crois même que je l'aurais laissé mettre sa main dans mon pantalon, sauf que, juste à cet instant, le toit du cinéma s'ouvrit et les tuiles s'effondrèrent avec des morceaux de métal et de ciment.

Je criai. Nous nous séparâmes et la pluie glacée nous assaillit. De petits grêlons tombèrent de l'obscurité ; ils se dispersèrent sur le sol dur, s'accrochèrent au velours mauve des sièges et attaquèrent mes bras et mon visage comme un essaim d'abeilles enragées. Jimmy me protégeait alors que nous nous dirigions tant bien que mal vers la sortie.

Le vent sifflait et grondait comme un psychopathe. Un morceau de glace de la taille d'une balle de golf frappa Jimmy si fort qu'il poussa un cri. Je me défis de son emprise et hurlai de toutes mes forces.

— Eh ! Ça suffit !

Je regardai droit dans le cœur de cet orage qui faisait un caprice d'enfant, et je mis toutes mes tripes dans ce cri. Je lui fis face avec des muscles de mon cerveau dont je ne m'étais jamais vraiment servie.

— Je ne rigole pas ! Arrête !

Une boule de glace aussi grosse qu'une canette atterrit à mes pieds et se brisa comme du verre. Je pris une inspiration pour hurler une troisième fois. Ce ne fut pas nécessaire.

L'orage s'arrêta.

À nouveau, le silence. Un silence de mort. Au-dessus de nous, les nuages tourbillonnaient, fatigués, comme une montre qui cesse de tourner. La foudre décorait le ciel.

Des gouttes de pluie tombaient sur le toit brisé. Le tonnerre marmonnait sombrement.

Le bruit de mon cœur qui battait fort, fort et vite, comme la batterie d'un rocker. Jimmy eut un haut-le-cœur et courut vers la porte de sortie.

Les nuages tourbillonnèrent de nouveau. Je regardai droit dans le centre sombre de la tempête qui me regarda en retour. J'imagine que nous nous comprenions. Je m'assis sur un siège froid et mouillé et fixai l'écran qui ne me montrerait jamais *Star Wars*, parce qu'il était fendu au milieu, comme un éclair.

Je ne revis jamais Jimmy.

Je ne savais pas bien si David me rappelait cet élan divin du premier désir, ou la panique d'avoir compris que je ne contrôlais plus ma vie.

Je soupçonnais fortement que c'était l'un et l'autre.

Quand David se réveilla, nous étions à Battle Ground, dans l'Indiana. Je m'étais arrêtée sur le bord de la route pour réaliser une petite opération de maintenance sur un filtre à air qui ne voulait rien entendre. Quand j'eus terminé, j'étais encore plus sale et poisseuse qu'avant. Je claquai la portière particulièrement fort, car je n'étais plus en mesure de supporter les ronflements paisibles de David dans mon oreille.

Il sortit du sommeil comme un chat, parfaitement vif, affichant un air propre et content de lui.

— Bonjour, dis-je. Cela fait neuf heures que nous sommes sur la route et nous nous trouvons…

— Près de Battle Ground, dans l'Indiana, dit-il. Je sais.

J'avais éteint le GPS, il ne pouvait donc pas l'avoir lu sur le tableau de bord, et il n'y avait pas le moindre panneau à proximité.

— Et ça, tu le sais parce que…

— Tu as raté le moment où j'ai avoué que j'étais un djinn ?

— Allez, pour de vrai ?

— Oui.

David sourit légèrement.

— Je ne dormais pas complètement. J'ai fait en sorte que nous soyons imperceptibles.

— Quelle différence avec « invisibles » ?

— Le fait que nous soyons imperceptibles signifie simplement que les gens ne nous regardent pas, pas qu'ils ne peuvent pas nous voir. Cela demande moins d'efforts.

— Je croyais que tu dormais.

— Nous ne dormons pas comme vous. Je n'ai pas besoin de me concentrer beaucoup pour qu'on ne nous voie pas, ni même pour savoir où je suis.

Il haussa les épaules.

— J'imagine qu'à l'ère de l'informatique, on appellerait cela un logiciel d'exploitation.

Cela me conduisait à une question qui m'intriguait.

— Puisqu'on en parle, combien d'ères as-tu vécues ?

Il secoua la tête. La réponse directe ne viendrait que si je le lui demandais deux fois encore. Honnêtement, cela n'en valait pas la peine. J'étais fatiguée et d'humeur grincheuse, et il fallait que je mange. J'aurais également préféré qu'il me parle de son tour d'imperceptibilité un peu plus tôt, parce que je me serais alors sentie assez en sécurité pour me garer et acheter du soda et des chips dans une épicerie. Mais bon, j'aurais tout aussi bien pu m'arrêter au *drive-in* d'un fast-food sans que personne ne me remarque.

— J'ai envie d'une pizza, dis-je. Une bonne pâte, des tonnes de fromage, peut-être un peu de *pepperoni*. Ils doivent bien avoir des pizzerias comme les *Chicago's pizza*[4] dans le coin ? Dis, ce ne serait pas un des trucs sympas que tu saurais faire, toi, par hasard ?

— Quoi, une pizza ?

David y réfléchit un instant.

— Non. Je ne peux pas créer quoi que ce soit *ex nihilo*, pas quand je suis libre en tout cas. Je pourrais sans doute effectuer une mutation, mais il faudrait que j'aie quelques éléments de base.

— Comment ça ?

— Des tomates pour la sauce. Des grains de blé pour la pâte. Mais je ne vois pas bien comment je pourrais faire du pepperoni.

— Je pense qu'il faudrait commencer par un cochon, mais n'approfondissons pas. Oh, je donnerais n'importe quoi pour un gâteau !

David se retourna vers la banquette arrière. J'aurais pu lui dire que les probabilités d'y trouver des restes de nourriture étaient minces. Marion gardait sa voiture propre, exploit que je n'avais jamais réussi malgré l'amour que je portais à Delilah. J'avais tendance à accumuler des bouts de papiers, des tickets de caisse, des instructions griffonnées sur de vieilles feuilles, des emballages divers et variés…

Il y avait pourtant quelque chose, je m'en souvenais.

— Eh, je crois qu'elle a laissé un thermos derrière. Du café, ce serait vraiment dément.

David ne le voyait pas. Je me penchai et repérai un objet brillant sous le siège passager (je manquai me déplacer une

---

[4] Chaîne de restauration rapide spécialisée dans les pizzas.

vertèbre en l'attrapant) et montrai ma trouvaille à David. J'étais sur le point de vérifier le contenu lorsque mon compagnon demanda :

— Tu sens ça ?

J'en oubliai la caféine. L'adrénaline me toucha droit au cœur et fit frissonner tous mes membres. Je reposai le thermos.

— Ouais.

J'en avais la chair de poule.

— Ne descends pas de la voiture.

— Je n'en avais pas l'intention.

Cela faisait longtemps que j'avais semé la tempête, mais devant nous, à l'horizon, se profilait une ligne de nuages noirs. Je fus tentée de faire un peu de sabotage sur le front d'air froid en provenance du Canada, mais cela aurait été purement égoïste. Le mauvais temps est à la fois nécessaire et naturel. Les seules circonstances dans lesquelles j'étais moralement autorisée à intervenir étaient quand il y avait un danger clair et imminent pour des vies humaines… et pas forcément la mienne.

Ce que je percevais là n'était ni l'orage qui se trouvait devant nous, ni celui qui se trouvait derrière. Ce n'était d'ailleurs pas un orage. Je ne l'identifiais pas : je savais juste que c'était étrange.

— Tu as une idée ?

— Non, me répondit David. Pas encore. Tu devrais peut-être démarrer.

Ce que je fis. Je passai la première et revins sur la route. J'accélérai sans problème. Au bout d'un kilomètre, je me souvins que je pouvais respirer. Rien ne nous tomba dessus ou ne surgit du sol, ce qui était tout à fait encourageant.

— Alors, tu as combien d'ennemis exactement ?

— Marion n'est pas mon ennemie.

— Elle t'a enterrée vivante.

— C'est compliqué.

— Apparemment, oui.

Il s'enfonça dans le siège, pas tout à fait détendu, mais soigneusement vigilant.

— Raconte-moi ce qui s'est passé.

— Tu sais ce qui s'est passé. Tu y étais.

— Dis-moi pourquoi tu fuis.

Je sentis quelque chose bondir dans ma poitrine.

— Tu sais, je n'ai pas vraiment envie d'en parler. Si j'avais voulu en parler, j'aurais raconté ma vie à Marion. Au moins, ça aurait pu avoir des incidences.

— Il faut que tu en parles à quelqu'un, dit-il. (C'était un point de vue raisonnable.) Et je n'ai pas d'enjeux dans cette affaire.

Autrement dit, il était un djinn. Il pouvait s'en aller n'importe quand. Je ne représentais même pas une fraction de seconde en termes de vie éternelle. Mon histoire ne serait qu'un passe-temps. Pire : j'étais moi-même un passe-temps.

— J'ai tué quelqu'un, finis-je par dire.

Impassible.

— C'est ce que j'ai entendu dire.

— Quelqu'un d'important, répliquai-je comme s'il m'avait contredit.

Les sanglots qui montaient dans ma poitrine me surprirent.

— Je n'avais pas le choix.

David se pencha et me toucha la main. Avec douceur. Simplement du bout des doigts. C'était suffisant pour qu'une cascade chaude d'émotions me traverse, des émotions que je ne comprenais pas entièrement. Était-ce un truc de djinn, ou un truc de David ? Y avait-il une différence ?

— Raconte-moi. S'il te plaît.

Je racontai donc à David ma première rencontre avec Bad Bob le jour de mon conseil d'admission, puis l'étrange confrontation que nous avions eue dans les locaux du service national de météorologie, lorsque j'avais travaillé sur le triangle des Bermudes pour arrêter la tempête tropicale Samuel.

Puis je lui racontai la suite de cette journée.

Une fois mes esprits retrouvés grâce à quelques verres dans un bar du bord de mer, j'avais décidé de reléguer les étranges problèmes de Bad Bob aux oubliettes et de me contenter d'être une fille normale, pour changer. J'étais descendue vers la plage dans mes quelques centimètres de maillot parfait. Les belles filles sont monnaie courante sur les plages de Floride, je ne me sentais donc pas spéciale…

Bon, d'accord, peut-être un peu, parce que c'était tout de même un super bikini. Les étalons de la plage me regardaient, et cela n'avait rien de désagréable. J'avais repéré un carré de sable blanc et chaud aussi loin que possible des gamins agités et des adolescents munis de postes de radio qui passaient les tubes d'Eminem à tue-tête. Tartinée de crème solaire, lunettes de soleil sur le nez, j'étais allongée sur ma serviette pour m'imprégner de l'amour de Mère Soleil.

Rien ne vaut une bonne journée de plage. La chaleur pénètre doucement dans tous les muscles du corps, comme un massage invisible. Le rythme constant et monotone de la mer fait écho aux battements de cœur du monde. Autour de soi, les parfums de l'eau de mer et de l'huile solaire à la banane et à la noix de coco, et le courant sous-marin du cycle de la vie à l'œuvre dans les profondeurs. Le son des gens qui parlent, qui rient, qui murmurent, qui s'embrassent. Des bruits de bonheur. Quelque part, dans l'obscurité marine, les requins chassent. Mais on l'oublie facilement lorsqu'on est allongé sous le soleil et qu'on laisse ses préoccupations s'écouler comme du sable entre ses doigts.

J'avais presque réussi à me sortir de l'esprit le moindre de mes soucis lorsqu'une ombre vint me cacher mon soleil et me fit frissonner. Qui plus est, elle ne se déplaça pas.

J'ouvris les yeux et regardai, stupéfaite, la silhouette sombre avec une auréole blanche et brillante de cheveux décoiffés par le vent… les yeux bleus… le visage de Bad Bob Biringanine.

Je m'assis rapidement. Il était accroupi à côté de moi. J'eus cette réaction involontaire, typiquement féminine, que nous avons quand nous sommes trop peu couvertes en la présence d'un homme intimidant… j'enfilai mon tee-shirt de camouflage et croisai les bras sur ma poitrine.

— C'est dommage, dit Bad Bob. C'était joli à regarder.

— Quoi ?

— Le maillot. Un créateur ?

— C'est ça… Avec ce que vous payez ? Je ne pense pas, répliquai-je avec un regard noir.

Selon mon expérience, on ne peut pas faire confiance aux types qui vous en font voir de toutes les couleurs et viennent ensuite vous faire des compliments. En particulier quand il s'agit de gars qui tiennent votre avenir entre leurs mains.

Son visage était différent à l'extérieur, plus naturel j'imagine. Comme s'il avait été au diapason avec le monde à l'air libre, près de la mer et du ciel. C'était donc à ça que ressemblait son véritable pouvoir : non pas gérer des gens (ça, ça l'énervait) mais faire partie intégrante de l'immense système Terre.

— Je t'ai fait peur ce matin, dit-il. Ce n'était pas mon intention. Et cela n'a rien de personnel, Baldwin. Je ne crois pas que tu sois une gardienne merdique, c'est juste que j'en ai trop vus prendre ce chemin.

— Merci de l'avertissement. J'ai bien reçu le message.

— Non, je ne crois pas. Et après tout, je ne peux pas t'en vouloir. Je suis le roi de l'arrogance et je le sais très bien. Quoi qu'il en soit, tu as fait du bon travail. La plupart des gens font des conneries la première fois qu'ils travaillent dans le triangle des Bermudes. Il y a quelque chose là-bas qu'on ne trouve nulle part ailleurs sur la planète.

— Vraiment ?

Je mis ma main devant mes yeux pour essayer de voir s'il se foutait de moi.

— Quoi donc ?

Il s'assit confortablement dans le sable.

— Si je le savais, je serais sans doute gardien national à l'heure qu'il est, et pas un vieux salopard grincheux avec une réputation pourrie. Peut-être que quelqu'un de plus courageux, avec moins d'instinct de préservation que moi, trouvera un jour la réponse. Ce n'est pas pour rien qu'on l'appelle la Mère des Tempêtes.

— Une découverte pareille, ça ferait une belle réputation, dis-je.

Il sourit, et c'était un sourire de canaille, le véritable charme irlandais. J'eus le sentiment qu'il avait séduit les filles dans son passé immoral. Beaucoup de filles.

— Je pense que ma réputation est solide, tu ne crois pas ?

Bien sûr que si. Quoi qu'il fasse à présent, il serait de toute façon une légende pour les générations à venir. Je soupirai.

— Pourquoi êtes-vous venu jusqu'ici ? Juste pour me cacher le soleil ?

Son sourire disparut et il me regarda d'un air sérieux.

— J'ai aimé ton travail. Posée, calme, concentrée. Tu ne t'es pas laissé déstabiliser par moi, et pour ça, il faut du cran. J'ai troublé des tas de personnes plutôt à l'aise au fil des ans, juste en les regardant. Toi, tu as juste maintenu mon regard. C'est impressionnant, ça.

Ah. Maintenant que les battements de mon cœur ralentissaient et passaient sous la barre des deux cents, je m'apercevais que Bad Bob était en train d'essayer d'établir un lien avec moi et qu'il n'était pas simplement venu pour me gâcher mon après-midi. Était-ce une première ? Probablement pas, mais les histoires sur Bad Bob qui circulaient le mieux étaient des histoires de confrontation, pas de conciliation. Personne ne me paierait un verre pour entendre que Bad Bob m'avait caressée dans le sens du poil.

C'était néanmoins agréable.

— Je suis à la recherche de quelqu'un avec des nerfs solides, dit-il. C'est un projet spécial. Ça t'intéresse ?

Il n'y avait qu'une réponse sensée.

— Sans vouloir vous vexer, monsieur, non. Ça ne m'intéresse pas.

— Non ?

Il avait l'air sincèrement déconcerté.

— Et pourquoi diable ?

— Parce que vous me réduiriez en bouillie, monsieur. Il m'a fallu tout mon courage pour tenir le coup une demi-journée pendant que vous regardiez mon décolleté. Je ne pense pas que je serais capable de supporter cela huit heures par jour.

Est-ce que j'avais vraiment dit ça tout haut ? Oui. Et il *avait vraiment* passé son temps à me mater les seins le matin. Donc bon. Le vieux charmeur n'avait qu'à y réfléchir.

Il me regarda fixement, de ses yeux qui ressemblaient à du verre bleu clair, et me rétorqua :

— Oh, ce ne serait pas huit heures par jour. Douze, au minimum. Peut-être même dix-huit. Bien sûr, je te donnerai des jours en guise de récompense si tu continues à porter ce bikini.

— Non.

Je me recouchai sur le sable et fermai les yeux.

— Si vous avez l'intention de poursuivre votre harcèlement sexuel, pourriez-vous au moins le faire en vous déplaçant d'un mètre sur la gauche pour arrêter de me faire de l'ombre ?

Évidemment, il ne bougea pas. Il resta fermement posté devant le soleil. Au bout de quelques instants, comme je gardais les yeux fermés et que je n'essayais pas de meubler le silence, il me dit :

— Il te reste encore six mois avant d'avoir un djinn. Je peux faire en sorte que tu en aies un dans quinze jours. Je peux aussi m'assurer que tu n'en aies jamais. C'est toi qui vois, chérie.

Je posai mon bras au-dessus de mes yeux et grognai de frustration. Évidemment, on y venait. Il me faisait du chantage. C'était parfait.

— Allez, Baldwin, tu es une petite ambitieuse. Nous savons tous deux que tu travailleras pour moi juste pour la gloire. Arrête de jouer la modeste. Voici mon adresse.

Il laissa tomber une carte de visite sur la peau nue de mon ventre. Lorsque j'ouvris les yeux, il s'éloignait. Un homme aux cheveux blancs et aux jambes arquées, à la poitrine encore large, aux membres musclés. Un homme puissant mais vieillissant. Un héros comme on n'en fait plus.

Son adresse personnelle était inscrite au verso de sa carte de visite. De l'autre côté se trouvait son nom, *Robert G. Biringanine*, et au-dessous, en toutes petites lettres, *Miracles sur demande*.

Je tins la petite carte pendant la demi-heure suivante, en essayant de me vider la tête et de me concentrer sur le soleil, mais le bleu froid et impitoyable de ses yeux ne cessait de s'immiscer dans mon esprit. À 16 heures, j'en avais assez. Je retournai à ma voiture en traînant mon sac de plage et mon parasol. Deux beaux mecs en maillot de bain, plaquettes de chocolat et tout, tentèrent de me convaincre d'aller faire de la plongée sur leur plage privée, mais j'avais d'autres choses en tête. De grandes choses.

À 18 heures, j'appelai Bad Bob et laissai un message sur son répondeur pour lui annoncer que je serai chez lui le lendemain matin à 7 heures.

Vous voyez, je voudrais pouvoir dire que c'était à cause de sa stratégie cynique de la carotte et du bâton, mais la vérité, c'était que je le trouvais intéressant. Il avait plus du double de mon âge, les cheveux blancs, des rides, un sale caractère, et, c'était de notoriété publique, il était difficile… Mais il y avait derrière son regard quelque chose d'intensément *vivant*, que je n'avais jamais vu avant. Du moins pas depuis Lewis.

Le pouvoir appelle le pouvoir, l'a toujours appelé, l'appellera toujours.

LE LENDEMAIN MATIN, à 6 h 58, je me trouvais sur le porche de Bad Bob. Il avait une vue incroyable sur l'océan bleu-vert qui ondulait comme de la soie et venait s'abattre sur du sable blanc comme la neige. Bad Bob possédait une plage privée. Cela donnait la mesure de qui, et de quoi, Bad Bob était vraiment. Tout comme la maison, avec un dôme immense, à l'architecture postmoderne dont les courbes me rappelaient des couloirs de vent et des voitures de course.

— Pas de bikini ? me demanda Bad Bob en ouvrant la porte.

C'était donc sa façon à lui de me dire bonjour. Il tenait une tasse de café de la taille d'un bol de soupe. Avec sa robe de chambre rayée, il ressemblait à une version peu fréquentable du fondateur de *Playboy*, et ses yeux étaient humides et bordés de rouge, comme après une cuite.

J'hésitai sur la réponse.

— Il faut que je sois polie ?

— En général, « poli » n'est pas un terme que les gens utilisent pour parler de moi, répondit-il. Je ne pense pas pouvoir m'y attendre de ta part non plus.

— Dans ce cas-là, plus de blagues sur mon bikini, sans quoi je tourne les talons. Sérieusement.

Il haussa les épaules, ouvrit grand la porte et se retourna. Je le suivis dans un couloir qui donnait sur une pièce à vous couper le souffle. Le plafond était sans doute à neuf mètres, et sur tout un côté, une baie vitrée donnait sur l'océan. La moquette était si profonde que je me demandais s'il faisait appel aux services d'une société de tondeuses à gazon pour l'entretenir. Un canapé en cuir, des chaises, des meubles à la fois chics et confortables. Très masculin, mais d'un goût plus fin que ce à quoi je me serais attendue de la part de quelqu'un avec la réputation de Bad Bob.

— Sympa, dis-je.

Les gens s'attendent à ce genre de commentaires quand ils vous montrent leur maison.

— J'espère bien, dit-il. J'ai donné une fortune à une horrible bonne femme du nom de Patsy pour qu'elle en fasse ça. Par ici. Café ?

— Volontiers.

Il m'emmena dans une vaste cuisine où on aurait pu préparer un banquet pour une centaine de personnes sans le moindre problème ; il me servit une tasse de café qu'il me tendit. Je goûtai et reconnus la saveur riche et caractéristique du Blue Mountain de Jamaïque, à cent dollars le kilo. Ce n'est pas moi qui en offrirais à des hôtes modérément bienvenus. J'en pris une grosse gorgée et savourai l'arrière-goût de caramel. Je pourrais très bien m'habituer à tout cela... Une belle maison, une vue sur l'océan, des boissons délicates... J'imaginais sans peine que sa cave à whisky était elle aussi de tout premier ordre. Et il me faisait l'impression d'un type qui avait une collection de DVD de malade.

— Alors, dis-je.

Bad Bob était appuyé contre le plan de travail, en train de boire son café tout en m'observant.

— Sans parler du bikini, pourquoi est-ce que je suis ici ?

— Tu vas être mon assistante. J'ai besoin de quelqu'un de bon et de résistant pour manipuler des tendances climatiques à petite échelle, pour une expérience. Non pas que je ne puisse le faire moi-même, mais je gagnerais du temps si j'avais une autre paire de bras.

— De bras ?

— Une métaphore. Tu as déjà travaillé avec un djinn ?

— Bien sûr. Bon, pas de près. Mais j'ai été connectée à eux.

Le café était *excellent*. Comme il m'en avait servi une belle tasse, je me demandais s'il serait ouvert à la possibilité d'une deuxième... La première allait être très vite terminée.

— Je peux gérer.

— J'en suis convaincu, me dit-il. Tu sais, j'ai le sentiment que tu vas être un élément essentiel à la réussite de ce projet. C'est totalement inédit. Je crois que tu seras très impressionnée par l'ampleur de ce que nous pourrons faire ensemble, Joanne. Au fait, comment trouves-tu le café ?

— Fabuleux. C'est...

Mes yeux se brouillèrent. Je clignai des yeux, sentis le monde m'échapper, tendis le bras vers le comptoir pour garder mon équilibre. Soudain, j'entendis mon cœur battre.

— ... c'est du Blue Mountain de...

J'ai dû faire tomber la tasse, mais je n'entendis pas le bruit de la porcelaine qui se brisait. Je me souviens que mes genoux plièrent, je me souviens avoir glissé le long des placards, je me souviens de Bad Bob qui prit une autre gorgée de café tout en me regardant de ses yeux bleus impitoyables.

Il me sourit. Sa voix était lente, fausse, beaucoup trop aimable.

— Nous allons faire de grandes choses ensemble, toi et moi.

JE M'ÉVEILLAI PANIQUÉE, avec la nausée, et sans aucune idée de l'endroit où je me trouvais ni de ce qui avait bien pu m'arriver. Il fallut une bonne minute à mon cerveau pour reconnecter assez de synapses et pour que je me souvienne de Bad Bob, du café modifié, de la perte de conscience. Mon Dieu, quel connard est capable de gâcher du Blue Mountain de Jamaïque avec des somnifères ?

J'étais couchée sur le canapé en cuir, les mains attachées dans le dos. Je les sentais à peine, mais je savais déjà que si, ou plutôt, quand, je parviendrais à me libérer, cela serait très douloureux. Je clignai des yeux pour recouvrer ma vision, secouai la tête pour jeter mes cheveux vers l'arrière et vis Bad Bob assis dans le fauteuil en cuir à un peu plus d'un mètre de moi. La robe de chambre avait disparu ; il portait maintenant un pantalon kaki et une chemise hawaïenne aux motifs agressifs. Il tenait à la main un verre de quelque chose avec des glaçons. Cela aurait pu être du jus de pomme, mais c'était sans doute plus revigorant.

— Ne te débats pas, dit-il. Tu réussirais simplement à te disloquer l'épaule, et je ne suis pas très fort en médecine.

Ma langue me semblait aussi épaisse qu'une saucisse, mais je réussis tout de même à prononcer quelques mots.

— Va te faire foutre, connard. Détache-moi.

Ses sourcils épais se levèrent. Ils me faisaient penser à ceux d'un lynx. Ses yeux aussi étaient ceux d'un prédateur.

— Ah, sois gentille, dit-il. L'offre que je t'ai faite est parfaitement valable. Nous allons faire de grandes choses ensemble.

— Mais bordel, qu'est-ce que vous foutez ? Vous pensez que vous pouvez m'enlever et…

Mon cerveau rattrapa ma langue et lui ordonna de se taire. Il m'avait *déjà* enlevée, et les chances étaient nombreuses pour qu'il s'en sorte sans problème. Personne ne savait que je me trouvais là. Je n'avais pas d'ami proche, aucun confident. Cela faisait un mois que je n'avais pas parlé à ma sœur. John Foster se demanderait peut-être où j'étais passée, mais, comme la plupart des gardiens, je n'étais pas très à cheval sur les horaires de bureau. Des semaines pouvaient se passer avant que quelqu'un ne s'inquiète.

— Ça va aller, me dit-il.

Il prit une grosse gorgée de son liquide, fit la grimace et posa le verre de cristal sur une table transparente. Hormis le bourdonnement quotidien des appareils électriques et de la ventilation, aucun son n'indiquait la présence de quelqu'un d'autre dans la maison. Les vagues qui s'échouaient sur la plage me parvenaient comme le bruit constant d'une batterie.

— J'ai une tâche importante à te confier, et je veux que tu me donnes ta parole que tu assumeras ces responsabilités avec sérieux. Tu vas changer le monde.

J'étais très ambitieuse, mais changer le monde, cela ne rentrait pas vraiment dans le cadre de mes projets. Je tirai de nouveau sur mes cordes, mais sentis une douleur aiguë me transpercer l'épaule. Je décidai donc de m'attaquer au problème de manière moins directe. Je ne pouvais pas affronter Bad Bob Biringanine… seules quelques rares personnes dans le monde en étaient d'ailleurs capables. Mais je pouvais peut-être l'attaquer par-derrière.

Je me mis doucement, lentement à extraire l'oxygène de l'air de la pièce. Rien d'évident, car toute manœuvre évidente me conduirait droit dans le mur. En allant aussi rapidement que possible compte tenu des circonstances, mon plan était de gagner au moins dix minutes pendant lesquelles le niveau d'oxygène tomberait si bas que Bad Bob en perdrait connaissance. À condition qu'il ne se rende pas compte de mon petit manège. L'alcool m'aiderait puisque sa vivacité serait affaiblie et qu'il le rendrait prompt à l'assoupissement.

— Je… je suis venue pour travailler avec vous, dis-je. C'est vrai. Vous n'aviez pas besoin de me droguer. Vous auriez simplement pu m'expliquer.

— Chérie, je ne pouvais pas prendre le risque d'un refus. J'ai besoin de toi. C'est une convocation, pas un service volontaire.

Il détourna son regard de moi et le tourna vers les fenêtres, où l'Atlantique allait rejoindre le Pacifique.

— Arrête de bidouiller l'air, ou je t'assomme et je ferai ce que j'ai à faire pendant que tu seras inconsciente. Cela n'a pas d'importance, de toute façon. Je me suis simplement dit que tu voudrais en être témoin.

Je déglutis et cessai mes manipulations.

— Témoin de quoi ?

— De ta transformation. Je m'apprête à te faire passer du niveau de petite ouvrière arrogante de deuxième catégorie à une professionnelle de classe mondiale. En échange, tu vas me sauver la vie.

Il se leva, s'étira, et s'approcha du meuble où était posée une carafe en cristal pour remplir son verre ; à côté se tenait ce qui ressemblait à un véritable soldat chinois en terre cuite, de ceux que l'on trouve dans les tombes impériales. Il avait l'air si vivant que je n'aurais pas été surprise de le voir traverser la pièce.

— Je vous en prie, monsieur, je n'ai aucune idée de ce dont…

— Ta gueule.

Il n'avait pas élevé la voix, mais elle avait quelque chose de sombre et de violent qui me fit taire immédiatement. L'alcool coula sur les glaçons et il en prit une gorgée.

— Comment crois-tu que tout ceci fonctionne, Baldwin ? Tu crois que l'Association des gardiens n'est qu'une organisation caritative à but non lucratif, comme le Lion's Club ou le Rotary ? Nous *dirigeons le monde* ! Il faut du pouvoir pour ça. Plus de pouvoir que tu ne peux l'imaginer.

Je n'avais aucune idée de ce dont il était en train de parler, mais ça me laissait au moins le temps de respirer.

Je m'attaquai aux nœuds malgré mes doigts engourdis. C'était la seule chose qui me venait à l'esprit.

— Quand l'ouragan Andrew s'est abattu sur la côte en 1992, c'était un tueur de la pire espèce. Il était venu pour nous anéantir, un par un ou en masse. Il fallait que quelqu'un assume la responsabilité de l'arrêter.

Il émit un grognement et termina son verre.

— Un pauvre con comme moi. Mais les hommes ne sont pas faits pour ça, Baldwin. Ils sont faits pour s'effondrer sous ce genre de pression.

Il parlait, je décidai de coopérer.

— C'est pour cela que nous avons les djinns. Pour qu'ils prennent le stress sur eux.

— Quelles conneries ! Tu ne sais rien des djinns, pauvre fille. Ils ont du pouvoir, mais ils ne nous le transmettent qu'au compte-gouttes. Ils cherchent sans arrêt des moyens de nous enculer, ils nous haïssent. Ils nous tueraient s'ils le pouvaient.

Il fit tourner les glaçons dans son verre et tenta d'avaler les dernières gouttes d'alcool.

— Si tu comptes sur un putain de djinn, tu finiras par te faire tuer. Non, pour arrêter Andrew, j'avais besoin d'autre chose. Quelque chose de plus grand.

Il était fou. Bad Bob était complètement fou. Il n'y avait rien de plus puissant qu'un djinn, sauf…

Je me mordis la lèvre en sentant un ongle se déchirer contre la corde, mais ce n'était rien par rapport à ce que je craignais que Bad Bob me fasse. Tous les morceaux du puzzle se mettaient en place, et l'image claire qui se formait était terrifiante.

— Un démon, murmurai-je. Vous avez pris un démon.

— Tu es une fille intelligente, répondit-il. C'est vraiment dommage. Je ne peux pas me permettre de foutre en l'air mon djinn avec ce truc. Avec le genre de Démon que c'est, s'il ne le mangeait pas tout cru, il l'empoisonnerait certainement et le rendrait inutilisable, et il faut qu'il aille quelque part ailleurs. Mon cœur est en train de lâcher, je ne peux pas mourir avec ce salopard à l'intérieur de moi.

— Attendez…

— Désolé, le temps est écoulé.

Bad Bob laissa son verre et s'approcha de moi. Il posa sa main sur mon front. Sa peau était glaciale. Cela aurait pu passer pour un geste de compassion, mais il y mit de la force. Il me contraignit à baisser la tête et me plaqua contre le canapé. Je donnai des coups de pied, me tortillai et bougeai telle une anguille, malgré la douleur qui me transperçait les bras et les poignets.

— Ne t'inquiète pas. Ça ira vite. D'abord, le démon entre, ensuite je te brûle. Tu ne ressentiras sans doute aucune douleur.

Il tenta de m'ouvrir la bouche. Je me défendis de tous mes muscles. Je voulais l'éloigner de moi, *loin*, car je la sentais maintenant en lui, une faim noire et froide qui le dévorait de l'intérieur.

— Merde !

Il recula. Ses yeux bleus brillaient de fureur. Il attrapa une bouteille de vin, très ancienne, avec une étiquette jaunie et un bouchon qui semblait s'être fossilisé. Il enleva le bouchon, posa la bouteille par terre et dit :

— J'ai besoin de toi.

Dans les films, les djinns sortent de leur bouteille dans un nuage de fumée. Dans la réalité, cela n'arrive que très rarement, à moins qu'il ne s'agisse d'un djinn traditionaliste et pourvu d'un certain humour. Le djinn de Bad Bob apparut très simplement, sans aucune mise en scène. Je me suis souvent demandé comment les djinns décident d'apparaître, et pourquoi ils ressemblent toujours à des humains. Celui-ci plus que les autres : on aurait dit un comptable. Costume, cravate noire, chemise rayée. Jeune, mais vieux autour des yeux. Évidemment, les yeux le trahissaient : ils étaient d'un vert fluorescent qui attrapait la lumière, comme les pupilles des chats brillent la nuit.

— Monsieur ? demanda-t-il.

Il ne m'accorda même pas un regard.

— Tiens-la, dit Bad Bob. Ne la tue pas comme tu as fait avec l'autre. C'est déjà suffisamment difficile de trouver quelqu'un qui fasse l'affaire.

Le djinn se pencha et posa sa main sur mon front. Immédiatement, la force de gravité fut multipliée par trois et me plaqua au canapé. Il devenait difficile de respirer, alors se défendre... J'avais envie de dire quelque chose, mais je savais que cela ne changerait rien. Bad Bob ne m'écoutait pas et son djinn ne pouvait rien faire contre ses ordres. *Ne la tue pas comme tu as fait avec l'autre.* Son djinn ne voulait pas que le Démon soit transféré. Si je réfléchissais assez vite, peut-être qu'il pourrait m'aider...

— Ouvre-lui la bouche, dit Bad Bob.

Le djinn posa un doigt sur mes lèvres, et malgré le fait que je serrais les mâchoires, je sentis tous mes muscles lâcher et mes lèvres s'ouvrir. *Oh mon Dieu, non.* Je me faisais peut-être des idées, mais le contact du djinn semblait atténuer la douleur, l'horreur. *Aide-moi. Je t'en prie, fais qu'il arrête.* Mais s'il le pouvait, s'il le voulait, je n'en voyais aucun signe dans ses yeux verts inhumains, clairs comme des émeraudes. Je sentis qu'autour de la peur qui me transperçait comme une épée s'insinuait le désir incontrôlable de *m'échapper*. Peut-être pourrais-je m'évanouir. J'avais envie de perdre connaissance. N'importe quoi plutôt que de devoir ressentir cela.

Le contact du djinn sur ma peau me brûlait. Mes lèvres s'ouvrirent, et de l'air froid s'engouffra dans ma gorge avec une violence inouïe.

Bad Bob se pencha sur moi et posa ses lèvres sur les miennes. Ce ne fut pas un vrai baiser, plutôt un effleurement. Juste assez pour créer un pont de chair. Il sentait l'alcool et puait la peur, je tentai de crier...

Trop tard.

Je le sentis se tordre dans ma bouche, balancer ses griffes le long de ma gorge, m'envahir d'une manière si atroce que même le pire des viols ne pouvait l'égaler : il se trouvait à l'intérieur de moi et se frayait rageusement un chemin à travers ma chair, à la recherche d'un endroit où se cacher.

J'essayai de crier, de vomir; j'essayai même de mourir, mais il poursuivait son avancée dans ma gorge. Il me brûlait la poitrine et se déplaçait à l'intérieur de moi telle une main, jusqu'à s'enrouler comme un poing autour de mon cœur.

La douleur était si vive que je quittai mon corps et m'échappai en Seconde Vue. C'est à ce moment-là que je vis, pour la première fois, la Marque du Démon. Un nid noir de griffes entrelacées avec le cœur de mes pouvoirs, de ma vie, de ce qui me nourrissait. Les derniers morceaux sortirent de Bad Bob et le laissèrent brillant, lavé de toute tâche.

Et dénué de tout pouvoir. Il l'avait porté en lui si longtemps que le démon s'était approprié toute sa puissance. Bad Bob n'était plus qu'une coquille vide, l'enveloppe d'un homme dont le cœur continuait de battre. Je sentais le vide atroce que cette *chose* avait laissé à l'endroit qu'elle avait occupé.

Soudain, le cœur de Bad Bob bondit, tressaillit, et s'arrêta dans sa poitrine. Son visage prit une vague expression de surprise.

*Je ne peux pas mourir avec ce salopard à l'intérieur de moi.*

Oh non. Mon Dieu, ce n'était pas possible.

Je sentis les particules se charger tout autour de moi, et cela me rappela soudain Lewis lorsqu'il avait tourné son visage ensanglanté vers moi et avait tendu la main pour attraper la puissance. Car c'était bien de la puissance qui se formait autour de moi et qui était canalisée à travers moi. Qui s'empara de l'énergie maintenant Bad Bob en vie. Je sentais le goût de son désespoir noir, l'atroce gémissement de sa mort. La Marque du Démon l'avala puis commença à goûter ce qui était en moi. Cette sensation était si intolérable que je ne pus m'empêcher de me défendre. C'était une réaction aussi instinctive qu'un haut-le-cœur.

J'appelai la puissance, et elle répondit. Une vague blanche et puissante en Seconde Vue, qui m'entoura comme une tornade. Elle mettrait le monde réel en pièces, mais je n'avais pas le choix. Toutes les cellules de mon corps, physique et éthéré, hurlaient pour que je me débarrasse de cette *chose*.

Dans le monde réel, la demeure en forme de dôme éclata littéralement. Le verre des fenêtres explosa en une brume pulvérisée. Le vent traversa la pièce à une vitesse intenable, réduisit les boiseries en échardes et le plastique en éclats. Le guerrier en terre cuite fut réduit en poussière. Des particules chargées luisaient, brillaient, tourbillonnaient autour de moi comme des vagues cristallines, prêtes à se transformer en tempête. Le potentiel d'énergie était si fort que mes cheveux se soulevaient et grésillaient, sur le point de prendre feu. Les circuits électriques de la maison grillèrent tous, incendiant les murs et détruisant le matériel électrique. En Seconde Vue, ce pouvoir envoyait des lueurs photonégatives. Il était impossible à contrôler, et des cristaux de glace se formèrent autour des minuscules particules de poussière qui flottaient dans l'air du salon.

À l'extérieur, des grêlons de la taille de balles de base-ball puis de ballons de football s'abattirent sur la plage. J'entendais les impacts lourds et destructeurs sur la maison. La température monta en flèche avant de s'effondrer tandis que la pression montait. Dehors, au-dessus de l'océan, les nuages s'amassaient à une rapidité hallucinante et s'assombrissaient, puis ils entamèrent une rotation descendante.

Bad Bob s'écroula par terre, un amas de chair inanimée, déjà déchiqueté par les forces à l'œuvre dans la pièce. Par mon pouvoir, totalement hors contrôle.

Son djinn disparut dans ce maelström et je vis la bouteille de vin soulevée par le vent puis balancée contre le mur opposé avec une force telle qu'elle disparut en cristaux aussi petits que des grains de sable.

Le canapé en cuir sur lequel j'étais toujours allongée fut renversé par une bourrasque et je tombai sur des débris. Il y avait des morceaux de verre partout. Sans faire attention aux coupures, j'attrapai un morceau pointu avec lequel je parvins à sectionner les cordes qui retenaient mes poignets douloureux. Ma conception de la douleur avait changé: la douleur physique, un peu de sang, ce n'était finalement pas grand-chose.

Je titubai jusqu'à ce que je trouve un mur derrière moi. La foudre tombait, et je sentais la chose se nourrir à l'intérieur de moi sans retenue, un petit salopard avide qui avalait la moindre goutte d'énergie. Il se nourrissait des tempêtes. Il se nourrissait de la puissance qui brûlait en moi.

Il fallait que je le mette hors d'état de nuire. D'une manière ou d'une autre, il fallait que j'atteigne cette *chose* et que je la force à obéir. Elle grossissait dans mes entrailles, sans relâche, douloureusement ; elle finirait par jaillir hors de moi tel un enfant diabolique et ensuite… ensuite…

Quelque chose de chaud et de doux me toucha la nuque. *Respire,* me murmura une voix intérieure. Sous ma peau. *Enfant de l'air, inspire ta force.*

J'inspirai violemment. Encore. L'air était chaud et sentait vaguement l'ozone.

*Le démon appartient à l'obscurité. Sers-toi de ta lumière.*

J'ouvris les yeux et là, devant moi, se trouvait le djinn. Le djinn de Bad Bob. Il ressemblait à une colonne de feu, avec des yeux d'or, un être à la fois merveilleux et terrible.

*Respire encore,* répéta-t-il, et lorsque j'inspirai, je sentis le feu me pénétrer, me brûler la gorge comme de la lave, se répandre dans l'obscurité.

*Pars maintenant.*

Je me retrouvai dehors sous la pluie, dans le froid, les bras serrés autour de mon corps, frissonnante. Les vagues s'abattaient contre la maison, s'y attaquaient comme une gourmandise. L'œil du cyclone tourbillonna et me fixa.

À l'intérieur de moi, la Marque du Démon trembla, avant de s'immobiliser.

J'expirai de la brume et de la vapeur, et autour de moi, les niveaux d'énergie s'effondrèrent. La foudre traversa le ciel pour s'abattre tout près et je sentis la morsure de l'ozone sur ma chair, comme la chaleur d'un soleil froid et distant.

Puis je retombai, violemment, dans la réalité. Une réalité froide, humide, venteuse, avec la tempête qui hurlait au-dessus des vagues torturées, dans une odeur de brûlé, de mort, et de ma propre transpiration. Il y avait *quelque chose à l'intérieur de moi*, coincé en moi. J'ouvris mon chemisier, m'attendant à trouver… je ne sais quoi. Quelque horrible écheveau sous ma peau. Mais il n'y avait qu'une très légère marque noire et tortueuse. Je la touchai, tremblante, et sentis la *chose* qui se trouvait au-dessous s'étirer et murmurer dans son sommeil.

Je tombai brusquement à genoux et vomis.

Je ne sais pas combien de temps je restai ainsi, recroquevillée près des ruines de la demeure de Bad Bob, mais je devinai la présence des gardiennes quand elles arrivèrent : Janice Langstrom, qui servait de bras droit à Bad Bob, et Ulrike Kohl. Ulrike se concentra sur la tempête qui faisait rage au large, mais j'aurais pu lui dire que cela ne servirait à rien. Cette tempête était la mienne : elle était intimement liée à moi, elle était née de ma fureur. Tout ce qu'Ulrike pouvait faire, c'était l'adoucir un peu et la forcer à se retirer.

C'est Janice qui me trouva.

— Joanne ?

Nous nous connaissions. Pas bien, mais assez pour nous dire bonjour. Je la laissai m'aider à me tenir sur mes pieds. Je serrai les lambeaux de ma chemise contre moi, instinctivement, plus parce que je n'avais pas envie qu'elle voie la Marque que par pudeur.

— Mon Dieu ! Que s'est-il passé ici ?

J'ouvris la bouche… mais gardai le silence. Je ne pouvais même pas commencer à lui raconter. Je savais, sans doute grâce à la partie primitive de mon cerveau, la partie rusée et terrifiée, que si je prononçais ne serait-ce qu'un mot au sujet de la Marque du Démon, je pouvais dire adieu à mon avenir.

Je me contentai de frissonner.

Elle scruta mon visage, d'un air de plus en plus sérieux. C'était une femme mûre, un peu plus jeune que Bad Bob, mais pas de beaucoup. Moyennement puissante. Extrêmement perspicace.

— Cette tempête a ton odeur, dit-elle. (Elle me serra le bras un peu plus fort.) Où est-il ? Où est Bob ?

Je ne répondis pas. Je vis la colère monter dans ses yeux froids et gris. Le vent apporta un cri qui venait de ce qui restait de la maison de Bad Bob, dont Ulrike sortit en titubant.

— Il est mort ! hurla-t-elle.

Les yeux froids et gris de Janice se fixèrent sur moi, plus près. Sa main me serrait le bras comme un étau.

— Tu l'as tué ?

Elle n'attendit pas ma réponse.

— *Tu l'as tué !*

Elle me repoussa. Je sentis l'énergie se concentrer autour d'elle en lueurs rouges et noires. Non, je ne pouvais pas lutter contre elle. Je ne pouvais lutter contre personne.

Je n'étais pas capable de contrôler la chose qui se trouvait en moi… et qui avait *envie* de se battre.

Je repoussai Janice, physiquement, puis je partis en courant comme si le démon lui-même était à mes trousses.

Par miracle, Delilah était toujours là, indemne. Je montai, démarrai et appuyai violemment sur l'accélérateur. Je m'enfuis dans un crissement de pneus, tandis qu'Ulrike et Janice couraient vers moi en criant.

J'avais tué Bad Bob. Bad Bob était une légende, et c'était moi qui avais appelé la tempête. Les gardiens n'écouteraient pas ce que j'avais à dire. Pire, s'ils sentaient cette *chose* en moi, ils me couperaient en morceaux pour la détruire.

Il fallait que je m'en débarrasse. Bad Bob me l'avait transmise. L'idée même de la transmettre à mon tour me donnait la nausée. Tout ce que j'avais pu lire au sujet des Marques du Démon allait pourtant dans le même sens : une fois qu'elle est en vous, impossible de la faire sortir. À moins de la transmettre à un autre pauvre hère, de la même façon que Bad Bob l'avait fait avec moi. Mon Dieu, non !

Il avait dit : *Je ne peux pas me permettre de foutre en l'air mon djinn avec ce truc.*

Je pouvais la transmettre à un djinn. Le seul hic, c'était que je n'en avais pas, pas vrai ? Le djinn de Bad Bob avait disparu. Cela voulait dire qu'il fallait que je m'en trouve un.

Et soudain, cette idée brillante m'était venue à l'esprit.

Lewis. Lewis pouvait m'en procurer un.

À LA FIN de mon récit, le silence était de plomb dans la voiture. David ne me regardait pas. Il ne regardait rien de particulier ; il avait simplement les yeux fixés droit devant lui. Impossible de dire à quoi il pensait.

— Maintenant, tu sais, dis-je. Tu sais à quoi tu t'exposes, par le simple fait de traîner avec moi. Parce que je te jure, David, que je ne peux pas prendre le risque que cette chose se lâche encore comme elle l'a fait sur la plage. Je préférerais me tuer.

— Non ! hurla-t-il.

Je faillis sortir de la route. Il leva les mains, plus pour se maîtriser que pour me rassurer.

— Tu ne peux pas. Écoute-moi. Tu ne *peux* pas mourir avec ce truc à l'intérieur de toi.

— Ouais, mais je ne peux pas non plus le laisser détruire tout ce qui nous entoure. Je dois le contrôler, ou m'en débarrasser. Ou mourir.

David prit une profonde inspiration.

— Si tu meurs avec la Marque en toi, le démon s'extirpera de ton corps et passera dans le monde éthéré. Si cela arrive, les ravages que tu as vus jusqu'à présent ne seront *rien* par rapport à ce qu'il sera capable de faire sous sa forme éthérée. Et alors, il faudra plus de pouvoir que vous n'en avez tous ensemble pour l'arrêter.

— D'accord, mais je ne le transmettrai pas à quelqu'un comme on passe un putain d'herpès.

Il me regardait de nouveau avec cette intensité qui me faisait froid dans le dos.

— Quoi ?

— Donne-le-moi, dit-il. Prononce les mots, lie-moi à toi et passe-le moi. Tu peux faire cela. Tu dois le faire.

— Non !

Cette idée me donnait des frissons. Pire que des frissons. Je n'avais pas la moindre idée de ce qu'une Marque du Démon pouvait faire à un djinn, mais j'étais sûre d'une chose : si la Marque se nourrissait de pouvoir, elle trouverait à l'intérieur d'un djinn un buffet à volonté.

— Il ne peut pas m'anéantir, dit-il. Il sera enfermé à l'intérieur de moi pour l'éternité.

— Il te détruira !

— Ce ne sera pas pire que ce qu'il finira par faire avec toi. On peut me maîtriser. Une fois qu'on m'aura enfermé dans une bouteille, remis dans les caves, je ne serai plus un danger pour personne. Toi…

— Non !

Je criai, frappai le volant comme pour mieux lui faire comprendre.

— Non, putain, j'ai dit *non* !

David était tellement raisonnable, tellement convaincant.

— Je suis exactement ce que tu cherches. Je suis un djinn, Joanne. Je suis ta porte de sortie.

Je sentais les larmes me brûler les yeux, et à cause de la boule de désespoir coincée dans ma gorge, je n'arrivais plus à respirer. Mon Dieu, non. Oui, c'était ce que je voulais, mais je ne pouvais pas le faire. Je ne *pouvais pas*. Il devait y avoir une autre solution, un autre moyen…

— Je vais retrouver Lewis, murmurai-je.

Ma tête me faisait mal, elle était lourde de détresse. J'avais envie de pleurer, ou de crier, ou simplement de gémir.

— Il saura quoi faire.

— Pourquoi ?

La voix de David était douce, si raisonnable.

Je fus prise de panique, car je me rendis compte… que je ne savais pas. Pourquoi Lewis saurait-il mieux que moi ? Il était plus puissant, certes, plus puissant que n'importe qui. Mais cela ne voulait pas dire qu'il pourrait me sauver, à moins de m'offrir la même possibilité que celle que j'avais maintenant. Celle qui consistait à détruire quelqu'un d'autre. Un djinn, peut-être, mais en fin de compte, fondamentalement, un être vivant.

— Je suis tellement fatiguée…

Cela m'échappa, sans que je ne puisse rien y faire.

— Je ne suis pas capable d'y réfléchir maintenant. Pas maintenant.

— Mais il faut que tu le fasses. Réglons cette histoire.

La voiture sursauta, cracha, puis s'arrêta. Morte.

— Non, murmurai-je. Je ne te laisserai pas… la prendre…

J'étais prête à me battre jusqu'à mon dernier souffle s'il le fallait. Je ne serai pas la cause de sa destruction. S'il devait rester une seule bonne action dans ma vie…

Les lumières vacillèrent, puis s'éteignirent, et dans le souffle du ventilateur, je sentis David se pencher vers moi et me caresser doucement le front.

— Alors, repose-toi, dit-il.

Quand je m'éveillai, j'étais dans le siège passager, bien attachée, et j'avais des crampes partout, dans des endroits où je ne savais même pas que j'avais des muscles. Je regardai l'horloge sans comprendre. J'avais dans la bouche un goût de poisson pourri et le besoin d'uriner était tellement fort que cela en était douloureux.

— Qu'est-ce qu'il… grognai-je.

David conduisait.

— Je croyais que tu ne savais pas conduire.

— J'ai menti. C'est un truc de djinn.

Je marmonnai quelque chose au sujet de sa mère (d'ailleurs, est-ce que les djinns ont une mère ?) et jetai de nouveau un œil à l'heure.

— Attends un peu, dis-je. Je n'ai dormi qu'une demi-heure ?

Il ne répondit pas.

— Oh ! Douze heures et demie.

— Nous sommes à une heure de Tulsa, dit-il. Nous nous rapprochons d'Oklahoma City.

À l'horizon, le ciel était en feu, une fumée dorée contre le ciel gris. Une petite pluie fine tombait incessamment, mais en vérifiant en Seconde Vue, je m'aperçus que tout était stable. Pas d'orage à ma poursuite : ça changeait un peu.

— Arrêtons-nous, dis-je.

David me jeta un coup d'œil.

— Où ça ?

— N'importe où, tant qu'il y a des toilettes.

— Je vais nous trouver quelque chose.

Je hochai la tête et passai ma main dans mes cheveux. Rien à faire. Je fouillai dans la boîte à gants de Marion, y trouvai une brosse et entrepris de les démêler, jusqu'à ce qu'ils soient doux et brillants. Je n'avais pas vraiment de remède à mon état crasseux ; toutefois, Marion avait également laissé des bonbons verts délicieux qui firent passer mon haleine de chacal. Je commençais à ressentir le manque de caféine, mais au moment où j'allais me plaindre, je vis un panneau : « Love's ». Au-dessous, le panneau indiquait : « Carburant - Alimentation - Toilettes ».

— Miracles sur demande, dit David.

L'espace d'une seconde, j'en fus pétrifiée, avant de me souvenir qu'il fallait respirer. David ne pouvait décemment pas savoir que c'était le slogan de Bad Bob. Certainement pas.

À 21 heures exactement, nous nous garions sur un parking assez grand pour abriter trente ou quarante semi-remorques, à moitié plein. Le printemps était apparemment humide en Oklahoma. Les nuages n'étaient que d'inoffensifs nimbus qui crachaient une légère bruine, mais nous nous dépêchâmes de nous abriter dans un vestibule chaud et obscur. D'un côté, se trouvait une épicerie ; de l'autre, une cafétéria traditionnelle. Tout droit, les toilettes. Je laissai David vaquer à ses occupations et me dirigeai vers le lieu de soulagement. Sur le chemin, je passai devant des cabines téléphoniques, et je me souvins d'une chose que j'avais oubliée de faire.

Star. J'avais prévu d'appeler Star pour lui dire que j'arrivais.

Je soulevai le combiné et réfléchis, le reposai, puis finis par composer le numéro. Elle n'était pas là, mais je laissai un message sur son répondeur. *J'arriverai en ville ce soir ou demain. À très bientôt.*

Je l'espérais en tout cas. Je me sentais terriblement seule. J'avais envie de compter sur David, mais je constituais un véritable danger pour lui… C'était un peu comme de voyager avec une personne aux tendances suicidaires. Si je disais quelque chose de mal, que je cédais au désespoir… Je devais rester sur mes gardes. Toujours.

En revenant, je trouvais David installé à une table de la cafétéria, en train d'étudier la carte. Il avait devant lui une tasse de café fumant. Je fis signe à la serveuse de m'apporter la même chose, et attrapai le menu.

— Des idées ? demandai-je.

J'eus droit à un coup d'œil cuivré par-dessus le menu.

— Quelques-unes, dit-il.

Ses mots paraissaient innocents, mais ses yeux ne l'étaient pas. C'était de nouveau des yeux de djinn, pas assez de camouflage pour passer pour un humain.

— Il faut que tu mettes un terme à tout cela. Maintenant. Avant qu'il ne soit trop tard.

— Va te faire voir.

Je me plongeai dans le menu. La serveuse, étonnamment, avait des cheveux roses assortis à son uniforme. Tandis qu'elle servait mon café, je pris une décision soudaine.

— Je sais que c'est bizarre, mais je voudrais un petit-déjeuner. Vous avez des muffins à la myrtille ?

Elle répondit en haussant les épaules.

— Bien sûr. Et avec ça ?

— Des pancakes, et du bacon.

Cheveux roses hocha la tête.

— Et pour vous, beau gosse ?

David haussa les épaules.

— La même chose.

Elle ramassa nos menus et disparut dans l'éclair rose bonbon de sa jupe.

Nous nous retrouvions donc seuls, à nous regarder en chiens de faïence, dans un silence inconfortable.

— Il *faut* que tu arrêtes, finit-il par dire. Tu n'auras bientôt plus d'argent. Tu n'as pas d'ami, pas de famille. Tu ne sais même pas si Lewis t'aidera.

— Je t'ai, toi, fis-je remarquer.

— Ah bon ?

Un éclair de colère traversa ses yeux.

— Pas tant que tu n'auras pas prononcé les mots qu'il faut.

Il n'y avait rien à répondre à cela. Je n'essayai même pas.

Je baissai les yeux sur mes mains, ajustai les couverts et pris une gorgée de café.

— Tu es stupide, dit-il en s'adossant contre la chaise. Les chasseurs de Marion vont te rattraper. Comment tu comptes te défendre ?

— Comme avant.

— La Marque est en train de prendre le dessus. Elle avance doucement, mais elle avance. Elle est en train de s'infiltrer dans tes pensées, tes actes. C'est pour cela que tu ne veux pas accepter ce que je te propose. Ce n'est pas parce que tu m'aimes bien. C'est parce que la Marque ne le veut pas.

Il avait touché un point que je n'aurais pas cru sensible.

— Ta gueule, dis-je. Ça suffit. On va à Oklahoma City. J'ai des amis là-bas. Et puis Lewis saura quoi faire.

Il se pencha par-dessus la table et me fixa de ses yeux inquiétants et magnifiques, d'un autre monde.

— Et s'il ne sait pas ?

— Alors, j'imagine que Marion et ses potes auront une sacrée surprise quand ils essaieront de me faire une « pouvoir-ectomie ».

Il s'enfonça dans sa chaise tandis que la serveuse posait nos assiettes sur la table. Nous mangions en silence, en évitant soigneusement que nos regards ne se croisent, comme les vieux couples.

Quand nous eûmes terminé, il restait une panière de muffins sur la table. Je demandai à la serveuse de nous les mettre dans un sac. Ce n'était pas comme si je risquais de mourir de faim, mais quand même. Un vieux réflexe.

Puis nous retournâmes à la voiture et entrâmes dans la lueur jaune et surréaliste d'Oklahoma City.

***

Je ne crois pas que l'on oublie comment on a perdu sa virginité. Moi, je ne risque pas de l'oublier. Et, évidemment, une tempête avait fait partie du tableau.

La pluie est un phénomène à double tranchant lorsqu'on est à l'université. Tout le monde aime la pluie, jusqu'à un certain point. Mais lorsque vous avancez péniblement sur le campus, trempée jusqu'aux os, et que vous ressemblez à un poster de la Croix-Rouge, cela perd de son charme. C'était donc mon cas ce jour-là : j'avais froid, j'étais trempée, j'avais dix-huit ans et j'étais vierge. Oui, vraiment, dix-huit ans. Je n'assurais pas mon salut ou quoi que ce soit d'aussi noble. C'était simplement que la plupart des types qui auraient voulu m'attirer sur leur banquette arrière étaient des nazes, et que mes hormones n'étaient pas mes seuls critères de sélection.

L'université, c'était différent. Je me trouvais dans cette école géniale, avec son histoire riche… et beaucoup de beaux jeunes hommes. Et mieux encore, je faisais partie d'un cursus qui, non seulement ne me punissait pas d'être bizarre, mais au contraire me *valorisait*. Au bout de quatre mois, j'étais épanouie. J'avais rangé mes tee-shirts trop larges et mes bas de jogging informes pour les remplacer par des vêtements moulants et provocateurs qui auraient sans doute déplu à ma mère.

C'est comme cela que c'était arrivé : un chemisier provocateur, un jean moulant et une tempête.

J'étais entrée dans le laboratoire de micro-climatologie, poussée par une bourrasque d'air froid. Je laissai tomber mon sac à dos par terre et m'appuyai contre le mur pour reprendre mon souffle. Mon partenaire de labo était déjà là ; il semblait être sec et bien au chaud, à l'aise. Il n'avait sans doute pas quitté le bâtiment de la journée.

— Il était temps, dit-il. Tu as une demi-heure de retard. Nous devons cartographier les courants de pression pour Yorenson avant demain midi et…

Il avait parlé tout en se retournant vers moi. Arrivé à cet endroit-là de sa phrase, il me vit, debout contre le mur, et se tut. Comme j'essuyais l'eau qui me coulait dans les yeux, je m'aperçus qu'il me regardait fixement. Enfin, pas vraiment *moi*, plutôt ma poitrine.

Le chemisier moulant et provocateur ? Avec la pluie, il était devenu à peu près aussi transparent que de la résille.

Je ne portais pas de soutien-gorge. À cause du froid, mes mamelons pointaient fièrement à travers le tissu.

Je croisai les bras sur ma poitrine, essayant d'avoir l'air moins stupide que je ne me sentais. Mon partenaire de labo, quelqu'un sur qui j'avais craqué dès la première fois que je l'avais vu, se fichait apparemment pas mal de passer pour un abruti. Il cligna simplement des yeux et continua de me regarder.

— Tu disais ? demandai-je.

Il n'en avait manifestement pas la moindre idée.

Je poussai un soupir.

— Oui, je suis une fille. Ne me dis pas que tu ne t'en étais pas rendu compte.

Il eut la décence de rougir, et il le fit bien : il rougit de la nuque à la racine de ses cheveux, de cette façon qui rend certains hommes encore plus attirants. Il en faisait partie. Des cheveux noirs, des yeux langoureux. Non pas que ça me fasse quelque chose. Pas grand-chose quoi.

— Tiens, dit-il en se levant pour ôter sa veste.

Il me la tendit, hésitant.

— Tu devrais peut-être, euh, te retourner d'abord.

Je lui tournai le dos, et il posa la veste sur mes épaules. Il me laissa m'arranger et cacher ce qui convenait de l'être. La veste était chaude, en cuir foncé. Elle sentait l'après-rasage et la transpiration masculine. Lorsque je lui fis à nouveau face, il s'efforçait de se comporter en gentleman et d'être à la hauteur de son geste. Très franchement, je fus un peu déçue.

— Nous ferions mieux de nous mettre au travail, dis-je.

— Pas encore. Tu es frigorifiée.

D'accord, je tremblais, mais c'était également dû à mes hormones. Le labo était désert, et nous l'avions réservé pour l'après-midi tout entier. La pluie fouettait les fenêtres, et le tonnerre grondait si profondément que je le ressentais comme une caresse.

Mon compagnon fit le malin en réchauffant la pièce d'environ cinq degrés. Je lui en étais reconnaissante, même si nous savions tous deux que c'était contraire aux règles. Pas d'ajustement des températures pour des motifs autres que les devoirs. Mais bon, il n'y avait pas de prof pour prendre des notes.

— Ça va, dis-je.

Je m'assis à la table. Mes cheveux étaient encore trempés et des gouttes d'eau tombaient sur la table : je me penchai pour les essorer autant que possible. Quand je me redressai, la veste s'ouvrit, et je vis son regard plonger dans mon décolleté.

Nous prétendîmes travailler un moment. Nous avions peut-être *vraiment* travaillé et trouvé les solutions aux problèmes. Nous fûmes sans doute rapides puisque quand le devoir fut terminé, il nous restait encore au moins une heure. La tempête continuait de faire rage à l'extérieur et l'énergie me chatouillait les membres, comme si elle me suppliait de sortir jouer. J'avais presque complètement séché, mais je portais encore la veste de mon compagnon de labo qui ne m'avait pas demandé de la lui rendre.

— Bon, dis-je en me levant. Je crois qu'on ferait mieux de sortir d'ici.

— Oui, on ferait mieux.

Il se leva aussi. Il était plus grand que moi. Plus imposant. Et il se tenait trop près.

Je levai les yeux vers les siens ; je fis doucement glisser la veste le long de mes bras et la lui tendis. Il la prit et la laissa tomber par terre, derrière lui.

Je baissai les yeux sur moi. Mon haut n'était pas tout à fait sec, mes mamelons étaient encore très visibles à travers le tissu fin.

Il fit un pas en avant et posa ses mains sur ma taille. Comme je ne bougeais pas, il fit glisser ses mains vers le haut, les pouces dehors, jusque sous ma poitrine. Ses pouces se posèrent sur la deuxième zone la plus sensible de mon corps et il me caressa doucement, lentement, de sorte que j'en avais le souffle coupé.

— Donc, dit-il, et sa voix était beaucoup plus profonde et grave qu'avant, nous sommes censés faire des recherches sur l'énergie, non ?

— Sur l'énergie.

Ma voix tremblait.

— La chaleur.

— Ça aussi.

Il se pencha en avant, nos lèvres se touchèrent, fondirent. Cela ne manquait pas de chaleur, ni de friction d'ailleurs. Je tremblais de nouveau, mais jamais je ne m'étais sentie plus vivante, mieux dans mon propre corps, qu'à ce moment-là.

La pluie, la pluie, la pluie… La veste nous servit d'oreiller par terre, derrière la table. Nous avions tiré sur nos vêtements jusqu'à nous retrouver nus. La piqûre de l'air froid sur la peau nue, puis l'embrasement de la chaleur partagée… Pas beaucoup de préliminaires, mais je n'en avais pas besoin : avec la tempête et l'énergie qui circulait entre nous, j'étais aussi prête que je pouvais l'être. Pourtant, la douleur me surprit, de même que le désir soudain que cela s'arrête, qu'*il* s'arrête.

Et au moment où mon hymen se déchira, quelque chose d'autre se produisit. Du pouvoir. La puissance se rua dans toutes les cellules nerveuses de mon corps et me permit de reprendre pleinement mes esprits. Je *connaissais* l'homme qui me faisait l'amour. Chaque cellule, chaque nerf, chaque battement de cœur se faisaient écho. Je ressentais… *tout*.

Je ressentis le grondement de la cascade de son pouvoir qui m'envahissait. Je me cambrai contre lui. Je ressentais la douleur extrême, le *plaisir*… Des étincelles jaillirent entre nous, bleues et blanches : l'énergie que nous n'étions pas faits pour abriter, qui passait entre nous, en vagues rebondissant de l'un à l'autre, plus puissantes à chaque seconde.

Il n'y était pas plus préparé que moi. Nous étions entraînés par un rythme qui ressemblait à celui de la mer, et quand la marée monta, elle monta très haut. Je me noyai dans des vagues ininterrompues d'un plaisir jusque-là inconnu. Je le sentis se noyer avec moi et je m'accrochai à lui comme si ma vie en dépendait.

J'entendis des choses se briser alentour. Des ampoules. Des vitres. J'entendis le vent hurler au-dessus de nous, en bourrasques violentes et incontrôlées.

Puis ce fut terminé. Nous étions couchés l'un près de l'autre, transpirants, affaiblis, mais nous sentions *encore* l'énergie s'accumuler entre nous.

Il comprit le danger le premier. Il s'éloigna de moi et continua de reculer, le plus loin possible, jusqu'à ce que son dos soit contre le mur. Je fis un bond en arrière et me cachai sous la table. Autour de nous, le vent balayait tout sur son passage en hurlant et renversait les chaises et les tables. Finalement, il s'affaiblit, se transforma en brise, et mourut dans un dernier soupir.

Le calme.

— Mon Dieu, murmura-t-il.

Il prit sa tête entre ses mains. Je compatissais. Ma tête aussi me faisait mal. Tous les nerfs de mon corps étaient à vif.

Je passai la langue sur mes lèvres et dis :

— Ce n'est pas censé se passer comme ça, n'est-ce pas ?

Il y avait une tache de sang par terre, à l'endroit où je m'étais trouvée. Pendant quelques secondes, je la fixai, et vis qu'il la fixait aussi.

Il eut l'air estomaqué.

— Non, murmura-t-il. Mon Dieu, je suis désolé, je ne savais pas…

Je ne savais pas s'il s'excusait par rapport à ma virginité ou parce que nous avions failli détruire l'ensemble du campus. Je n'eus pas vraiment le temps de trouver la réponse.

L'homme en question était, évidemment, Lewis Levander Orwell. Et pour autant que je sache, il ne toucha plus jamais une fille qui faisait partie du programme.

J'étais encore en train de chercher ma culotte quand le professeur Yorenson arriva pour voir ce qui se passait.

Je ne sais pas à quoi je m'attendais. Un message divin, avec des chérubins et des chœurs, m'invitant à rejoindre Lewis dans le trou où il s'était caché ? N'importe quoi !

Nous roulions sur la I-40, à l'affût d'un message venu du ciel. Je zappais inlassablement entre les stations de radio à la recherche d'un message crypté.

Rien.

Si Lewis était dans les parages, il n'avait, de toute évidence, pas envie de me parler.

Je finis par me garer sur le parking d'un *La Quinta Motor Inn*.

— Il est là ? demanda David en fronçant les sourcils.

J'étais sur le point de fondre en larmes, ou pire, de céder à un fou rire hystérique, anéantie que j'étais par le stress.

— Il est dans les parages.

Je mentais. Ma voix chevrotait.

— J'ai besoin de prendre une douche et d'une bonne nuit de sommeil dans un vrai lit. Si ça te pose un problème, tu n'as qu'à faire du stop.

Il secoua la tête et me suivit dans le hall de l'hôtel.

Je réservai une chambre avec ce qui me restait d'argent liquide. J'étais épuisée. J'aurais accepté de dormir dans la cellule d'un monastère, mais *La Quinta* se révéla un endroit classe, avec une piscine intérieure et un magnifique jacuzzi devant lequel nous étions passés en allant vers les ascenseurs. Notre chambre se situait au troisième étage, face au parking et à la tempête qui approchait. C'était parfait. Il vaut toujours mieux garder un œil sur ce qui vous attend.

La chambre était spacieuse et décorée avec goût. Le lit était immense avec des oreillers tellement grands qu'ils auraient pu servir de petits matelas, ou peut-être n'était-ce là qu'une vue de l'esprit due à mon état d'épuisement avancé.

David se dirigea directement vers le fond de la chambre et posa son sac à dos par terre.

— Pourquoi diable est-ce que tu te promènes avec ça ? C'est juste une vitrine, n'est-ce pas ?

J'étais sur des charbons ardents. J'avais mal, je cherchais le conflit.

— C'est comme tes vêtements. Pour me faire croire que tu es un humain. Laisse tomber. Je sais à quoi m'en tenir maintenant.

— Ah bon ?

Il s'assit sur le lit et posa ses mains sur ses genoux en me regardant faire les cent pas.

— Je doute que tu saches grand-chose au sujet des djinns ou de la Marque du Démon.

Je ne pouvais pas le regarder. J'aimais son apparence, et je savais que c'était calculé, artificiel, quelque chose qu'il avait arrangé pour me plaire. Et ce n'était pas... juste. C'était obscène. Et ça m'énervait.

— Je sais tout ce que j'ai besoin de savoir sur les djinns.

Rien d'autre qu'un silence menaçant de son côté de la chambre. Je m'avançai vers les fenêtres et ouvris les rideaux pour dévoiler un ciel étoilé.

— Peut-être que je *vais* te revendiquer. Peut-être que je vais te revendiquer et t'ordonner de foutre le camp pour changer un peu. Ce serait drôle, non ?

Il savait que je le titillais.

— Ne commence pas, Joanne. Je ne veux pas de ça.

— Allez ! Flash spécial, je ne voulais *rien* de tout ça. Je ne voulais pas être violée par Bad Bob et son djinn domestique. Je ne voulais pas finir avec ce *truc* à l'intérieur de moi. Et je n'ai pas demandé à t'avoir *toi*, non plus ! Alors pourquoi est-ce que tu ne...

Il se leva. Je me tournai pour lui faire face. De l'énergie grésilla dans la pièce, pas entièrement due aux émotions. Ce n'est jamais aussi simple que cela. Les djinns sont des créatures du feu ; quant à moi, j'étais... ce que j'étais en train de devenir. De l'eau. De l'air. De *l'obscurité*.

— Est-ce que je quoi ? demanda-t-il d'un ton doux, ronronnant, dangereux. Pourquoi est-ce que je ne te laisse pas te jeter dans le bûcher de ton arrogance ? Ne me tente pas.

— Fiche le camp, dis-je d'une voix morne. Je croyais que tu ne voulais pas de dispute.

— Je n'en veux pas ! J'ai essayé de t'aider ! J'ai essayé de me racheter pour…

Il s'interrompit. Ses yeux étaient de la couleur du bronze, avec des lueurs d'or. Chaleureux et chatoyants.

— Prononce les mots. C'est la seule manière pour toi de t'en sortir vivante… Tu le sais très bien.

— Ah, alors maintenant *tu* vas me tuer ? Et puis merde, pourquoi pas ? Il y a sans doute un club « Tuons Joanne », avec de jolies petites cartes de membre et des porte-clés spéciaux. Tu pourrais en être le président, et Bad Bob le fantôme d'honneur…

Il m'attrapa les deux bras et me secoua. Très fort.

— Non ! Arrête de faire ton enquiquineuse et écoute-moi ! Il faut que tu prononces les mots et que tu me donnes la Marque. *Maintenant !* Fais-le !

Je posai mes mains contre son torse et poussai. C'était comme essayer de faire bouger un bloc de ciment de la taille de David.

— Dis-le !

Il criait. Il me secoua encore plus fort, à tel point que ma tête bougeait d'avant en arrière et que mes cheveux tombèrent comme un rideau devant mes yeux.

— Au nom du seul et unique Dieu, *dis-le* ou je te jure que je vais te faire tellement mal que tu me supplieras de te tuer. Je vais *vraiment* te faire mal !

C'était déjà très douloureux. Ses mains me serraient comme des étaux, elles m'écrasaient la peau, me rompaient les os. Mon Dieu, c'était intolérable ! J'avais l'impression de mourir de l'intérieur. Et la Marque… la Marque se défendait et me déchirait les entrailles avec ses griffes invisibles.

— Dis-le : « Sois… »

Je voulais que cela s'arrête. Je voulais que la douleur cesse. Je hurlai :

— « Sois lié à mon service ! » Voilà ! Tu es content ?

Son visage devint pâle, mais ses yeux brillaient d'autant plus. Ses doigts se resserrèrent sur mes bras.

— Encore !

Il me bouscula de nouveau, par mesure de précaution, comme s'il avait pu ainsi me faire cracher les mots.

— Répète-le !

— SOIS LIÉ À MON SERVICE !

Je n'avais pas envie de le dire, mais les mots s'arrachaient violemment de moi, comme des couteaux dans ma gorge.

La douleur était indicible ; elle m'aveuglait, m'étouffait. Ma peau se consumait à l'endroit où il me touchait. Comme de la braise. Je sentais l'odeur de ma chair brûlée sous ses doigts…

— Encore ! hurla-t-il. Répète encore une fois !

Les trois fois du sortilège. Trois fois, et il serait lié à moi pour le restant de mes jours. Trois fois pour me contraindre à faire ce que *je ne voulais pas faire*.

Je me souvins du djinn de Lewis à Westchester, qui avait brûlé ma main à l'endroit où elle touchait la porte.

Je m'étouffais avec des larmes de rage et de douleur et parvins à dire :

— Bien essayé, connard. Pas moyen.

Il se figea, les yeux fixés sur moi, et je vis une vulnérabilité extrême passer sur son visage, un désespoir blême. L'expression disparut aussi vite qu'elle était apparue.

La douleur s'évanouit tout aussi rapidement : des contusions, mais ni fractures, ni brûlures. Seulement des illusions.

Il ne m'avait même pas laissé de trace. Ses mains étaient doucement posées sur moi, et la seule chaleur venait du contact de sa peau contre la mienne. De la chaleur humaine.

— Dis-le, murmura-t-il. S'il te plaît. Pour en finir. Dis-le. Je t'en prie, ne me force pas à te regarder pourrir de l'intérieur. Je ne le supporterai pas.

Je m'effondrai sur le lit, la tête dans les mains.

— Pourquoi diable veux-tu faire cela pour moi ?

Il s'agenouilla sur la moquette, à côté de moi et commença à me toucher avant de s'arrêter, comme s'il ne se faisait pas confiance.

— C'est la Marque. Tu ne la sens pas ? Elle est en train de s'immiscer dans tes pensées, tes émotions. Bientôt, tu ne *voudras* même plus t'en débarrasser. Il faut que tu le fasses maintenant, sans quoi tu seras perdue.

Il avait évidemment raison. C'était de là que venait ma colère, cette fureur constante qui me démangeait. De la Marque du Démon. Elle grossissait, se développait et m'emmenait avec elle. Je la sentais installée en moi maintenant. Son pouvoir était désormais en partie le mien. Bientôt, nous serions entremêlées, et je ne pourrais pas revenir en arrière, à moins d'être disposée à renoncer à mon âme.

Je levai les yeux. Il était tout près, à mon niveau ; nous étions proches comme des amants. Je posai ma main sur sa joue.

— Au nom du seul et unique Dieu, je jure, David, que *jamais* tu ne prendras la Marque. Alors, laisse tomber. Va-t'en. Laisse-moi jouir d'un peu de tranquillité tant que c'est encore possible.

Ce moment-là me fit mal. Un câble était tiré entre nous deux, profondément enfoui dans notre cœur ; il tirait et vibrait sous l'effet de la tension.

Je le rompis. Je me levai et passai devant David, lequel m'attrapa le poignet.

— Où vas-tu ?

— Je vais prendre une douche. Je sens aussi bon qu'un convoi de bétail. Ne t'inquiète pas, je ne crois pas que la Marque parte au lavage et que ça te prive de la chance de devenir un martyr.

Je me dirigeai calmement vers la salle de bain, fermai la porte et tournai le verrou. Il y avait là tous les accessoires que l'on peut trouver dans une salle de bain d'hôtel : une cafetière, un sèche-cheveux, du shampooing et de la crème pour le corps… Ici, la vie paraissait si normale, de cette précieuse et magnifique normalité.

Je m'assis sur l'abattant des toilettes et regardai la grande baignoire. J'étais trop épuisée pour réfléchir ; fort heureusement, je n'en avais pas besoin. Je me défis de mes vêtements sales et les jetai en tas sous le lavabo. J'ouvris le robinet et entrai dans la baignoire alors que l'eau était encore glacée. Je pleurais. La Marque du Démon bougea à l'intérieur de moi ; elle s'étirait avec paresse, comme un tyran qui s'éveille après une longue sieste. Je tombai à genoux, les bras autour de ma poitrine, profitant de l'eau chaude qui me tombait sur la nuque et le dos et qui dégoulinait sur mon corps, noire de crasse. Même après, quand elle fut redevenue claire, je me sentais loin d'être propre. Je ne serai plus jamais propre.

Pourtant, le fait de me savonner le corps et les cheveux avait quelque chose de thérapeutique. Au bout du troisième rinçage, une partie de la glace qui me remplissait les entrailles avait commencé à fondre.

Je découvris que j'allais vivre. Même si le fait de décliner l'offre de David impliquait en soi que j'avais signé mon arrêt de mort, il devait rester quelque chose. Si Lewis décidait de se montrer, très bien. Sinon… j'avais d'autres possibilités. Je devais en avoir. Je pouvais m'informer, faire des recherches, découvrir le moyen de lutter contre cette chose.

Il me fallut cependant tout mon courage pour sortir de la baignoire et me sécher.

Lorsque je m'aventurai hors de la vapeur de la salle de bain, David avait disparu. Son sac à dos était encore là, toujours posé dans le coin. Son imper kaki était pendu comme il faut dans la penderie, et ses vêtements se trouvaient dans le tiroir. Même ses chaussures étaient rangées dans un coin.

En cherchant des indices, je découvris qu'il m'avait laissé un cadeau. Un bikini était posé, déplié, sur le lit. Turquoise, jeune, extrêmement osé. Je le fixai, estomaquée. La boutique de l'hôtel avait fermé depuis longtemps, et je n'avais plus de vêtements personnels. Je ne pouvais pas croire que David ait l'habitude de se balader avec un truc pareil dans ses poches.

Je me souvins de la jolie piscine qui se trouvait en bas et du jacuzzi bouillonnant. Ah. Bien sûr. L'invitation se passait de mots, mais elle était claire. Je pouvais l'accepter ou décider de ramper sous la couette et dormir.

Je laissai tomber ma serviette et enfilai les minuscules morceaux de tissu. Le maillot m'allait comme un gant, comme s'il avait été créé pour moi. Ce qui, je le savais, était bel et bien le cas. Il avait une sorte d'aura, la chaleur de la peau de David.

Je jetai un œil dans le miroir.

C'était… le bikini parfait.

J'attrapai une serviette de l'hôtel et la carte qui servait de clé, et descendis rejoindre David.

Il était assis dans le jacuzzi. Il était torse nu. Ses yeux de cuivre s'illuminèrent quand il m'aperçut. Je posai la serviette et la carte sur une table. Il tendit la main pour m'aider à descendre les marches. J'entrai doucement dans l'eau chaude, un centimètre après l'autre, et j'eus l'impression de me liquéfier. Tous mes soucis disparurent dans les bulles du bain. C'était l'acide le plus doux du monde. Je m'immergeai jusqu'à la nuque, puis remontai, doucement, en me rapprochant de David.

— Règles de base, dis-je. Ne me menace plus *jamais*, ou je te revendiquerai, mais ce sera pour t'enfermer dans une bouteille de détergent que j'enterrerai dans une décharge Si tu as de la chance, un archéologue te déterrera dans quelques milliers d'années.

Les pointes de ses cheveux étaient humides, sombres et bouclées. Je levai la main et les touchai, tentant de le recoiffer. Mes mains cependant ne s'intéressaient pas à ses cheveux, pas vraiment ; elles descendirent vers sa peau douce et chaude, le long de la ligne de son cou, jusqu'à la courbe sexy de ses pectoraux. Je sentis qu'il se tendait doucement de plaisir.

— Je vais mourir, dis-je, et la tension se fit plus sombre. Non, ce n'est pas grave. Si je peux mourir en emportant avec moi cette saloperie, ce sera un fier service rendu au monde.

— Non.

Ses yeux brûlaient, vacillaient ; ils n'avaient rien d'humain et le djinn ne s'efforçait pas de les cacher. Curieusement, cela rendait l'humanité absolue de son corps d'autant plus puissante. Il était humain parce qu'il… parce qu'il avait envie d'être humain. À cause de moi.

— Tu ne peux pas.

Je posai un doigt mouillé sur ses lèvres.

— Règles de base, David. Tu ne me dis pas ce que je peux et ne peux pas faire. Si tu m'apprécies ne serait-ce qu'un peu, laisse-moi cette liberté, d'accord ?

Sa main sortit de l'eau et me caressa le long de l'épaule. Je frissonnais à l'endroit où il me touchait. Mon Dieu, quelle caresse… Une chaleur caramélisée qui se répandait à l'intérieur de moi comme un orgasme lent. Peut-être que ce n'était pas de la magie, mais j'en avais l'impression. Je me sentais… ensorcelée.

Lui aussi se laissait aller.

— Je ne t'apprécie pas, dit-il. « Apprécier », cela n'a pas de vie. Pas de chaleur, pas de feu.

Sa main droite sortit aussi de l'eau et rejoignit la gauche sur mon épaule, mon cou. Je sentais mon cœur battre la chamade. Mes deux mains étaient posées sur sa poitrine, explorant le territoire doré de son corps.

— « Apprécier », ce n'est pas ce que je ressens pour toi. Cela n'a jamais été le cas.

Nos lèvres se rencontrèrent, doucement. Humides, chaudes, affamées. Il avait un goût mystérieusement exotique, comme un fruit provenant de jungles inexplorées. La pression du jacuzzi nous rapprocha, jusqu'à ce que la seule chose entre nous soit le tissu quasiment inexistant de mon maillot et de celui qu'il portait. C'était profondément juste, extrêmement mal. Interdit. Naturel. Parfait.

Il avait fait attention à se maîtriser jusqu'à présent. Mais maintenant, je sentais le feu qui brûlait en lui, sauvage et impétueux, comme un noyau atomique. Sous l'eau, ses mains se posèrent sur ma poitrine et tracèrent le contour de mes mamelons. Au vu de la réaction que cela produisit, j'aurais pu croire que mon bikini était le fruit de mon imagination. Je ne voulais pas arrêter de l'embrasser, jamais, mais j'avais besoin de respirer. Quand je reculai pour prendre de l'air, il me laissa faire, et un indispensable éclair de lucidité nous frappa.

— Pas très intime, réussis-je à articuler entre deux souffles.

Ses mains étaient toujours posées sur ma poitrine, sous l'eau ; ses pouces caressaient doucement mes seins durs et douloureux sous le tissu turquoise. Ses yeux n'avaient plus rien d'humain à présent ; ils étaient merveilleux, étranges, plus beaux que tout ce que j'aurais pu imaginer. Je ne comprenais pas comment j'avais pu le prendre pour un type normal, quel que soit l'enchantement qu'il avait fait peser sur lui.

— Ne t'inquiète pas, murmura-t-il.

Sa voix était profonde, épaisse, comme un ronronnement. Il se rapprocha de moi, les lèvres tout près de mon oreille.

— Ils ne peuvent pas nous voir.

Des employés de l'hôtel en uniforme se trouvaient à l'accueil, juste derrière les fenêtres, en train de discuter. Personne ne regardait dans notre direction. Un homme d'affaires à l'air renfrogné passa en tirant sa valise derrière lui sans nous jeter ne serait-ce qu'un regard.

David passa un doigt sous mon maillot et me tira vers lui. Je ne pouvais m'empêcher de le toucher ; je suivais les muscles durs et saillants de sa poitrine, les stries de son ventre musclé. Ma main descendit le long de son torse et je sentis une fine couche de tissu gorgé d'eau qui commençait sur ses hanches.

— S'ils ne peuvent pas nous voir, débarrasse-toi de ce maillot de bain.

Avant que j'aie terminé ma phrase, mes doigts se retrouvèrent à même sa peau. Il n'y avait plus rien pour me retenir.

David s'accrocha au rebord en m'observant de ses yeux incroyables qui avaient la couleur vive du cuivre, pendant que j'enlevais le haut mouillé de mon maillot de bain et le posais sur le côté. Avant que j'aie eu le temps de m'attaquer au bas, ses mains faisaient glisser la culotte le long de mes jambes.

— Est-ce que c'est contre le règlement ? demandai-je.

J'attrapai le rebord du jacuzzi, en posant mes mains de part et d'autre de son torse, et m'assis à califourchon sur ses genoux.

— Dis-moi que c'est contre les règles. C'est trop bon pour être légal.

Sa voix n'était plus qu'un grognement chaud et essoufflé.

— Tu as refusé de me lier à toi… Je ne suis pas tenu de te dire quoi que ce soit. Ah !…

Il était aussi dur que de l'acier, aussi chaud que le feu. Quand il entra en moi, le plaisir fut tel que je tressaillis et m'effondrai contre lui, le retenant à l'intérieur, sentant la vie battre entre nous.

— Dis-moi, murmurai-je.

Sa respiration contre mon cou était rapide et chaude.

— C'est interdit. Et c'est stupide. Je dois… rester… ne fais pas…

— « Ne fais pas » quoi ?

Je bougeai lentement mes hanches en un cercle liquide et le sentis se tendre.

— « Ne fais pas »… ça ?

Ses mains sortirent de l'eau, glissèrent sur mes seins, ma nuque, jusqu'à entourer mon visage comme si c'était une chose fragile et précieuse. Plus de mots. Plus de colère. Nous nous perdîmes. Le feu et l'eau se dissolvaient l'un dans l'autre en une union parfaite des contraires. Lorsque je criai, ce fut dans sa bouche. Toute sa force, toute sa magie, ne l'empêchèrent pas de me rejoindre.

À la seconde exacte où je me sentis pleinement vivante, complètement lumineuse, la Marque du Démon passa à l'attaque, comme la serre d'un aigle autour de mon cœur.

Je revins brutalement à la réalité, comme électrocutée. L'impression d'être violée, d'être arrachée à David, était si réelle que je fus prise de panique. Je perdis tout contrôle, je me perdis. La Marque s'enfonçait à l'intérieur de moi, cognant comme un enfant terrible ; à l'extérieur, c'était la force de David qui m'empêchait de couler. Mais j'étais prise de convulsions, je pleurais, et toutes les flammes du monde n'auraient pas pu faire fondre la glace qui se formait en moi, qui formait des pics et des angles douloureux, qui formait…

— Non ! l'entendis-je implorer, et sa voix était pleine de douleur, de désespoir et de rage.

Ce n'était pas seulement de la chair, du feu, c'était de la passion.

— Reste avec moi. Ne lâche pas prise !

L'inertie s'emparait de mon corps qui se fermait au monde extérieur, toutes mes ressources étant mobilisées pour combattre l'envahisseur. Avait-ce été ainsi pour Bad Bob ? Cela lui avait-il vraiment fait aussi mal ? Mon Dieu, je ne voulais pas que ce soit douloureux. Je voulais revenir dans ce coin chaud et doux du paradis, m'en retourner dans les bras de David.

David posa sa main à plat sur mon cœur.

De l'or brûlant coula dans mon corps. Il faisait fondre la glace, il forçait les tentacules noirs de la Marque du Démon à s'arrêter, mais elle ne lâchait pas ce qu'elle avait réussi à prendre. Elle était plus grosse à présent. Plus sombre. Pleine de vie froide et malveillante. Profondément enfouie au cœur de ma vitalité.

Quand la douleur s'atténua et que je fus de nouveau capable de respirer, je me rendis compte que David me tenait contre lui comme on tient un enfant. Ma tête était posée sur son épaule. Il me caressait la peau sans but précis. Ou plutôt non. À l'endroit où ses doigts me touchaient, je me sentais plus forte. Plus chaude.

— Chut… murmura-t-il quand je tentai de parler. C'est ma faute. Ma faute. Laisse-moi t'aider.

— Ta faute ? répétai-je.

Il me fallut faire un effort colossal pour lever le bras et lui caresser le visage, mais j'en fus largement récompensée en le voyant se détendre.

— Comment diable cela peut-il être ta faute ?

— Tu m'as demandé si c'était interdit. Je n'aurais pas dû me laisser aller à faire cela…

Je posai mes doigts contre sa bouche pour le faire taire. Ses lèvres remuèrent, mais ce n'étaient pas des mots, ce n'étaient que des baisers silencieux.

— Ne dis jamais ça. Jamais.

NOUS ÉTIONS RESTÉS AINSI, David assis sur le rebord, moi blottie dans ses bras, pendant plus d'une heure. Sans dire un mot, sans aucun désir, il me caressait les cheveux doucement, dans un rythme hypnotique.

Je finis par lever la tête de sa poitrine :

— Je suis imprégnée d'eau. Ma peau est toute fripée.

Je le vis sourire.

— Tu es la maîtresse de l'air et de l'eau. Je ne peux pas croire que tu ne sois pas capable d'y remédier.

— C'est vrai. Mais je suis trop fatiguée. Tu ne pourrais pas… nous « télé-transporter » dans la chambre ?

— Non, répondit-il. Je peux me déplacer où je veux, mais c'est un peu plus difficile de t'emmener avec moi.

— Tu as creusé un tunnel en m'emmenant avec toi, lui rappelai-je.

— Et je suis encore en train de recouvrer mes forces, dit-il d'un ton grave. Je suppose que tu veux que je sois en pleine possession de mes moyens.

— Tu peux en être sûr.

La Marque du Démon était calme à présent, presque invisible. J'avais pourtant du mal à bouger parce que j'attendais qu'elle passe de nouveau à l'attaque. David le comprit. Il me laissa me mettre debout lentement puis posa de nouveau sa main sur mon cœur.

— Elle est calme, dit-il.

— Et si elle se remet à s'agiter ?

— Non. Pas ce soir.

Je remarquai qu'il ne me faisait pas de promesses pour le lendemain. De toute façon, j'étais en train de perdre l'habitude de penser au lendemain.

Je sortis de l'eau, les jambes flageolantes, mes bouts de Lycra à leur place. David surgit du jacuzzi. J'étais fascinée par la manière dont l'eau restait coincée dans ses poils et dont elle parsemait son corps de lumière. Il était splendide. J'avais du mal à croire que j'avais pu faire naître de la passion chez cet être parfait. Il avait l'air intouchable à présent, totalement maître de lui.

— Couvre-toi un peu, avant que je ne sois obligée de me battre avec les employées de l'hôtel pour me pendre à ton cou, dis-je.

Il s'empara de ma serviette et l'enroula autour de sa taille. Cela ne le rendait pas moins appétissant. Au contraire…

— On monte, me rappela-t-il.

Je lui pris le bras ; nous quittâmes le coin piscine pour avancer sur la moquette qui conduisait à l'accueil. L'une des employées leva les yeux, fronça les sourcils avant de se reprendre et de nous adresser un grand sourire.

— Je suis désolée, je ne vous avais pas vus. Les piscines sont fermées pour la nuit, dit-elle.

David (sous son déguisement d'humain, avec ses cheveux et ses yeux bruns, un client comme un autre) hocha la tête et s'excusa. Nous avançâmes d'un pas tranquille jusqu'aux ascenseurs, et attendîmes sagement que les portes s'ouvrent.

Lorsque l'ascenseur se ferma, je frissonnai à cause de la climatisation. David s'en aperçut, fit un geste de la main : immédiatement je fus réchauffée et séchée.

— Wow ! dis-je, surprise.

Il leva les sourcils.

— Rien de plus que ce que tu pourrais faire toi-même.

Je m'approchai de lui. Il était sec aussi, et chaud, comme s'il portait la chaleur de l'été sous sa peau. Il m'entoura de ses bras, mais le fit prudemment. Avec trop d'attention.

— David.

— Oui ?

— Je ne suis pas fragile.

Il ne sourit pas, ne détourna pas le regard de mon visage. De près, ses yeux avaient la couleur profonde et riche d'une pépite d'or.

— Par rapport à moi ?

— D'accord, plus fragile que toi. Mais ne me traite pas comme si j'agonisais. Je ne suis pas en train de mourir, je suis juste… en train de vivre jusqu'à ce que cela ne soit plus cas.

David ne détournait pas les yeux.

— Promets-moi que cela ne t'empêchera pas de me plaquer contre le mur et de m'embrasser comme si ma vie en dépendait.

Le trajet était court pour aller au troisième étage, trop court pour qu'il ait le temps de me rassurer comme je l'aurais voulu, mais il réussit quand même à me réconforter. Et à me réchauffer.

Dans la chambre, une fois débarrassés de nos serviettes et maillots de bain, il s'employa à augmenter ma température corporelle de manière considérable. Cette fois-ci, il n'y eut pas de caprice démoniaque pour nous gâcher notre plaisir. Seulement une chaleur douce et durable, qui s'accumula tant et si bien que je finis par brûler.

Je m'endormis blottie contre lui, sa main posée sur la Marque, pour qu'elle se tienne tranquille.

Je m'éveillai seule dans le lit froissé et sentis le creux froid sur l'oreiller, à l'endroit où David avait posé sa tête. Un instant, je fus persuadée que cette fois aussi ce serait comme la première nuit : j'allais me réveiller et me rendre compte qu'il avait disparu sans laisser de traces.

Mais quand j'ouvris les yeux, je le vis debout, en train de regarder par la fenêtre. Il était déjà habillé, d'une chemise en coton dorée et d'un jean, pieds nus. Il portait de nouveau ses lunettes. Son déguisement humain était impeccable.

Je m'étirai et laissai le drap glisser sur mon corps. David n'attrapa pas la perche. Il avait l'air très sérieux pour une heure aussi matinale, surtout après une nuit qui, personnellement, m'avait laissée dans un état de grande sensibilité.

— Tu ne dis pas bonjour ? demandai-je. Qu'y a-t-il de si fascinant ? Ce sont des pom-pom girls qui s'entraînent nues sur le parking ?

Il ne répondit pas. Je me levai, m'enroulai dans un drap, un peu comme une star de cinéma, et m'approchai dignement de lui pour regarder par la fenêtre. Le soleil était au-dessus de l'horizon, mais pas bien haut. Le ciel était teinté de couches de rose et d'or qui flottaient juste au-dessous d'une épaisseur grise de nuages bas et dodus. Encore de la pluie. Et au sud, une ligne plus sombre qui ne me disait rien qui vaille.

— C'est moche, fis-je en la montrant du doigt.

Il ne répondait toujours pas.

— Allô, la Terre appelle David, allô ?

C'est alors que je vis ce qu'il regardait, sur le parking. Il me fallut quelques secondes pour l'enregistrer, des voitures, beaucoup de voitures, rien de particulier…

…puis mes yeux se fixèrent sur une Mustang bleu nuit, dont la portière avant était carbonisée, et qui était innocemment garée dans la quatrième rangée. Juste à côté du Land Rover blanc.

Les chasseurs de Marion étaient là.

— Merde !

Je laissai tomber le drap et me précipitai vers la salle de bain, ramassai mes vêtements, enfilai mon pantalon en velours sans même prendre la peine de mettre de sous-vêtements. Mon haut en dentelle se déchira un peu tandis que je l'enfilai par-dessus ma tête. Je réussis à mettre ma veste et mes chaussures presque simultanément, et tout en tirant sur mes cheveux qui s'étaient coincés dans le col de ma veste, je criai à David :

— Dépêche-toi !

Il était toujours à la fenêtre, pieds nus. Je lui attrapai le bras et le tirai vers la porte de la chambre.

Il s'arrêta deux secondes avant que l'on ne frappe. Il avait une expression concentrée, le visage livide et des yeux sombres comme la nuit.

— Va dans la salle de bain, me dit-il. Ferme la porte.

Comme si ça pouvait servir à quelque chose.

— Je vais me battre, pas me cacher.

— Fais ce que je te dis !

Sa colère fut aussi soudaine et violente qu'une explosion nucléaire, et sans me laisser le temps d'argumenter, il m'attrapa par le chemisier, me poussa dans la salle de bain et claqua la porte. Il y eut une terrible secousse composée de sons et de *pression*. Que se passait-il ?

J'ouvris la porte. Des morceaux de verre recouvraient la moquette. Les rideaux soufflaient vers l'intérieur, comme des drapeaux au grand vent. Les vitres avaient totalement disparu ; il n'en restait plus que quelques morceaux dans les coins.

David se retourna, m'attrapa par la main et me tira vers la fenêtre. Il me souleva dans ses bras comme si j'étais un jouet. Derrière nous, la porte de la chambre trembla sur ses gonds, puis prit feu dans un souffle rouge orangé.

David sauta dans le vide.

Je ne savais pas jusqu'à quel point les djinns libres étaient indestructibles, de sorte que je formais un coussin d'air entre nous et le sol pour amortir notre chute. L'impact fut néanmoins violent, et David se mit à courir avant même que j'aie eu le temps de comprendre ce qui se passait.

— Repose-moi ! criai-je.

— Tais-toi ! répliqua-t-il.

Sa voix était empreinte d'une férocité brute, je ne pouvais pas discuter. Il s'arrêta à côté de Delilah.

— Monte dans la voiture !

La portière était ouverte. Il me reposa par terre et je m'installai au volant. Pas de clé dans la voiture. Il se pencha et toucha le contact pour qu'elle démarre.

— David…

— Fonce ! Ne t'arrête pas !

Sans me laisser le temps de protester, il se mit à courir vers l'hôtel, le regard fixé sur le trou noir qui avait remplacé la fenêtre de notre chambre.

Quelqu'un se tenait là-haut. Je ne pus voir qui c'était car à ce moment-là, les rideaux volèrent et un coup de vent les poussa vers l'extérieur. Je ressentis l'impact une seconde avant que l'attaque ne s'abatte sur moi : des vents en ligne droite, qui soufflaient à au moins cent cinquante kilomètres heure. Je sentis Delilah trembler et reculer. J'appuyai sur le frein. David n'avait pas bougé. La pression terrible du vent était en train de défaire sa chemise. Comme je l'observais, je vis les boutons sauter un par un, le vêtement glisser le long de ses bras, avant que le vent l'emporte et qu'il ne disparaisse à l'horizon.

J'entendis un tremblement épouvantable depuis l'hôtel.

Quelque chose se dirigeait vers nous. C'était brillant. David se retourna et me cria « Fonce maintenant ». Ce fut l'expression de son visage davantage que ma compréhension de la situation qui me poussa à faire crisser les pneus pour sortir du parking. Lorsque je compris ce qui se dirigeait vers moi, j'appuyai de nouveau sur le frein et m'arrêtai brutalement.

Toutes les fenêtres de la façade de l'hôtel étaient brisées, et les fragments de verre brillants et pointus fonçaient sur moi.

Sur une famille de quatre personnes accrochées à la portière d'une camionnette rouge.

Sur une femme enceinte totalement exposée, coincée entre les rangées de voitures.

Sur *David*.

Je me jetai en Seconde Vue et attrapai ce qui me tombait sous la main, et vraiment ce n'était pas grand-chose. La force qui soutenait tout cela était brute et colossale. Mon ennemi contrôlait déjà tout ce qui était utilisable. J'attrapai de l'air et forçai les molécules à bouger, à *bouger*, sans considération pour le chaos que cela ne manquerait pas de provoquer : si je restais sans rien faire, ce front de verre nous réduirait immanquablement en bouillie.

Je gardai le pied sur le frein, abandonnant toute idée de battre en retraite, et consacrai toute mon énergie à l'instant présent. J'augmentai violemment la température de l'air et le relâchai en une bourrasque rapide et déterminée. Il ne fallait pas grand-chose, juste assez pour interrompre le vent pendant une fraction de seconde. Le verre est trop lourd pour se déplacer en angle droit par rapport à la force de gravité s'il n'est pas poussé par une force cinétique.

Ma micro-rafale, large de cent cinquante mètres, s'engagea dans le front de vent opposé et le coupa dans son élan. Pendant une seconde, les deux forces opposées produisirent une brume, les éclats de verre tourbillonnèrent comme des confettis avant de retomber en pluie fine sur le sol. Le bruit était celui de sacs entiers de petites pièces qui s'éparpillaient par terre. L'attaque de l'ouragan reprit, mais trop tard. Une fois au sol, il est difficile de soulever le verre.

Je me rendis compte que je ne voyais plus David. Mon Dieu, j'étais intervenue trop tard, trop tard pour empêcher le verre de s'abattre sur lui. Il devait être par là, effondré entre les voitures, à terre, déchiqueté…

La portière passager s'ouvrit soudain, et David se jeta à l'intérieur, torse nu et ensanglanté.

— Je t'avais dit de foncer ! cria-t-il.

Je passai la première et démarrai en trombe, dans un crissement de pneus digne d'un cascadeur. Je pris un virage serré, en direction de la route… et je faillis percuter un camping-car qui bloquait la sortie. Je réussis à l'éviter tant bien que mal et enregistrai l'expression choquée des deux retraités qui l'occupaient.

Les poils se hérissèrent sur ma nuque. Je sus qu'on nous attaquait de nouveau, je sentais les ions tourner et se connecter entre eux. Cette fois-ci, ce ne serait pas un éclair, mais des centaines, des *milliers*, un ciel vomissant des lames de rasoir, et je ne pourrais pas tous les arrêter. Des gens mourraient.

— David ! hurlai-je.

Il m'attrapa la main. Je sentis l'odeur de la charge actinique de l'air, entendis les crépitements. Cette puissance allait devoir être libérée, c'était nécessaire, et elle allait tomber vite et fort. Elle se contenterait de tout ce qui pourrait lui servir de vecteur. Les bâtiments… les arbres… la chair, le sang et les os.

Je sentis la puissance de David m'envahir. L'ampleur n'était pas celle que j'avais ressentie avec l'autre djinn, mais la force de David n'était pas à son maximum puisqu'il n'était pas lié.

Pas le temps de réfléchir, pas le temps pour autre chose que ce que je savais au fond de moi être le mieux à faire.

Je construisis une route invisible pour que l'énergie puisse se décharger. Je travaillai rapidement, en touchant et en inversant simultanément la polarité d'un milliard d'atomes. Jamais je n'avais œuvré à cette échelle, mais il fallait que j'attrape tout ce que je pouvais, sans m'interrompre une seconde, sans douter de moi. Je m'étirai dans le monde éthéré, aussi fine qu'une toile d'araignée, afin de créer des armures pour tous les innocents, pour laisser sur terre un chemin évident que la foudre serait forcée de suivre. Une voie lumineuse avec un câble d'argent qui conduisait à moi.

Il fallait qu'il revienne à moi. J'étais de toute façon la cible ultime de toute cette puissance.

David le sentit.

— Non ! Qu'est-ce que tu fais ?

— Pas maintenant !

Je lui avais répondu sèchement. Je sentis la Marque se réveiller et bouger à l'intérieur de moi. Je serrai la main de David.

— Fais en sorte qu'elle se tienne tranquille !

Je sentis la chaleur passer dans sa chair et me transpercer. Les mouvements de la Marque cessèrent.

Les derniers maillons de la chaîne s'imbriquèrent. En Seconde Vue, le câble d'argent était chauffé à blanc par la puissance.

— Attends, murmurai-je.

Je fermai les yeux.

La foudre s'abattit, bleue et blanche, plus lumineuse et plus chaude que le soleil, en silence car le bruit n'arriverait que plus tard. J'ouvris la bouche pour respirer et goûter l'ozone amer. Des aiguilles passèrent sur ma peau comme une vague, des pieds jusqu'au sommet de mon crâne.

Puis la foudre s'abattit pile sur Delilah.

## BULLETIN N° 4

Probabilité de cisaillements de vent et de foudre dans la région de Norman, avec un système de haute pression s'avançant en provenance du nord-est ; forte probabilité de perturbations importantes dans la soirée. Nous encourageons les habitants à se tenir au courant des conditions climatiques.

LES GENS PARLAIENT.

Je ne pensais pas qu'ils s'adressaient à moi. Ils parlaient de… de quelqu'un qui était mort. Il y avait des cris, du bruit. Du métal.

Quelqu'un prononçait mon nom, encore et encore. Je tentais d'ouvrir les yeux mais je m'aperçus que je ne pouvais pas : ils étaient déjà ouverts. Pourtant, il n'y avait rien à voir. Simplement de la lumière. Une lumière vive, bleue et blanche.

Y avait-il quelque chose qui n'allait pas ? J'essayai de cligner des yeux, mais rien ne semblait bouger. Si quelque chose n'allait pas, j'aurais dû avoir mal, non ?

Peut-être était-ce simplement de la fatigue. Cela faisait tellement longtemps que j'étais fatiguée.

Peut-être pourrais-je dormir maintenant.

J'aurais voulu que les gens arrêtent de me parler. C'était très énervant. On me touchait aussi, quelque chose de chaud.

Et puis, il y eut du froid sur mon visage. Froid et mouillé.

De l'eau.

La seconde fois, ce fut plus facile. Je réussis presque à me sortir complètement de l'obscurité. J'entendis des voix; je reconnus David qui me murmurait des choses douces et liquides à l'oreille, des choses qui ne ressemblaient pas à des mots, en tout cas pas que je connaissais. C'était bien. Le son de sa voix, c'était tout ce dont j'avais besoin.

Une autre voix aussi. Celle d'une femme. Je la connaissais, mais ne me souvenais plus. Finalement, je sentis quelque chose de doux sous ma tête, puis les vibrations de la route résonner dans ma peau. J'étais couchée dans une voiture. Je sentis la boucle dure d'une ceinture de sécurité sous ma hanche gauche.

J'ouvris les yeux sur un plafond rembourré à la couleur indéfinissable. J'entendis le ronronnement des pneus sur une route humide et, bizarrement, je sentis une odeur de muffins à la myrtille. Je bougeai une main, doucement, mais cela me fit mal. J'avais mal partout. J'avais l'impression que tous les nerfs de mon corps étaient en feu. Un point de mon pied droit était très douloureux, ainsi qu'un autre au sommet de mon crâne.

Il n'y avait aucun doute, j'avais de la chance d'être encore en vie. Si la carrosserie en acier de Delilah ne m'avait pas servi d'isolation…

J'avais toujours la main en l'air. Je la regardai fixement, estomaquée, et m'aperçus que j'avais oublié de la baisser. Avant que j'aie eu le temps de le faire, quelqu'un l'attrapa.

David. Il se pencha depuis le siège passager pour me regarder. Il était de nouveau affublé de son costume de vagabond, avec ses lunettes et tout. Pas la moindre trace d'égratignure ou de coupure. Il ne portait aucun vestige des dégâts subis, à l'exception d'une obscurité blessée qui marquait son regard.

— Tu vas bien ? murmurai-je.

Ma gorge me faisait un mal de chien. J'avais tellement soif. J'avais l'impression d'avoir été déshydratée et lyophilisée. Et j'avais froid. Très froid. La main de David m'envoyait de la chaleur.

La Marque du Démon remua dans mes entrailles, juste un petit mouvement furtif, et je fermai les yeux pour lutter. Mais j'étais épuisée, éreintée.

Elle continua de bouger. Je sentis que David essayait de l'arrêter, mais lui aussi était éreinté. Trop fatigué pour me sauver. Il fallait que je me sauve moi-même.

Je plongeai en moi et étouffai cette terrible chose noire, avec toute la maîtrise dont j'étais encore capable. Elle se tordit et essaya de m'échapper, mais je la maintins en place jusqu'à ce qu'elle interrompe sa progression.

— Ça va, me répondit David quand je rouvris les yeux. Ne remue pas, reste tranquille. Repose-toi.

— Elle est réveillée ?

C'était la voix de la femme, celle que j'avais reconnue sans pouvoir l'identifier. Un accent espagnol. Elle marmonnait légèrement. Je fronçai les sourcils. Dans le rétroviseur, je ne vis qu'un éclair d'yeux sombres.

— *Mira*, Jojo est revenue dans le monde des vivants.

Je sus alors qui c'était. Une vague de bonheur jaillit des profondeurs de mon être. J'avais mal quand je souriais, mais je souris quand même.

— « Brille, brille, petite étoile, dis-moi, dis-moi qui tu es, maîtresse des cieux… »

Son rire argenté éclata et elle me jeta un regard. Estrella Almondovar, mon amie toujours aussi belle. Tout du moins de ce côté-là du visage.

Elle joignit sa voix à la mienne.

— « Maîtresse du feu, protège-moi de ce brasier. »

Ce n'étaient pas les paroles de la comptine, mais c'était notre version personnelle. Star la termina avec le majeur de sa main droite levé, ce signe universel. Une petite flamme dansait au bout.

— *Chica*, tu es folle, dit-elle. Mais c'est aussi pour ça que je t'adore.

Après mon désastreux séjour de rapprochement avec la nature à Yellowstone, Estrella et moi nous étions parlé toutes les semaines. La facture de téléphone de ma mère atteignit des sommets, puisque, comme la plupart des adolescentes, j'étais capable de passer des heures à ne discuter de rien, et Star était ravie de jouer le jeu. Elle se sentait seule et nous étions des âmes sœurs. Nous trouvions le moyen de rire d'un annuaire, si nous y consacrions plus de deux minutes.

Star était la seule de mes amies qui *comprenait*.

Donc… mon conseil d'admission eut lieu, les années à Princeton défilèrent, je vécus la remise du diplôme (et ça alors, c'était vraiment quelque chose, mais ce sera pour une autre fois). Avance rapide jusqu'en 1999, et à ma formation de gardienne au service d'assistance. Évidemment, le nom officiel est un peu plus formel : système d'assistance à la gestion de crise. Toutefois, c'est bel et bien un service d'assistance, comme ceux des services informatiques du monde entier et avec les mêmes objectifs. Lorsque les choses se passent mal au sein de l'Association, elles se passent très mal ; la communication est alors un élément crucial dans la mesure où les voix portent mal dans le monde éthéré. Tout le monde passe à un moment ou à un autre par le service d'assistance, qui comprend en permanence, quels que soient le jour et l'heure, au moins vingt personnes. Le personnel est habilité à prendre toutes les mesures nécessaires, qu'il s'agisse de résoudre les problèmes ou de tirer les gardiens nationaux de leur lit au beau milieu de la nuit. Cela faisait six jours que j'y travaillais lorsque je reçus un coup de téléphone de Star. Il y avait un feu de forêt à Yellowstone, incontrôlable. Le gardien régional était en vacances, et Estrella et son chef pensaient que l'incident était assez grave pour justifier l'implication d'équipes spéciales d'intervention. On ne plaisante pas avec les feux de forêt à Yellowstone. C'est l'une des réserves naturelles les plus riches des États-Unis, et c'est aussi un entonnoir à énergie. Assemblez ces deux éléments, ajoutez-y une pincée d'instabilité et vous obtenez une catastrophe.

Nous avions ri, plaisanté, papoté, comme deux amies qui rattrapent le temps perdu. Elle n'était pas vraiment inquiète.

Sauf que la situation s'aggrava brusquement. Je l'entendis à sa voix. Son ton qui, jusque-là, était resté léger, devint soudain sérieux et professionnel tandis qu'elle me donnait les coordonnées, l'étendue de l'incendie, la vitesse des vents, tous les éléments alchimiques qui s'additionnaient pour créer un désastre.

— C'est bon, dis-je en entrant les dernières données dans le système informatique.

On entendait un bruit sourd derrière elle, comme un bruit d'avion.

— Eh, tu veux pas baisser la radio, c'est un peu fort là.

Elle toussa. Une toux sèche au début, mais qui me donnait la chair de poule.

— Y'a rien à faire, ma chérie. Tu vas devoir crier.

— C'est le *feu* ?

Assez près pour faire un bruit pareil ? Oh, mon Dieu. Je savais qu'Estrella m'appelait d'un poste de gardes forestiers non loin de l'incendie. En tant que gardienne du Feu, il fallait qu'elle soit tout près pour pouvoir exercer ses talents. Ce n'est pas comme les gardiens des Cieux, qui peuvent travailler à des kilomètres, voire des milliers de kilomètres de distance. Le feu est trop interactif. Ceux qui s'y collent doivent être prêts à s'exposer à de vrais risques. Pourtant, je n'avais jamais imaginé qu'il faille être aussi proche, prendre autant de risques.

— Si c'est pas le feu, c'est quelqu'un qui fait un putain de barbecue.

Elle se remit à tousser, mais cette fois, c'était la toux de quelqu'un qui s'étouffe. J'étais quant à moi installée dans une salle au dix-neuvième étage des locaux de l'Association à Chicago, mais j'entendais encore les crépitements du feu. Il n'était pas simplement près, il était *là*. Tout autour d'elle.

— Ah… merde.

— Quoi ?

Elle toussait. Quand elle s'arrêta, j'entendis des bruits de choses qui s'écrasaient, rebondissaient.

— Les flammes bloquent la porte d'entrée. Attends, je vais passer la porte de derrière.

— Estrella ?

Pas de réponse. J'entendais sa respiration hachée, difficile ; je percevais presque l'odeur de la fumée.

— Cette saloperie m'a bloquée.

Au tremblement de sa voix, je compris que cette fois-ci, elle avait vraiment peur.

— Eh, Jojo ? Ça commence vraiment à être le bordel, il faut absolument que je sorte d'ici. Le noir ne me va vraiment pas, tu me suis ?

J'étais déjà en train d'envoyer des alertes, d'appeler et d'envoyer des messages sur des téléphones portables pour transmettre l'information. En dix minutes, une équipe d'urgence serait convoquée, avec des gardiens du Feu et des Cieux, peut-être aussi des gardiens de la Terre pour qu'ils s'occupent du sauvetage des animaux piégés et pour donner de l'énergie à la forêt elle-même, afin de l'aider à combattre le feu. Mais cela ne changeait rien à la situation d'Estrella.

— Est-ce que tu peux te frayer un passage ?

J'entendais derrière elle des crépitements aussi puissants que des tirs de carabine.

— Mon Dieu, mais qu'est-ce que c'est ? Quelqu'un s'amuse à tirer ?

— Non, ce sont les arbres. Les arbres qui explosent. La sève bout…

Elle se remit à tousser, une toux profonde et douloureuse. J'en avais presque mal.

— *Merde* ! Je n'y arrive pas. C'est trop chaud. Je n'arrive pas à interrompre le feu assez longtemps pour sortir. Merde. Je suis grillée. (Son rire était gras de glaires.) Grillée carbonisée.

— Accroche-toi, dis-je.

Je sortis la carte des gardiens, y superposai les gardiens du Feu et retrouvai l'endroit où Estrella était coincée. Je le gravai dans ma mémoire et me jetai en Seconde Vue. Je quittai mon corps et m'envolai tout droit, aussi vite que possible à travers des accumulations grises de béton et d'acier, dans l'air chaud de l'été, encore plus haut, là où les couches d'air étaient plus fraîches et où naissaient les tempêtes. Il y avait des perturbations à cause des variations de température. Je me dirigeai vers Yellowstone. Il me fallut éviter les courants ; les lignes de force vibraient et pliaient sous la pression. Il y avait beaucoup de chaleur là-haut. En forçant, je volai contre les courants jusqu'à ce que je voie l'ensemble du parc de Yellowstone devant moi.

Il *bouillonnait*. Pas dans un sens physique, mais dans le monde éthéré. Quelque chose avait mis toute la région sens dessus dessous, et les pulsations turbulentes et colériques suffisaient à me donner envie de me laisser retomber dans ma petite cabine tranquille, loin du danger. Les incendies avaient éclaté de toutes parts... Il n'en fallait pas beaucoup, avec une telle rage, pour qu'une forêt s'anéantisse elle-même.

Je repérai l'endroit où se trouvait Estrella qui lançait des signaux désespérés dans le monde éthéré, et je remontai jusqu'à ce que la lumière du jour fasse place au crépuscule, puis à la fausse nuit que l'on trouve au plus haut de la mésosphère. Quinze mille mètres au-dessus, la perturbation n'était plus qu'un gentil courant. Je pouvais donc commencer à manipuler les éléments à mon avantage.

En l'espace d'une minute, j'avais formé une brise froide en provenance de l'Arctique en lui créant un tunnel au travers de l'air ultra-chaud de Yellowstone. Quand elle souffla à l'endroit où je voulais, je la fis entrer en collision directe avec une colonne d'air chaud, tout en contrôlant l'agitation des molécules pour qu'elle reste localisée, et revins à moitié dans mon corps resté à Chicago.

— Star, écoute-moi. Je suis sur le point de laisser tomber une grosse averse juste au-dessus de toi, tu comprends ? Elle calmera le feu assez longtemps pour te permettre de faire un trou et de sortir. Star ?

Son croassement était presque inhumain. J'avais du mal à comprendre ce qu'elle disait avec le vacarme du feu.

— On a merdé, Jojo. Putain. On a tous merdé.

— Star, reste avec moi. Eh, tu te souviens de la comptine ? *Brille, brille, petite étoile*…

— Tu es folle ?

C'était juste un souffle.

Je continuai.

— *Dis-moi, dis-moi qui tu es*… Allez, tu la connais…

C'était difficile, extrêmement difficile de pousser les nuages jusqu'au bon endroit. Je la *sentais* là, qui cherchait à me rejoindre. Je sentais sa peur et son désespoir.

— *Maîtresse des cieux*…

Je laissai mon averse éclater et entendis la pluie tomber à verse. J'espérais que le sifflement que j'entendais était celui de la vapeur, et pas celui du brasier.

Puis j'entendis Estrella éclater de rire.

— *Maîtresse du feu, protège-moi de ce brasier !*

Elle eut une quinte de toux. Puis hurla de joie.

Je me détendis. Ce fut une erreur fatale. Je sentis, j'entendis, je vis le monde éthéré se mettre à bouillir, un bouillonnement qui nous revenait à la figure comme un boomerang.

— Non ! Star, écoute-moi, arrête de crier et *cours* ! Maintenant !

Elle ne m'entendit pas. Elle était encore en train de crier sa jubilation.

La ligne fut coupée.

Je restai assise, tendue, à répondre au téléphone, à mettre les gardiens en contact. C'était une opération largement coordonnée, et ma petite averse servit de point d'ancrage à six autres gardiens qui créèrent un véritable front orageux, faisant chuter les températures et laissant tomber l'extincteur naturel en quantités rarement vues. Pendant ce temps, les gardiens de la Terre faisaient de leur mieux pour protéger les animaux en fuite et pour ériger des coupe-feu naturels. Les gardiens du Feu, quant à eux… Vous imaginez sans doute l'enfer qui était le leur.

Six minutes plus tard, je pris un appel entrant, et une voix britannique vive et efficace me dit :

— Vous êtes à la recherche d'une gardienne du Feu, n'est-ce pas ?

— Estrella Almondovar, dis-je. Vous l'avez ?

Un silence bref, mais lourd.

— On l'a. L'un des meilleurs spécialistes de la Terre est en train de s'en occuper.

— C'est grave… ?

— Grave, oui, dit-il fermement. Des brûlures au troisième degré sur plus de trente pour cent de son corps. Elle a eu de la chance.

— « De la chance » ?

— Il y avait vingt gardiens du Feu dans le parc aujourd'hui. Pour l'instant, seize d'entre eux sont morts.

« *Maîtresse des cieux, maîtresse du feu, protège-moi de ce brasier.* Tu as réussi, *chica*. Sans toi, je serais un tas de cendres en enfer. »

Ce fut la première chose qu'elle me dit quand elle eut recouvré assez de forces pour m'appeler du centre de rééducation. J'étais assise à côté d'elle, sa main dans la mienne, le jour où Marion lui avait annoncé que ses pouvoirs avaient été endommagés et qu'elle ne serait plus jamais capable de contrôler le feu. Mais elle avait la vie sauve. Après un certain temps, elle recouvra aussi la santé. Après les efforts déployés par les gardiens de la Terre et les médecins, elle avait même retrouvé un visage passable.

Je n'avais jamais réussi à me débarrasser du sentiment que j'aurais dû faire plus, faire mieux. Pourtant, Star ne s'était jamais plainte, n'avait jamais insinué quoi que ce soit, ne m'avait jamais accusée.

Moi seule me sentais coupable.

J'AVAIS DÛ ME rendormir. Lorsque je me réveillai, nous étions encore sur la route, et Estrella fredonnait une chanson de Madonna. Elle chantait faux, comme toujours.

Je m'aperçus, enfin, que nous étions de nouveau dans le Land Rover. Rien d'étonnant donc à ce que je puisse m'étaler de tout mon long sur la banquette arrière.

— Eh, croassai-je. De l'eau ?

— Désolée, dit Star d'un ton joyeux. On ne peut pas encore s'arrêter. Nous voulons nous assurer qu'ils ne sont plus sur nos traces.

— « Ils » ?

— Tu sais.

Elle dit un geste de la main gauche, et quelque chose attira mon attention. Elle était squelettique. La peau comme du cuir, et pleine de cicatrices. *Mon Dieu.* Durant une seconde, j'avais oublié les dégâts du feu sur son corps.

— Marion et ses joyeux lurons. Tu sais qu'ils ont essayé de te tuer, non ?

Je tentais de m'asseoir. Mon corps entier me faisait mal, comme si j'avais attrapé la grippe du siècle. Malgré cela, tout semblait fonctionner correctement. Mes doigts et mes orteils bougeaient. Mon nez me transmettait l'odeur désagréable des cheveux brûlés.

— Tu es une chanceuse, toi, me dit Star. J'aurais parié que ton ensemble pourri en polyester te fondrait sur la peau. Mais tu t'en sors avec quelques minuscules brûlures.

Je pris une grande inspiration et posai la question fatidique.

— Et Delilah ? Ma voiture ?

— Elle est bonne pour le garage. Personnellement, je crois qu'il est temps que tu la changes pour une voiture construite au cours des vingt dernières années. D'ailleurs, que penses-tu de celle-ci ? (Star fit un geste vers le capot du Land Rover.) Marion a bon goût, tu ne trouves pas ? J'ai toujours voulu en avoir une comme ça. C'est bizarre qu'elle ait laissé le moteur tourner, mais enfin, ça nous arrange.

David était assis sur le siège passager. *Laissé le moteur tourner*, tu parles. Je me demandais comment il avait réussi à faire son tour sans qu'elle s'en aperçoive.

J'avais d'autres questions plus intéressantes. Et plus urgentes, aussi.

— Comment tu as su où me trouver ? demandai-je.

Star sourit et doubla un transport de bétail. Des effluves de bovins effrayés et de bouses de vache vinrent supplanter l'odeur de mes cheveux l'espace d'une minute.

— Tu plaisantes, non ? Je reçois ton message, je vois que le monde éthéré est sens dessus dessous, et je me dis… Jojo ! Et tu étais là. Je suis arrivée sur le parking juste au moment où le ciel s'abattait sur toi. C'était un putain d'éclair, ça. Le plus grand que j'aie jamais vu.

Elle secoua la tête.

— Comme je te le disais, tu as eu de la chance.

— Tu devrais me déposer quelque part, dis-je. Abandonner la voiture avant d'arriver chez toi. La situation est grave, Star, je ne veux pas que tu te retrouves au milieu.

— Sans blague, c'est grave ? On dirait qu'un ouragan est passé sur *La Quinta*.

Elle me jeta un coup d'œil par-dessus son épaule.

— Hein ? C'est le cas ?

— Ouais, un peu.

Je m'appuyai contre le siège et me penchai en avant.

— Je ne veux vraiment pas que tu te retrouves au milieu de tout ça.

— Eh, madame la reine de l'Univers, personne ne t'a demandé ce que tu voulais. Je ne laisserai pas tomber la fille qui m'a sauvé la vie. (Elle jeta un coup d'œil à David.) Ni son copain *verdaderamente lindo*.

— Star !

— Quoi ? Tu ne le trouves pas mignon ?

— Il est assis juste à côté !

— Et tu m'en vois ravie.

Elle lui lança un sourire à moitié fou, qui ne sembla pas faire beaucoup d'effet à David.

— *Chica*, tu as toujours eu bon goût.

Je poussai un soupir. Cela ne servait à rien de discuter avec elle quand elle était aussi déterminée. Et par ailleurs, ce n'était pas désagréable de voir quelqu'un s'amuser à mes dépens.

— D'accord, il est vraiment *lindo*. Heu… on est où, exactement ?

— *Exactement* ?

Elle appuya sur le cadran du GPS. Je levai les yeux au ciel.

— Allez !

— Oh, t'es pas drôle. Bon, nous sommes à *environ* deux heures d'Oklahoma City. Par les chemins de campagne. Je n'ai pas voulu m'arrêter trop longtemps parce que, tu sais, tu es un peu en fuite.

Je regardai David qui n'avait pas bronché. Il haussa les épaules.

— Je me suis dit que ça ne valait pas la peine de discuter, dit-il. Tu avais besoin d'aide, elle a proposé la sienne. Elle m'a dit qu'elle te connaissait.

Et je sentis qu'il n'avait pas été en mesure de refuser. Il avait probablement été hors service à ce moment-là. La puissance qui nous avait frappés était considérable au point de mettre K.O. un djinn tout autant qu'un gardien.

Je hochai la tête.

— Ça oui, elle me connaît. Trop bien.

David n'eut pas l'air rassuré. De fait, maintenant que je le voyais de près, je me rendais compte qu'il semblait inquiet, sur ses gardes.

— Ça va. Star est mon amie. Une amie de longue date.

Elle marmonna quelque chose, sans doute pour appuyer ce que je venais de dire, et changea de voie, dépassa deux camions et se rabattit tandis qu'un autre camion nous doublait. Quel que soit l'endroit où nous allions, nous nous y rendions à toute vitesse.

David attrapa ma main.

— Tu vas bien ?

— Tu me connais, je suis le lapin Duracell.

La sensation de sa peau sur la mienne me distrayait. J'avais envie de la sentir partout contre moi.

— Mais j'ai faim. Et je crois que j'ai déjà dit que j'avais soif. Et j'ai besoin de faire un arrêt pipi, alors si on croise une station-service…

Star jeta un regard dans le rétroviseur, et j'eus le sentiment qu'elle vérifiait aussi le monde éthéré, en Seconde Vue. J'étais trop fatiguée pour l'accompagner. Je posai ma tête contre l'épaule de David. Il avait l'air vrai, humain, et très masculin. Des muscles fermes sous une peau douce.

— Nous sommes à environ soixante kilomètres de la ville la plus proche, dit-elle. Ça ne me plaît pas trop par ici, c'est trop exposé, il y a trop de possibilités d'embuscade, mais bon, quand il faut y aller, faut y aller.

Elle fouilla dans un sac à main en cuir posé en vrac entre les deux sièges avant et en sortit un petit rectangle métallique qu'elle me tendit.

— Un portable. Garde-le. Le tien est sans doute foutu, non ?

— Ouais.

Les téléphones portables étaient devenus plus petits depuis la dernière fois. Le sien s'ouvrait comme un gadget de *Star Trek*, avec un écran couleur et plus de commandes qu'un 747.

— Merci.

— C'est juste par mesure de sécurité. Si nous nous séparons, ne serait-ce que pendant quelques minutes, tu pourras toujours appeler les numéros d'urgence.

Elle appuya sur le frein et gara le Land Rover sur le bas-côté dans un crissement de graviers. Le camion de bétail qu'elle avait doublé plus tôt nous dépassa dans un souffle qui fit trembler le véhicule. Star dirigea la voiture vers le champ pour aller dans les buissons.

— J'espère que tu n'es pas trop regardante sur l'état des toilettes.

— Tu rigoles ?

— Eh, tu m'as dit que tu voulais un arrêt pipi, voilà. En plus, les chauffeurs aussi ont besoin de se soulager.

Star gara la voiture et en sortit joyeusement, accompagnée par les alarmes qui lui indiquaient que le moteur tournait toujours. Du côté passager, David fit de même et ouvrit la porte arrière pour m'aider à sortir en me tendant la main, comme un gentleman. Et heureusement qu'il le fit : j'avais les jambes en compote. Je m'accrochai à lui le temps que mes muscles se renforcent et me permettent d'avancer.

Star se retourna. Le soleil lui tombait sur le visage.

Bien que je l'aie vue des dizaines de fois, c'était toujours un choc. La moitié de son visage luisait d'une couleur mate, parfaite ; l'autre moitié était grillée, pleine de cicatrices, de la même couleur qu'un foie de veau vieilli. Après un certain temps, on lui avait greffé une paupière gauche. Du côté blessé, sa bouche se relevait en un rictus et la cicatrice descendait dans le cou, sous sa chemise blanche. Je savais qu'elle revenait ensuite le long de ses côtes jusqu'à la taille et continuait dans son dos. On aurait dit de la cire fondue.

— Toujours aussi belle, pas vrai ?

Elle ne semblait ni blessée, ni surprise, ni déçue. Et certainement pas gênée.

— Je sais, c'est pire qu'avant, au lieu d'être mieux. Comme quoi, tout ne se bonifie pas avec l'âge.

Elle tourna les talons et se dirigea en boitant vers les buissons. Je me rendis compte que je tenais encore la main de David, que je la lui écrasais. Je gardai les yeux fixés sur Star et demandai à David :

— Qu'est-ce qu'elle a vu ?

Il haussa les épaules.

— À l'hôtel ? Je ne sais pas. J'ai perdu connaissance quand la foudre a frappé. Quand je me suis réveillé, elle était là, en train de te sortir de la voiture.

David l'observait aussi. Je ne pouvais pas me tromper : il était inquiet.

— Elle a fait en sorte que la voiture ne prenne feu qu'une fois que nous en étions sortis. Sans cela, je crois que tu serais morte.

Je respirai profondément, expirai, et hochai la tête.

— Est-ce qu'elle sait pour toi ?

— Je ne crois pas. J'ai fait attention.

Cela ne soulagea pas la tension installée dans mes épaules.

— Oui, continue comme ça. Je l'adore mais… fais attention.

Je suivis Star vers la sanisette au grand air. Elle était déjà en train de se soulager et avait l'air parfaitement à l'aise, mais bon, c'était une fille de la nature. Quant à moi, je cherchai désespérément un coin sans fourmi, guêpe ou tout autre danger pour mon arrière-train exposé. Star se releva et retourna vers David. Je baissai mon pantalon.

— Le moment est mal choisi ? me demanda une voix alors que j'étais en train de m'accroupir.

Je poussai un cri et me remis debout tant bien que mal. Je trébuchai sur mon pantalon et faillis tomber.

— Par ici, Blanche-Neige.

Je me tournai en tirant brusquement sur ma ceinture. Rahel, le djinn de Paul, toujours vêtue de son ensemble jaune citron, était assise de manière très élégante sur une souche de bois et étudiait ses ongles.

— Je t'en prie, continue. Tu ne me déranges pas, j'ai tout le temps du monde devant moi.

— Qu'est-ce que tu veux ? demandai-je, tout en pensant déjà le savoir.

C'était sans doute ce que je craignais. Marion, pour une raison obscure, ne s'était pas servie de son djinn contre moi, mais il y avait certainement de nombreux gardiens prêts à le faire. Paul, par exemple. Je ne pourrais pas lutter contre Rahel. Personne n'en était capable, à part un autre djinn. C'était d'ailleurs pour cela qu'il n'y avait pas trop de conflits territoriaux parmi les gardiens de haut niveau. J'étais épuisée, peut-être que David… Et puis non, ce serait suicidaire pour lui que de s'impliquer. Il était éreinté et sans maître. Elle serait capable de le briser d'un simple claquement de doigts manucurés.

— Votre attention, s'il vous plaît !

Elle faisait claquer ses ongles brillants et aiguisés les uns contre les autres. Lorsqu'elle tourna la tête vers moi, ses nombreuses tresses cliquetèrent comme un bruit d'ossements.

— Tu vas dans la mauvaise direction.

Ce n'était pas ce à quoi je m'étais attendue. Je m'étais préparée à une dispute, et je fus déstabilisée.

— Pardon ?

Rahel descendit de son perchoir et ondula vers moi. Je combattis la pulsion que j'eus de reculer. Mes talons s'enfonçaient déjà dans la terre humide.

— J'ai dit : tu vas... dans la mauvaise... direction. Blanche-Neige. Retourne là où on t'a dit d'aller.

Je me sentais d'humeur à être pénible.

— Et sinon ?

Elle plongea sur moi, attrapa mon bras d'une main tandis qu'elle levait l'autre juste devant moi, ses griffes à deux centimètres de mes yeux.

— Il n'y a pas de *sinon*, idiote. Tu fais *ce* que je te dis de faire, *quand* je te dis de le faire.

Je gardai la tête droite et regardai, derrière ses ongles manucurés et coupants comme des lames de rasoir, droit dans ses yeux jaunes de fauve. Elle faisait quelque chose avec ses lèvres, mais cela ne ressemblait que très vaguement à un sourire.

— C'est la mort qui t'attend si tu avances. Inéluctable et impitoyable. Derrière toi, les possibilités t'attendent.

— Des possibilités de quoi ?

— De choisir ce que tu veux.

Je ne comprenais pas.

— Paul t'a dit d'être délibérément obscure ou c'est juste une préférence personnelle ?

Pas de réponse. Simplement son regard fixe de prédateur.

Soudain, un déclic se fit dans ma tête.

— Tu n'es pas du tout le djinn de Paul... si ? Je suis simplement partie du principe que c'était le cas et tu ne m'as jamais dit le contraire. C'est ça, non ?

— Oui. (Un flash de dents blanches.) Et maintenant, tu n'as plus qu'à décider à quelle question j'ai répondu.

— Ce n'est pas grave, je ne t'ai pas posé ces questions selon le rituel. Je vais réessayer. Tu n'es pas du tout le djinn de Paul, n'est-ce pas ?

— Tu ne peux pas échapper à ce qui arrive. Retourne sur tes pas. Tu *dois* faire un choix.

— La troisième fois, c'est la bonne, beauté. Tu n'es pas du tout le djinn de Paul, n'est… ?

Avant que j'aie eu le temps de terminer ma question pour la troisième fois, sa main se trouvait autour de mon cou, étouffant mes paroles. Je cherchai mon souffle, tentai de m'échapper, mais c'était impossible. Ses yeux étaient pleins de rage.

— Ne me pose pas de questions et je ne te dirai pas de mensonges, enfant des démons. *Retourne sur tes pas.*

Elle relâcha la pression juste assez pour me permettre de prendre une inspiration goulue et de demander :

— Pourquoi le ferais-je ?

Rahel me lâcha la gorge et claqua des doigts.

— Tu as deux chemins devant toi. L'un descend trop bas. L'autre monte. Choisis.

— Et lequel me permet de me débarrasser de *toi* ? grognai-je en me massant le cou. Écoute, ça suffit le coup du Sphinx. Dis-moi simplement ce que je dois faire. Tu es le djinn de Marion ? Est-ce qu'elle t'a envoyée pour que je me rende ? Eh bien, je ne laisserai pas tomber. Pas encore.

Rahel s'immobilisa totalement. Ses yeux qui m'avaient déjà mise mal à l'aise étaient maintenant carrément effrayants.

— Tu es une idiote, me dit-elle très doucement. J'ai fait tout ce que j'ai pu. On t'a mise sur la voie, on t'a donné des signes.

— Ah ouais ? Comme quoi ? La radio à Westchester, qui me disait de venir ici ?

Zut alors. Son silence était un aveu. J'avalai courageusement ma salive et poursuivis.

— La salière du restaurant ? Pourquoi me faire tomber dans un piège ?

Cette fois-ci, elle secoua la tête.

— Si tu ne vois pas la route de briques jaunes, petite Dorothée, alors tu es une idiote, et on ne sauve pas les idiots. J'aurais simplement souhaité que lui, tu ne l'entraînes pas avec toi.

*Lui* ? Il y avait trop de personnes de la gent masculine impliquées dans cette histoire. Je ne savais pas de qui elle parlait.

Je n'eus pas le temps de le lui demander. Les buissons craquèrent derrière moi. Les yeux de Rahel sautèrent de moi à la personne qui s'avançait à travers les arbres. C'était David qui n'avait pas l'air surpris de la voir. Pas content non plus d'ailleurs. Il lui dit quelque chose dans une langue que je ne connaissais pas, une langue liquide, chaude et aussi belle que les étoiles. La réponse fut longue, entrecoupée d'accents durs.

Ils se regardèrent fixement, raides et tendus, puis Rahel… disparut. Pas de sortie en fanfare cette fois-ci. Elle avait juste *disparu*.

David fixa si longuement l'endroit où elle s'était trouvée que je me demandais si elle était réellement partie. Finalement, il dit :

— Rahel. Ici.

— Je suppose que c'est mauvais signe ? Dis, à qui appartient-elle ?

Il ne me répondit pas. Il ne me regarda pas.

— Dépêche-toi.

Il se retourna et s'en alla, vers la voiture.

Je pressai le pas.

Après que Star eut été brûlée, elle passa des semaines à l'hôpital, entre la vie et la mort. Jour après jour, sa respiration s'affaiblissait tandis que son cœur accélérait. Des pseudomonas avaient envahi son système sanguin. Le fait de la bourrer d'antibiotiques ne servait apparemment à rien, et les gardiens de la Terre qui avaient essayé de réparer les dégâts avaient tous échoué.

Assise à son chevet, lui tenant la main droite, celle qui était indemne, une pensée me traversa l'esprit. Je connaissais quelqu'un qui *pouvait* la sauver.

Si j'arrivais à le trouver.

Tout comme Star, ce n'est pas vraiment mon truc de réfléchir, de peser le pour et le contre. À la seconde où j'avais pensé à Lewis, j'étais passée en Seconde Vue, en allant très haut, assez haut pour voir la planète s'arrondir en dessous de moi, pour que la nuit pose son manteau d'étoiles sur mes épaules. De là-haut, je voyais de petits jets de flamme qui représentaient les gardiens en train de faire usage de leurs pouvoirs… comme de petites étincelles d'énergie tournoyantes. J'attendis là-haut en observant. Il était pratiquement impossible de distinguer la signature de la plupart des gardiens. Cependant, certains d'entre eux avaient des signes distinctifs. Marion, par exemple : ses pouvoirs brillaient plus fort, dans des teintes de vert et de bleu. Martin Oliver, quand il exerçait ses pouvoirs, ce qui était assez rare, vibrait dans les tons orangés.

J'attendis, encore et encore. Le monde tournait ; je tournais avec lui, en l'observant.

Finalement, je vis une floraison silencieuse de blanc nacré. Ce n'était pas un jet, pas une étincelle, mais bien une *floraison*, comme l'explosion d'un feu d'artifice qui s'étend dans toutes les directions.

Je me laissai tomber à toute vitesse et m'arrêtai lorsque je fus suffisamment près pour déterminer l'endroit où Lewis se trouvait à cet instant.

Je ne sais pas pourquoi cela me surprit, mais vraiment, ce fut inattendu.

Il était à Yellowstone.

Six heures plus tard, après avoir subi un trajet aérien et deux heures de route cahoteuse dans un quatre-quatre de location pas de première jeunesse, j'arrivai sur la zone de Yellowstone qui était fermée au public. Le gardien en faction me connaissait. Nous échangeâmes la poignée de main secrète des runes et j'entrai.

Je la perçus avant même d'avoir gravi la colline et de voir le parc : l'odeur épaisse et cendreuse de la mort, la fumée amère. Mais rien ne m'avait préparée à l'état de désolation que je découvris. Rien ne l'aurait pu.

La vallée s'étendait infiniment, une vallée noire teintée de gris. Pas de forêt, plus rien que des cendres et les cadavres squelettiques des arbres. On avait une impression de… d'immobilité. D'une mort si vaste que jamais la vie ne pourrait y revenir, ou ne voudrait y revenir.

Un sentiment de tristesse absolue.

Lewis était un point de couleur au milieu de ce paysage. Il était assis sur le capot d'un quatre-quatre qui semblait être le jumeau de celui que je conduisais, sauf que le sien était gris. Le mien était rouge mais, tandis que j'avançais doucement dans ce paysage en ruine, il prit la couleur grise des cendres, avec des traces de noir. Au moment où je me garai à côté de Lewis, nos deux véhicules étaient camouflés.

Lewis avait l'air… en forme. Il avait grossi, il n'était plus malade ni affamé. Il dégageait un sentiment de paix et de puissance tout autour de lui. Il était toujours grand et gauche mais, curieusement, cela lui allait bien désormais. Il semblait avoir apprivoisé son corps, et sa gaucherie s'était transformée en grâce.

Il ne sembla pas surpris de me voir quand je descendis de la voiture et m'avançai pour lui faire face. En fait, il me sourit, comme si cela faisait un moment qu'il m'attendait.

— Jo.

Il hocha la tête, je fis de même.

— Ça fait un moment.

— Tu ne devrais pas utiliser tous ces pouvoirs, lui dis-je. En Seconde Vue, tu irradies comme une explosion nucléaire, tu sais.

Il haussa les épaules.

— Je savais que tu regardais. Si je n'avais pas voulu que tu me trouves, tu ne m'aurais pas trouvé.

Il tapota le capot du quatre-quatre; la voiture était vraiment sale mais je m'installai quand même à côté de Lewis. Nous ne nous touchions pas.

— Il n'y a pas beaucoup de gens qui peuvent le voir, tu sais.

— C'est vrai ?

J'avais du mal à le croire. À mes yeux, il était aussi lumineux que Las Vegas.

— C'est bizarre.

— Un peu, admit-il. Je suppose que tu n'es pas venue jusqu'ici simplement pour parler du bon vieux temps.

Il me regardait; je sentais tout autour de moi la douce caresse de sa puissance. Ce n'était pas tangible, plutôt subtil. Je détournai les yeux pour regarder le cadavre noir et carbonisé de la forêt, mais je ne vis rien.

— Tu es en train de faire quelque chose, dis-je.

— Oui.

— Quoi ?

Il me lança un sourire doux, légèrement malicieux.

— Je séduis quelqu'un.

En restant complètement immobile, je la *voyais*. C'était une brume très légère, qui brillait comme de l'or au soleil. Elle se répandait sur le sol, doucement, lentement, comme la caresse d'un amant, à partir de Lewis. Je descendis du capot et me baissai pour la toucher. Je sentis un léger tremblement… La vie qui tressaillait.

Lewis déversait de la vie, comme on sème des graines, dans le cimetière endeuillé de Yellowstone.

— Elle a besoin d'aide, dit-il. Elle veut vivre, mais c'en est trop pour elle. Je lui donne un coup de main.

Même après que j'étais remontée m'asseoir sur le capot, je continuai d'en sentir le picotement doux et chaud. Nous restâmes assis en silence, à regarder la brume dorée s'épaissir et se répandre sur le sol.

C'était tellement beau que j'avais envie de pleurer.

— C'est donc ça que tu fais, murmurai-je. Oh mon Dieu, Lewis.

— En partie. Vous faites du bon travail avec les éléments, mais parfois j'interviens sur le feu et la terre. J'aurais dû venir plus tôt. Cela n'aurait pas été autant…

— Tu ne l'aurais pas arrêté ?

— Le feu ? Non. Parfois, les choses ont besoin de brûler, et il faut savoir les laisser faire. Mais là, on a perdu le contrôle.

Au soleil, ses yeux avaient la couleur d'une belle bière brune.

— Un démon essaye de se frayer un chemin.

— Je ne vois pas du tout de quoi tu parles.

Ce n'était pas complètement vrai ; il y avait des rumeurs concernant les Marques du Démon, mais personne ne savait exactement de quoi il s'agissait ou ce que cela voulait dire. Lewis, en revanche, avait l'air bien informé.

— Ce genre de chose se produit parce qu'une force fait pression sur notre monde. L'ouragan Andrew, c'en était un autre exemple. Les inondations en Inde. C'est le signe que quelque chose essaie de pénétrer dans le monde éthéré.

Il tenait un morceau de bois entre ses mains. Il le tournait et le retournait, comme s'il apprenait à le connaître avec ses doigts.

— Parfois, cette force réussit à se servir de l'un d'entre nous en guise de passerelle. Je crois que c'était le cas ici. Un des démons essayait de toucher l'un d'entre nous.

— Quelqu'un en particulier ?

— Je ne sais pas, confessa-t-il. Probablement pas. Le problème, c'est que l'énergie déployée par les efforts du démon ne disparaît pas. Elle s'accumule là-haut, dans le monde éthéré.

Il secoua la tête.

— Passons. Ce n'est pas important. Tu n'es pas venue ici pour que je te fasse un cours. Qu'est-ce qui se passe ?

— Star, dis-je.

Tout autour de moi, le sol brillait d'or, de pouvoir, de potentiel.

— J'ai besoin que tu l'aides. Elle se meurt.

Lewis cessa de faire tourner le bout de bois entre ses mains. Il le regarda, comme s'il était surpris de le voir là.

— Une de tes amies ?

— Tu la connais aussi. Elle m'avait dit qu'elle te connaissait.

Il hocha la tête.

— Je l'avais rencontrée ici. J'étais jeune et stupide à l'époque ; je ne m'étais pas rendu compte de l'énergie qu'il y avait dans le parc. J'ai failli y passer.

Cela ressemblait tellement à la manière dont j'avais moi-même fait la connaissance de Star que je souris.

— Je ne peux pas l'aider, dit-il. J'y ai pensé. Je sais qu'elle a été… blessée.

— Pire que ça, dis-je. Le cœur de ses pouvoirs a été brisé. C'est du moins ce qu'ils me disent. C'est ce qui l'empêche de guérir.

Il frissonna légèrement. La brume autour de nous changea de couleur, passa du doré à l'argenté, puis revint au doré. Elle s'accrochait aux membres squelettiques des arbres, comme une couche de gel.

— Tu *peux* l'aider ?

— La question n'est pas de *pouvoir*, Jo. Parfois…

— Parfois, il faut laisser les choses brûler, terminai-je pour lui.

L'air était chaud, lourd de l'odeur de fumée et de mort. Le capot métallique de la Jeep était bouillant.

— Mais il s'agit de *Star* !

Il posa sa main sur mes cheveux qu'il effleura. Il prenait garde à ne pas toucher ma peau. Je me détendis sous l'effet de ses caresses.

— Je sais, dit-il. Tu ne penses pas que je *veux* l'aider ?

— Je te le demande. C'est une faveur que je te demande. Tu m'en dois une.

Sa main s'immobilisa, mais il ne la retira pas.

— Lewis ? S'il te plaît ?

La brume changea de nouveau de couleur et prit une teinte verte, verte comme les premières feuilles du printemps. La couleur se répandit sur l'ensemble de la vallée, comme des vagues.

Dans la main de Lewis, le bâton brun foncé prit un hâle fin et délicat ; le bois à l'intérieur devint pâle comme de la chair. Tandis que je regardais, une feuille fragile apparut. Lewis se laissa glisser du capot et planta doucement le bâton dans le sol carbonisé. Je le sentais presque prendre racine, pousser, battre de vitalité.

— Ça ne marchera peut-être pas.

Il aurait pu parler de la plante, mais je savais que ce n'était pas le cas.

— Parfois, ça ne marche pas du tout.

— Essaye.

Il se redressa et se retourna pour me regarder. Autour de lui, la brume s'élevait dans les airs en vagues de murmures, comme des anges en train de voler. Elle se dissipa à la lumière du soleil. Il ne restait plus qu'une vallée noire, des arbres morts, et un homme grand et gracieux debout devant moi, les bras croisés.

Mais l'odeur… l'odeur était différente. Chaude. Dorée.

Le vent portait un parfum de vie.

Il hocha la tête et dit :

— Allons-y.

Six heures plus tard, il tenait la main de Star dans la sienne, et la même brume dorée la traversait, pénétrait dans sa peau, l'envahissait par la bouche et les narines.

Il lui sauva la vie. Lewis réussit à préserver ce qu'il pouvait de son affinité avec le feu, mais tout comme moi, il comprenait la notion d'équilibre. Guérir Star complètement aurait entraîné une destruction irréparable de l'équilibre.

Je ne crois pas qu'elle sut jamais qu'il avait été là. Quand elle se réveilla deux jours plus tard, Lewis était parti depuis longtemps ; ne restaient que le souvenir de sa présence et une odeur d'or dans l'atmosphère.

Je n'en dis pas un mot à Star, jamais.

NOUS ROULIONS DE nouveau et je regardai la route derrière nous, mais aucun Djinn jaune citron ne nous poursuivait en tapis volant. Non pas que Rahel soit susceptible de faire quelque chose d'aussi ridicule, genre *les Mille et une nuits*, mais quand on est sujet à une crise de paranoïa, le fait de regarder par la lunette arrière semble être d'une importance vitale.

*Tu es une idiote. On ne sauve pas les idiots.*

De quel côté était-elle, finalement ? Peut-être du côté de personne. Pas du mien en tout cas. *Choisis.* Choisir quoi ? Choisir qui ? Pourquoi fallait-il donc que les djinns soient si obscurs ? N'était-ce qu'un trait de sa personnalité ? Je ne pouvais pas partir du principe qu'elle était décidée à sauver David. En fait, compte tenu du peu de choses que je comprenais, il n'y avait rien que je ne puisse croire au sujet de Rahel. Je ne connaissais même pas sa position sur cet étrange échiquier.

*Choisis.* J'avais vraiment peu de choix. Je portais la Marque. Je pouvais choisir de la donner à David… Non, je ne le ferai pas. Ce n'était pas possible.

*Choisis.* Merde. La seule chose qui me restait… c'était de choisir à qui faire confiance. Eh bien, ça au moins, j'avais une idée. Je ne pouvais pas faire confiance à Marion et à ses acolytes qui feraient simplement ce que le Conseil leur dirait de faire, y compris me tuer. David. Je lui faisais déjà confiance, et je ne pouvais le regretter.

Mais je pouvais me fier à la seule personne que j'avais évité d'entraîner dans cette histoire.

— Star…

Je me penchai en avant et lui touchai l'épaule. Ses cheveux noirs étaient doux comme de la soie.

— Star, tu sais quelque chose sur les Marques du Démon ?

David sursauta sans pouvoir se contrôler. Il gardait les yeux fixés droit devant, mais je sentais sa désapprobation me brûler la peau. Quant à Star, elle tourna la tête, bouche bée, avant de se retourner vers la route quand un camion klaxonna. À l'horizon, une volée d'oiseaux jaillit et tourbillonna comme un ouragan dans le ciel gris.

Star fit un signe de la tête en direction de David. Je hochai la tête.

— Il est au courant.

— Ah oui ? Au courant de *quoi*, exactement ?

— Les gardiens. Tout ça.

— C'est vrai ?

Elle lui jeta un regard intéressé, mais il ne répondit pas.

— Bon. Je sais quelques petites choses sur les Marques du Démon. Pourquoi ? Tu en as une ?

Elle plaisantait, évidemment. En guise de réponse, je tirai sur le col de ma chemise pour lui montrer la brûlure sur mon sein gauche. Elle siffla.

— Putain, Jo !

— Il faut que je trouve un moyen de m'en débarrasser.

— Évidemment. O.K.

Elle poussa un soupir agité.

— Dis donc, c'est un sacré secret à garder, ça.

— Si ça te console, tu es la première personne à qui je le dis.

C'était vrai. Je ne l'avais pas dit à David : il l'avait su depuis le début, ou deviné.

— Comment tu l'as eue ?

Elle avait l'air secouée. J'imagine que c'était justifié.

— Bad Bob. Il m'a enlevée, et…

Je n'avais aucune envie de lui décrire ce qu'il m'avait fait, le souvenir était encore trop vif.

— Bref, il est mort, et moi je porte la Marque.

— Merde alors. Ben… tu pourrais la donner à quelqu'un d'autre. C'est évident.

Elle se concentra de nouveau sur la route, mais sa peau mate et dorée était un peu plus pâle.

— *Mira*, c'est ce que tu as l'intention de faire ? La passer à quelqu'un d'autre ? Tu sais qu'elle ne te quittera pas à moins que la personne à qui tu essayes de la donner ait plus de pouvoir que toi.

Elle me jeta un coup d'œil dans le rétroviseur, et ses yeux s'écarquillèrent.

— Tu le *sais*, non ?

Je regardai David, pour qu'il me confirme ce qu'elle venait de dire. Il ne croisa pas mon regard, ce qui équivalait à une confirmation. *Merde*. Alors cela voulait dire… Non, c'était impossible.

— Star, cela ne peut pas être vrai. *Bad Bob* m'a donné cette Marque, et tu sais bien qu'il était l'un des gardiens les plus puissants du monde. Ce n'est pas…

Si Estrella était surprise, elle le cachait bien.

— Et bien, *chica*, tu auras appris quelque chose sur toi alors.

— Ce sont des conneries !

J'étais, au mieux, une gardienne médiocre. Je n'étais pas… C'était impossible…

— Je te le jure, Jojo. Une Marque du Démon ne peut pas passer du plus fort au plus faible, seulement du plus faible au plus fort. C'est bien connu. Donc si la Marque de Bad Bob l'a échangé contre toi… (Elle leva les sourcils.) Bienvenue au sommet de la chaîne alimentaire. Ça alors, je savais que tu étais puissante. Mais je ne savais pas à quel point.

— C'est…

— Impossible, d'accord, tu l'as déjà dit. Mais Bad Bob t'a choisie, le débat est clos. Qui d'autre aurait pu la lui prendre ? Lewis ? (Elle jura contre la circulation.) C'est ça. Comme si on était capable de le trouver, lui. Mon Dieu, qu'est-ce que tu vas faire ? C'est pour ça que les Rangers sont à tes trousses ? À cause de la Marque ?

Je massai mon front avec la paume de mes mains.

— Quelque chose comme ça. Je dois trouver quelqu'un à qui la donner. N'importe quoi. Quelle est l'autre possibilité ?

— Eh bien, tu pourrais… la garder.

— La garder ! Mais enfin, Star…

— Laisse-moi terminer. Écoute, d'après ce que je sais de la Marque du Démon, plus elle s'installe en toi, plus tu deviens puissant. Peut-être que c'est une bonne chose. Peut-être, peut-être que c'est ce que tu devrais faire. Ce que je veux dire, c'est que nous *l'appelons* une Marque du Démon, mais qu'en savons-nous en réalité ? Est-ce que c'est vraiment pire qu'un djinn ?

— Oh, fais-moi confiance, c'est bien pire, dis-je.

Je me souvenais encore physiquement du moment où la chose s'était enfouie à l'intérieur de moi, en me laissant le sentiment visqueux et terrible d'être violée à chacun de ses réveils.

— Donc, tu ne veux pas la garder.

— Pour rien au monde.

Les phalanges de Star étaient blanches, crispées sur le volant. Je la regardai plier et déplier ses doigts les uns après les autres, les secouer pour faire circuler le sang.

— Bon, ça limite les choix. J'imagine qu'il faut que tu te trouves un djinn.

J'étais donc revenue à la case départ. Impuissante. Piégée par le satané destin. J'aurais voulu hurler au visage de Rahel, où qu'elle se trouve à présent. *Qu'est-ce que j'ai comme putain de choix ?*

Puis Star reprit la parole, pour me surprendre comme jamais :

— Tu as de la chance, chérie, je pense que je peux t'aider sur ce coup-là.

MALGRÉ TOUTES MES QUESTIONS, je ne réussis pas à savoir ce que Star voulait dire. Elle se contentait de me sourire d'un air mystérieux et me disait d'attendre, que je verrai. David en revanche était de plus en plus tendu, prêt à exploser. Il avait peur. J'avais peur pour lui. Mon Dieu, elle ne pouvait pas savoir… quand même.

Elle arrêta la voiture à une station-service, environ huit kilomètres plus loin. Star entra pour payer l'essence et acheter des boissons et ce qu'elle trouverait de nourriture. Je sortis pour marcher un peu ; il faisait frais, je frissonnais. La tempête qui me suivait était toujours sur mes traces. Je la sentais comme un tressaillement à l'orée de ma conscience.

Je ne sais pas si vous connaissez ce coin du monde, mais c'est plat, et le paysage s'étend à l'infini. C'est comme si la terre ne parvenait pas à faire un choix entre le désert et les zones broussailleuses, de sorte qu'elle fait pousser des îlots de buissons touffus et tordus au milieu d'étendues de sable rouge. Le paysage n'a aucune élégance, mais il dégage une certaine force. C'est une terre qui se battra pour la moindre goutte d'eau et pour toute pousse verte dont vous voudriez la priver. Je n'étais pas une gardienne de la Terre, mais je sentais néanmoins cette puissance phénoménale et ensommeillée qui m'entourait.

Je ne m'attendais pas à ce que David me touche, de sorte que je me crispai lorsque ses mains chaudes se posèrent sur mes épaules. Je me retournai pour lui faire face. J'espérais que c'était le signe qu'il m'avait pardonnée, mais je vis dans ses yeux que ce n'était pas le cas. Il était en mode « humain », et c'était comme si un mur me séparait de lui. Malgré cela, je sentais sa puissance.

— Pourquoi est-ce que tu lui as dit ? me demanda-t-il.

Il laissa ses mains posées sur mes épaules, puis les remonta pour entourer mon visage de chaleur.

Je pensai à Rahel.

— Parce que c'est l'unique choix qui ait vraiment été le mien depuis le début de ce voyage. J'ai besoin de faire confiance à quelqu'un.

— Alors, fais-moi confiance, à moi.

— Je te fais confiance.

Je fixai son regard. J'aurais voulu qu'il *me* fasse confiance, mais je sentais de nouveau cette réserve, ce doute.

— J'ai besoin d'aide, David. Tu le sais. Si je n'arrive pas jusqu'à Lewis, s'il ne peut ou ne veut pas m'aider, j'aurai besoin d'aide pour me défendre contre ce qui me suit. Marion ou un autre salaud que je ne connais même pas… Je n'y arriverai pas toute seule.

Les mots étaient déjà sortis de ma bouche quand je me rendis compte de ce que je venais de dire.

— Parce que c'est ça ? Tu es seule ?

Je suis parfois une vraie salope, sans même le vouloir. Il me lâcha, recula à une bonne distance, puis mit ses mains dans les poches de son imperméable kaki.

— C'est toi et Star contre le monde entier alors. C'est ce que tu veux ? Peut-être même qu'elle pourra te fournir un djinn. Un djinn que tu ne connais pas, comme ça tu n'auras pas l'impression de manger ton chien.

— Ne dis pas ça, merde. Je suis en train d'essayer de changer les règles du jeu. Je *dois* le faire. Le sort est contre nous.

— J'ai déjà changé les règles. Et regarde un peu le bien que ça nous a fait.

Manifestement, les djinns étaient capables d'éprouver des regrets du lendemain.

— O.K. Nouvelles règles. Règle numéro 1 : laisse-moi faire ceci comme je l'entends. Depuis que j'ai quitté Westchester, tu m'as trimballée à droite et à gauche. Tu as essayé de me dire quoi faire, et à quel moment. Et je ne peux pas vivre comme cela, David. J'ai besoin de…

— De quoi ?

Il me regardait d'un air furieux. Je vis des étincelles orange briller dans ses yeux.

— De devenir une cible ? De dire au monde entier que tu portes la Marque du Démon ? De faire confiance à ton *amie* pour qu'elle te protège ?

Je prêtai attention à son regard :

— Tu ne l'aimes pas.

Il s'avança vers moi, à la fois proche et agressif.

— Je ne lui fais pas *confiance*. Je ne fais confiance à *personne* pour ce qui est de ta vie.

— Même pas à moi ?

Il grogna et se dirigea à grands pas vers l'épicerie. Star était à la caisse, en train de payer des bouteilles d'eau minérale et une ration de calories. Elle riait avec le caissier, et lorsqu'elle se retourna pour me faire signe, je vis que le caissier la regardait et observait ses cicatrices. Tout le monde le faisait. Elle devait le savoir et le ressentir en permanence. Et elle était forcément mal à l'aise, même si elle ne le montrait pas. *Mon Dieu*. Est-ce j'aurais été capable de le supporter, moi ? Non. Jamais.

Elle ouvrit la porte d'un mouvement de hanche et sortit de la boutique les bras chargés de gourmandises. J'attrapai ce qui se trouvait au-dessus et jetai un regard au caissier. Il la regardait fixement.

— Il me mate ? demanda-t-elle.

— Ouais.

Je ne précisai pas que son regard n'était pas empreint d'admiration, mais plutôt d'une fascination presque malsaine.

Star m'adressa son sourire tragi-comique.

— Je te le dis, les mecs aiment les cicatrices. Ils ont l'impression que je suis une dure à cuire.

J'ouvris la portière passager et laissai tomber les produits sur le siège de David. Il n'aurait qu'à se débrouiller.

— Première nouvelle, chérie. Tu es une dure à cuire. La plus dure que j'aie jamais rencontrée.

— Exactement.

Elle leva la main, je la tapai. Elle éleva la voix pour interpeller David.

— Eh mec, on y va !

Il était en train de regarder l'horizon. Les nuages s'approchaient. En Seconde Vue, on entendait comme un marmonnement incessant. Ils étaient encore trop loin pour vraiment nous inquiéter, mais c'était sans l'ombre d'un doute mon amie la tempête qui revenait à la charge. Le vent s'engouffrait sous l'imperméable de David. Je m'avançai.

— Quand elle dit *mec*, je crois qu'elle parle de toi.

Il plissa les yeux, toujours tourné vers l'horizon.

— J'ai compris.

— Et ?

Il me jeta un long regard et, sans dire un mot, retourna à la voiture, ramassa l'eau et la nourriture et s'installa à l'avant. Je montai à l'arrière. Quand Star ferma sa portière, elle lança rapidement un coup d'œil à David, puis à moi.

— Je ne veux pas me mêler de ce qui ne me regarde pas, mais y a-t-il quelque chose que je devrais savoir ?

— Non.

Nous avions répondu simultanément, trop rapidement. Notre mensonge était plus qu'évident.

— Ooo… K.

Elle démarra le Land Rover et dirigea le paquebot roulant vers la route.

— Vous êtes d'accord avec mon plan ?

— Star, je n'ai pas la moindre idée du plan dont tu parles.

Elle accéléra et se rabattit en douceur entre un quatre-quatre rouge et un break raccommodé avec du scotch et des cordes.

— Le plan où je te sauve la vie, chérie.

— J'attends toujours que tu m'exposes ton plan. Ça, c'est le résultat.

— Tu chipotes. Bon, le deal est le suivant. J'ai une source à Norman qui peut nous mettre en contact avec un djinn totalement libre. Tu sais, le genre de djinns qui se promènent en attendant que quelqu'un les revendique. Qu'est-ce que tu en dis ?

Je n'osai pas regarder David. Il me passa une bouteille d'eau. Je dévissai le bouchon et avalai le liquide tiède. L'eau avait un goût de transpiration, mais je frissonnais de reconnaissance.

— Super. Ça a l'air génial.

NORMAN, DANS L'OKLAHOMA, se trouvait à une trentaine de kilomètres d'Oklahoma City, mais la prudence était devenue la nouvelle religion de Star. Elle nous promena sur tous les petits chemins agricoles de la région, à l'affût du moindre signe de Marion ou de ses acolytes. Rien. Au moment où nous quittions la I-35 et où nous approchions finalement de Norman, le soleil se couchait. Vu les gargouillis de nos estomacs, les chips et l'eau minérale n'étaient plus qu'un lointain souvenir.

Norman est une ville ancienne, un curieux mélange de bâtiments qui remontent au milieu du XIX$^{e}$ siècle et de constructions super modernes. Grâce à l'université locale, il y avait dans la ville toute une série de cafés, de boutiques de vêtements, de magasins de CD bon marché et de librairies.

— C'est qui, ta source ? demanda David.

Il vida sa bouteille d'eau des dernières gouttes. Je me demandai s'il avait vraiment soif, s'il ressentait même des choses aussi triviales que la faim et la soif. Il avait mangé avec moi le premier après-midi que nous avions passé ensemble. Au restaurant aussi. Peut-être était-il davantage un être de chair qu'un pur esprit, finalement. Et puis, le sexe, hein ? C'était quand même la chair, ça.

— Pardon ? demanda Star.

— Ta source. Celle qui t'a parlé du djinn.

— Une amie, répondit-elle.

Cela ne nous éclairait pas plus que ce qu'elle avait pu dire au cours des deux dernières heures.

— C'est tout ce que tu as besoin de savoir, puisque tu ne fais pas partie des gardiens.

Elle tendit la main pour la passer au-dessus de la sienne. Il n'avait pas de glyphes sur ses paumes.

— À ce propos, Jo, tu me dois une explication sur la manière dont toi et ce beau gosse vous êtes rencontrés.

Elle lui jeta un regard qui me rappela que Star n'était pas seulement une rigolote. Elle avait été gardienne, puissante et sévère. Même si elle ne maîtrisait plus totalement son pouvoir, elle pouvait être dangereuse. Et déterminée.

— Joanne m'a tout raconté.

David fit un signe dans ma direction.

— Non pas que je la croie. Mais c'est une histoire sympa.

— Ah oui ? (Star fit son sourire commercial.) Tu as l'intention de la rédiger et de la faire publier dans le journal ?

— Ça irait mieux dans un tabloïd.

— C'est sûr. Alors qu'est-ce que ça peut te faire de savoir qui m'a parlé du djinn ?

— Je m'en fiche, dit-il en haussant les épaules.

Il sortit un livre de la poche de son imper. Ce n'était pas un titre que je connaissais. Sur la couverture, on voyait un panneau routier jaune et noir ; en plissant les yeux, je vis que l'inscription disait « Sois prudente ».

Mon Dieu, il prenait des risques. Faire ça sous son nez !

La couverture changea de nouveau pour devenir un polar de Patricia Cornwell. David l'ouvrit à la page qu'il avait cornée et sembla se plonger dans le roman.

Star m'observait dans le rétroviseur.

— Tu as entendu parler du fait que Lewis aurait pris des djinns, non ? Trois. Quand il a pété les plombs ?

— Oui.

— Eh bien, d'après la rumeur, il en aurait relâché au moins un. Il suffit de le retrouver, c'est tout. Et j'ai sous la main la fille qu'il nous faut.

Elle ne m'avait pas lâchée du regard. Qui était d'ailleurs quelque peu inquiétant. Des yeux très sombres, les pupilles qui se confondaient avec les iris.

— Une fois que tu auras trouvé Lewis, qu'est-ce qu'il se passera ?

— Il m'aidera à trouver un moyen de me débarrasser de ce truc.

Elle leva lentement les sourcils.

— Ah oui ? Tu crois vraiment qu'il sait ce qu'il faut faire ?

— Bien sûr.

Je mentais comme un arracheur de dents, et je me mentais surtout à moi-même. Je préférais cela à la vérité incertaine.

— Si quelqu'un sait quoi faire, c'est bien lui.

— D'accord, c'était une question bête. Ce que je voulais dire, c'est : pourquoi est-ce qu'il t'aiderait ? Tu as un truc en cours avec lui ?

Ça, c'était un sujet que je n'avais pas la moindre envie d'approfondir, surtout avec David à côté qui feuilletait tranquillement son roman. Star ne sembla pas y accorder d'importance ; elle se mit à sourire, mais son regard devint froid.

— Ou peut-être as-tu *autre chose* en cours avec lui. Tu es en mission secrète, *chica* ?

— Ouais, c'est ça, dis-je en haussant les épaules. Ne pose pas de questions, je ne te mentirai pas.

C'était une plaisanterie, et je fus prise de court par l'éclair de colère pure qui passa dans ses yeux.

— Très bien. Garde tes petits secrets pour toi.

— Je n'ai pas de secrets.

À peine les mots étaient-ils sortis de ma bouche que je me rendis compte que je lui avais menti. Sans le moindre effort. Sans même y penser. Et je ne savais même pas pourquoi, si ce n'est que le panneau jaune de mise en garde ne cessait de me trotter dans la tête. J'avais fait le choix de faire confiance à Star. Sauf que…

…cela m'était impossible.

Elle descendit le long de Main Street et passa devant les éclairages des boutiques, des épiceries, des stations-service, et, de manière tout à fait incongrue, une boutique de préservatifs. Le Burger King qui était situé au coin de la rue semblait faire un gros chiffre d'affaires en rackettant les étudiants de leur budget repas. De l'autre côté, de belles demeures affublées de colonnes doriques se dressaient fièrement, comme si elles attendaient patiemment que le Sud se réveille.

Star ralentit et entra sur le parking d'une galerie commerciale très semblable aux six autres que nous avions dépassées sur le chemin. Elle gara le Land Rover sur une place tout juste assez grande. Je regardai le panneau qui n'avait pas encore été allumé : « Ball's Books ».

C'était un bouquiniste ; pas une franchise de quelque grande chaîne mais au contraire le genre de boutique qui correspondait à l'esprit de son propriétaire. Je fus immédiatement séduite, mais je sentais encore cette crampe froide dans mon ventre. Je ne voyais pas bien comment j'allais me sortir de là. Et surtout, comment j'allais sortir David de là.

J'attrapai la manche de son manteau tandis qu'Estrella s'éloignait en boitant, et l'attirai vers moi pour lui murmurer :

— Va faire une promenade.

— Où ça ?

— Je m'en fiche. Je ne veux pas que tu sois dans les parages si elle s'apprête à…

Il posa sa main sur la mienne, et son déguisement humain disparut en partie ; ses yeux prirent une couleur de bronze, et je sentis sa chaleur me transpercer et chasser tout ce qui était froid. Son sourire cependant était celui d'un homme. Le sourire de David.

— Cela ne changera rien, dit-il. Si elle est capable de me trouver, elle me trouvera n'importe où. Et si tu t'inquiètes pour moi à ce point, il y a une chose que tu peux faire.

Je savais ce qu'il voulait dire.

— Je ne te revendiquerai pas.

Il haussa les épaules et enleva sa main.

— Alors, je vais prendre le risque.

Têtu comme une mule, énervant…

Star frappa à la fenêtre de la boutique et nous fit signe. David s'approcha de la porte et l'ouvrit pour que j'entre, la tête baissée. Je me retins pour ne pas lui mettre un coup de pied dans le tibia. Au moment où je passai devant lui, il murmura :

— Quoi qu'il arrive, tu as toujours le choix.

La pièce était fraîche et sentait le vieux papier. Sur la droite, il y avait un panneau de liège truffé de diverses cartes et feuilles de papier, sans aucune cohérence. Des publicités pour des massages, des photocopies de bandes dessinées et des choses totalement obscures. David contourna Star et se mit à regarder les livres. Je me dis tout d'abord qu'il cherchait à gagner du temps, mais me rendis compte qu'il semblait s'intéresser sincèrement à ce que contenaient les étagères. Après tout, il adorait lire. Et j'imaginais que même les djinns avaient besoin d'un passe-temps.

— Hé, Star, dit une voix derrière moi.

Je me retournai et vis une femme assez jeune assise à une table, loin de la caisse enregistreuse, entourée de livres, d'une cafetière et d'un chat tricolore. Des cheveux bruns coupés en dégradé, des yeux froids et vigilants : elle dégageait une impression de compétence et d'attention.

— J'ai reçu de nouvelles histoires d'amour, tu veux jeter un œil dans les cartons ?

— Pas aujourd'hui, Cathy, merci.

Star échangea un regard entendu avec la femme.

— J'ai besoin du livre.

Cela aurait pu paraître étrange de demander « le » livre dans une boutique qui en était pleine, mais apparemment, la libraire n'était pas de cet avis. C'était de la crainte qui se lisait sur son visage, pas de l'incompréhension.

— Je croyais que nous en avions fini avec cela.

— Presque, répondit Star.

Elle tendit la main, c'était un geste à la fois suppliant et exigeant.

— Allez, Cathy, juste cette fois.

Cathy secoua la tête, se leva et s'approcha de l'arrière-boutique. Elle ouvrit une porte qui portait l'inscription « accès interdit ».

— « Le livre » ? demandai-je à Star.

Elle haussa les épaules tout en continuant d'observer la porte ouverte au fond de la boutique.

— Il m'a fallu des années pour le trouver, dit-elle. Cathy a fini par l'acheter sur Internet. Je lui avais dit qu'elle pourrait le prendre quand j'aurai fini.

— Qu'est-ce que c'est ?

Star me fit son sourire de travers. Et cette fois, il n'avait rien de rassurant.

— C'est une surprise. Tu verras.

On entendait des bruits au fond. Cathy revint avec dans les bras un carton fermé qui semblait peser très lourd. Elle le posa sur son bureau et ouvrit les battants du carton.

— Tu es sûre ? demanda-t-elle.

J'étais incapable d'interpréter la communication silencieuse qui avait lieu entre elles. Je ne connaissais pas Cathy Ball, mais il me sembla que j'aurais dû. Je suivis mon impulsion et tendis la main pour la passer sur la sienne.

Des glyphes apparurent, bleus et argentés. C'était une gardienne des Cieux. Elle leva brusquement la tête et croisa mon regard. Je lui fis un sourire et lui montrai mes glyphes. Elle ne se détendit pas.

— Star ? Tu sais très bien que je n'aime pas avoir d'autres gardiens ici.

Je ne m'étais pas attendue à ce qu'elle me tombe dans les bras, mais là, c'était un peu dur. En général, nous nous serrons les coudes.

— Désolée, dit Star, sans la moindre sincérité. C'est une amie, elle a besoin de notre aide.

Cathy jeta un regard inquisiteur à David.

— Non, répondis-je. Il n'en est pas un. Qu'est-ce que tu as contre les autres gardiens ?

— Rien de particulier, répondit Cathy.

Son mensonge fit vibrer tous les nerfs de mon corps.

— C'est juste qu'ils causent souvent des problèmes. Une bande de connards égoïstes, fous, assoiffés de pouvoir, pour la plupart d'entre eux. J'aime la tranquillité. Regarde un peu ce qui s'est passé à Oklahoma City aujourd'hui. Tu n'imagines même pas. Le monde éthéré était complètement perturbé d'ici au Kansas, jusqu'à Phoenix. Il a fallu des heures pour rétablir les variations de température.

Je lançai un regard désespéré à Star, occupée à sortir du carton et de ses chips polystyrène un énorme livre avec une reliure de cuir. Elle m'ignora, poussa le carton qui tomba par terre et posa le grand livre sur le bureau, au-dessus d'une pile de romans de gare.

Le chat, qui s'était subrepticement approché de l'assiette de beignets, feula et s'enfuit à toute vitesse. Il passa devant David et alla se réfugier dans un coin de la boutique. David se tenait immobile, le dernier roman de Stephen King à la main, et fixait le livre que Star avait sorti. Je vis des lueurs d'or et de bronze illuminer ses yeux. L'heure était grave, je le voyais à son expression intensément impassible.

— Star, dis-je. Écoute, peut-être que ce n'est pas le bon moment. Je suis vraiment fatiguée, je meurs de faim… Nous pourrions emporter ce truc, aller manger quelque chose, dormir, et en discuter demain matin. Je n'en peux plus. Vraiment.

Elle tourna les pages qui craquaient comme du vélin.

— Il n'y en a pas pour longtemps.

C'était bien ce qui me faisait peur. Cathy Ball s'installa sur sa chaise, prit un stylo et nota quelque chose dans un registre. Pourtant, elle avait du mal à quitter Star des yeux. Je me demandais ce qui s'était passé entre elles, car j'avais la nette impression que cette femme avait… peur. Peur de Star. Qui n'avait pas une once de méchanceté.

— Je vais avoir besoin de ton djinn, dit Star sans lever les yeux.

Cathy reposa le stylo.

— Non. Pas après ce qui s'est passé la dernière fois.

— Je ne lui ferai pas de mal.

— J'ai dit non, Star.

Star finit par relever la tête. De l'endroit où je me trouvais, je ne voyais pas son visage. Je voyais en revanche celui de Cathy. Elle était devenue blême.

— *Chica*, murmura Star, ne m'oblige pas à me fâcher.

Cathy serra les lèvres, fronça les sourcils, mais ouvrit un tiroir du bureau et en sortit un tout petit flacon de parfum, de la taille d'un échantillon. Elle le lança à Star, qui l'attrapa de sa main droite.

— Je serai dans l'arrière-boutique, dit Cathy.

Star ne la regarda pas s'éloigner. Elle dévissa le bouchon du flacon. Rien de visible ne se produisit, mais je sentis *quelque chose* surgir derrière moi.

— Puis-je vous aider ? demanda le djinn.

Je me retournai. Elle se tenait entre Star et moi, et nous observait toutes les deux de ses yeux bleus, clairs comme des néons.

C'était une enfant. Du moins, elle n'avait pas l'air d'avoir plus de quatorze ans, vêtue d'une robe bleu ciel et d'un tablier blanc. Elle avait des cheveux blonds très longs et raides tenus par un serre-tête bleu, comme Alice au Pays des Merveilles. Son visage en forme de cœur était doux et innocent : il sortait tout droit du monde de Lewis Carroll.

Quand elle posa ses yeux sur moi, elle fronça les sourcils et fit la grimace. Je savais qu'elle sentait la Marque. Elle posa ensuite ses yeux sur David, immobile dans la section littérature, mais elle n'eut pas l'air d'avoir reconnu en lui un djinn. Elle se concentra de nouveau sur Star.

— Eh, Alice, dit Star en lui tendant le livre. Tiens-moi ça.

Alice ne bougea pas. Elle ne résistait pas, mais elle n'obéissait pas non plus. Star marmonna des jurons en espagnol et cria pour appeler Cathy. Deux fois. Cathy passa le nez par la porte.

— Dis-lui de m'obéir, dit Star.

Cathy se frotta le front.

— Fais ce qu'elle veut, dit-elle d'une voix fatiguée. Trois fois seulement.

Alice hocha la tête. J'étais contente pour Alice que Cathy ait limité son obéissance.

— Tiens-moi ça, répéta Star.

Alice tendit les bras et prit le livre. Il y avait quelque chose que le djinn n'aimait pas, je le voyais à ses yeux qui s'écarquillaient, mais elle ne protesta pas. Elle ne le pouvait pas. Star tourna les pages et trouva ce qu'elle cherchait. Elle me fit signe. J'avançai d'un pas et m'arrêtai quand la fille me regarda de ses grands yeux clairs, vides et malheureux.

— Tiens, dit Star en me tirant par le poignet pour que je me rapproche. Lis ça à voix haute.

— Qu'est-ce que c'est ?

Mes jambes tremblaient, mon cœur battait fort. À cause de la montée d'adrénaline, la Marque du Démon s'impatientait à l'intérieur de moi. Mon cœur n'en battait que plus vite, comme s'il voulait s'échapper.

— Eh, tu veux régler ce problème ou pas ? Parce que tu sais, *chica*, il ne faut pas rigoler avec la Marque du Démon. Si tu la laisses te contrôler, tu ne seras plus la même.

Je regardai les mots qui n'étaient pas des mots mais plutôt des symboles, et j'allais lui dire que je ne comprenais pas quand un déclic se produisit dans ma tête, et je *sus*. Je comprenais, je savais comment ces mots se prononçaient, je sentais leur goût sur ma langue. Cette chose avait du pouvoir. Le pouvoir de la terre, peut-être du feu, mais ce n'était certainement pas une chose que je contrôlais.

Les mots attendaient et voulaient être prononcés. J'ouvris la bouche, la refermai, la rouvris… J'entendis la première syllabe murmurer et réunir ses forces, faire écho dans mon esprit.

— Dis-le, murmura Star.

Je sentis son haleine chaude dans mon oreille.

— C'est toi qui dois le faire, *chica*. Je ne peux pas le faire pour toi.

Le djinn, Alice. C'était d'elle que provenait toute cette force. Elle tenait le livre, et le livre se nourrissait de son pouvoir... Je me demandais si cela lui faisait mal. Elle avait les yeux complètement écarquillés, comme une poupée, et le regard absolument vide. Ni émotion, ni peur. Ses bras tremblaient, comme si le livre était plus lourd à porter que le monde.

Je ne l'avais pas entendu s'approcher, mais David était là maintenant, à la périphérie de mon champ de vision, brillant d'intensité. Il portait encore son déguisement humain, il avait sa forme humaine, mais pour combien de temps ? Combien de temps faudrait-il pour que les mots qui résonnaient dans ma tête le forcent à se montrer sous son vrai jour ?

Je tendis les bras et pris le livre des mains du djinn. Je le refermai brutalement. Je ne sais si Alice trébucha vers l'arrière ou se mit à flotter ; pendant quelques secondes, elle eut l'air éreintée et squelettique, puis elle reprit sa forme d'héroïne échappée de derrière le miroir et retrouva son doux visage.

— Non, dis-je.

Je me tournai vers Star et vis qu'elle me dévisageait, comme si elle ne m'avait jamais vue ; comme si, subitement, j'avais deux têtes et des pieds de bouc.

— Ceci n'est pas bon, Star. Je le sens.

— Pas bon, répéta-t-elle lentement.

Elle tendit sa main et la posa sur ma poitrine à l'endroit où la Marque du Démon avait laissé sa brûlure noire.

— Parce que ça, ça l'est ?

— Ça, ce n'était pas mon choix.

Je soulevai le livre. Il avait une vague odeur de pourriture ; il était humide et sale.

— Ça, en revanche, c'est mon choix. Et je ne le ferai pas.

Ses yeux devinrent opaques et lisses, comme un silex maya.

— Tu ne peux pas la garder, dit-elle.

Sa voix avait quelque chose de terrible, de sanguinaire et de foudroyant.

— Je ne peux pas te laisser la garder, Jo.

Son visage était en train de changer. Ses traits fondaient. *Elle était en train de devenir belle*. Comme elle l'avait été avant Yellowstone. Son visage était en train de prendre un éclat lustré qui était trop parfait, même pour un mannequin professionnel. Il avait à présent une beauté *inhumaine*.

— Tu ne la mérites pas, dit-elle.

Maintenant, je sentais dans sa voix l'écho de ce qui bougeait à l'intérieur de moi.

— *Je* la mérite. Elle m'a choisie, *moi*. Je ne peux pas te laisser la garder, Jo, pas encore une fois. Tu as toujours été plus belle, plus intelligente, plus puissante. Tu ne peux pas avoir ça aussi !

Mon Dieu, non, non. Pas Star !

Je me souvins de ce que Lewis m'avait dit.

*Un démon essaye de passer. Il essaye de toucher l'un d'entre nous.*

Il avait essayé de toucher Star. Et avait dû finalement réussir. C'était comme cela qu'elle avait réparé le cœur de ses pouvoirs. C'était pour cela qu'elle était si belle et éclatante.

Le démon lui avait donné ce qu'elle voulait, exactement comme celui que je portais avait donné à Bad Bob tout ce dont il rêvait.

Sauf que je ne sentais pas la Marque chez Star. Je jetai un regard désespéré à David qui se tenait à quelques pas de nous.

— Elle n'en a pas, me dit-il. Pas de Marque.

— Non, dit-elle. Plus maintenant. *Il* me l'a enlevée.

Star montra ses dents, elle n'était plus très belle. Il y avait en elle une telle colère, un tel désespoir. Pourtant, c'était toujours elle, Star. La même fille adorable, futée, insolente, celle que j'aimais.

Elle détourna son regard de David et prit sur elle pour faire comme si tout était en ordre.

— J'ai essayé de te faire entendre raison, mais tu t'es entêtée. Tu le savais, non ? Tu savais ce qui se passait ici. Il fallait encore que tu joues aux héros. Il fallait que tu me *sauves*.

Sa jolie bouche se tordit en un sourire amer et hideux.

— Tu as tout juste réussi à sauver ta peau dans le centre commercial. Drôle de héros.

*Star*. Pendant tout ce temps, j'avais cru que c'était quelqu'un d'autre, un ennemi invisible. Alors que mon ennemi se trouvait sous mes yeux. *Mon Dieu, je lui avais dit que je venais*. Pas étonnant qu'elle ait su où je me trouvais et comment continuer sa traque. Je lui avais rendu la tâche facile.

— Tu te sens trahie ? demanda-t-elle.

Elle s'approcha de moi.

— Bienvenue au club, copine. Ce n'est pas comme si tu ne m'avais pas trahie la première.

— Quelle vie pourrie, dis-je.

Star me prit le livre des mains.

— Alors, tu vas mourir, conclut-elle gravement.

Elle posa ses yeux sur la petite blonde, qui se tenait sagement immobile, les mains croisées comme une écolière.

— Quand je te donnerai le signal, je veux que tu me transportes chez moi, c'est compris ? Avec ce que j'aurai à la main.

Le livre se trouvait entre les mains de Star. Je me demandais comment j'allais faire pour le lui prendre. Star ne me laissa pas le temps de trouver une solution. Elle m'adressa un étrange demi-sourire.

— Troisième demande, dit-elle. Alice, prends la Marque du Démon à mon amie.

Je hurlai mon refus, mais Alice s'était déjà mise en mouvement. Elle s'approcha de moi, et je reculai trop lentement. Je trébuchai sur un tapis persan et tombai contre une table tandis que sa petite main pâle se tendait vers moi…

…et David l'intercepta, la repoussa. Alice lui échappa et tenta de s'approcher de l'autre côté. David se mit entre nous. Star, sur le côté, nous observait en silence.

— Dis-lui d'arrêter, ordonnais-je.

Star leva les mains et les laissa retomber.

— Star, bordel, dis-lui d'arrêter. C'est n'importe quoi !

— Je ne peux pas, dit-elle. Trois demandes. Je me casse, chérie. Tu ferais mieux de la laisser faire.

Elle fit un signe à Alice et disparut avec le livre.

Je criai à David de retenir Alice et me ruai vers la porte derrière laquelle Cathy s'était cachée. Une masse confuse s'abattit dans ma direction, bleue et blanche, et je claquai la porte avant qu'elle ne m'atteigne. Je trébuchai et renversai des cartons de romans de gare qui s'éparpillèrent sur le plancher, poitrines voluptueuses et hommes irrésistibles. Je glissai sur un des livres et cognai mon genou si fort que j'en vis trente-six chandelles.

Alice traversa la porte tel un fantôme et s'approcha de moi. Je vis son regard terrifié, horrifié, désespéré. Elle savait ce que cela impliquait : une éternité de tourmentes. Et pourtant… elle n'avait pas le choix.

Une masse indistincte de bronze entra en collision avec elle et la dévia de sa trajectoire. Je réussis à me mettre debout et à m'enfuir en courant dans le couloir étroit et poussiéreux. C'était totalement inutile, mais j'étais à court d'idées.

Non. Un instant. Je pris plusieurs inspirations, et tentai de me concentrer sur le sentiment de panique qui oppressait mon cœur.

Alice réussit à se libérer de l'emprise de David et se rua sur moi. Je m'arrêtai, me retournai et étendis mes mains, comme si j'allais l'attraper…

…et j'appelai le vent.

Il s'engouffra dans le couloir étroit, tourbillonnant, déchirant les couvertures et les pages des livres. Il frappa Alice et la renvoya d'où elle venait. Même chose avec David. Ils passèrent d'un état vaporeux à leur état solide, mais je rappelai le vent, plus puissant, et l'envoyai dans leur direction. Les murs craquaient autour de moi. La porte du fond s'ouvrit avec fracas. Des bourrasques s'engouffrèrent dans la librairie, renversèrent les étagères, firent voler les livres.

Dans ma poitrine, quelque chose s'embrasa. Cette chose diffusait ce qu'il y avait de sombre dans mon corps endolori.

Je ne la contrôlais plus. Le vent se défit de mon emprise et devint sauvage, vivant, noir. Il était comme un amant qui me murmurait des mots doux, me caressait les cheveux, se pressait contre moi comme une chose vivante.

David me criait quelque chose. Il me disait des choses que je n'avais pas envie d'entendre. Sur la Marque du Démon. Cela n'avait pas d'importance. Plus aucune importance. Je pouvais le tenir à distance, je pouvais renvoyer la petite Alice au Pays des Merveilles, je pouvais faire de cette boutique un amas de planches et de clous. Et j'en avais envie. Je voulais que cette horreur disparaisse, qu'elle cesse de s'accrocher à moi, qu'elle cesse de m'empêcher de devenir ce que j'étais en train de devenir. Des planches et des clous, c'était simple. Et les corps qui se trouvaient sur mon chemin ? De la bouillie. Des morceaux de chair qui seraient broyés par l'acier et la pierre.

Quelqu'un tentait de m'arrêter. Ce n'était pas du bon travail, mais au moins on essayait. J'ouvris les yeux et regardai au-delà des débris virevoltants. Une personne était appuyée contre le mur, accrochée à une barre de fer comme à sa vie. Ses cheveux bruns et courts étaient hirsutes, pleins d'électricité statique et d'énergie.

Cathy Ball. Je clignai des yeux et montai en Seconde Vue. Elle avait peur, je voyais des traces de noir et de gris mélangées à des jaunes chauds et liquides. Elle avait peur, mais elle luttait.

Je n'étais pas obligée de m'arrêter. Il aurait été facile de continuer. Mais en la voyant si petite face à la puissance incommensurable qui brûlait en moi, face aux tentacules de la Marque du Démon qui se nourrissait de moi, consommait ma puissance et grandissait… Je sus qu'il fallait que j'essaie.

Je laissai le vent retomber. Alice, bille en tête, rituel oblige, se rua sur moi.

— Arrête ! lui ordonna Cathy.

Alice obéit instantanément, comme si les lois de la physique ne s'appliquaient pas à elle.

— Dis-lui de ne pas prendre la Marque, dis-je. (Le visage de Cathy devint blême.) Dis-lui.

— Ne prends pas la Marque, murmura-t-elle.

Alice se détendit, et ses yeux bleus s'emplirent de nouveau d'émotions : du ressentiment, de la peur, du soulagement, de l'angoisse, sentiments qu'elle dissimula dès lors qu'elle se retourna vers sa maîtresse.

Il ne fallut pas longtemps à Cathy pour comprendre ce qui se jouait, ou ce que nous risquions. Elle jeta un simple coup d'œil à David puis se concentra sur moi :

— Fiche-moi le camp d'ici avec ta Marque du Démon.

Je ravalai ma colère.

— Je paierai pour…

— Tu ne feras rien du tout à part foutre le camp ! cria-t-elle, son visage rouge de tension et de peur.

Je ne tentai même pas de lui présenter mes excuses. Quelles excuses pouvais-je présenter pour ce que j'avais fait, pour ce qui avait failli arriver à son djinn ?

Cathy me suivit du regard tandis que j'avançais vers la porte grande ouverte, fracassée, de la librairie sens dessus dessous. Tandis que je me frayais un chemin entre les étagères renversées et les livres éparpillés, je l'entendis dire à son djinn, d'une voix tremblante de dégoût :

— Aide-moi à remettre de l'ordre, tu veux ?

Je réussis à sortir avant que la panique ne me submerge.

ET JE NE parvins pas à aller plus loin. Je m'effondrai à quatre pattes par terre. Je tremblais, je haletais, je pleurais comme un bébé. J'avais mal partout, à cause de la puissance de cette *chose*, de la nécessité de m'en débarrasser, et pire encore, de la douleur de la trahison, de la peine.

Star n'était pas celle que je croyais. Peut-être ne l'avait-elle jamais été. Tout ce temps, j'avais cru en elle, j'avais cru en notre amitié indestructible. Et pour autant que je sache, cela n'avait peut-être été qu'un mensonge.

Star avait, littéralement, conclu un pacte avec le Diable. Comme Bad Bob, elle s'était ouverte à lui, et quelque chose s'était installé à l'intérieur de son corps. Personne, même pas moi, ne s'en était rendu compte.

Je sentis les mains de David se poser sur mes épaules et je m'appuyai contre lui. Il me réconfortait considérablement, et je ne savais même pas *pourquoi*. Pourquoi je lui faisais confiance, alors que j'aurais dû avoir un peu plus de cervelle... Ils m'avaient tous trahie, même Lewis... Il m'avait dit de venir ici, mais où diable était-il maintenant que j'avais besoin de lui ? J'avais aussi fait confiance à Star. Et à Bad Bob.

Comment pourrais-je un jour faire confiance à David ? Je le connaissais à peine.

— Lève-toi, dit-il.

Il m'aida à me mettre sur mes pieds.

— Tu dois y aller. Vite.

Je ne pouvais pas. C'était fait, c'était trop tard, j'étais vidée.

Il me poussa, me porta, jusqu'au Land Rover. Le panneau accroché devant la librairie s'alluma et nous éclaira d'une lumière jaune. Curieusement, de l'extérieur, rien ne trahissait ce qui s'était passé à l'intérieur. Les vitres étaient intactes, la devanture semblait parfaitement normale.

— Je n'irai nulle part, dis-je, anesthésiée.

David ouvrit la portière de la voiture.

— Si. Je veux que tu t'en ailles. Aussi loin et aussi vite que possible. Rien ne doit t'arrêter. Si Lewis se trouve quelque part, il te rejoindra.

Il prit mon visage entre ses grandes mains chaudes.

— Jo. Je t'en prie. C'est la dernière chance. *Laisse-moi prendre la Marque.*

— Non, murmurai-je. Je ne peux pas. S'il te plaît, ne me le demande plus.

— C'est promis.

Il leva la tête. Un éclair illumina le ciel.

— Il faut que tu y ailles. *Maintenant.*

Je sentais le goût de l'ozone, un goût de brûlé dans l'air. Le pouvoir attire le pouvoir. J'avais perturbé le monde éthéré, et cela faciliterait la tâche à l'orage qui me poursuivait. Il avait raison, il fallait que j'y aille. Si je restais là, des personnes innocentes en pâtiraient.

— Et toi ? David ?

Je pris ses mains dans les miennes et les serrai fort.

— Tu viens avec moi ?

Cette expression sur son visage… Si j'avais douté de la profondeur des sentiments d'un djinn…

— Je ne peux pas. Elle sait maintenant ce que je suis, et elle a le livre. Si tu ne me revendiques pas…

— Elle le fera.

J'en avais la chair de poule.

— Non. Tu ne peux pas la laisser faire.

Il me sourit, très légèrement, et passa son pouce sur mes lèvres.

— Je ne pourrai pas l'en empêcher.

Je sentais le cauchemar devenir réalité. Le compte à rebours avait commencé, l'heure du jugement dernier approchait. Je mourais, je vivais, je courais simultanément. La tempête faisait rage à l'intérieur de moi, noire de tonnerre, blanche de foudre; la pluie circulait dans mes veines.

Il posa sa main sur la Marque. Cela ne servit à rien. La tempête ne se calma pas. Même lorsqu'il m'embrassa, un baiser long et doux, cela avait le goût des adieux.

— Souviens-toi de moi, murmura-t-il, ses lèvres encore posées sur les miennes. Quoi qu'il arrive.

Je le sentis s'évaporer, comme la brume, et quand je tendis la main pour toucher son visage, il avait disparu. Il ne restait plus que le souvenir de son être dans mes doigts, le goût de ses lèvres sur mes lèvres, brûlant.

Je criai, hurlai dans le vent, mais il ne revint pas.

Je sortis de la ville à toute vitesse. Je me moquais de savoir si on me voyait, je me moquais de tout maintenant. Star me retrouverait. Marion me retrouverait. De toute façon, cela n'avait plus d'importance, qui me trouverait, puisque tout s'effondrait, je m'effondrais, et David était *parti*.

Je vis une étincelle du coin de l'œil. Je pris un virage pour m'engager sur le I-35, vers le sud et la frontière du Texas. Un passager clandestin s'était installé à côté de moi. David m'avait dit qu'il était plus facile d'être imperceptible qu'invisible.

Je tendis le bras et attrapai le poignet de Rahel, sans la regarder. Quand je tournai la tête, elle s'incarna, dans un jaune aussi vif que le soleil, étrangement habillée à la lueur du tableau de bord.

— Je te l'avais dit, tu es une idiote, me dit-elle. Lâche-moi le bras, Blanche-Neige.

— Je peux te faire mal, dis-je.

C'était vrai. La Marque du Démon était si profondément installée en moi que j'avais maintenant assez de pouvoir pour écraser et blesser un djinn. Lorsque David avait disparu, la dernière raison que j'avais de résister à ce pouvoir avait disparu avec lui. Quel intérêt y avait-il à présent à rester humaine ? Être blessée, maltraitée ? Pas moyen, j'en avais fini avec cela.

Rahel me prit au sérieux, ce qui était gratifiant.

— Pourquoi le ferais-tu ? Je ne suis pas ton ennemie.

— Chérie, je ne suis même plus très sûre de *qui* sont mes ennemis. Ou mes amis.

Elle éclata de rire. Un rire chaud comme du chocolat suisse, plein de joie.

— Eh bien, tu apprends.

— De qui es-tu le djinn ?

Elle secoua le doigt en souriant.

— Non, non, ce n'est pas important, ma douce. Nous n'en sommes plus là. Tu connais maintenant ton ennemi, il est temps de se battre.

— Se battre contre *quoi* ? La Marque du Démon ? Star ? Bon Dieu, mais qu'est-ce que tu attends de moi, au juste ? Je n'ai jamais voulu tout cela. Je veux juste…

Je voulais juste David. Je voulais cette nuit parfaite de calme. Je voulais cet amour si intense que j'en avais les larmes aux yeux. *Oh, Star*. Mon âme pleurait la fille que j'avais connue, celle que j'avais sauvée, celle que j'avais perdue. C'était arrivé petit à petit, au fil des ans, et je ne m'en étais même pas aperçue. Plus que cela encore, je pleurais pour *moi*… pour celle qui avait été détruite quand Bad Bob m'avait arraché mon essence, mon identité.

Je lâchai Rahel et posai mes deux mains sur le volant.

— Laisse-moi tranquille.

Elle ne riait plus, ne souriait pas. Jamais je n'aurais cru voir de la compassion dans ces yeux jaunes.

— Le truc, quand on est seule, me dit-elle avec douceur, c'est qu'on a tellement de choix. Tellement de possibilités.

— Ouais, je sais, j'ai une putain de chance. Tu veux bien me donner un indice pour la prochaine étape ?

Elle haussa les épaules.

— Quoi que je te dise, tu ne le feras pas. Pourquoi t'infligerais-je des conseils, pour que tu en doutes et les dissèques ?

— Super, merci.

Elle s'enfonça dans le siège et posa un pied sur le tableau de bord. Elle examina ses ongles jaune fluo, mis en valeur par de belles sandales de créateur qui étaient elles aussi, évidemment, jaune fluo.

— Je ne suis le djinn de personne, fille des démons. Tu devrais le savoir maintenant.

— Tu es comme David.

Le fait de dire son nom me faisait mal, mal, très mal, comme si on m'enfonçait un poignard dans les os.

Elle me jeta un regard amusé, et ses tresses noires rebondirent sur ses épaules quand elle secoua la tête.

— Pas du tout comme David, en fait. Nous n'avons pas non plus les mêmes ancêtres.

— Vous apparteniez tous deux à Lewis, et vous essayez encore de le protéger, là où il est.

Elle secoua la tête et soupira. Elle passa ses ongles sur ses jolis orteils. Au contact de sa main, des anneaux d'argent apparaissaient. Elle examina l'effet produit d'un œil critique, la tête penchée sur le côté.

— Tu ne comprends rien. Je n'en reviens toujours pas. Lewis n'a pas libéré David. C'est toi qui l'as fait.

Moi ? Pas possible. Non…

Mon cœur battait à toute vitesse.

Oh, mon Dieu.

J'étais à quatre pattes dans la maison de Bad Bob, luttant pour ma survie… J'avais attrapé une vieille bouteille de vin… et je l'avais brisée en mille morceaux.

La bouteille de vin de Bad Bob.

Le *djinn* de Bad Bob.

Quand nous nous étions disputés dans la chambre d'hôtel, David avait dit, *j'ai essayé de t'aider, j'ai essayé de me racheter*… pour m'avoir immobilisée sur les ordres de Bad Bob. Pour avoir détruit toutes mes défenses et avoir placé la Marque du Démon à l'intérieur de moi. Un viol dont je ne serai jamais guérie, qui se poursuivrait toujours.

C'était pour cela qu'il m'avait suivie. C'était pour cela qu'il était resté avec moi. Qu'il m'avait provoquée, suppliée, presque forcée à lui donner la Marque.

Parce qu'en premier lieu, c'était lui qui m'avait fait ça.

Et tout ce temps, j'avais attendu qu'il me trahisse, mais en réalité, il l'avait fait depuis la première seconde. Il m'avait menti, il avait continué de mentir, il mentait encore.

J'avalais cette vérité acide et amère.

— Il t'a donc envoyée pour le remplacer.

Elle renifla.

— Certainement pas. J'ai d'autres… responsabilités.

— Dis-moi une chose… Est-ce que j'ai été proche de la solution ? Le djinn de Lewis m'avait dit de venir ici, c'était un mensonge aussi ?

— Le djinn de Westchester a autrefois appartenu à Lewis, c'est vrai. Libéré, il le sert encore. Comme moi. Mais nous sommes limités dans nos connaissances, et dans ce que nous pouvons faire.

Elle contempla ses ongles de pied puis leva la tête pour fixer la route qui défilait sous les phares. Le coucher de soleil se déplaçait vers l'ouest en laissant une splendide traînée bleu roi qui se fondait dans le ciel nocturne parsemé d'étoiles. Quelque part, l'orage me cherchait, et je savais qu'il me rattraperait, si les autres ne me trouvaient pas avant.

— Donc, s'il ne m'a pas menti, Lewis est bel et bien venu à Oklahoma.

— Oui, comme je te l'ai dit.

— Alors, où est-il à présent ? Et pourquoi ne me vient-il pas en aide ?

Elle soupira, agacée, comme l'aurait fait l'humain dont elle avait l'apparence.

— Idiote. Tu as tous les éléments en main, mais tu ne lis toujours pas les panneaux. Star a déjà utilisé le livre, n'est-ce pas ? Pour revendiquer un djinn, ou essayer de le faire. Lewis était venu pour l'en empêcher.

Je compris brusquement que Star avait essayé de me piéger, en essayant de voir si je savais où se trouvait Lewis, si j'étais venue pour l'aider à arrêter Star.

— Alors, où est-il ? demandai-je.

Rahel secoua la tête.

— Tu le sais déjà.

C'était vrai. Rien d'autre ne faisait sens.

— Star. C'est Star qui a Lewis.

Rahel me regarda d'un air émerveillé, comme si je venais de faire mes premiers pas toute seule.

— Tu vois ? Tu n'es pas si bête que ça après tout.

| BULLETIN | N° 5 |
| --- | --- |

Des orages extrêmement violents sont attendus aux alentours d'Oklahoma City au cours des prochaines heures, avec des possibilités de grêle et de tornade. En cas d'alerte à la tornade, réfugiez-vous immédiatement.

STAR AVAIT LEWIS. Star retenait Lewis prisonnier.

L'idée qu'on s'était bien moqué de moi me traversa l'esprit en semant ses graines.

— Est-ce que tu peux exaucer des souhaits ? demandai-je franchement à Rahel.

Elle eut l'air vaguement offensée.

— Alors ? Tu peux ou pas ?

— Je t'en prie, ne sois pas ridicule.

— Les trois fois du rituel. Est-ce que tu peux ?

Elle sourit.

— Est-ce que je peux quoi ?

— Exaucer des souhaits.

— Merci d'avoir participé, mais tu dois le formuler sous forme de…

— Question, je sais. Oublie les règles et réponds-moi. Ce n'est pas comme si j'étais en train de devenir moins démoniaque.

Elle cessa de trouver cela marrant.

— Si j'en ai envie, je peux.

— Eh bien, je voudrais que vous arrêtiez tous de vous *foutre de moi* !

Je mis toute ma frustration, ma colère et ma terreur dans ce cri, et même Rahel parut troublée. Elle enleva son pied du tableau de bord et se redressa en me regardant fixement.

— Écoute, je n'ai rien fait, d'accord ? Je me suis faite avoir par Bad Bob (*et David, mon Dieu, David*), et par toi, et par Star, et maintenant tu me dis que le seul homme sur lequel je comptais pour me sauver la vie est dans des draps encore plus sales que les miens. Super. Tu peux me tuer maintenant.

— Arrête la voiture, dit-elle.

— Ce n'est pas une voiture, c'est un quatre-quatre.

Une pensée dérangeante me traversa l'esprit.

— Quand j'ai dit « tu peux me tuer maintenant », c'était une métaphore…

Ce fut à son tour de hurler, et je vous assure qu'à côté du hurlement d'un djinn, ma sortie avait l'air d'un pathétique piaillement.

Je sortis de la route. Fort heureusement, il y avait une zone d'arrêt d'urgence quelque trente mètres plus loin. Je rebondis sur la butte, retombai sur le bitume et me rétablis avec un semblant de contrôle.

— Qu'est que c'est ? demandai-je.

Rahel avait le regard fixé derrière nous. Une lueur rouge était en train de grossir.

— Sors, ordonna Rahel.

— Sortir n'est pas une bonne idée. *Conduire* est une bonne idée…

— Sors !

Ça, c'était un cri, pas un ordre, et avant même que j'aie eu le temps d'envisager une réponse, elle était dehors, en train d'ouvrir ma portière. Elle me tira sur le gravier, continua de me tirer, plus vite que je ne pouvais avancer. Durant une fraction de seconde, elle s'arrêta. Je tentai de trouver mon équilibre mais l'instant d'après, j'étais toute légère, en train de voler, et je ne savais vraiment pas comment je pouvais faire cela dans le monde réel. Pourtant, les choses bougeaient à toute vitesse, je sentais une pression colossale dans mon dos…

…puis je me retrouvai par terre, allongée sur le sol, avec un goût de sang dans la bouche, et une sensation de paralysie. Je me retournai et vis la boule de feu orange et noire remonter dans le ciel. Il me fallut une seconde pour faire le lien avec le Land Rover. Ou du moins, ce qu'il en restait. La voiture n'était plus blanche. Quatre pneus fondus, de la peinture écaillée. Quant à l'intérieur, il ressemblait à ce que l'on imagine d'un réacteur nucléaire.

Rahel se tenait debout, indemne, à quelques pas de moi, le regard fixé sur ce feu infernal. Les djinns, dit-on, sont des créatures du feu. Elle luisait comme une torche, belle, effrayante, sexy; je sentais la chaleur qu'elle dégageait.

Quelque chose était en train de prendre forme au-dessus de la ruine de feu et de fumée. Quelque chose…

Quelque chose de mauvais.

Rahel tourna la tête. Ses yeux étaient énormes, pleins de puissance et de fureur, de la couleur de l'or chaud. D'une voix irréelle et pragmatique à la fois, elle me dit:

— Il faut que tu coures maintenant.

— Qu'est-ce que c'est?

Je me relevai tant bien que mal, sans prendre garde à mes bleus et autres égratignures. Son visage était calme et impassible.

— Cours!

Elle ne se fatigua pas à me faire entendre raison. Elle me poussa. Je manquai de tomber; puis l'intensité du moment ainsi que le désir de mettre de la distance entre ma fragile personne humaine et ce qui était en train de sortir de la boule de feu triomphèrent, et je partis en courant.

Je sautai par-dessus le fil barbelé et retombai dans un buisson touffu plein d'épines. Je le traversai avec l'énergie du désespoir. Comme la femme de Lot, je me retournai et vis que les flammes du véhicule formaient, inexplicablement, un jet de feu qui se dirigeait droit sur Rahel. Il la frappa avec une extrême violence. Son manteau jaune fut soulevé comme les ailes d'un oiseau, puis elle fut engloutie.

Je ne pouvais pas m'arrêter. Les broussailles étaient sèches ; il suffirait que cette *chose* sortie du Land Rover les caresse légèrement pour qu'il ne reste plus de moi que du charbon et un dossier dentaire. Quand on panique, il est difficile de travailler sur les éléments. De plus, je sentais qu'on me bloquait ; d'autres forces dans le monde éthéré contrôlaient l'air, l'eau, le sol sous mes pieds, le feu derrière moi…

Je sortis de la zone broussailleuse et me retrouvai dans un champ labouré. Des sillons nets dans la terre, des germes d'un vert éclatant qui sortaient du sol, une ferme illuminée à l'autre bout du champ, comme un tableau kitsch que l'on trouve dans les vide-greniers. De l'autre côté je voyais un enclos d'herbe grasse où des vaches ruminaient placidement.

Il y avait une citerne d'eau en métal.

Je courus vers la clôture et sautai par-dessus. Je sentais l'air me brûler les poumons sans savoir si c'était le feu qui s'approchait de moi ou simplement une surcharge de panique. Je retombai dans le pâturage des vaches. En me relevant, je jetai un coup d'œil derrière moi.

Les buissons étaient en flammes. Pas le moindre signe de Rahel. Du Land Rover, il ne restait qu'une carcasse de métal.

Je courus vers la citerne. Les vaches s'écartèrent de mon chemin, aimables et timides. J'espérais sincèrement qu'elles ne finiraient pas en grillades, mais je ne pouvais rien y faire pour l'instant. Je regardai de nouveau derrière moi.

Le feu sortait des buissons en une ligne droite, brûlant tout sur son chemin. Il se dirigeait vers moi. Il toucha la clôture dans laquelle il fit un trou noir.

Curieusement, je savais, je sentais, que c'était Star.

J'accélérai autant que possible, pris mon élan, et sautai.

Je plongeai dans l'eau glacée de la citerne et touchai le fond vaseux. Mon corps accusa le choc. Je me retins pour ne pas hurler en une inspiration qui aurait été fatale. Je tins bon, ma respiration bloquée, et petit à petit la gifle froide s'atténua et me laissa transie.

Quelque chose frappa la citerne si fort que celle-ci trembla, et je vis une flamme brillante orange et blanche passer au-dessus de l'eau. La température augmenta sensiblement, et je me dis que si cela continuait, je finirais bouillie comme un homard. J'avais soudain le choix entre plusieurs manières de trouver la mort : brûlée vive, noyée, bouillie, et aucune d'entre elles ne me tentait vraiment.

J'aspirai les molécules d'oxygène de l'eau et formai une bulle respirable, y collai mes lèvres et remplis mes poumons. Je reculai vers le côté opposé au feu, et ouvris les yeux dans l'eau vaseuse : sur la paroi en face, le métal rougeoyait. Ma baignoire allait rapidement devenir une bouilloire. Est-ce que j'avais une chance de remonter à la surface, de m'extraire et de réussir à aller jusqu'à… jusqu'où d'ailleurs ? Avant d'être brûlée vive ? Non. Non, ce n'était pas envisageable.

À présent, ma maîtrise de l'eau et de l'air ne m'était pas d'une grande utilité, hormis sans doute pour me permettre de continuer à respirer jusqu'à ce que ma peau se détache de mes os et que mes yeux sortent de leurs orbites. Ou peut-être perdrais-je connaissance avant d'en arriver là. Je l'espérais en tout cas.

Soudain, tout devint noir. Je me demandai si ma vision avait été altérée, mais mon cerveau en arriva laborieusement à la conclusion que le feu s'était éteint.

Quelqu'un avait attrapé mes cheveux et tirait douloureusement dessus. J'ouvris la bouche et criai, ou plutôt, essayai de crier, mais je réussis seulement à boire la tasse. Je sortis enfin de l'eau, dans l'air frais ; je m'écroulai par terre, la tête dans la boue. Je vomis l'eau verdâtre.

J'inspirai et toussai. Mes poumons étaient si douloureux que j'avais l'impression que jamais plus ils ne seraient propres. Pouvait-on mourir de dégoût ? Je toussai encore jusqu'à ce que j'en sois toute tremblante et affaiblie. J'avais le visage couvert de terre. Je me retournai pour voir ce qui se passait autour de moi. J'avais du mal à dire si quelque chose d'autre avait été grillé. Il faisait trop sombre, mais je ne sentais pas d'odeur de barbecue, et j'entendais les meuglements paniqués des vaches de l'autre côté du pâturage.

Rahel se tenait debout au-dessus de moi, aussi impeccable et fluorescente que d'habitude. Elle me regarda et dit :

— Je suis à court de patience, fille des démons. Est-ce que tu l'aimes ?

Je toussai de nouveau, m'essuyai la bouche, et haletai :

— Quoi ?

— *Lui*.

Elle remua la main, et David apparut devant moi. David sous sa forme de djinn, des flammes couleur de bronze et d'or le long de sa peau, dans ses yeux.

— Est-ce que tu l'aimes ?

— Oui !

Rahel claqua de nouveau des doigts, et nous étions ailleurs. Ou pas… Je sentais encore le vent me caresser le visage, l'herbe grasse sous moi.

Mais ce que je voyais, c'était une cave. Sombre, avec des cartons entreposés çà et là. Une table de travail en bois était posée contre le mur, et sur la table…

…le livre de la boutique de Cathy Ball.

Estrella avança dans la pénombre, derrière moi. Je fis un bond de côté et atterris dans l'aura de la chaleur primitive de Rahel. Cette chaleur était réconfortante, car la cave était glacée et mon cœur se refroidissait.

Je me redressai ; Rahel m'aida à me relever.

Estrella s'approcha du livre et l'ouvrit.

— Non, murmurai-je.

Je regardai Rahel ; son visage était impassible mais ses yeux dorés brillaient comme des lanternes.

— Arrête-la !

— Je ne peux pas, dit-elle. Je ne peux pas interférer dans le processus de revendication.

— Bien sûr que tu peux ! Putain, mets le feu à sa maison, rase-la… Fais *quelque chose* !

Elle me fit face, s'agrippa à mes bras de ses griffes aussi dures que de l'acier.

— Si je pouvais l'arrêter, tu ne crois pas que je le ferais ? Tu crois que je perdrais mon temps à chasser une sale petite sorcière pourrie comme *toi* ?

Elle me secoua violemment.

— Arrête-la, *toi*.

Je quittai mon corps, montai en Seconde Vue, me dépêchai vers Oklahoma City. La maison de Star se trouvait là, quelque part… Où était-elle ? Elle n'était pas dans le monde éthéré, elle n'utilisait pas ses pouvoirs… Une aiguille dans une botte de foin… D'autres gardiens apparaissaient et disparaissaient comme les étincelles d'un feu, mais comme je ne m'approchais pas d'eux, je ne pouvais ni les identifier ni la trouver. Je redescendis dans mon corps et criai au djinn :

— Montre-moi où elle est !

— Je ne sais pas. Je peux *voir*, mais je ne sais pas mieux que toi où cela a lieu. C'est dans tes cordes. Trouve-la.

J'eus un accès de panique et d'angoisse. Bien sûr, je pourrais la trouver, si j'avais le temps… Si je n'avais pas cette Marque du Démon qui me rongeait de l'intérieur… Si Star elle-même avait envie qu'on la trouve. Non, il n'y avait rien que je puisse faire, rien que mes pouvoirs me permettent de faire qui puisse être utile maintenant. J'avais besoin d'autre chose.

Ma main toucha quelque chose de dur et de rectangulaire qui m'avait laissé un bleu sur la hanche gauche. Je plongeai ma main dans ma poche et en sortis…

…un téléphone portable. Le portable de *Star*. J'appuyai sur des boutons et il s'éclaira comme un arbre de Noël. Le répertoire… Je fis circuler des numéros que je ne reconnaissais pas, des noms inconnus.

Je m'arrêtai sur un numéro connu. Star avait appelé chez elle pour vérifier ses messages.

— Qui ne tente rien n'a rien, dis-je en appuyant sur la touche d'appel.

Dans l'illusion de Rahel, Star se tenait debout, le livre entre les mains, en train de marmonner des mots. Peut-être arriverais-je trop tard…

…mais soudain, elle leva la tête avec une expression agacée, celle-là même que j'avais quand le téléphone sonnait lorsque j'étais à table. Elle secoua la tête, haussa les épaules et se replongea dans le livre.

— Décroche, murmurai-je. Allez Star, je t'en prie, décroche le téléphone.

Je finis par tomber sur sa messagerie. Je raccrochai et rappelai.

Star lisait le livre à voix haute : on voyait ses lèvres bouger.

Il y eut un éclat de lumière intense, bleu et blanc, et quand il se dissipa…

Quand il se dissipa, David se tenait aux côtés de Star, lui faisant face. Immobile. Rahel cracha des mots que je ne connaissais pas, mais la rage qui s'en dégageait était, elle, universelle.

Star lui tendit le livre. Il le prit sans que son visage ne trahisse la moindre émotion.

— Trop tard, murmurai-je.

Le téléphone sonnait toujours, comme un bourdonnement lointain dans mon oreille.

— Mon Dieu, non.

— Pas encore. Elle ne l'a pas encore revendiqué. Elle l'a simplement piégé.

Malgré tout, Rahel ne paraissait pas optimiste. Elle tendit ses griffes jaunes vers David, puis laissa retomber sa main.

— Il se bat.

Évidemment, je le savais. Il se battrait de toutes ses forces, et même au-delà, pour rester libre. Comme je le ferais moi-même.

Star lui sourit et attrapa quelque chose sur le coin de la table, qu'elle porta à son oreille.

— *Digame*, dit-elle.

Je voyais ses lèvres bouger dans l'illusion et j'entendais sa voix dans l'appareil.

— Ne le fais pas, Star, dis-je. Je t'en prie. Laisse-le partir. Nous sommes amies depuis longtemps, cela vaut bien quelque chose. Ne lui fais pas ça.

Elle sursauta de surprise et regarda autour d'elle dans la pièce où elle se trouvait, chaque coin, chaque ombre. Quand elle se retourna, je vis de nouveau en elle cette beauté étrange et indescriptible. La beauté qu'un démon lui avait donnée.

— Jo ? Mon Dieu, tu es glissante comme une anguille. Je pensais que tu serais morte à l'heure qu'il est. Pas moyen, chérie. J'ai besoin de lui.

— Ce n'est pas vrai !

— J'ai besoin de lui.

— Tu n'as même plus la Marque ! Tu es libre !

Son beau visage, son faux visage, se tordit de colère.

— Ouais, exactement. Je suis *guérie*. C'est génial, non ? Sauf que je ne peux plus revenir à ce que j'étais. Je suis couverte de cicatrices. Infirme. *Inutile*. J'ai besoin de celui-là, Jo. J'en ai besoin pour *vivre*.

Je me souvins de l'incroyable puissance du feu qui m'avait poursuivie à travers le champ. Une telle chose n'était pas gratuite. Star était affaiblie et avait besoin d'une nouvelle source de pouvoir.

Elle avait besoin de David.

— Je l'aime, Star, dis-je. S'il te plaît, je t'en prie, ne fais pas ça.

Elle éclata de rire. Le même rire, le même rire doux et heureux qui m'avait permis de garder la tête sur les épaules au fil des ans, qui me rappelait qu'il y avait un monde normal, des amis normaux, l'espoir qu'il existait autre chose que le monde des gardiens.

Le même rire mensonger.

Elle s'approcha de David et passa ses doigts sur son visage, dans son cou. Je ressentis un besoin irrépressible de lui envoyer une gifle qui l'aurait propulsée dans un autre temps. Elle coinça le téléphone entre son oreille et son épaule et se mit à feuilleter les pages du livre.

— On va faire comme si je savais de quoi et de qui tu veux parler.

— Je ne rigole pas, Star. Soit tu le laisses partir, soit je viens te le prendre. C'est compris ?

Elle trouva ce qu'elle cherchait. Elle regarda les mots pendant quelques secondes, puis recula.

— Tu n'en as aucune idée, dit-elle. Aucune idée de ce que j'ai fait, du travail que j'ai fourni. J'étais infirme, putain, Jo. Moche, mutilée, anéantie. Même *Marion* pensait que je ne valais pas le coup qu'on s'occupe de moi. Il me restait tout juste assez de pouvoir pour allumer une allumette.

Je ravalai ma colère et m'efforçai de prendre un ton raisonnable.

— Mais tu as guéri.

— Oh oui, j'ai guéri. Mais pas grâce à eux.

Elle souriait à présent, mais c'était un sourire brûlant et crispé, qui paraissait douloureux.

— Pas grâce à *Lewis*. Il m'a laissée avec la tête d'un masque d'Halloween. Tu sais, j'ai senti qu'il me guérissait, mais il n'a pas eu le courage d'aller jusqu'au bout. Comme toi.

Elle posa le combiné contre sa poitrine et dit quelque chose à David. Dans l'illusion, le son ne passait pas. David ne répondit pas, il ne pouvait pas. Star remit le combiné à son oreille.

— Faut que j'y aille, Jo. J'ai des trucs à faire, un djinn à revendiquer.

Elle raccrocha et jeta le téléphone sur la table. Je criai dans le portable, mais c'était trop tard. Trop tard.

Estrella prit un bocal en verre sur l'étagère et le posa par terre, à côté des pieds de David. Je ne savais pas pourquoi je continuais à regarder ; si j'avais arrêté, j'aurais trahi tout ce dont il avait fait preuve en termes d'honneur et de loyauté, de pardon et de responsabilité.

Je lisais sur les lèvres de Star.

— Sois lié à mon service.

*Oh, Star, non. Je t'en prie.*

— Sois lié à mon service.

*Je t'en prie, arrête.*

— Sois lié à mon service.

Je sentis le David que j'avais connu s'éteindre comme une bougie. Sa personnalité et son charisme furent instantanément anéantis par le lien.

Il appartenait à Star.

La couleur de ses yeux changea et devint sombre et mate.

Star lui prit le livre et le posa sur la table. Le regard de David la suivait, plein de cette attention dérangeante, de cette même dévotion qu'il m'avait un jour vouée.

— Il est perdu, me dit Rahel.

Sa voix était glaciale, dure.

— Ne lui fais plus confiance. Il ne peut aller contre elle.

L'illusion retomba dans l'obscurité. Je sentis mes genoux plier et m'effondrai de nouveau par terre. J'appuyai mon front sur mes genoux.

La main de Rahel se posa brièvement sur mon épaule. Un signe de réconfort ? Je n'en sais rien. Mais elle me donna de la force. Je luttai contre la panique qui oppressait ma poitrine, et chassai les larmes de mes yeux. Mon visage brûlait. J'avais l'impression que ma peau était trop serrée.

— Je ne comprends pas, dis-je. Pourquoi fait-elle cela ?

— Elle n'a plus la Marque, me dit Rahel.

Elle s'accroupit, légère comme une ombre, pour me regarder dans les yeux.

— Elle a besoin de quelque chose pour combler le vide.

— Alors où est-ce que la Marque… ?

Je lus la réponse dans ses yeux tristes, furieux, outrés.

— Oh, mon Dieu, Lewis a essayé de la sauver. Il la lui a prise. Et maintenant, elle veut la récupérer.

— Tu comprends maintenant, me dit Rahel d'un ton sobre.

Effectivement. Je comprenais, avec stupeur et horreur. Lewis avait tellement de pouvoir… Plus de pouvoir que moi, plus que personne. Lewis avait fait exactement ce que sa nature exigeait de lui… Il était intervenu pour la guérir. Et ce faisant, il s'était rendu vulnérable, il s'était exposé à la Marque, et ça, c'était… horrible. Un Lewis altéré, sans conscience, avec des pouvoirs illimités…

C'était la première fois pour moi que le mot *apocalypse* était personnifié.

— Il est toujours avec elle ? demandai-je.

Rahel pencha sa tête d'un côté, puis de l'autre.

— Allez, Rahel, crache-le. Je n'ai pas le temps de jouer à des jeux de djinns.

— Je crois. Nous n'avons pas retrouvé sa trace.

— Pourquoi ne s'enfuit-il pas ?

Elle cligna lentement des yeux.

— Je crois qu'il ne peut pas.

— Merde !

Je frappai le sol si fort que j'en eus mal.

— Pourquoi est-ce que tu ne me l'as pas dit ?

— Qu'aurais-tu fait qui eut été différent ?

— Merde, je sais pas moi ! Peut-être que je ne serais pas tombée directement dans son piège, imbécile !

Rahel me regarda longuement d'un air offensé, ce qui me rappela que j'avais en face de moi l'incarnation du Pouvoir. Avec un P majuscule.

— Je ne suis pas responsable de la vision à court terme des mortels, Blanche-Neige. Je fais avec toi comme nous avons toujours fait avec les humains. Nous n'avons pas l'habitude de nous expliquer. Nous nous attendons à ce que vous compreniez.

— C'est ça. Putain, si je m'en sors, on ira suivre des cours de dialogues interespèces, parce que vous, vous êtes vraiment *nuls* en communication !

Merde. Je n'avais pas le temps pour cela. La situation m'échappait complètement et, comme lorsqu'on est en train de tomber, j'avais une vue d'ensemble sur le lieu de mon atterrissage en catastrophe.

— Il faut que j'aille à Oklahoma City.

— Je ne peux pas t'y emmener, dit-elle. Je suis…

— Libre, je sais. Tu ne peux pas te déplacer plus vite que nous.

Elle parut agréablement surprise que je sache cela.

— Emmène-moi chez le concessionnaire le plus proche.

Elle hocha la tête.

— Accroche-toi.

Elle m'entoura de ses bras.

Et mes pieds quittèrent le sol.

C'est vrai, j'avais déjà volé en Seconde Vue des centaines, voire des milliers de fois, et j'étais habituée à cette sensation de détachement de la réalité. Mais là, c'était différent. Mon corps n'était pas sagement en train de m'attendre sur le sol : il pendait entre deux mondes, à la merci d'un djinn au sens de l'humour tordu.

Je laissai échapper un cri qui ressemblait davantage à un piaillement pathétique et entourai Rahel de mes bras, m'accrochant à elle tandis que nous remontions dans les airs. La chaleur me fouettait le visage, et au moment où j'osai baisser les yeux, nous survolions le brasier orange du Land Rover.

Un oiseau battit des ailes et plongea vers nous ; je vis de la confusion dans ses petits yeux noirs, et je compatis. Moi non plus, je ne savais pas ce que nous faisions dans son espace aérien.

— Tu en sais tellement sur les djinns, me dit Rahel en souriant. Tu savais que nous pouvions faire ça ?

Je refermai la bouche avant d'attraper une bestiole.

Rahel nous fit atterrir au coin d'un carrefour à Norman, à environ quinze kilomètres de l'endroit dont nous étions parties. Elle me laissa m'asseoir. Je posai ma tête entre mes genoux et tentai de lutter contre la nausée qui me prenait. Cela l'amusa beaucoup.

— Tu passes d'un monde à l'autre sans arrêt, mais un peu de lévitation, ça te dérange ?

— Un *peu* ? *Beaucoup*, tu veux dire, répliquai-je. Qu'est-ce qu'on fait ici ?

*Ici*, c'était le parking fermé et désert d'une concession automobile du nom de *Performance Automotive*. Rahel me jeta un regard tellement exaspéré que je fus surprise qu'elle ne claque pas des doigts pour me changer en rat blanc.

— Manifestement, nous sommes ici pour te fournir un moyen de transport.

Ah oui, j'oubliais. Le Land Rover n'était plus qu'un tas de cendres.

— Nous allons donc voler une voiture.

— À moins qu'ils ne proposent d'essayer les voitures à cette heure tardive, je pense, oui.

Là, on nageait carrément en plein *Grand Theft Auto*. Pas de problèmes. L'idée d'avoir une nouvelle voiture me remontait le moral et, en outre, comparé à la condamnation à mort que je portais en moi, un séjour en prison ressemblait presque à des vacances. Je devais me rendre à Oklahoma City et retrouver Star ; une carrosserie montée sur des pneus me semblait être une bonne idée.

Je fis un tour à la recherche de témoins potentiels. Cette partie de la ville n'était pas très fréquentée après le coucher du soleil, en particulier compte tenu de la tempête qui s'approchait. On n'entendait que le bruit des drapeaux qui fouettaient leur mât et celui des lampadaires qui tremblaient à cause du vent de plus en plus fort. Les rares conducteurs qui passaient ne semblaient pas être troublés par notre présence.

Rahel attendait que je dise quelque chose. Je pris une grande inspiration et m'exécutai :

— J'ai besoin d'une auto rapide mais invisible. Une Honda haut de gamme, peut-être une Acura, avec des couleurs discrètes. Je dois me fondre dans la circulation. Mais d'abord, il faut s'occuper de ces caméras de sécurité.

Rahel jeta un coup d'œil aux objectifs brillants situés sur le toit de la concession, accrochés à deux ou trois lampadaires.

— C'est fait.

— C'est vrai ?

— J'ai fait griller les circuits, dit-elle. Et j'ai aussi démagnétisé la bande de sécurité.

— Ça alors ! Tu es sûre que c'est la première fois que tu fais ce genre de choses ?

Rahel me montra ses dents blanches.

— J'en ai fait des bien pires, ma sœur.

Nous franchîmes la barrière en fer blanc, prévue non pour empêcher les visiteurs d'entrer mais pour garder les véhicules à l'intérieur. Il y avait quelques belles pièces, dans des couleurs appétissantes. À contrecœur, j'éliminai d'emblée les voitures jaune fluo, vertes et rouges.

— Celle-ci, dis-je en montrant du doigt une voiture qui, à la lumière des lampadaires, avait l'air noire.

C'était une BMW, une voiture robuste. Pas parmi les plus chères, pas bon marché non plus, mais une voiture qui passait de zéro à quatre-vingt-dix kilomètres heure en moins de huit secondes sans aucune difficulté. Le mieux, c'était qu'elle ressemblait à une voiture familiale. Les flics ne la repéreraient donc pas du premier coup.

Et, à moins que je ne me trompe, elle était bleu foncé, et c'était ma couleur.

Rahel hocha la tête et s'avança. Elle fit lentement le tour de la voiture, sans jamais la quitter des yeux. Elle finit par dire :

— Il y a une alarme à l'intérieur.

— Tu peux la désactiver ?

— Bien sûr.

— Vas-y.

— C'est fait.

Elle haussa les épaules. Elle posa sa main sur la serrure, manipula des courants électriques, et ouvrit la portière conducteur.

— Maintenant, démarre. Vite.

Je m'approchai. Vraiment. Mais quand je me retournai pour entrer dans la BMW, je *la* vis.

Elle était garée toute seule sur le parking, magnifique dans sa robe bleue entrecoupée de rayures blanches qui remontaient sur le capot.

Ce fut le coup de foudre.

Je m'éloignais de la BMW sans même en avoir conscience. J'entendis Rahel me demander ce que je fichais, mais j'étais hypnotisée par la belle inattendue, comme si Dieu lui-même l'avait posée là pour que je la trouve.

Rahel me rattrapa au moment où je m'arrêtai à côté de la voiture. La *voiture* ? Non, le mot était trop banal pour elle : il pouvait décrire un tas de choses, d'une Honda Civic à une Lamborghini. Ce que j'avais sous les yeux nécessitait la création d'un nouveau mot.

— Qu'est-ce qu'il y a ? demanda-t-elle d'un ton impatient.

Je posai deux doigts sur la splendide peinture métallique, l'effleurai.

— Une Dodge Viper GTS de 1997, dis-je avec révérence. Dix chevaux, sept mille sept cent quatre-vingt-dix centimètres cube, six mille tours minute. La voiture la plus rapide d'Amérique, avec une vitesse maximale de près de trois cents kilomètres heure. Plus rapide que n'importe quelle Corvette, plus rapide que la Mustang Boss de 1971. Plus rapide que le *vent*, Rahel.

Rahel n'avait pas l'air impressionnée.

— Elle n'a pas l'air bon marché.

— Environ soixante mille dollars, si tu en trouves une.

La portière était fermée à clé, évidemment, mais je sentais l'invitation de la Viper.

— Ouvre-la.

— Tu m'as dit que tu voulais te fondre dans la circulation et être difficile à repérer. Ça... ce n'est pas difficile à repérer.

— Juste difficile à rattraper.

Je posai ma main à plat sur la carrosserie et lui caressai les flancs, comme s'il s'agissait d'un tigre à peine apprivoisé.

— C'est elle. Il n'y a pas à discuter.

Rahel haussa les épaules, toucha la poignée, et la portière s'ouvrit. Je me glissai à l'intérieur en soupirant de plaisir. J'avais l'impression de m'asseoir dans mon fauteuil préféré, un chat ronronnant sur les genoux. Le bien-être jusqu'au tréfonds de mon âme. J'ajustai le siège, examinai le tableau de bord et ressentis pour cette voiture un élan d'amour que jamais je n'avais ressenti pour une voiture. Même pour la pauvre Delilah.

— Je la prends.

Rahel était perplexe.

— S'il te plaît.

Elle toucha le contact. La Viper trembla et se mit à ronronner. Le levier de vitesse s'imbriquait parfaitement dans la paume de ma main. Rahel referma ma portière. Je baissai la vitre et lui dis :

— Tu peux ouvrir le portail ?

— Je ne vis que pour servir.

Elle paraissait amusée. Je suppose qu'elle n'avait jamais été témoin du lien sacré qui peut unir une femme et une voiture.

— Tu sais où il faut aller ?

— Loin de toi, dis-je en démarrant la Viper.

Le moteur émit un grognement doux. *Beau*.

— En fait, j'ai une idée assez précise de ce que je dois faire maintenant. C'est ce que tu as toujours voulu que je fasse, n'est-ce pas ? Retourner à Oklahoma City. Aller chez Star.

Elle sourit.

— Peut-être qu'en fin de compte, tu n'es pas aussi bête que je le craignais.

Son regard d'or était fixe.

— Ne t'attends pas à ce que David prenne ton parti. Il ne le peut pas, même s'il en a très envie.

Derrière elle, les serrures métalliques claquèrent et le portail en fer forgé s'ouvrit dans une plainte. Le dernier obstacle venait de tomber.

— Que Dieu soit avec toi, dit-elle.

Je faisais tourner le moteur au ralenti en la regardant.

— Et toi ?

Elle secoua la tête.

— Finalement, je me dois d'être infidèle. J'ai fait ce que j'ai pu. Ne me demande plus rien.

Je n'en avais pas l'intention. En enclenchant la première, je me glissai en Seconde Vue pour vérifier l'état de la tempête. Je vis la Marque du Démon en moi, un cauchemar noir et laid de tentacules et de griffes. Je fermai les yeux face à cette destruction de mon âme et formulai une promesse :

— Je vais trouver le moyen de l'arrêter.

Je lâchai la bride à la Viper.

La voiture, qui, décidai-je, s'appelait Mona, atteignit les cent vingt kilomètres heure en sortant de Norman, et cela ne lui demanda qu'un effort minime. Les voitures plus récentes paraissaient fades par rapport à elle. Elle était sensible au toucher, à la direction, au freinage, et il n'y avait pas de mini cerveau électronique pour s'interposer entre nous.

La tempête qui me pourchassait depuis mille cinq cents kilomètres s'approchait à toute allure et gagnait de la vitesse et de la puissance. Il faudrait que j'y fasse quelque chose avant de m'attaquer à Star. Il y avait trop d'énergie là-haut. Le risque était trop grand qu'elle s'abatte sur moi quand je serai affaiblie. Mais d'abord, il faudrait que je prenne de l'essence. C'était risqué, sans même parler du prix, mais la concession ne m'avait laissé qu'un huitième du réservoir, et il valait mieux que j'évite de me retrouver à sec.

Je sortis de la route au niveau d'une station-service *Texaco* au moment où une énorme bourrasque s'abattit, transportant avec elle du sable et des sacs plastiques. Elle avait une odeur de terre vaguement corrompue qui ne me disait rien qui vaille. Je pris autant d'essence que je pouvais me permettre, payai le caissier édenté et affrontai le vent pour retourner à la voiture. La température était en train de chuter, et mon haut en dentelle, bien que très tendance, ne me tenait vraiment pas chaud.

Une autre rafale m'envoya les cheveux dans le visage. Je les ramenai en arrière et m'aperçus que j'avais de la compagnie.

Un gros quatre-quatre jaune Nissan s'était garé près des pompes, entre moi et la Viper.

Je cessai de courir et me mis à marcher, avant de m'arrêter complètement. Mon cœur battait la chamade et atteignit un rythme comparable à celui que pouvait entraîner un cours d'aérobic. Combattre ou s'enfuir. Mon Dieu, je voulais me battre. Il fallait que je me batte, mais les organes qui contrôlaient les flux de puissance avaient été malmenés au cours des derniers jours, et le simple fait d'évaluer la vitesse du vent me faisait mal partout.

Sur la route, un semi-remorque passa devant la station-service en klaxonnant. Le vent me secoua de droite à gauche.

Marion Bearheart apparut derrière le quatre-quatre et s'immobilisa. Elle m'observait, les mains plongées dans les poches de son manteau de cuir. Ses cheveux poivre et sel étaient coiffés en une tresse épaisse ramenée sur une épaule. Elle semblait forte, dure et déterminée.

— Ne t'enfuis pas, dit-elle.

Curieusement, je l'entendais en dépit du vent.

— Merde ! Je n'ai pas le temps pour ça !

Les mots s'évanouirent, mais leur essence demeurait. Les mains dans les poches, Marion fit un pas.

— Donne-toi le temps, dit-elle.

Elle se rapprocha encore. J'avais envie de reculer, mais ses yeux avaient quelque chose de puissant et d'immortel, de plus grand que ma peur.

— Je sais que tu as la Marque.

Je me demandais si elle le savait, ou le soupçonnait, depuis longtemps. Elle s'était montrée plutôt prudente avec moi sur Iron Road, peut-être avait-elle eu peur de réveiller la Marque ? Ou n'avait-elle compris que par la suite ?

— Ça va, dit-elle.

De manière inattendue, le vent souffla de côté, puis vers l'arrière. Des mèches de cheveux s'échappèrent de sa tresse et se mirent à danser, noires et argentées, autour de son visage.

— Joanne, fais-moi confiance. Tout va finir par s'arranger. Je t'en prie, trouvons une solution ensemble.

Elle me tendit la main. Ses bagues de turquoise et d'argent luisaient sous la lumière crue de la station-service.

Je reculai d'un pas. Elle réessaya.

— Une fois que tes pouvoirs auront disparu, la Marque n'aura plus de quoi se nourrir, dit-elle. Elle sera affamée et affaiblie, elle mourra. Toi, tu vivras. Je peux le faire pour toi.

Mais je ne pourrais jamais vivre ainsi, sourde et aveugle, coupée de la respiration du monde. Coupée du monde éthéré. Comme Star, j'étais trop ancrée dans les éléments.

— Je ne suis pas la seule à porter la Marque, dis-je. Tu le sais, non ?

— Une chose à la fois.

Marion dégageait une forme d'intensité fébrile. Elle voulait que je me rende. Pourtant, elle n'avait pas utilisé ses pouvoirs. Pourquoi donc ? Elle s'en était servie sur Iron Road… Mais bien sûr, c'était à cause de la tempête. Plus nous utiliserions de puissance, plus la tempête serait violente, plus vite elle s'abattrait sur nous. Marion agissait de manière responsable.

Alors que je reculais encore d'un pas, je sentis des bras m'entourer par-derrière et me soulever. *Erik*. Il était plus grand que moi, plus fort, plus costaud, et il m'avait prise par surprise. Je sentis mes côtes craquer tandis qu'il me serrait. Je lui donnai des coups de talons dans les cuisses, mais il se contenta de me grogner dans l'oreille.

Marion s'approcha et me caressa doucement les cheveux, pour les enlever de mon visage. Elle sourit :

— Ne te défends pas. Je sais, tu as commis une erreur terrible, mais elle peut être réparée, je te le jure. Tu es trop précieuse pour les gardiens, je ne laisserai rien de mal t'arriver.

Je cessai de me débattre. Erik me baissa assez pour que mes pieds touchent terre.

— C'est Star, dis-je. Elle est contre nous. Il faut l'arrêter.

Elle écarquilla les yeux.

— Joanne, je m'attendais à mieux de ta part. Vraiment, accuser la seule amie qu'il te reste. C'est Star qui nous a dit que tu étais en route. Elle veut que nous t'aidions. Cela ne sert à rien de l'accuser.

Elle posa son regard sur Erik.

— Mets-la dans la voiture.

Il était inutile de me débattre, à part pour faire en sorte qu'Erik me serre encore plus fort et m'arrache la moitié des cheveux. J'en étais réduite à gigoter et à crier comme un enfant effrayé. Marion ouvrit la portière arrière de la Nissan. Je posai mes pieds de part et d'autre de la portière et poussai fort.

Shirl, qui était apparue de l'autre côté du véhicule, se pencha pour me toucher la cheville ; elle me brûlait. Je criai, envoyai un coup de pied qui la frappa au visage et l'envoya par terre. Marion se précipita à son secours. Erik trébucha quand une bourrasque de vent le frappa droit dans le dos.

J'attrapai ce vent, m'en enveloppai comme d'un manteau et le laissai nous soulever, Erik et moi. Il cria comme une poule qu'on égorge et relâcha son emprise ; je fis tourner le vent encore plus vite. Nous tourbillonnions en lévitant, et il me lâcha complètement, à la recherche d'un équilibre qu'il ne trouverait jamais. Plus haut. Encore plus haut. Marion cherchait à nous atteindre, mais quels que soient les stratagèmes magiques auxquels elle avait recours, cela ne servait à rien. Avec la tempête, le potentiel d'énergie était colossal, le pouvoir énorme, et m'en servir contre elle était pour moi aussi naturel que de respirer.

Je partageai la petite cheminée en deux, me stabilisai à mi-hauteur tandis que je laissai Erik tourner et gesticuler. *Plus vite*. Ce salaud avait failli me casser les côtes. *Plus vite*. Il n'était plus qu'un amas flou de chair et de tissu en train de crier.

Avec un tout petit peu plus de force, je pourrais lui arracher ses vêtements, le déshabiller complètement puis commencer à lui retirer sa peau, jusqu'à sa chair rouge et ses os…

*Mon Dieu*. Je tressaillis, car quelque part à l'intérieur de moi, quelque chose se léchait les babines devant cette peur, ce goût de sang.

Je laissai Erik retomber en vrac sur le goudron. Je me maintins à environ trois mètres au-dessus de la tête de

Marion. Shirl appela le feu, mais Marion l'arrêta avant que le vent ne s'en empare.

— La balle est dans ton camp, dis-je.

Le vent soufflait autour de moi, brutal et froid, aussi noir que la nuit, irradiant de puissance. C'était ridiculement facile. Jamais je ne m'étais sentie aussi puissante, même avec un djinn à ma disposition. Il n'y avait rien d'étonnant à ce que Bad Bob se soit laissé consumer par cette chose ; c'était tellement… *bon*.

Marion n'était pas assez bête pour entamer une guerre ici, à côté d'une ville peuplée d'innocents. Moi non plus.

Mais cela ne voulait pas dire que nous ne le ferions pas.

Elle ramena lentement ses mains sur ses hanches et m'adressa un bref hochement de tête.

— Tu sais que je pourrais te faire disparaître dans le vent, n'est-ce pas ?

Elle semblait furieuse, mais néanmoins elle acquiesça.

— Tu sais que j'ai le pouvoir de vous enterrer vivants, tous les trois.

— Fais comme bon te semble, c'est ton choix.

J'en avais assez de tous ces gens qui me parlaient de *choix*.

— C'en est fini des conneries, Marion. N'essaye plus de me faire des grands sourires en me donnant un coup de poignard dans le dos, parce que je te le jure, je te ferai mal. Maintenant, je m'en vais à la poursuite de Star. Tu peux soit venir avec moi et m'aider à la capturer, soit t'installer dans ta poubelle jaune et rentrer chez toi. Mais tu ne m'emmèneras pas avec toi.

Ses yeux étaient froids, comme des glaçons.

— Il semblerait que j'aie eu tort à ton sujet. Je pensais que tu prendrais la bonne décision.

— Eh bien, cela dépend du point de vue dont on se place.

J'attendais, flottant dans les airs, pendant qu'elle réfléchissait.

— Que se passerait-il si je t'apportais la preuve que Star est corrompue ?

— Je prendrais les mesures nécessaires.

Au bout de quelques minutes passées à nous regarder en chiens de faïence, Marion hocha à nouveau la tête. Une seule fois.

— Suis-moi, dis-je. Mais ne te mets pas en travers de ma route.

Elle poussa Shirl et Erik vers la Nissan, puis s'installa au volant. Je descendis assez bas pour la voir à travers la vitre. À environ huit cents mètres de là, un éclair déchira le ciel. Sensible comme je l'étais à ce moment-là, je le sentis me traverser comme un orgasme. Marion dut s'en rendre compte, parce que pour la première fois, la toute première fois, je vis dans ses yeux une lueur de peur.

— Essaye de ne pas me perdre, dis-je.

J'atterris et laissai le vent s'échapper. Il s'éloigna en une mini-tornade à travers le parking, cognant les voitures, faisant voler les poubelles et les cailloux comme un vilain garnement.

Je gardai mon sang-froid jusqu'à ce que je m'installe au volant de la Viper. Je restai assise, tremblante, et sentis la Marque du Démon s'étirer dans mes entrailles.

— Je ne serai pas comme cela, me promis-je.

Mais il était trop tard. J'avais blessé Erik et j'avais même sérieusement songé à le tuer. Ce n'était plus qu'une question de niveau de déchéance : encore quelques marches et je serai ce que Bad Bob avait été.

Un monstre.

Je me laissai envelopper par la force mécanique de la Viper ; Mona avait envie de s'élancer, et moi je voulais bien la laisser partir. Les premières grosses gouttes de pluie se mirent à tomber lorsque je quittai la station-service, suivie par le Nissan XTerra. Nous fûmes rapidement sur la I-35, en direction d'Oklahoma City.

LA TEMPÊTE ÉTAIT en train de devenir un problème.

Je la regardais s'approcher de moi. Les nuages étaient devenus plus sombres, bordés de gris et de vert ; la lumière était différente quand elle les traversait. La foudre tombait sans arrêt, comme des flammes dissimulées dans le nuage en enclume en train de prendre forme à l'horizon. Il avait l'air trompeusement compact, mais je savais qu'il s'élevait dans le ciel à neuf, douze ou quinze mille mètres : une cocotte-minute massive de force et de puissance. Trois kilomètres après avoir quitté Norman, la pluie se mit à tomber très fort. Les essuie-glaces de Mona étaient à leur vitesse maximum, et c'était à peine si je voyais le marquage de la route. Heureusement pour moi, il n'y avait pas une seule voiture, à l'exception du quatre-quatre qui me suivait. Nous étions les seuls inconscients à prendre la route par ce temps.

Maintenant, il était là, tourbillon vert et gris pendu au-dessus de ma tête, tout près. J'avais l'étrange impression de le reconnaître. Cet orage avait une personnalité. Une forme d'intelligence revêche. J'avais la désagréable impression, et probablement à juste titre, qu'il s'agissait de celui né des graines que j'avais semées sur la côte de Floride lorsque je m'étais battue contre Bad Bob. Quoi qu'il en soit, qu'elle soit le fruit de mes actions ou bien née des entrailles meurtrières de la Terre Mère, cette tempête s'éveillait à présent, avec sa propre puissance, sa propre présence. Elle était douée de sensations. Elle était capable de se maîtriser, d'altérer sa course, de décider de l'ampleur des dommages qu'elle allait causer, et où. Plus personne n'était capable de la contrôler en manipulant le monde éthéré. D'ailleurs, je voyais des jets de puissance l'attaquer de tous les côtés, l'œuvre de centaines de gardiens des Cieux, tentant tous de la déséquilibrer, en vain.

Plus je l'observais, plus elle me semblait familière. C'était *ma* tempête. Créée du fait de mon intervention. Nourrie par mon utilisation imprudente du pouvoir. Amenée jusqu'ici par mon subconscient, ou par la malchance.

Au-dessus de moi, elle changea de sens et gronda. Je sentis qu'elle se concentrait sur moi. Très bien. Cette fois-ci au moins, j'avais en face de moi un ennemi que je comprenais. Un ennemi que je pouvais combattre. Je regardai droit dans son cœur noir et enragé. J'ouvris la bouche et hurlai. Pas de mots, juste un hurlement torturé d'agonie.

*Allez, salopard ! Viens tenter ta chance.*

Lorsque je me tus, le silence s'était fait. La tempête marmonnait dans son coin et restait sur ses gardes. Je l'avais surprise, à défaut de lui faire peur.

Je ne pourrais l'arrêter sans avoir recours à ma Marque du Démon, ce qui ne ferait qu'accroître la force de cette dernière. J'y perdrais ce qui restait de mon âme. Mais de l'autre côté, je ne pourrais pas traverser la tempête sans qu'elle ne s'abatte sur moi avec force et fureur.

Elle se tenait entre moi et Oklahoma City. Entre moi et Star, entre moi et David.

Elle me regardait fixement. Je soutins son regard.

Je garai Mona sur le bord de la route et sortis de la voiture.

La Nissan s'arrêta prudemment derrière moi, dans une lueur jaune fantomatique.

— Va te faire foutre, dis-je en regardant le fruit de mon pouvoir. La guerre est déclarée.

ELLE COMMENÇA TOUT DOUCEMENT. Comme toujours. Une légère brise sur mon visage brûlant, tirant le bord de mon chemisier, mes manches. Elle me coiffait les cheveux, comme des doigts invisibles.

Marion sortit du quatre-quatre ; je ne me retournai pas.

— Tu ferais mieux de t'abriter, dis-je.

Je ne sais pas ce qu'elle fit. Je n'avais pas le temps de m'en occuper.

Au-dessus de moi, la tempête accéléra sa rotation. Les nuages tourbillonnaient et se mélangeaient les uns aux autres. Ils se reformaient en cônes qui se tordaient et tourbillonnaient à leur tour. Dans le sens inverse des aiguilles d'une montre, comme toutes les tempêtes de notre hémisphère. Les couleurs étaient incroyables : du gris, du vert, du noir. Des éclairs vifs de mauve et de rose, venus de la foudre qui traversait le ciel.

J'attendis.

Le vent plaqua mes cheveux vers l'arrière, comme un drapeau, malgré la pluie qui tombait à verse. J'utilisai suffisamment de pouvoir pour créer une cloche de calme autour de moi, ce qui provoqua un coup de foudre. Je le dirigeai vers le sol et n'en sentis que le picotement, ainsi que les mouvements subtils et furtifs de la Marque du Démon.

Je lui dis de se tenir tranquille. Les choses allaient largement s'aggraver avant qu'on ait la moindre éclaircie.

Quand la grêle se mit à tomber en balles de golf venues du ciel et explosant tout autour de moi, j'étendis ma cloche protectrice au-dessus de Mona. Cela ne servirait à rien de remporter la guerre si je me retrouvais à faire du stop sur le bord de la route. La grêle gagnait en intensité, comme de la pluie blanche, en boules de plus en plus grosses qui explosaient comme des bombes quand elles touchaient le sol. Des éclats de glace faisaient des entailles dans mes vêtements, froids au début, puis chauds quand le sang se mit à couler. Des centaines de petites coupures. Je renforçai la protection, mais j'allais avoir du mal à me préserver complètement.

Dans le champ qui se trouvait sur ma droite, l'herbe et la poussière se mirent à virevolter. Un serpentin gris descendit des nuages. Il n'avait pas beaucoup de force, tout juste de niveau 0, rien de plus qu'un tourbillon de poussière. La tempête était en train de me tester.

Je coupai le sommet de la tornade naissante en gelant les molécules d'air. Le mouvement ascendant perdit de son élan et le couloir de poussière retomba.

Un point pour moi.

Quelque chose se passait derrière moi. Avant même que j'aie eu le temps de me retourner, je sentis le picotement d'un nouvel éclair ; je divisai mon attention en trois : protection, diffusion, et retournement, pour faire face à ce que la tempête me préparait.

Une autre tornade, mais celle-ci se formait vite, et méchamment.

Le cône entier était déjà visible; il tremblait et dansait à travers le rideau de pluie. Il était éclairé de l'intérieur, une lumière bleue et blanche, irréelle. La foudre en boule. J'entendais les grosses gouttes plasmatiques d'énergie rebondir au sein des murs de vent.

Les tornades sont des engins de destruction terriblement simples et efficaces. Elles sont dues à de simples mouvements ascendants (des mouvements diaboliquement ascendants) poussées par des cisaillements de vent et la rotation de la Terre. Imaginez une colonne d'air avançant à une vitesse de cinq cents kilomètres heure, droit devant, explosant dans la mésosphère et émergeant tel un geyser invisible. Quand l'air refroidit, il retombe et est attiré dans la spirale.

Cela a l'air simple. Mais quand on se trouve face à ce mur changeant et terrifiant de destruction qui se dirige droit vers vous, toutes les connaissances du monde ne vous permettent pas de rester objectif. Celle qui s'approchait de moi était déjà armée de toutes sortes d'objets trouvés: des morceaux de bois, des bouts de fer arrachés aux clôtures, des clous, des pierres, de l'herbe rêche et du sable abrasif. Si un corps humain se retrouvait coincé dans ce mur, il serait réduit en bouillie en quelques secondes à peine.

Je montai en Seconde Vue. La tempête était grise, vert pâle, beaucoup trop claire... photonégative. Pleine d'énergie destructrice, avec un instinct qui la pousserait à maximiser les dégâts. Elle remontait dans la mésosphère comme une machinerie géante. Il y avait d'autres gardiens là-haut, mais personne ne s'approcha de moi ni me proposa d'unir ses efforts aux miens; ils étaient tous concentrés sur les points faibles de la tempête. Ils essayaient de réchauffer l'air en haut de la tornade et d'interrompre le cycle qui la nourrissait.

Cela ne fonctionnerait pas. Cette tempête contrôlait trop bien ses paramètres et elle n'allait pas nous laisser la priver de son carburant. Il fallait faire preuve de créativité si nous voulions, si *je* voulais, survivre. Très honnêtement, je crois que les autres gardiens ne se souciaient pas de ma survie. Ils voulaient endiguer la tempête à l'endroit où elle se trouvait, en pleine campagne, et la laisser mourir de sa belle mort. Les risques que je prenais, c'était du bonus.

Un autre éclair était en train de se former. Au lieu d'en diffuser la puissance, je la concentrai et dirigeai cette énergie colossale au cœur de la gorge vulnérable de la tornade qui grondait au-dessus de moi.

Elle s'étouffa, bégaya, toussa. La chaleur résiduelle restée par terre s'étendit vers le haut, interrompant ainsi le pan froid du cycle.

En l'espace de quelques secondes, le mur de vent s'effondra et remonta dans les nuages lourds de pluie, laissant tomber ses armes de fortune. Un gros morceau de fil barbelé dégringola du ciel jusqu'à mes pieds.

Je levai les yeux vers la tempête et lui criai ma défiance :

— C'est tout ce que tu as ? Tu crois pouvoir m'arrêter avec ça ? Allez !

Elle me frappa avec la foudre, cinq fois très exactement. Je manquai le dernier éclair et il me toucha, pas assez pour me griller, mais suffisamment pour faire trembler mes nerfs déjà à vif. Je tombai, me retournai sur le ventre et regardai droit dans le cœur de mon ennemi. Cette tempête n'avait pas d'yeux, mais il y avait une sorte de *centre*… Cet endroit froid et calme autour duquel tout était en rotation, tout criait et bruissait.

Je restai à terre, me détendis, et remontai en Seconde Vue. D'autres chaînes étaient en train de se former. Elle sentit la présence de faiblesses et prépara une attaque massive d'éclairs. Je cassai les maillons de la chaîne et rétablis les polarités, au cœur de la tempête.

Ensuite, je fis une chose qu'on m'avait dit de ne jamais, jamais faire.

Je m'attaquai à la rotation de la tempête.

L'élan est une chose curieuse. C'est un multiplicateur de force pour les objets en mouvement, comme les enfants qui font de la bicyclette. Mais l'élan ne contribue à la force que lorsque la force opère selon des règles logiques et contrôlées.

Lorsqu'un enfant à vélo va trop vite, il perd le contrôle. Le guidon se met à trembler, les roues à zigzaguer. Les lignes de force opèrent latéralement plutôt qu'en ligne droite.

La vitesse peut être l'ennemi de l'élan.

Je ne tentai pas d'agir en opposition par rapport à la tempête. Cela aurait été parfaitement inutile et n'aurait fait qu'accroître la fureur de l'énergie qui m'entourait. Non. Au contraire, j'attrapai les vents désordonnés et chaotiques qui opéraient à la limite de la tornade et les *ajoutai* à la tempête, comme un tuyau d'évacuation qui aspire de l'eau. Je *nourrissais* la tempête. Je déversais de l'énergie en son cœur. Quelques gardiens s'aperçurent de ce que j'étais en train de faire, et certains d'entre eux essayèrent de m'arrêter. Je les repoussai brutalement. Quelques-uns d'entre eux bénéficiaient du soutien d'un djinn ; mais moi, j'avais la Marque. La puissance qui se trouvait à l'intérieur de moi était noire et brûlante, et était si bien unie à la mienne que je n'avais même plus besoin d'un djinn.

Parmi les autres gardiens, un ou deux disparurent du monde éthéré et ne réapparurent plus. Je ne me posai pas trop de questions sur ce que je leur avais fait. C'était la tempête qui importait. Je l'accélérai, de plus en plus, en déversant toujours plus d'énergie, jusqu'à ce qu'elle déborde.

Dans le monde physique, la tempête exerçait une rotation si rapide que c'en était irréel. Des tornades surgissaient de toutes parts, comme si le pouvoir avait du mal à garder le contrôle sur lui-même. Mais il y avait trop d'énergie à présent, aucune maîtrise, seulement des forces latérales qui s'entrecroisaient et s'annulaient.

Plus vite. Plus vite. *Plus vite.*

J'éclatai de rire en regardant le tourbillon infernal. L'œil du cyclone me fixait, furieux. La foudre tombait de manière continue, de sorte que l'ensemble de cette masse noire, verte et mauve était éclairée de l'intérieur, pleine d'énergie.

Pas une seule tornade ne toucha le sol. L'une d'elles, gigantesque, de près de mille cinq cents mètres de diamètre, se forma dans les airs, cherchant à toucher la terre humide pour détruire tout ce qui se trouverait sur son passage. Je réchauffai l'air qui se trouvait au-dessous si rapidement que la pluie se transforma en vapeur.

La tempête préparait un autre éclair. La chaîne des polarités conduisait droit vers moi, et elle était aussi dure et inflexible qu'un câble d'acier tressé. Je ne parviendrais pas à la rompre.

Quelque chose en moi me soufflait *laisse-la venir* ; quelque chose de noir, de dur, qui surfait sur la vague d'adrénaline. *Réchauffe-toi à la lumière de la puissance. Tu y as droit.*

Cette idée était si déstabilisante que je perdis mon emprise sur l'air au-dessous de la tornade de force 5, laquelle grignotait du terrain. Les températures chutèrent.

La tornade toucha terre, rebondit, retourna le sol, arracha les plantes et les clôtures et s'avança vers moi en hurlant.

Je sentis l'énergie remonter dans mon corps. Elle me força à me cambrer, me fit pousser un cri essoufflé, imprégna toutes les cellules de mon corps de cette force pure et primitive.

La chose en moi s'en nourrissait et je sentis le Démon se transformer : d'une horreur noire à tentacules, il devint une chose de glace et de pics qui s'enfonçait dans mes os, trop gros pour se contenter de ma peau.

Je sentis à peine l'énergie nucléaire massive de la décharge. L'énergie se manifestait sous forme de lumière et de chaleur visibles.

Je fus transformée dans cet enfer brûlant.

Je devins entière.

Lorsque je me relevai, mes vêtements déchirés et fondus glissèrent par terre. Je me tenais devant la tempête aussi pure qu'une Ève.

Je tendis la main et touchai la vie à l'intérieur du cyclone, la caressai, goûtai son essence sombre et furieuse. Je me mis au diapason de ses vibrations et de ses rythmes, j'apprenais avec lui, *j'étais* la tempête.

Puis je l'entourai de l'immense puissance que j'avais en moi… et je l'écrasai.

Six mètres plus loin, la puissance colossale et grinçante de la tornade retomba sur elle-même, anéantie. Les circuits énergétiques de la tempête se brouillèrent et se désagrégèrent.

Dans le calme de la nuit, je m'entendis rire. J'étais nue, trempée, imprégnée de la furieuse puissance de l'obscurité la plus profonde, et je continuais à trouver ça amusant.

Un bruit de pas sur le gravier brisa le silence, et je revins à moi. Ou à ce qu'il me restait de moi à présent.

— Mon Dieu, murmura Marion.

Je tournai la tête et la vis tressaillir.

— Ce que tu as fait...

— ...nous a sauvé la vie, dis-je.

Je me redressai, baissai les yeux sur mon corps, et sentis le choc me submerger. J'avais froid. J'étais coupée et égratignée de partout. Je ressemblais à une vieille carte du monde bardée de punaises.

— Vous avez des vêtements à me prêter ?

Ils ne voulaient pas s'approcher de moi. Shirl enleva sa chemise en coton et garda son tee-shirt. De sa voiture Marion sortit un sac d'où elle extirpa un jean large. Elles me les lancèrent, avec une paire de Converse roses boueuses. J'enfilai les vêtements sans me soucier de savoir qui me regardait. À ce moment-là, même Erik n'avait pas envie de me mater.

Ils n'avaient même pas voulu me toucher. Je ne leur en tenais pas rigueur.

Je jetai un coup d'œil à mon accoutrement et me dis que je n'étais pas partie pour gagner un prix de mode, même pas dans un refuge pour les sans-abri, mais ça ferait l'affaire. C'était suffisant quand il s'agissait de mourir ou tuer une amie.

Pas besoin d'être belle pour cela. Il suffit de faire peur.

J'avais fait un peu plus de dix kilomètres et j'étais presque arrivée à la périphérie d'Oklahoma City quand je rencontrai le premier obstacle.

Un mur de vent. C'était un courant féroce qui allait d'est en ouest et qui traversait la route en angle droit, comme une tornade horizontale. Ce n'était pas un phénomène naturel (cela ne se produisait qu'à très haute altitude, dans des conditions climatiques extrêmement instables), mais il était incontestablement puissant. Si je perdais le contrôle, la Viper serait emportée dans un tourbillon à faire pâlir d'envie tous les cascadeurs, à la différence près que je ne disposais d'aucune protection et que je n'étais pas une cascadeuse professionnelle. Je pouvais contrôler beaucoup de choses. Mais pas la gravité ou l'énergie cinétique de base.

J'eus une seconde pour reconnaître la distorsion qui traversait la route, une autre pour décider de la marche à suivre. Pas le temps de me concentrer ou de procéder à des manipulations en douceur.

J'écrasai la pédale d'accélérateur et Mona fit un bond en avant, comme un champion sur le dernier sprint.

Le vent frappa l'aile gauche avec la brutalité d'un convoi de marchandises, et les roues perdirent leur capacité de traction. Je commençai à tournoyer. S'il ne s'était agi que d'un seul cisaillement de vent rapide, cela aurait été une chose, mais là c'était une bourrasque violente et continue, et comme le véhicule tournait, elle le frappa directement à l'arrière, faisant ainsi basculer la Viper. Je fis alors exactement le contraire de ce que l'on doit faire : je tournai le volant dans le sens contraire du dérapage, lui donnai encore plus d'élan, m'assurai que la voiture continue de tourner et que l'élan la fasse tournoyer comme une toupie. Le vent frappait encore, mais il ne faisait qu'accélérer la rotation de la voiture sans nous ralentir.

Je déglutis et m'agrippai de toutes mes forces au volant tandis que le monde extérieur se transformait en une masse brune, verte et noire parfaitement indistincte… La route, l'accotement, le champ, la route, l'accotement, encore le champ… Et soudain, je sentis disparaître la pression de l'air sur la voiture.

Je tournai le volant dans le dérapage. Je sentais l'odeur des pneus chauds et celle de mes nerfs à vif. La Viper me résistait et résistait à la route, comme un taureau de corrida.

J'appuyai doucement, très doucement, sur le frein, luttai contre les roues tandis que nous faisions un dernier tour, lentement, avant de nous arrêter brusquement sur la route.

Je dépassai la ligne discontinue d'environ cinq centimètres.

Cela aurait été le moment idéal pour ouvrir la portière et vomir, mais je n'avais pas le temps. La XTerra jaune ne se trouvait qu'à quelques centaines de mètres derrière moi et un véhicule plus lourd n'avait aucune chance face à ce mur. La force du vent renverserait le quatre-quatre comme si c'était un jouet.

Je n'avais ni le temps ni l'énergie pour le faire correctement et prudemment. Je me contentai donc d'envoyer brutalement une force égale en sens inverse, en faisant claquer de l'air froid dans le courant. Je le maintins tandis que la XTerra le traversait à toute allure. Il y avait encore assez de vent pour la secouer, mais pas pour la renverser.

Je remis Mona en marche et accélérai brusquement. Nous volions vers la ville, le quatre-quatre de Marion juste derrière nous. Je m'attendais à avoir des ennuis. De fait, je comptais même dessus.

Vous imaginez donc à quel point il me fut désagréable de n'en avoir aucun, même pas l'ombre d'un, sur le chemin qui traversait la banlieue jusqu'à l'intersection avec la I-40. La circulation était maintenant plus dense et plus lente. Je dus ralentir Mona. Je tressaillais à chaque voiture que nous croisions, car nous avions là la recette d'une catastrophe : si Star ne se souciait pas du nombre de victimes, cette histoire pourrait très bien finir en carambolage de quarante ou cinquante voitures. Le genre d'accident qui fait la une des journaux.

Mais rien de tel ne se produisit.

J'attrapai le portable de Star et composai le numéro de mémoire.

— Centre d'assistance, me dit une voix trop jeune et trop aimable pour m'être d'un réconfort quelconque.

Dans quel lycée étaient-ils donc allés faire une descente ? Avais-je vraiment été aussi jeune quand j'avais travaillé là-bas ? Sans doute. Néanmoins, l'idée que ma vie et celle des gens qui m'entouraient pouvaient être entre les mains de quelqu'un d'à peine assez âgé pour acheter de l'alcool ou sortir en boîte de nuit me donnait la chair de poule.

— Bonjour, Joanne Baldwin à l'appareil, gardienne des Cieux. Je suis à Oklahoma City et j'ai besoin de lancer une alerte générale de code 1.

À l'autre bout du fil, un silence de mort pendant au moins dix secondes, puis, très doucement :

— Excusez-moi ?

— Code 1. Alerte générale. Vérifiez si vous ne savez pas ce que c'est.

— Veuillez patienter.

Elle disparut cette fois-ci pendant trente bonnes secondes, et quand elle me reprit, sa voix tremblait.

— Heu... Gardienne Baldwin ? On m'a dit de vous dire que vous deviez vous rendre aux gardiens qui vous suivent. S'il vous plaît.

— Bien, et voilà ce que moi je vous dis : Oklahoma City risque de n'être bientôt plus qu'un trou noir sur la carte si vous ne faites pas ce que je vous demande. Lancez un code 1. Immédiatement.

Elle semblait plus sûre d'elle. Un superviseur était sans doute à ses côtés.

— Je ne peux pas faire ça, madame.

— Ne m'appelle pas « madame », gamine. Passe-moi la personne qui te souffle les lois et les règlements.

J'avais eu raison en ce qui concernait le superviseur. Il y eut un clic, puis une voix profonde d'homme me dit :

— Jo, est-ce que tu sais à quel point je suis fâché contre toi ?

— Paul ?

Je ne pouvais pas m'en empêcher: blessée, effrayée, à moitié dévorée par un démon, je continuais à sourire au son de sa voix.

— Garde le savon pour plus tard. Je suis en route pour aller chez Estrella Almondovar, ou plutôt, ce sera le cas dès que tu m'auras donné son adresse. Marion et son équipe sont derrière moi.

— Gare-toi, et laisse-les faire leur travail. Putain, Jo, Bad Bob avait raison à ton sujet. Tu as la moindre idée du bordel que tu as foutu là-haut ? Une tempête du feu de Dieu, et un tel feu d'artifice dans le monde éthéré qu'on pourrait aussi bien laisser tomber et faire évacuer l'ensemble de l'État. Et ne me dis pas que ce n'était pas toi. Je t'ai *vue* là-haut.

— Tais-toi et écoute-moi. J'ai une Marque du Démon, Lewis aussi, et nous sommes sur le point de nous y attaquer. Si tu ne veux pas avoir à ramasser autre chose que des planches et des panneaux de signalisation, je propose que tu te bouges le cul et que tu lances une alerte de code 1, maintenant.

Il me mit en attente. *Connard*. Je raccrochai et jetai le téléphone sur le siège passager.

Vingt secondes plus tard, tandis que je cherchais un panneau de sortie, le portable vibra. Je répondis :

— Balance.

— 1617, cinquante-sixième rue, dit Paul. Le code 1 se met en place. Tu plaisantais, n'est-ce pas, quand tu disais que Lewis et toi passiez à l'attaque ?

— J'espère bien que non.

Je reposai le téléphone et rétrogradai, dépassai un break et deux Honda rouges identiques. Je vis le panneau de sortie : cinquante-sixième rue, trois kilomètres.

Le temps semblait clair. Trop clair.

C'était beaucoup trop facile.

Je quittai la voie rapide et pris le virage en faisant crisser les pneus tellement fort que cela aurait dû attirer l'attention de la police dans les six États environnants. La chance continuait cependant de me sourire : pas de flic en civil en train de prendre un café à une intersection. Je passai les vitesses et brûlai deux feux orange, mais je dus m'arrêter à un rouge. J'étais sur des charbons ardents. Je tremblais d'impatience.

Le quartier était industriel et comprenait surtout des usines de pièces détachées et des centres d'impression. Les bâtiments étaient carrés, gris, sales. Les lampadaires donnaient au quartier une teinte jaunâtre, et les trottoirs étaient déserts hormis quelques voitures dissimulées dans des parkings fermés par des chaînes et des fils barbelés.

J'avais dépassé quatre pâtés de maisons quand quelqu'un surgit sur la route, devant moi. J'écrasai le frein. La Viper s'arrêta dans un grincement de pneus et un nuage de fumée.

David se tenait devant moi. Ce n'était plus mon vadrouilleur. Ce nouveau David avait les cheveux et les yeux bruns. Il était vêtu d'une chemise blanche et ample, et d'un pantalon noir qui disparaissait dans la brume au niveau des genoux. C'était l'apparence que Star lui avait imposée, en même temps que sa volonté. Je me souvenais du bronze chaleureux de ses yeux et ressentis un pincement de douleur.

*Ne prends pas ton ennemi pour ton ami.* C'était l'excellent conseil de Rahel, et pourtant, en le regardant, je ne me souvenais plus que de ses mains sur mon corps, de ses caresses apaisantes. Il n'était pas seulement un djinn, pas simplement un instrument, ou un robinet de puissance qu'on pouvait ouvrir ou fermer. Il n'était pas un esclave.

Et si lui ne l'était pas… peut-être qu'aucun d'entre eux ne l'était. Peut-être qu'aucun d'entre eux ne devrait l'être.

— Ne fais pas ça, dis-je.

Je savais qu'il m'entendait, en dépit du fait que les vitres étaient remontées.

— Ne fais pas de nous des ennemis. Je t'en prie.

— C'est toi qui as fait de nous des ennemis, répondit-il en tendant sa main, la paume en avant.

Je sentis la gravité s'accroître et me coincer dans mon siège, me bloquer.

L'air autour de moi devint épais, sucré et empoisonné. Je m'étouffai. Je cessai de respirer. Je tentai d'atteindre le bouton qui commandait les vitres, mais David était trop fort, trop préparé. Je sentais ma peau brûler. L'air était légèrement teinté de vert. Du chlore ? Ou quelque chose de pire encore ?

Il avait transformé ma voiture en chambre à gaz.

J'attrapai le vent et l'envoyai sur lui assez fort pour le désincarner. Juste avant qu'il ne reprenne forme, j'appuyai sur le bouton et abaissai les quatre vitres. De l'air frais s'engouffra et chassa la brume empoisonnée. J'appuyai sur l'accélérateur et fis crisser les pneus, droit sur lui.

David avait disparu quand l'avant de la voiture arriva là où il s'était tenu. Je jetai un coup d'œil derrière moi, mais je ne vis que le quatre-quatre de Marion qui remontait la rue sur mes traces. Je n'avais pas la prétention de penser que j'avais semé le djinn, mais au moins, et sans jeu de mot, je pouvais respirer.

Je pris le portable. Paul était encore en ligne. Je l'entendais grogner des ordres.

— Eh ! criai-je. J'ai besoin de toi. Réponds !

— De quoi as-tu besoin ?

En situation de crise, Paul se souciait des faits. Les émotions n'avaient pas leur place. Il me haïrait plus tard, peut-être même me tuerait-il, mais pour l'instant il avait fait son choix et il irait jusqu'au bout.

— Un djinn. Le tien. Envoie-le ici et dis-lui de faire obstacle au djinn de Star, sans quoi je n'y arriverai pas. Il…

Un bâtiment commença à s'effondrer sur la route devant moi. Je poussai un cri, fis tomber le téléphone, tournai le volant. C'était un vieux machin délabré, fait de briques brûlées et de vitres sans teint, sans doute sur le point d'être démoli, mais j'étais sûre qu'il n'avait pas choisi tout seul ce moment précis pour se mettre en travers de ma route. Je changeai de vitesse et laissai la Viper prendre tout l'élan dont elle était capable ; une brique toucha le capot, puis une autre, et finalement, nous émergeâmes de l'ombre du bâtiment. Je le vis s'effondrer derrière moi dans un grondement sourd et un nuage de fumée blanche.

Un lampadaire se jeta sous mes roues. Je l'évitai.

Une boîte aux lettres s'élança, laissant sur sa trajectoire des étincelles et des lettres officielles. J'écrasai la pédale de frein, et l'évitai elle aussi de justesse.

— Paul ! criai-je. Maintenant, ce serait sympa !

Trop tard. David maîtrisait le timing. Le lampadaire suivant tomba juste au bon moment, trop loin pour que je puisse le dépasser, trop près pour que je puisse m'arrêter. Je touchai le bord du trottoir tellement fort que j'eus peur que les pneus n'éclatent, mais la voiture rebondit, fonça dans quelques poteaux de bois, caressa un abribus à l'abandon et rebondit encore une fois sur la route.

Juste devant un dix-huit tonnes qui prenait l'intersection. Il n'y avait personne au volant, et sa cargaison ressemblait étrangement à une cuve de propane.

Un calme étrange s'empara de moi. La Viper était rapide, mais elle n'était pas surnaturelle, et je n'avais pas pris assez de vitesse pour m'en sortir. Je n'avais pas assez de place pour m'arrêter, pas assez de chance non plus pour pouvoir l'éviter.

*Désolée, Mona. C'était sympa jusqu'au bout.*

Quelque chose apparut au milieu de la route. Quelqu'un, plutôt : petite, aux cheveux blonds, vêtue de bleu et de blanc comme un personnage de contes de fée.

Un djinn était venu à la rescousse. Mais ce n'était pas celui de Paul. C'était Alice au Pays des Merveilles.

Elle leva sa petite main toute fine et le camion s'arrêta. Elle contrôlait parfaitement la situation. Elle regarda pardessus son épaule au moment où je prenais l'intersection, et je vis sur ses lèvres un sourire, une étincelle bleue de vie dans ses yeux que je n'avais jamais vue avant.

Un murmure me parvint par la radio. *Vas-y. Je le retiens.*

Apparemment, elle avait envie d'une revanche suite à la poursuite dans la librairie. Je notai mentalement qu'il fallait que je remercie Cathy, de préférence en lui apportant des chocolats et une bonne bouteille d'alcool, et sentis la tension se relâcher légèrement dans mes épaules. Au moins, je n'aurai pas besoin de lutter contre David. Pas directement.

Non, il fallait juste que je me batte contre Star. Et contre moi-même.

Je vérifiais l'adresse quand les bâtiments industriels firent place à des maisons d'ouvriers, aussi sales que les usines. Toutes étaient petites, faites de matériaux bon marché, et avaient pour la plupart besoin d'être repeintes. Elles étaient serrées les unes contre les autres. Leurs jardins minuscules étaient envahis par les mauvaises herbes et divers débris.

La demeure d'Estrella brillait comme un diamant dans un tas de charbon. Elle était plus grande, bien proportionnée, apparemment repeinte, avec un portail d'un blanc immaculé. Pas de mauvaises herbes dans le gazon printanier. Le seul ornement était une mare aux oiseaux en béton, affublée d'un chérubin. On n'aurait pas dit que cette maison hébergeait quelqu'un capable de tuer pour garder ses secrets.

Je garai la Viper contre le trottoir et sortis de la voiture. À l'intérieur de la bâtisse, les lumières étaient allumées et donnaient une impression de chaleur. Par l'une des fenêtres de la chambre, on voyait la lueur bleutée et irrégulière d'un écran de télévision.

Tout semblait trop normal. Jamais je n'aurais pensé y parvenir aussi facilement. Curieusement, il m'était plus difficile de mobiliser ma fureur et ma colère maintenant qu'il fallait que je frappe poliment à la porte.

Je montai les marches du perron et sonnai.

— C'est ouvert, dit Star.

Je déglutis, me retournai pour jeter un regard dans la rue. J'espérais voir la voiture jaune de Marion, mais j'étais seule.

— Entre, Jo.

Je tournai la poignée et passai le seuil.

LE VESTIBULE ÉTAIT en bois poli, parfaitement ciré ; sur une table étaient posées des photographies anciennes. La plus vieille représentait un couple mal à l'aise en habits du dimanche et remontait aux années 1850 ; puis venaient les générations suivantes de la famille de Star. La dernière photo était un portrait d'elle lors de la remise de son diplôme de fin d'études : une belle fille, un sourire de vainqueur et le rire du diable lui-même dans ses yeux sombres.

Je refermai la porte derrière moi et attendis.

— Dans la cuisine ! cria-t-elle.

Une odeur de gâteaux au beurre de cacahuète flottait dans l'air.

Il y avait quelque chose de profondément incompatible entre l'odeur de cuisine et le fait d'envisager un meurtre. C'était peut-être son intention, d'ailleurs.

Je m'avançai dans le couloir, passai devant un salon sombre et formel, un séjour éclairé par des couleurs vives et un parquet brillant. La cuisine, un modèle ancien, se trouvait à l'arrière de la maison. Je m'arrêtai à l'entrée. Star se tenait à côté du four, un gant de cuisine à la main, en train d'enlever des gâteaux de la plaque de cuisson.

— Une seconde, fit-elle en déposant la dernière plaque sur une cuisinière verte. Ah. Voilà. Nous y sommes.

Elle ôta son gant de cuisine et éteignit le four. Cette fois-ci, elle n'avait même plus de fausses cicatrices. Elle me montrait son véritable visage. Intact. Magnifique. Une imposture.

— Tu te demandes comment c'est arrivé.

Elle effleura la peau douce et hâlée de son visage.

— J'étais en train de pourrir dans cet hôpital, et ils ne pouvaient pas… Non, faux, ils ne *voulaient* pas m'aider.

— Star…

— Laisse-moi terminer. Ils n'avaient qu'à me donner un foutu djinn, mais non, ils ne voulaient pas. Je ne l'avais pas mérité. Ils disaient que je n'avais pas le tempérament qu'il fallait pour assumer une telle responsabilité.

Elle me jeta un regard noir. Comment avais-je pu passer à côté de cette haine par le passé ? Cette amertume. Ou bien l'avait-elle dissimulé, ça aussi ?

— Ils m'ont laissée avec un visage qui ressemblait à un masque de hockey fondu. Tu te souviens ?

Évidemment, je me souvenais. J'en étais paralysée, muette. Elle attrapa de nouveau le gant de cuisine, prit une plaque de gâteaux, et se mit à les jeter sauvagement dans un grand bol blanc.

— Bref, je n'étais pas obligée de supporter cela.

Elle termina d'enlever les gâteaux et posa la plaque dans l'évier.

— Je la sentais dehors. Elle m'attendait. Tout ce que j'avais à faire, c'était de l'accepter.

Elle se pencha vers le réfrigérateur et en sortit un litre de lait. Elle me le tendit. Comme je ne le prenais pas, elle haussa les épaules et le posa sur la table. Elle prit un verre et le remplit.

— J'avais l'impression d'agoniser, dit-elle avant d'avaler une gorgée de lait. Comme si mon âme était en feu. Puis la douleur cessa et se transforma en autre chose. Quelque chose de réel. Avec un but.

— Il n'y a aucun but. C'est un suicide à retardement.

Elle prit un gâteau et mordit dedans.

— C'est aussi un véritable Big Bang. Tu crois vraiment que cela me dérange ? Ça fait longtemps que je meurs.

— Personnellement, j'ai l'impression que tu es en forme.

— Ça ? (Elle caressa son visage intact.) Ouais. Elle m'a guérie. Mais ça ne reste pas, sauf si je trouve un moyen de récupérer la Marque. Je vois déjà la différence, je suis plus lente. Plus vieille. Abîmée.

— Alors pourquoi t'en être débarrassée ?

Elle reposa le bol de gâteaux.

— Je ne m'en suis *pas* débarrassée ! J'essayais simplement de nourrir la Marque ! J'avais besoin d'un djinn.

Pour une fois, Rahel m'avait dit la vérité.

— Le livre. Les djinns libres, il te suffisait d'en piéger un. Tu le revendiquais puis tu en nourrissais le démon.

— Ouais. (Elle sourit légèrement.) Ça aurait marché comme sur des roulettes, tu sais. Sauf que non. Parce qu'au moment même où je venais d'attraper un djinn, Lewis a débarqué pour me passer un savon. Et tu sais quoi, il est vraiment très fort. J'ai cru qu'il allait me tuer.

Je m'étais rapprochée d'elle sans même y prendre garde. Je m'arrêtai, me rendant compte que je laisserai toujours l'affection que j'avais pour elle m'aveugler pour ne pas voir à quel point elle était égoïste.

— Comment s'est-il retrouvé avec la Marque ?

Regard noir.

— Il l'a *prise*. Je ne la lui ai pas donnée. Le pauvre imbécile disait qu'il essayait de *m'aider*. Je ne voulais pas de son aide !

Ce ton belliqueux ne s'accordait pas avec la lueur trop claire dans ses yeux, où je devinais de la douleur. Une haine profonde et angoissée d'elle-même. Elle continua d'enlever les gâteaux de la plaque, les empilant dans le bol avec des mouvements rapides et nerveux.

— Alors, laisse-le partir, dis-je. Tu ne peux pas lui reprendre la Marque, tu l'as dit toi-même. Elle passe du faible au fort, et personne n'est plus fort que Lewis. C'est terminé.

— Non !

C'était pratiquement un cri, une explosion brutale qui sembla lui racler la gorge jusqu'au sang.

— Je la récupérerai. Il le faut !

— Et comment ?

J'avais l'air très raisonnable tout à coup. Calme. Peut-être était-ce simplement le choc, mais la seule chose qu'elle m'inspirait, à ce moment-là, c'était, purement et tristement, de la pitié. Elle qui avait été si merveilleuse. Si généreuse. Voir ce qu'elle était devenue me faisait mal, mal comme je ne m'y attendais pas.

Ses yeux sombres semblaient aveugles dans la lueur de sa rage ; mais cette fois-ci, quand elle parla, sa voix était douce, et presque contrôlée.

— Tu m'as donné un moyen, dit-elle. Je ne peux pas lui prendre la Marque, mais ton amoureux de djinn, lui, il peut. Et ensuite, je peux lui ordonner de me la rendre, à *moi*.

Je ne peux pas forcer Lewis à faire quoi que ce soit. Il passe son temps assis, à méditer, comme s'il était en train d'envisager toutes les possibilités. Mais je peux forcer *David* à faire ce que je veux.

Ma gorge se noua de peur. Je tentai d'avaler la grosse boule qui s'y était installée.

— Non, ça ne marche pas comme ça. Si David prend la Marque, il ne pourra pas s'en débarrasser. Il sera infecté, ou pire encore.

Si sa Marque était aussi mûre qu'elle avait l'air de le dire, elle risquait de le dévorer sans plus attendre. J'avais déjà vu l'éclosion d'un démon, je ne voulais plus jamais y assister.

— Oublie ça, Star. Je t'en prie, laisse-moi t'aider, on va essayer de trouver une solution…

Elle laissa tomber le bol sur le plan de travail qui nous séparait.

— Tu as déjà pensé à quelque chose. Tu as emmené ces fichus gardiens avec toi. S'ils nous trouvent, ils le prendront, ils te prendront… et tu sais très bien ce qu'ils me feront, Jo. Ils m'étriperont et me laisseront dans le même état qu'avant. Un *monstre*. Pire, même. Un monstre *sans pouvoir*. Je ne peux pas vivre comme ça, tu le sais.

— Tu ne peux plus rien y faire maintenant. C'est trop tard. Je suis désolée. Vraiment.

— Oh, mais il y a une chose que je peux faire. Personne ne sait, de toute façon, où Lewis se trouve. Cela n'a rien d'extraordinaire. Il disparaît, tu disparais… Tout ce qu'il faut, c'est que j'arrive à me débarrasser de cette boniche de Marion et de sa petite bande de bouchers. Je demanderai peut-être à David de faire exploser sa voiture. De toute façon, je déteste les quatre-quatre. En plus, ils penseront que c'est ta faute.

Star avait fini de transférer les gâteaux dans le saladier. Elle me le tendit.

— Tiens, goûte.

— Merci, je préférerais encore m'étouffer sur une lame de rasoir. Je ne suis pas sûre que tu n'en aies pas caché à l'intérieur d'ailleurs.

Elle sourit, ou plutôt, essaya de sourire.

— Alors. On se bat, ou quoi ?

Je la dévisageai par-dessus le saladier de biscuits. Mon amie. Ma sœur. Le reflet de ce qui aurait pu m'arriver si c'était moi qui avait été prise dans le feu ce jour-là, car j'avais toujours su que je n'étais pas mieux adaptée à une vie humaine normale que ne l'était Star.

— J'imagine que oui. Parce que j'ai l'intention de repartir avec Lewis et David.

— C'est bien ce que je pensais que tu dirais.

Elle mordit à nouveau dans son gâteau.

Derrière elle, le four explosa en une belle boule de feu bleu et blanc qui se dirigea droit sur moi.

Je m'accroupis par terre et supprimai toutes les molécules d'oxygène autour de moi dans un rayon d'un mètre. Le feu a besoin d'oxygène. C'était une technique des plus élémentaires, mais elle fonctionna ; le feu arriva sur moi, frappa mon bouclier d'air non oxygéné et s'éteignit. La chaleur n'était pas difficile à contrôler non plus. Après tout, il ne s'agissait que de molécules en mouvement. Je me contentai de les ralentir.

Quand ce fut terminé, je ne fus même pas applaudie. Je sortis de la bulle et m'approchai de Star. Je pris une grande inspiration.

— Tu sais, tu me faisais de la peine, dis-je. Pauvre Star, toute seule dans cet hôpital, défigurée par le feu. Jamais tu n'as pensé à tous ces gardiens qui sont *morts* ? Ceux qui ne s'en sont même pas sortis ? Bien sûr que non. Parce qu'il n'y a jamais que toi qui comptes.

Elle éclata de rire. Un rire hystérique. Elle tendit ses deux mains devant elle, les paumes vers le haut : des flammes bleu et blanc se mirent à danser sur sa peau en se reflétant dans ses yeux noirs.

— Comme s'il ne s'agissait pas toujours de *toi*, Jo. Bad Bob te refile un problème, et qu'est-ce que tu fais ? Tu pars en courant comme un lapin apeuré pour sauver ta peau.

Tu n'as pas plus envie que moi de renoncer à tes pouvoirs. Tu as mis des gens en danger. Putain, pour autant que je sache, tu en as même tué. Alors ne fais pas comme si nous n'étions pas pareilles.

— Oh, nous sommes pareilles. Tu vois, c'est pour cela que je ne me suis pas servi de David comme s'il n'était qu'un vieux Kleenex pour sauver ma peau. Parce qu'on est tellement pareilles.

— Tu comptes pleurnicher ou te battre ?

— Je compte gagner. Tu paries ?

Elle me montra ses dents.

— Ah ouais ? Regarde derrière toi.

Ce que je fis.

Un homme se tenait dans l'encadrement d'une porte qui devait conduire à la cave. Il était grand et mince, et son visage était presque entièrement recouvert de poils noirs. Il portait une vieille chemise tâchée et un bas de survêtement qui était si sale qu'il aurait pu tenir debout tout seul. Ses pieds étaient noirs. Si je l'avais croisé dans la rue, je lui aurais très certainement donné une pièce.

C'était Lewis.

Je me retournai, tendis les mains pour lui montrer qu'il n'avait rien à craindre de moi, et dis :

— Lewis ? Tu te souviens de moi ? C'est Jo.

Il me regardait fixement, ses grands yeux noirs écarquillés. On aurait dit qu'il n'avait que des pupilles. Il avait l'air drogué. Ou pire encore. Fou à lier.

Il regardait ma poitrine. Ce qui, compte tenu des circonstances, était plus bizarre que flatteur.

Il leva les yeux sur mon visage, et quand je lus dans son regard la tourmente et la confusion, je sentis mes genoux me trahir. Si Star ne payait pas pour tout ce qu'elle avait fait d'autre, il faudrait au moins qu'elle paye pour ça.

— Jo ? me demanda-t-il.

Sa voix était parfaitement normale, ce qui, en soit était complètement anormal, compte tenu de son apparence.

— Je suis vraiment navré pour tout cela. Je ne peux rien y faire.

Puis il s'approcha de moi et me mit un coup de poing en plein visage.

Le feu et les cieux ne se battent pas. Nous ne nous battons pas parce que c'est trop dangereux, et nous n'avons pas d'avantages décisifs. Nos pouvoirs se compensent et s'annulent.

Mais quand les cieux se battent contre les cieux… Là, ça devient moche.

Et c'était justement pour cela que j'avais lancé une alerte de code 1. Je voulais que l'ensemble du monde éthéré soit verrouillé. En alerte de code 1, tous les gardiens en mesure de répondre, *partout*, sont mobilisés. Ils verrouillent leurs circuits, qu'il s'agisse des cieux, du feu ou de la terre, de la même manière que l'on jette l'ancre d'un bateau dans une tempête ou que l'on barricade les fenêtres avant un ouragan. Concrètement, cela signifiait que tout s'arrêtait.

Au-dessus d'Oklahoma City, le ciel était clair, calme, mort. Rien ne bougeait. Rien ne *pouvait* bouger sans un dérangement massif, un mouvement assez important pour déstabiliser au moins une centaine de gardiens et leurs djinns. Et ça, ça ne risquait pas d'arriver. Même Lewis n'en était pas capable.

Mais au moment où j'ouvris les yeux, ça ne m'aidait pas beaucoup. J'avais l'impression d'avoir pris un camion en pleine face. J'étais assez bien isolée contre la foudre et j'étais capable d'éviter le vent, la pluie et la grêle ; mais la boxe… pas vraiment mon truc.

Je grognai et me retournai sur le côté. Je passai la main sur ma joue gonflée. Ma lèvre était fendue. Je vérifiai l'étendue des dégâts du bout de la langue, sentis le goût du sang frais et tentai de comprendre ce qui se passait.

Ah oui. Cela me revenait. Star, les gâteaux, Lewis qui m'avait cassé la figure.

Le verrouillage en code 1.

J'avais privé Star et Lewis d'options, mais je ne m'étais pas non plus laissé une grosse marge de manœuvre.

Quelque chose me caressa le visage, léger comme une toile d'araignée, et faisait disparaître la douleur. Je connaissais cette sensation, ce contact qui me réchauffait.

— Elle est réveillée.

C'était la voix de David, dénuée de toute émotion. J'ouvris les yeux et le vis assis à côté de moi. Il ne me demanda pas comment j'allais, ne me dit rien directement, mais cette caresse… J'étais forcée de croire que c'était David qui avait fait cela, le *véritable* David. Était-il possible qu'il réussisse à se battre pour retrouver le contrôle ? Qu'il aille contre elle ? Si Star savait…

— Il était temps.

C'était Star, évidemment. Elle avait l'air effrayée, ce qui lui donnait une voix rauque.

— Dis-donc ma fille, tu n'as rien d'une héroïne bagarreuse de série télé ! Une droite, et tu restes à terre pendant dix minutes ! Ma mère aurait pu faire mieux.

— Appelle-la, on verra, grognai-je.

J'essuyai le sang qui coulait de ma lèvre et m'assis.

— C'est fini, Star. J'ai déjà tout déballé. Ils vont venir nous chercher. On fera sûrement une « démonoctomie » à Lewis, mais toi, tu es grillée. Ils vont t'aspirer tellement bien que tu ne seras même plus capable d'allumer une allumette à l'aide d'un réacteur nucléaire.

Elle me donna un coup de pied. Droit dans l'estomac. On ne m'avait jamais frappée à l'estomac auparavant, et cela n'avait rien de sympathique. Je roulai sur le côté, les genoux remontés, en attendant que la douleur s'atténue. Je me demandai si elle avait touché un organe vital. Ce serait vraiment trop bête de mourir comme cela, dévorée par un démon que je n'avais pas choisi et le laisser ravager le monde éthéré, simplement parce que je me serais pris un coup de bottine pointue dans la rate.

— Ne fais pas ça, dit Lewis.

Il était assis dans le coin, le menton posé sur ses bras croisés.

— Pas quoi ? répliqua Star.

Elle allait et venait devant moi, comme une droguée en plein trip de caféine.

— Elle a tout fichu en l'air ! Elle les a emmenés ici… et maintenant, ils *savent*. Je ne peux pas les laisser m'emmener. Je ne *peux pas* !

En la regardant, je compris que David avait eu raison quand il m'avait mise en garde contre les effets pervers de la Marque du Démon. Star l'avait prise et avait vécu avec, en secret, pendant très longtemps. La Marque avait fini par ronger son esprit.

Je me demandais ce qu'il en était de Lewis. Il avait de telles capacités. Mais je ne pouvais plus être sûre de la pureté de son âme.

Je n'étais plus sûre de la mienne non plus.

Star se retourna brusquement vers David et claqua des doigts pour attirer son attention.

— Toi. Sors-nous d'ici.

— Où cela ? demanda-t-il sans me quitter des yeux.

Il avait les yeux sombres, les yeux d'un inconnu. Mais il me regardait encore avec cette concentration un peu irréelle, de la même manière qu'avant. *Il ne t'appartient pas complètement, Star.*

Elle grogna de frustration et s'avança vers lui, l'attrapa par les cheveux. Elle le força à lever la tête et à croiser son regard.

— Eh ! Regarde-moi quand je te parle !

L'expression de David ne changea pas. S'il avait mal, il ne le montrait pas. Il n'essaya pas non plus de se libérer. David, la poupée malléable.

— Je veux aller à New York.

— Précise, dit-il.

Elle eut l'air consterné.

— La gare centrale.

— Précise.

Je sentis qu'il pouvait jouer à ce petit jeu très longtemps, jusqu'à ce qu'elle décrive le carrelage sur lequel elle souhaitait atterrir. Elle n'en était pas capable et, en outre, n'avait pas assez de patience. Elle lui cogna la tête contre le mur et le lâcha.

— Vous êtes inutiles. Tous les deux. Pouvoir illimité, mon cul. Vous refusez de bouger le petit doigt.

Elle titilla Lewis de la pointe du pied, mais la seule réaction qu'il eut fut de fermer les yeux. Je frissonnai en me demandant ce qu'elle lui avait fait dans sa cave. Quel enfer fallait-il faire vivre à un homme au pouvoir illimité pour réussir à le briser de la sorte ?

— Eh, Star ?

Je m'assis, m'appuyai contre le mur. Je tendis la main pour la poser sur celle de David, la serrer en guise d'avertissement.

— Essayons de trouver une solution pour nous en sortir vivantes. Toutes les deux.

Elle se tourna, puis se rapprocha et vint s'accroupir à côté de moi. Ses yeux noirs brillaient comme des obsidiennes.

— Quel est ton plan ?

— Qui te dit que j'en ai un ?

— Jo, je te connais. Tu as toujours des idées. Souvent mauvaises, mais des idées quand même.

L'espace d'une seconde, je me souvins de celle qu'elle avait été. De celles que nous avions été toutes les deux. *Oh, Star*.

— Tu te souviens quand nous avons fait un bonhomme de neige à l'anatomie parfaite devant le bureau du doyen ? Pas génial comme plan, *chica*. Mais ça avait de la classe.

Je m'en souvenais. Je n'en avais pas envie car cela rendait les choses plus difficiles. Je me souvenais de cette nuit d'hiver tellement drôle, des fous rires dans la neige. À l'époque, elle avait été tellement innocente, et moi, j'avais eu une mauvaise influence…

Il fallait que je sois encore pire maintenant. Pour sauver ce qui restait de cette fille que j'aimais encore.

Je pris une grande inspiration qui avait un goût de larmes et lui dis :

— Facile. Renonce à Lewis. Tu vois bien, il ne t'est d'aucune utilité. Il a la Marque, mais il ne peut pas te la rendre. Même s'il le pouvait, il ne le ferait pas, parce qu'il sait que tu es complètement tarée, et il préférerait mourir que de te voir avec. Tu es foutue, Star. Laisse-le partir et tu gagneras des points avec les gardiens.

Elle souffla. Ses mèches de devant se soulevèrent.

— Ouais, bien sûr. Ça risque d'arriver, ça.

— Ça arrivera si je leur dis que tout était de ma faute. J'ai tué Bad Bob. Je porte la Marque. Et en plus, ça fait plus de mille cinq cents kilomètres que je tente d'échapper à l'équipe de Marion. Je leur dirai que tout est ma faute, pas la tienne. Ils me croiront.

Elle me regarda fixement.

— Ah oui ? Et pourquoi est-ce que je te ferais confiance ?

Je lui fis un sourire douloureux.

— Parce que tu as une chose que je veux, Star.

Je regardai David, avant de reposer mon regard sur elle.

— Casse cette bouteille et libère-le. Je m'en irai gentiment, Lewis sera sauvé, tout le monde sera content.

— Pas moi, dit Star. Pas si je ne retrouve pas ce que j'avais.

Je ravalai ma bile et lui dis :

— Au moins, tu vivras assez longtemps pour trouver un autre plan.

Elle fronça les sourcils, et me fixa si longuement que je me demandais si elle n'était pas devenue aveugle.

— C'est ridicule, finit-elle par dire. Même si je libère David, il me reste le livre. Du coup, je peux le récupérer quand je veux. Quel est l'intérêt ?

— C'est la deuxième partie. Tu laisses David détruire le livre.

Elle rit.

— Jamais de la vie. Je vais te dire comment moi je vois les choses, Jo. La maison brûle. Ils retrouvent les corps. Personne ne sait trop bien à qui ils appartiennent, mais moi et mon nouveau djinn si *lindo*, nous nous installons sur une île paradisiaque, sans que personne ne se doute de quoi que ce soit. Je n'ai pas besoin de toi et de Lewis, tu sais. Je n'ai besoin que de l'un d'entre vous, pour que David prenne la Marque et me la donne. Après ça, vous serez mieux si vous êtes morts. (Elle m'adressa un léger sourire, amer, laid, dur.) En tout cas, *moi*, je serai plus tranquille.

Elle jouait avec du feu sur le bout de ses doigts. Elle le regarda fixement puis le rapprocha de mon visage. De plus en plus près, comme si elle s'en servait pour voir.

Elle mit le feu à mes cheveux. Je me retins pour ne pas crier et me rouler en boule, et me contentai de l'éteindre avec la paume de ma main. L'odeur flottait entre nous.

— Un échantillon, dit-elle. Ça fait quoi ?

Je refroidis l'air autour d'elle, si brutalement que je vis du gel apparaître sur sa peau. Elle poussa un cri et sursauta de panique.

— À peu près comme ça. Ne me provoque pas. Je peux te faire des engelures si profondes qu'il faudra te passer au micro-ondes pour te décongeler. Si tu commences, tu sais que nous mourrons toutes les deux. Et ça servirait à quoi ?

Dans son regard, quelque chose vacilla. Elle tendit la main vers moi, dégagea mon visage en retenant mes cheveux brûlés en arrière. Pendant un instant, le fossé des ans et des secrets disparut.

— Tu le ferais vraiment ? Tu leur dirais que c'est toi ?

— Oui. Vraiment. Cela n'a plus d'importance maintenant. De toute façon, ils ne me laisseront pas garder mes pouvoirs. Je suis déjà allée trop loin avec cette fichue Marque. Ma vie est foutue, Star. Je le sais. Alors laisse-moi au moins la possibilité de faire quelque chose d'utile.

Star hocha la tête, regarda David et se leva pour aller à sa table de travail. Elle sortit une petite bouteille d'un tiroir et la posa à côté du livre. Elle s'arrêta quelques secondes, regarda le plafond comme si elle entendait quelque chose. Et peut-être que c'était le cas.

— La compagnie est arrivée. Marion et ses acolytes, sept ou huit, au moins. Assez pour nous occuper un bon moment si nous avions envie de nous battre.

— Mais nous n'allons pas résister, n'est-ce pas ?

— Non.

Star prit la bouteille dans sa main et l'examina longuement.

— C'est fou quand même qu'un djinn doive toujours être lié à un récipient en verre. On pourrait croire qu'avec tous les progrès qui ont été faits, on pourrait se servir de bouteilles en plastique. Règles de merde.

Je n'aimais pas qu'elle change subitement de sujet.

— Star, ça *ne marchera pas* ! Si tu ordonnes à David de faire ça, ça le détruira. Et s'il s'en sort, tu ne pourras pas lui ordonner de te donner la Marque. Il ne pourra pas le faire. Une fois qu'il l'aura prise, elle ne le quittera pas avant de l'avoir vaincu et détruit.

Je commençais à désespérer. Je transpirais ; j'étais épuisée, terrifiée. J'avais mal à la tête. Je sentais encore l'odeur incongrue des gâteaux qui nous parvenait depuis la cuisine.

— Allez ! Essayons au moins de nous en sortir vivants.

Elle me regarda longuement, en silence, puis pencha la tête sur le côté.

— Pourquoi ?

— Comment ça, pourquoi ?

— Pourquoi est-ce que tu veux me sauver ? D'abord Lewis, maintenant toi. Pourquoi ?

Je n'en croyais pas mes oreilles.

— Parce que je t'aime, Star. Tu ne le sais pas ?

Ses yeux s'emplirent de larmes qui ne coulèrent pas. Elle cligna des yeux. Son regard brillait de manière désagréable.

— Je t'aime aussi.

Elle retourna la bouteille, la regarda sous tous les angles. Elle la souleva.

— Tu sais quoi ? Il y a une chose que je pourrais faire.

Je fus prise d'effroi.

— Oui ?

— En dernier recours, je pourrais dire à David de prendre la Marque, puis l'enfermer dans ce flacon. Ensuite, ce sera ta parole contre la mienne. Ou alors, tu deviendrais folle et tu essaierais peut-être de tuer Lewis. Alors, lui est obligé de te tuer, et tout le monde meurt dans un terrible incendie, sauf moi. C'est triste. Et tu sais quoi ? Je crois que je préfère ce plan-là.

Elle reposa le flacon, et sans même se retourner, elle dit :

— David, approche-toi de Lewis et prends-lui la Marque.

— Non ! hurlai-je en me jetant sur elle.

Elle se cogna contre la table. Le flacon vacilla, mais ne tomba pas. Star le rattrapa.

— Putain Star, non ! Ne fais pas ça !

— Prends la Marque ! cria-t-elle.

Alors que j'essayai de me libérer d'elle, elle se retourna et me retint. La sensation de brûlure sur mes poignets n'était pas une illusion de djinn, c'était bien réel.

— Fais-le !

David se mit en lévitation et se déplaça lentement vers Lewis.

— David, non ! Je prononcerai les mots, je t'en prie, ne fais pas ça…

C'était trop tard. Il ne pouvait pas m'écouter. Il ne pouvait pas m'obéir.

Je me libérai de l'emprise de Star et me jetai sur eux au moment où la main de David s'enfonçait à l'intérieur de Lewis. Lewis hurla.

Star m'envoya une boule de feu. Je l'évitai, mais la boule de feu atterrit sous l'escalier et embrasa le bois sec. Je n'avais pas le temps de l'éteindre. C'était la spécialité de Star, elle n'avait qu'à s'en occuper. J'attrapai David pour l'éloigner de Lewis.

Ma main le traversa, les traversa tous les deux. Ce qui était en train de se passer avait lieu sur un autre plan.

Je montai en Seconde Vue, et vis David sous sa forme réelle : un ange de feu, doré et magnifique, les mains enfouies dans la perfection cristalline qui constituait le cœur de l'être de Lewis. Quelque chose de noir et de terrible se libéra de Lewis, accrocha ses tentacules autour du bras de David, rampa le long de ce lien et passa à l'attaque. C'était comme de voir un papillon rongé par de l'acide : même si je n'entendais pas les cris de David, je les *ressentais*.

Il souffrirait éternellement. Jamais cette douleur ne s'arrêterait, pas avant la fin des temps.

Lewis retomba contre le mur et s'affala. Maintenant, il n'y avait plus que David et cette *chose*, entrelacés comme un prédateur et sa proie. Ils se débattaient, luttaient, cherchaient à prendre le dessus sur l'autre. Je sentis la Marque du Démon à l'intérieur de moi se libérer, se nourrir et hurler comme si elle sentait la présence de l'un de ses semblables.

Je ne réfléchis même pas. Je n'eus pas la moindre hésitation. Je ne pris même pas une fraction de seconde pour ressentir de la peur.

Dans le monde éthéré, je plongeai dans l'être de David, comme il avait lui-même plongé dans celui de Lewis. Je nous reliai.

Et ma Marque du Démon entra en contact avec celle qui s'était enroulée autour de David.

Le pouvoir appelle le pouvoir, l'a toujours appelé, l'appellera toujours.

Les deux Marques du Démon entrèrent en guerre.

QUAND ON PENSE à soi en train de crier, on s'imagine que le cri vient de la gorge, ou qu'il résonne dans les oreilles, mais là, c'était autre chose. Quelque chose de bien pire. C'était comme si chacune de mes cellules criait, chacune dotée d'une voix, agonisant, sans que rien ne sorte de ma bouche. J'étais en feu. Je gelais. Je mourais.

Les Marques du Démon me mangèrent de l'intérieur, encore, et encore. Mes pouvoirs sur les éléments disparurent en premier. Ensuite, les Marques se nourrirent de l'énergie de mes nerfs. Je m'écroulai par terre. Enfin, elles dévorèrent toutes les microparticules d'énergie qui composaient mon être.

La dernière chose qui disparut… la toute dernière, ce fut mon ouïe, tandis que les synapses de mon cerveau étaient vidées de leur énergie et que les Marques du Démon hurlaient.

Deux serpents, en train de se manger.

Fini.

L'obscurité dans laquelle je me trouvais était vaste et déserte. Je vis des flashs : le visage de cire fondue de Star, les yeux cuivrés et brillants de David, l'éclat chaud de sa peau contre la mienne. La grimace de Bad Bob. La tempête qui tourbillonnait au-dessus de moi.

De la fumée. Le goût de la fumée. C'était ce qu'avait dû ressentir Star allongée dans les cendres tandis que Yellowstone se consumait autour d'elle.

Je ne voulais pas mourir, mais il ne restait plus rien. Plus rien du tout.

Puis tout disparut.

Ma première sensation fut la chaleur. Ce n'était pas une chaleur douloureuse, mais une chaleur confortable et agréable, comme si je m'étais endormie dans un bain à la température parfaite.

Je flottais, désincarnée. J'étais en paix.

— Ouvre les yeux, me dit une voix.

Je ne savais pas que j'avais des yeux. Je ne savais pas comment les ouvrir.

Mais ils s'ouvrirent sans que j'y sois pour quelque chose, et je *vis*.

Le monde luisait de couleurs et d'auras, de cristal et d'ombres. Mon Dieu, c'était beau. Cet endroit en ruine, de la fumée et des cendres… C'était beau, comme jamais je n'aurais pu l'imaginer. Il y avait des ossements dans les cendres, beaux eux aussi. Des ossements d'un blanc jaunâtre, gracieusement courbés, élégants dans leur force.

Il y avait tellement de monde autour de moi. Certains étaient en chair et en os, d'autres se trouvaient ici, dans ce Deuxième Monde que j'avais jadis appelé le Monde éthéré. Je savais tout maintenant. Tout sur tout. La connexion avec le ciel, la mer, la terre, les étoiles. Tout cela était en moi, et j'étais faite de feu.

— Descends, me dit la voix.

Je ne savais pas ce que cela voulait dire, mais comme tout à l'heure, je descendis. Je traversai lentement les Mondes jusqu'au Premier d'entre eux, celui que j'avais connu.

David me tenait, et nous flottions au-dessus d'un lit noir et chaud de braises. De la fumée s'élevait gracieusement dans le ciel. C'était tellement beau… J'avais envie de la suivre. Je ressentis une secousse au moment où ma pensée se traduisit en action.

— Reste avec moi, murmura-t-il.

Le son de sa voix vibra sur ma peau, dans ma peau, me traversa comme une vague. Je m'arrêtai, liée à lui.

Ceci était réel. Les camions de pompiers avec leurs lumières clignotantes garés au bord de la route, ils étaient réels. Les pompiers qui dirigeaient leurs lances vers ce qui restait de la maison de Star, ils étaient réels aussi.

Il y avait des ossements dans la cave ; je les voyais briller au milieu des boiseries calcinées.

— Est-ce qu'elle m'entend ? demanda quelqu'un.

Je regardai dans la cave, mais il n'y avait personne.

— Jo, tu m'entends ?

Je me concentrai et vis quelqu'un juste devant moi. Il était lourd de chair et brillait intensément de l'intérieur. J'avais envie de me pencher vers lui et de me laisser couler dans sa chaleur fiévreuse, mais je savais, curieusement, que ce ne serait pas une bonne chose. Et pas seulement pour lui.

Je fis abstraction de l'éclat éblouissant de son esprit et me concentrai sur son corps réel, sa peau, son visage.

— Lewis ?

Il acquiesça. Il était encore tout dépenaillé, mais son regard était clair. Son âme était claire. Si la Marque du Démon lui avait laissé des taches, je ne voyais pas où ni comment. *Quelle était donc sa puissance, pour survivre à cela ?*

— Est-ce que tu sais ce que tu as fait ? me demanda-t-il.

Je l'ignorais, mais je n'avais pas de moyen de l'exprimer. Manifestement, il le comprit à mon regard.

— Tu as pris la Marque à David. Deux Marques ne peuvent coexister dans le même corps. Elles se sont détruites.

Ah. Cela expliquait sans doute pourquoi je me sentais tellement vide, tellement pleine, tellement légère, tellement puissante. J'avais hérité de quelque chose. Mais je ne me sentais pas… diabolique. Simplement vaste.

— Est-ce qu'elle m'entend ? demanda Lewis en regardant derrière moi.

David était tout chaud contre moi. Il me maintenait en place, m'empêchait d'être emportée par tous les courants qui essayaient de m'emmener. La fumée dans le ciel, la chaleur qui se dégageait du feu, tout était sublime. J'avais du mal à croire en cette indicible beauté des choses.

— Je crois, répondit David. Jo. Concentre-toi. Incarne-toi.

Je ne savais pas non plus ce que cela voulait dire, jusqu'à ce que je le fasse. Soudain, je fus entourée de chair, et cela me faisait mal. Je tombai à genoux et emportai David dans ma chute.

*Je m'étais fait chair*. Mais alors, qu'est-ce que j'avais été avant ?

— Qu'est-ce qu'il s'est passé ? murmurai-je.

J'avais les lèvres sèches, comme si jamais je n'avais goûté de l'eau.

— Star…

— Star est morte, me dit Lewis. Elle a déclenché l'incendie. Je n'ai pas réussi à la sortir de là. Elle ne voulait pas partir sans le livre.

Le livre avait disparu. C'était… bien, n'est-ce pas ?

Lewis tendit la main et toucha mon visage. Il sursauta et secoua sa main, comme s'il s'était brûlé. Il mit ses doigts dans sa bouche.

— Elle est brûlante.

— Elle n'arrive pas encore à se contrôler, dit David. Elle apprendra.

Je ne comprenais absolument rien.

— Qu'est-ce qu'il s'est passé ?

David me caressa le visage, le cou, l'épaule. Il me serra plus fort. Ma peau languissait à son contact.

— Tu es morte, dit-il. J'ai senti que tu partais. Mais tu avais pris une partie de moi en toi en même temps que la Marque du Démon. Quand ton corps… a été détruit…

Je me rappelai des ossements dans les cendres et frissonnai. Pas étonnant que ces gracieux restes m'aient fascinée.

— Je suis morte. Cela m'a tuée.

— Je ne peux pas ressusciter les morts. Personne ne le peut.

Je sentis que mon vieux sens de l'humour refaisait surface.

— Et pourtant, je suis encore là.

— Oui.

Il me retourna de manière à ce que je sois face à lui. Ses yeux étaient d'une couleur cuivrée claire et gaie, plus chaude que le soleil, et j'y vis mon reflet. Une créature du feu. Une créature aux cheveux noirs, à la peau claire, avec des yeux de la couleur de l'argent le plus pâle.

Un djinn.

— Je ne peux pas ressusciter les morts, répéta-t-il. Mais je peux créer la vie à mon image.

Il avait fait de moi un djinn.

— Merde alors !

Le sourire de David aurait pu incendier le monde.

— Ce n'est pas vraiment comme cela que nous exprimons les choses de ce côté-ci.

— Pourquoi pas ?

Il leva les sourcils.

— Tu sais, je crois que personne ne s'est jamais posé la question.

Il m'entoura de ses bras. Je me sentais brûler, brûler, et ça ne me faisait plus mal du tout.

De la maison de Star, il ne resta plus que des cendres. La raison en était simple : Star avait provoqué l'incendie, mais Shirl, Erik et Marion l'avaient nourri pour qu'il brûle avec plus de vigueur qu'un feu normal. Les pompiers avaient gaspillé des tonnes d'eau, mais les gardiens avaient convenu qu'il ne devrait subsister aucune trace du livre, de Star, ou de restes humains.

Dans cette rue d'Oklahoma City, la scène était saisissante à la lumière crue de l'aube. Outre les efforts désespérés des pompiers, une autre organisation était au travail, beaucoup plus puissante, beaucoup plus chaotique. Dès 8 heures du matin, dix-neuf gardiens se trouvaient sur les lieux : Marion et ses huit collaborateurs, y compris Shirl et Erik ; les gardiens sectoriels et régionaux ; les gardiens d'État de toutes les zones proches... et Martin Oliver, le gardien national.

Ils étaient tous venus chercher Lewis, et cette fois-ci, il leur permit de le trouver. Mais à ses propres conditions.

La première mesure que prit Oliver fut d'autoriser la levée de l'alerte de code 1 que j'avais mise en place. De par le monde, l'air se mit à bouger et à respirer ; la planète étira ses muscles endoloris.

Sa seconde décision fut de faire de moi une héroïne. Une héroïne morte, certes, mais quand même. J'aurais peut-être droit à une plaque commémorative dans les locaux de l'Association en fin de compte.

Je me tenais un peu à l'écart avec David. Je travaillais à être invisible, ou imperceptible. Il fallait prendre le coup de main pour se tenir à l'écart des gens qui n'avaient pas la moindre idée de mon existence, mais j'apprenais. En revanche, il était beaucoup plus difficile de rester incarnée. Il y avait tant à faire et à ressentir, et les courants du monde me tiraient de ça de là, comme des enfants chahuteurs.

— Nous ferions mieux d'y aller, me dit David.

Lewis allait bien. Emmitouflé dans une couverture, il était blotti auprès de Martin Oliver. Il avait l'air fatigué, mais beaucoup mieux qu'avant.

— Tu pourras le voir plus tard.

Je pris la main de David.

— Aller où ?

— N'importe où. Nous sommes libres.

Je regardai la Viper. Mona était toujours garée au bord du trottoir, entourée de véhicules de secours. Je regrettai de ne pas l'avoir garée plus loin, pour pouvoir l'enlever d'ici…

Quelque chose d'électrique et de sauvage se produisit à l'intérieur de moi, comme un choc électrique.

La Viper disparut.

— Eh ! cria David.

Je jetai un coup d'œil dans la rue. Mona était garée à l'autre bout du pâté de maisons, avec sa belle carrosserie d'un bleu métallique, prête à partir. David vérifia parmi la foule si quelqu'un s'en était rendu compte. Heureusement pour moi, il n'y avait que deux personnes à proximité : l'un des deux était complètement ivre et tétait une bouteille d'alcool. L'autre dut se convaincre qu'il avait avalé trop de fumée et se contenta de secouer la tête avant de poursuivre son chemin.

Combien de miracles se produisaient chaque jour, sous le nez des gens ? C'était incroyable.

Je sentis un sourire s'étirer sur mes lèvres et me remplir de joie.

— Ça alors, c'est vraiment cool !

— Ouais… Mais essaye de ne pas le faire avant d'avoir demandé la permission, d'accord ?

Nous descendions la rue, et en passant devant deux flics qui prenaient la déposition d'un voisin encore en pyjama, je vis que nous avions de la visite. Elle était appuyée contre la Viper.

Rahel. Elle avait changé de couleur. Elle portait maintenant un vert électrique, et son tailleur pantalon, ses tresses et son vernis, tout était parfaitement assorti. Ses yeux avaient toujours cette teinte féroce et dorée, et quand elle posa son regard sur moi, j'y lus quelque chose qui ressemblait à de la fierté.

— Eh bien, me dit-elle. Je vois que tu as fait ton choix, Blanche-Neige.

Je m'étais toujours demandé pourquoi elle m'appelait comme cela. Je regardai le reflet de mon incarnation dans la vitre de la Viper : je vis ma chevelure noire d'ébène, ma peau blanche impeccable, mes yeux argent pâle. *Blanche-Neige*. Et tandis que je me regardais, mes lèvres devinrent plus charnues et plus rouges.

Rahel éclata de rire.

— Tu vois ? Je savais bien que tu l'avais en toi.

— Tu aurais pu me dire tout cela dès le début. Cela m'aurait largement facilité la tâche.

Elle haussa les épaules.

— Je suis un djinn. Avec le temps, tu comprendras.

Elle fit claquer ses griffes vertes dans un rythme complexe de castagnettes et m'ouvrit la portière. Tandis qu'elle se baissait pour m'inviter à prendre place, elle me dit :

— Bienvenue dans ta vie, Ianna. Brûle avec vivacité, vis en toute liberté, et souviens-toi qu'aucun être humain n'est ton allié tant que tu ne tiens pas son cœur battant entre tes doigts.

Elle nous adressa un clin d'œil.

— Amusez-vous bien.

Quand elle referma la portière, je me tournai vers David.

— Ianna ?

— Ça te va bien. Ianna est un nom de pouvoir.

— Joanne aussi.

Je souris et touchai le contact de mes doigts pâles et ardents.

— Ça, je te prie de le croire.

Mona se mit à ronronner, et la route éternelle s'étendit devant nous.

*Fin*

*Découvrez la suite des aventures de Joanne dans*

# LES GARDIENS DES ÉLÉMENTS

## TOME 2 : VAGUE DE CHALEUR

MARS 2013

# À PROPOS DE L'AUTEUR

RACHEL CAINE est le pseudonyme de Roxanne Conrad. Elle est née sur la base de lancement de White Sands, où son père était « la voix du compte à rebours ». Elle a débuté sa carrière comme musicienne professionnelle et a notamment collaboré avec John Williams. en 1991, elle décide de se consacrer à sa passion : l'écriture. Elle est depuis l'auteur de plus de trente romans, dont la série des Gardiens des Éléments et la série Vampire City (publiée chez Hachette Jeunesse). Avec son mari, l'artiste du fantastique R. Cat Conrad, elle vit au Texas avec ses deux iguanes adorés, Popeye et Darwin.

Découvrez un extrait du roman

# LE CERCLE DES SORCIÈRES

## TOME 1
## ALLIANCE NOCTURNE

LA SÉRIE ÉVÊNEMENT DE DIANA PHARAOH FRANCIS.

Max rêvait d'une existence normale : un métier, une famille, des amis…

Mais la vie en a décidé autrement. Prise au piège d'un terrible maléfice, elle est transformée en Lame d'Ombre, une formidable guerrière au service du Cercle des Sorcières.

Elle va alors devoir lutter pour échapper au sortilège dont elle est victime, et retrouver la liberté pour sauver les siens… si tant est qu'elle vive assez longtemps pour le faire.

Elle entra dans Julian juste avant deux heures du matin. La ville était nichée dans les montagnes désertiques, au nord-est de San Diego. C'était une ville petite et poussiéreuse, il n'avait pas beaucoup plu cette année. La lune s'était couchée et Max avait ouvert les fenêtres. Elle pouvait sentir les embruns salés qui provenaient de l'océan Pacifique, au loin. Les parfums de pin, de genièvre et de chêne, ainsi que l'odeur intense des pommiers et des vignes des vergers voisins les recouvraient. Partout dans la petite ville, des panneaux invitaient les visiteurs à venir pendant les « Journées des Vendanges » et la « Grande Fiesta de la Vigne ».

Max avait éteint la radio et les phares en arrivant aux abords de la ville et elle la traversa en roulant doucement. Elle huma l'air et finit par trouver une trace de ce qu'elle cherchait : l'effluve terrestre et métallique des Prodiges, et celui onctueux et corrosif des Divins. Ce n'était pas que les deux ne pouvaient être trouvés ensemble : elle était Prodige et Giselle était Divine. La différence fondamentale entre les deux tenait à ce que les Prodiges n'avaient pas le pouvoir de jeter des sorts ou de partager leur magie de quelconque manière. Les Divins le pouvaient. La conclusion évidente était qu'une sorcière s'était trouvée ici avec ses *Lames d'Ombre* et toutes les autres créatures qu'elle pouvait avoir dans son sillage. Et elles avaient tué quelqu'un. *Pourquoi ?* C'était la question. Et qu'est-ce que cela avait à voir avec Giselle ?

Elle suivit la piste jusqu'à l'autre bout de la ville. Quand elle prit au nord par Farmer Road, l'odeur de magie crut soudain et ses poils se hérissèrent, une onde froide glissa comme de l'huile le long de sa colonne vertébrale. Giselle avait raison. Une chose terrible s'était produite ici, se produisait peut-être encore.

Il était temps de sortir et de continuer à pied. Max ralentit et roula lentement le long d'une ornière, elle traversa un canal d'irrigation et se gara derrière une butte de mûriers à la lisière d'un verger de pommiers. Elle éteignit le moteur et enfonça de nouveau sa casquette sur sa tête avant de se faufiler doucement par la fenêtre sans ouvrir la portière. Elle chercha et attrapa son portable, puis elle l'éteignit d'un clic avant de le glisser dans une poche extérieure sur la cuisse de son treillis noir. Puis elle ouvrit la portière arrière et tira la banquette. Il y avait en dessous une petite panoplie d'armes et de munitions parmi lesquelles des revolvers et des poignards en acier, des bombes flash et des grenades, des sachets d'herbes et de sel, des pieux en sorbier, en noisetier, en saule et en argent, ainsi qu'une collection de charmes. Max n'y prêta pas attention, optant pour le fusil à crosse et canon scié. Ce n'était pas pratique pour les tirs à distance, mais la plupart du temps, les combats étaient des face-à-face rapprochés, et cela forcerait ses ennemis quels qu'ils soient, magiques ou humains, à y réfléchir à deux fois. Elle le chargea et fourra une poignée de cartouches dans sa poche de devant, avant de repousser le siège arrière et de claquer la portière.

Elle se retourna, laissant ses sens se repérer dans la nuit comme les fils innombrables d'une toile d'araignée, recueillant tous les parfums, les sons, les goûts et les textures les plus récents. Les oiseaux de nuit chantaient et une chouette hulula. Max entendit le jappement de coyotes et l'aboiement profond de chiens furieux. Un cheval hennit et un veau meugla. À proximité, quelque chose crissa dans le chemin de terre. Elle classa les sons, cherchant parmi eux quelque chose d'étranger. Mais il n'y avait rien. Max tourna la tête de droite à gauche en flairant. La puanteur de la magie submergeait presque tout, même l'odeur douce du verger et celle humide et verte du canal d'irrigation.

La magie glissa sur sa peau comme une toile gluante, cinglante et caressante à la fois. C'était comme un phare qui lui montrait la voie. Elle jeta son fusil sur son épaule, sa main droite le saisit solidement et le tint prêt devant elle. Juste au cas où. Elle regarda tout autour d'elle encore une fois, puis elle se glissa comme une ombre sous les branches d'arbre du verger, suivant la piste de la magie.

Elle se lança dans une course effrénée, zigzaguant parmi les arbres trapus. L'adrénaline pulsait en elle. Ses bras et son estomac se contractèrent, ses muscles roulaient sous sa peau. Elle aimait cette sensation. Elle se sentait puissante, comme si elle pouvait soulever le monde sur son dos, comme s'il n'y avait rien qu'elle ne pût faire. Elle détestait l'admettre, et elle serait morte plutôt que de l'avouer à Giselle, pourtant le fait d'être une Lame d'Ombre lui conférait une puissance inimaginable. C'était mieux que d'être la douce et faible gamine humaine qu'elle avait été. Maintenant, elle était rapide, forte et compétente. Plus rien dans la vie ne lui faisait peur : ni les montagnes russes, ni sauter d'un avion, ni le grand méchant monstre dans le placard ou bien sous le lit. Elle avait rencontré des monstres ; elle les avait tués. Si elle avait pu avoir cette sensation d'être la chasseresse sans jamais devoir se cacher, impuissante, si elle avait pu avoir cela sans Giselle et sans les horreurs qu'impliquait le fait de servir cette putain de sorcière, alors Max n'aurait jamais rien voulu d'autre. Ç'aurait été tous ses cadeaux de Noël et d'anniversaire en un seul.

Elle couvrit très vite la distance sur le sol glissant, s'arrêtant çà et là pour humer l'air et écouter. Au bout d'un kilomètre et demi, elle sentit pour la première fois l'odeur de sang. Elle s'immobilisa et se jeta dans une niche près d'un tronc d'arbre noueux. Le parfum cuivré indiquait que le sang était humain, et il y en avait beaucoup. Assez pour couvrir la puanteur de la magie. Il y avait aussi du sang Prodige. Le parfum picotait le fond de sa gorge, son goût était chaud et corrosif. Elle ne le reconnaissait pas. Elle se renfrogna, une violente colère montait en elle. Soudain, elle se mit à courir. Quelqu'un pouvait être en vie. Giselle pouvait s'être trompée.

Mille cinq cents mètres plus loin, elle dépassa un monticule. Entre les arbres, elle apercevait des bâtiments sur une colline, derrière le verger. Même de là où elle se trouvait, elle pouvait voir la lumière ensorcelée couleur lavande qui luisait dans les arbres. L'odeur de sang était de plus en plus forte, et il y avait autre chose : quelque chose d'humide, froid et sinistre, comme un vent d'hiver sur un lac gelé. C'était Divin. Max avança encore, restant tout contre la rangée d'arbres. Elle s'arrêtait tous les cent mètres pour scruter les arbres et écouter, mais il n'y avait rien. Tout était silencieux, excepté les chiens qui aboyaient dans le lointain : les chiens reconnaissaient la puanteur de la magie quand ils la sentaient.

Elle sut quand elle entra dans la zone de chaos. On les appelait les cercles de fées, mais les fées n'en étaient pas la seule cause. Ces zones étaient des lieux où la magie avait explosé, incontrôlable. Peut-être un sort qui s'était rompu, peut-être un cercle qui n'avait pas pu contenir la conjuration, ou un rituel qui avait dérapé. Personne n'y serait en sécurité avant que la magie ne se dissipe, et cela pouvait prendre quelques secondes comme quelques siècles.

Max y pénétra sans hésitation. Les sortilèges de protection que Giselle avait gravés dans ses os et sa chair la mettaient à l'abri de la plupart des magies malveillantes. Une faible magie sauvage emplissait ses sinus.

À l'intérieur de la zone de chaos, il n'y avait pas de sons naturels : ni oiseaux de nuit, ni criquets, ni moustiques. Rien. Les aboiements des chiens s'éteignirent comme des bougies d'anniversaire qu'on souffle. Des éclairs électriques de magie serpentaient dans l'air tiède et calme. Elle tressaillit quand un hurlement perçant résonna dans son crâne et fit courir des ondes douloureuses le long de ses nerfs. Elle secoua la tête et s'accroupit pour poursuivre sa course. Quand elle parvint à la lisière des arbres, elle s'élança et plongea derrière un tracteur John Deere, se dissimulant dans l'ombre d'un énorme pneu.

Un halo ensorcelé bleu lavande enveloppait une ferme à deux étages, au toit métallique rouge. Une allée de gravier blanc bordée de grands noisetiers à l'écorce lisse rejoignait la route. Elle faisait le tour de la maison, délimitant une pelouse tondue ras, semée de buissons et de fleurs, et un vaste belvédère couvert de rosiers grimpants et de vigne. Derrière, on avait construit un garage évoquant une grange au toit de métal rouge assorti. Il paraissait assez vaste pour contenir six voitures. De l'autre côté de la maison, il y avait une piscine. Max pouvait en sentir le chlore. Une enseigne en acier et laiton surmontant les marches qui conduisaient à la véranda rustique indiquait « Les Vergers des Sources de Julian ».

De là où elle se trouvait, Max apercevait quatre cadavres humains qui gisaient sur le gravier blanc. Une femme, trois hommes. Des traînées de sang sur le sol indiquaient qu'ils avaient été déplacés jusque-là. Rien ne permettait de dire qui avait fait ça, et il n'y avait là aucune trace d'un meurtre rituel.

Soudain, des éclats de voix s'élevèrent de l'autre côté de la maison : des grondements et des gémissements qui furent suivis d'un juron hargneux et sonore. Max ne put comprendre les paroles. Elle était quasiment sûre qu'il s'agissait d'une langue qu'elle n'avait jamais entendue. Puis, soudain, le hurlement retentit de nouveau. Il résonna dans les tympans de Max, rendus hypersensibles par les sortilèges de Giselle. Max pressa ses paumes contre ses oreilles jusqu'à ce qu'il cesse.

Dès que le silence fut revenu, elle rampa sous le tracteur et dévala la petite colline vers l'allée. Elle brandissait son fusil devant elle, son doigt effleurant la gâchette. Elle s'arrêta devant le premier corps. Elle se voulait clinique et détachée. Elle ne voulait pas se soucier d'étrangers à qui on n'avait même pas laissé une chance. Elle ne les connaissait pas et, cela ne faisait pas le moindre doute, elle ne pouvait plus rien pour eux. Mais à mesure qu'elle contemplait leurs blessures, la colère et l'horreur se percutèrent comme des locomotives dans sa poitrine. Max eut le souffle coupé, de chaudes larmes brûlèrent ses yeux alors qu'un besoin inattendu de les venger l'envahissait. Elle battit des paupières et examina les corps, elle ne se permit pas de détourner le regard.

Le premier cadavre avait été un jeune homme, d'une vingtaine d'années peut-être. Sa poitrine était béante. Son thorax était un amas de sang et d'os, et ses entrailles se répandaient hors de son ventre. Une odeur de merde, d'urine et de viande pourrissante régnait. La chair de ses jambes avait été dévorée et il manquait un de ses bras. Ses yeux étaient écarquillés et fixes, sa bouche grande ouverte, sa langue protubérante. Autour du cou, il portait une chaîne en or où pendait un symbole de paix.

Les trois autres victimes étaient dans un état comparable, même si la femme avait été plus rongée que les deux autres. Ses jambes étaient tordues et brisées, et presque toute leur chair en avait été arrachée. Ses deux bras avaient disparu.

La fureur de Max se déchaîna tandis qu'elle contemplait la femme. Elle portait les lambeaux d'une chemise de nuit rose, comme si elle avait été dans son lit quand on l'avait attaquée. C'était à peine une femme, peut-être tout juste une étudiante. Elle portait un tatouage bracelet au poignet : un papillon dans les tons bleus et violets.

Max fut assaillie d'un puissant sentiment de colère. Elle prit une forte inspiration. Ce n'étaient que des innocents, et ils avaient été massacrés de manière horrible. Elle éprouva un désir de tuer, de les venger. Sa bouche se contracta. Au moins, on avait permis à ces quatre-là de mourir. Ç'aurait pu être pire. Elle s'efforça de trouver du soulagement dans cette pensée, mais elle n'y parvint pas. Elle essuya les larmes qui coulaient de nouveau sur ses joues et trouva la force de cesser de pleurer sur des horreurs qu'elle ne pouvait changer.

Elle se releva lentement, la mâchoire crispée. Quelqu'un *allait* payer, elle se le jura.

Elle laissa grandir la prédatrice en elle : les instincts sauvages écrasèrent les considérations humaines. Elle baissa et tourna la tête pour examiner avidement la cour. Il était temps de partir en chasse. Elle courut à un coin de la maison. Des buissons lui fournirent un abri tandis qu'elle avançait vers l'arrière-cour. Il n'y avait personne ici. Elle traversa la pelouse ; elle se recroquevilla et resta près des murs. À l'autre coin, elle s'arrêta et regarda autour d'elle.

Un petit groupe de bonnets-rouges ratatinés se pressait au bord d'un cercle ensorcelé dont les limites luisaient d'une lumière bleu lavande qui rappelait le halo où était plongée la maison. Les créatures étaient treize, ou l'avaient été du moins : trois d'entre elles gisaient, mortes. Celles qui restaient grognaient et jappaient les unes sur les autres, se poussant et s'écartant et se tirant de leurs griffes crochues et de leurs dents orange. L'une d'elle mâchait un bras humain comme s'il s'agissait d'une cuisse de dinde. Les autres s'agglutinaient sur les intestins des quatre personnes assassinées dans l'allée.

Max se retint de toutes ses forces de tuer les créatures à coups de fusil. Elle voulait… oh, elle voulait tant les faire souffrir. Ses poings se resserrèrent. Mais il se passait plus ici qu'un simple meurtre, et ce serait d'une stupidité sans borne de s'élancer sans savoir ce qu'il en retournait exactement. Elle serra les dents, une moue hargneuse aux lèvres, et elle examina de nouveau la scène.

Dans le cercle ensorcelé gisait un corps de taille humaine, mais Max ne pouvait voir ce que c'était à cause des petits êtres qui se dandinaient. La seule chose dont elle était sûre, c'était que les bonnets-rouges malfaisants étaient Prodiges, et que ce qui était à l'intérieur du cercle était Divin.

Il fallait qu'elle s'approche. Elle fit un pas hors des buissons, puis elle revint près du garage. Elle longea la haie qui séparait le verger de l'arrière de la cour, courbée pour ne pas être vue. La haie croisait une clôture de bois vieilli qui entourait une grande piscine. Max sauta silencieusement par-dessus la clôture haute d'un mètre cinquante. Elle atterrit à quatre pattes de l'autre côté, au milieu de camélias et de géraniums au parfum lourd.

La piscine était un rectangle d'un noir d'encre entouré d'une large terrasse couverte. Rien ne bougeait ici. Max se fraya un chemin dans l'allée. Elle parvint vite de l'autre côté, prenant soin de ne pas heurter l'une des tables ou des chaises placées au bord de la piscine. Le cercle ensorcelé était en face du portillon. Lentement, elle en remonta le loquet et l'entrebâilla sur quelques centimètres.

Les bonnets-rouges et leur proie n'étaient plus qu'à une dizaine de mètres, sous les larges branches d'un chêne.

Maintenant, Max pouvait voir l'intérieur du cercle. Au sol, recroquevillée sur elle-même, se trouvait une vieille femme osseuse. Non, pas une femme. Une Ondine. Son visage, mince, anguleux, était d'une couleur presque cobalt, ses cheveux blancs ondulant dans l'obscurité comme de longues herbes. Elle était vêtue de loques, ses longs membres maigres saillaient en pointes anguleuses. Elle versait des larmes noires, et un son qui évoquait plusieurs bouches chuchotantes sortait de ses lèvres tandis qu'elle regardait les bonnets-rouges hargneux.

Max fronça les sourcils, fouillant dans sa mémoire. Que savait-elle des Ondines ? Il en existait un certain nombre, partout dans le monde. Avec son visage bleu et ses cheveux blancs, celle-ci devait être… Max feuilleta mentalement les pages des nombreux livres qu'elle avait étudiés sur les traditions féeriques. Oui. Cailleach Bheur, une Ondine Bleue des Highlands d'Écosse. Mais que lui voulaient les bonnets-rouges ? Son sang Divin ne les rassasierait pas, et les bonnets-rouges étaient des estomacs sur pattes.

L'une des créatures cria et jeta une poignée de poudre de quelque chose sur l'Ondine. La poudre l'enveloppa dans un nuage et elle se remit à hurler. Max se tapit contre la clôture, couvrant ses oreilles du mieux qu'elle put tandis que le hurlement se poursuivait. Il pénétra dans ses os comme le froid de l'hiver. Du sang suinta de son nez et elle le pinça. Elle n'avait plus le temps. Ils allaient bientôt flairer sa présence.

Soudain, le cri s'interrompit. Max baissa les mains, resserrant sa prise sur le fusil en regardant de nouveau par l'entrebâillement du portillon. L'Ondine gisait sur le sol. Elle respirait, mais à peine. Sa peau était à vif et on aurait dit qu'elle avait été écorchée. Le bonnet-rouge qui avait lancé la poudre marmonnait avec véhémence quelque chose à l'Ondine, brandissant vers elle une pique d'acier. Elle ne répondait pas.

Max se renfrogna. En temps de guerre, la règle la plus importante était de ne pas prendre parti tant qu'on ne connaissait pas les enjeux. Mais parfois, on n'avait pas le temps de se tourner les pouces en attendant que les réponses viennent. S'il y avait une chose dont elle était sûre, c'était que les bonnets-rouges avaient assassiné les gens qui gisaient dans l'allée. En ce qui la concernait, c'était une raison suffisante pour leur rendre la pareille, quoi que fussent ses ordres. Pendant qu'elle regardait, le chef des bonnets-rouges fouilla dans sa giberne pour y prendre encore de la poudre. Max ne réfléchit pas. Elle ouvrit grand le portillon, retenant sa respiration, quand celui-ci émit un faible grincement. Aucun des bonnets-rouges ne la remarqua. Elle sortit et se glissa derrière le tronc d'un noyer. Penchant la tête, elle étudia leur chef.

À ce moment-là, il y eut un brusque déchaînement d'armes à petit calibre. Max recula prestement et les bonnets-rouges qui étaient demeurés debout hurlèrent et se dispersèrent. Le vacarme tonna dans les oreilles ultrasensibles de Max. Elle grimaça. Elle s'était tellement laissé emporter par sa haine qu'elle avait stupidement oublié de vérifier si d'autres gens se trouvaient là. Selange, la sorcière qui détenait ce territoire, avait dû envoyer sa propre équipe en reconnaissance dès qu'elle avait eu connaissance de ce qui se passait.

Une Lame d'Ombre à la peau pâle, dotée d'une chevelure rouge feu jusqu'aux épaules, fit irruption près de la clôture de la piscine, tenant son revolver devant elle. Elle n'avait pas remarqué Max quand elle s'était précipitée ; elle s'arrêta net au bord du cercle ensorcelé.

Plusieurs autres Lames émergèrent de l'obscurité. L'une d'elles était de toute évidence leur Prime. C'était un homme rayonnant d'autorité, et Max pouvait ressentir la soumission des autres, qui se tournaient vers lui comme des fleurs vers le soleil. Il n'était pas imposant physiquement, il faisait au plus un mètre quatre-vingts, avait de courts cheveux noirs et une peau sombre de type méditerranéen, couleur thé. Sa musculature était mince et compacte, mais par rapport aux deux Incroyables Hulks qui se tenaient de chaque côté de lui, il faisait figure de pygmée.

Malgré tout, Max ne pouvait détourner son regard de lui. Ce n'était pas parce qu'il était beau, quand bien même il l'était. Non, quelque chose en *lui* était hypnotique. La souplesse de chaque geste évoquait la confiance en soi et la puissance brute contenue. Il rayonnait de grâce et d'une large aura qui déclencha quelque chose de primaire en Max. Il était son égal, d'une manière que la plupart des hommes, et même des Lames d'Ombre, ne seraient jamais. Mais il y avait plus dans sa soudaine attirance que simplement cette puissance tangible. D'un côté, elle n'avait pas baisé depuis près de six mois. Et de l'autre, ce salaud était son genre. En fait, il était la parfaite illustration de son genre : sombre, svelte, et dangereux. Son mince visage était ciselé et froid, et ses yeux à demi fermés, des puits sombres à la résolution meurtrière. C'était le mauvais garçon dont toutes les filles rêvaient.

Max grimaça. C'était aussi l'ennemi. S'il la surprenait en train de violer le territoire de sa maîtresse, l'un d'entre eux mourrait. Elle ne pensait pas avoir beaucoup de chances de son côté.

— Mercury et Attila, vous allez rassembler les bonnets-rouges qui restent. Vous avez quinze minutes, ordonna-t-il d'une voix douce, presque sur le ton de la conversation. Les deux Hulks obéirent instantanément, s'éloignant au trot avec une souplesse rapide à laquelle on ne se serait pas attendu en les voyant.

Max eut un sourire. Mercury ? Attila ? On aurait dit des noms de rottweillers. Mais de nombreuses sorcières voyaient leurs créations guerrières ainsi et les baptisaient selon ce qu'elles pensaient être des synonymes de puissance.

Le Prime leva la tête, se tournant pour examiner la maison et la cour avec une lente précision. Max se pressa contre l'arbre, dissimulant la blancheur révélatrice de son visage contre l'écorce et espérant que la puanteur du sang et de la magie continuerait à dissimuler son odeur. Quand il fut passé sans l'avoir vue, elle contourna le tronc pour continuer d'observer et se figea quand il s'arrêta dans sa course.

Il semblait la fixer droit dans les yeux, et le poids de son regard écrasa Max comme un 38 tonnes. Elle refoula son envie de se lever d'un bond. S'il l'avait vraiment vue, il aurait déjà été sur sa gorge. Au lieu de quoi son attention glissa vers les trois bonnets-rouges morts et les cinq autres que ses Lames avaient tués, puis revint sur l'Ondine.

Max poussa un soupir silencieux.

— Tu comptes peindre leur portrait, Alexander? demanda sournoisement la femme aux cheveux de feu.

Max vit quelque chose tressaillir chez le Prime. Il ignora la femme. Max se renfrogna. Si l'une de ses Lames lui avait parlé sur ce ton en mission, elle l'aurait envoyée au tapis et cette salope ne se serait pas relevée. Mais cela n'arrivait pas si souvent. Apparemment, Alexander avait plus de patience qu'elle envers les imbéciles.

— Thor, rentre les corps dans la maison, ensuite perce la conduite de gaz. Nous allons brûler toutes les preuves. Dis aux autres d'amener les camionnettes. L'Ondine et les bonnets-rouges viennent avec nous. Selange les voudra.

Les Lames s'activèrent, abandonnant Alexander et la salope aux cheveux orange.

— C'est stupide, poursuivit-elle. On devrait se barrer avant que les flics se pointent.

— Selange ne serait pas d'accord, répondit-il avec indifférence.

Puis il reprit, sans la regarder:

— Marcus n'est pas assez fort pour m'avoir. Ne mise pas tout sur le mauvais cheval, Brynna. Tu pourrais te faire du mal.

Il avait dit ça sans se presser, comme si cela ne l'intéressait pas vraiment, comme s'il ne pensait pas du tout à elle. Il arpentait le sol de long en large, suivant une piste que Max ne pouvait voir. Elle se redressa sur ses pieds pour regarder.

Brynna éclata de rire bruyamment. Max n'en croyait pas ses yeux. Cette garce ne faisait clairement pas le poids face à Alexander, ni en force, ni en habileté, ni en puissance. C'était une de ces femmes qui s'en remettaient à leurs grands yeux et à leur joli corps pour se sortir des ennuis dans lesquels leurs paroles les plongeaient, même en tant que Lame d'Ombre. Et elle creusait elle-même sa propre tombe. De toute évidence, Alexander se fichait bien de cette chienne et elle était trop bête pour s'en rendre compte.

— Tu comprends rien, hein ? continua Brynna. Marcus est tout ce que tu n'es pas. Il est jeune et fort, et il sait faire roucouler Selange. Elle le veut. Pas toi. Ça fait longtemps que t'as dépassé ta date de péremption, et elle va bientôt te jeter comme une merde.

— Je sais bien assez que Marcus n'a rien à voir avec moi.

Max sourit. Ce n'était pas un compliment. Elle ne put résister à parcourir encore Alexander du regard. Merde. Il fallait vraiment qu'elle baise. Le problème, c'était qu'elle n'aimait pas faire ça dans son entourage. Elle préférait être assez éloignée de Horngate pour que ses coups d'une nuit ne reviennent pas la hanter. Mais puisque Giselle aimait lui tenir la bride haute, Max avait souvent de longues périodes d'abstinence.

— Tu devrais te méfier de Marcus, continua Alexander. Il n'est pas assez prudent. Il va te faire tuer. Quant à Selange… les mecs avec qui elle couche, ça la regarde. En tout cas, je n'ai pas l'impression que ça laisse beaucoup de place pour toi. Tu vas rester assise près du lit comme une chienne affamée à quémander les restes ?

Le ton d'Alexander n'avait pas changé. Il avait toujours l'air absent. Il s'accroupit et toucha quelque chose par terre, puis leva ses doigts pour goûter. Brynna avait bondi, toutes griffes dehors. Mais avant qu'elle puisse dire autre chose, il fut debout. Il s'avança vers elle, tellement concentré qu'il semblait ne rien voir d'autre. Max contemplait avec joie Brynna, qui comprenait que ses emmerdes allaient commencer. Cette abrutie aux cheveux de feu recula. Dans sa main, le revolver tremblait tandis qu'elle cherchait désespérément à le lui enfoncer dans le ventre. Alexander glissa une main douce autour de son cou, pressant son pouce contre sa gorge alors qu'il se penchait tout contre elle. Elle se tassa sur elle-même, grimaçant de peur.

— Tu devrais surveiller ta langue. Je perds ma patience avec toi. Reprends-toi ou je vais te tuer, dit-il doucement.

— Selange mettrait tes couilles en bocal, bredouilla Brynna.

Elle frémissait, dans l'âcre odeur de sa peur.

Alexander sourit dangereusement. Son calme imperturbable était devenu menaçant et furieux ; un volcan bouillait en lui. Max se demanda s'il avait jamais perdu totalement le contrôle.

— Peut-être. Peut-être pas. Mais ça ne t'aiderait pas beaucoup, n'est-ce pas ?

Son pouce s'enfonça dans sa gorge, et Brynna s'étrangla quand il la souleva du sol d'une seule main. Ses pieds tressautèrent puis se figèrent. Riposter ne ferait qu'empirer sa punition, voire la rendre fatale. Max contempla la leçon avec approbation. La parole d'un Prime faisait loi, on y obéissait sur-le-champ. Les Lames d'Ombre qui désobéissaient causaient des morts. C'était intolérable.

— J'en ai assez de ta méchanceté et de ton agressivité. La prochaine fois, je ne prendrai pas le temps de te le répéter. Tu comprends ?

Brynna fit un minuscule signe de la tête, c'était tout ce qu'elle pouvait faire. Alexander lâcha. Elle tomba par terre et vacilla, le souffle coupé. Il la considéra un moment, comme s'il attendait à ce qu'elle réplique, mais elle n'était apparemment pas aussi stupide que Max l'avait pensé car elle ne dit pas un mot. Alexander acquiesça, son expression se détendit, un peu comme une surface calme qui dissimule des eaux infestées de requins.

— Reste ici et surveille l'Ondine. Méfie-toi des bonnets-rouges. Les cinq qu'on a eus vont bientôt se réveiller.

Sur ces mots, il s'éloigna vers l'autre côté de la maison.

Max sourit alors que le visage de Brynna se contorsionnait en silence. La femme allait-elle se jeter par terre et piquer une crise ? Elle fut déçue : Brynna réussit à se contenir et garda la bouche close. Tête-rousse lança un regard venimeux sur Alexander, puis elle contourna le cercle ensorcelé pour surveiller les bonnets-rouges. Aucun ne bougeait encore, mais ils se réveilleraient bientôt. Les balles étaient une solution adaptée pour se débarrasser des humains, mais, si elles ralentissaient la plupart des créatures magiques, elles ne les tuaient généralement pas.

Brynna donna un coup de botte à l'un d'eux, puis elle se détourna et s'approcha de l'Ondine pour la regarder. Max secoua la tête. C'était vraiment une abrutie. Les bonnets-rouges étaient malfaisants et malins. Dès qu'ils se réveilleraient, ils se jetteraient sur elle. Elle aurait dû prendre position en s'adossant à la maison, d'où elle pouvait englober du regard les bonnets-rouges, l'Ondine, et la cour, sans craindre que quelqu'un ne se glisse derrière elle… comme Max était en train de le faire.

Elle ne réfléchit pas aux raisons qui la poussaient à ne pas se mettre en sécurité, se retirer pour foutre le camp de Julian. Au lieu de ça, elle franchit d'un bond les quelques mètres qui la séparaient de Brynna et frappa la femme à la tête avec son fusil. Brynna s'effondra par terre lourdement. Max l'attrapa par le col et la traîna dans l'enclos de la piscine. Il lui fallut dix secondes pour trouver les armes de la femme et les lancer dans l'eau avant de retourner en toute hâte au cercle ensorcelé.

L'Ondine respirait d'une manière saccadée, forte, qui secouait son corps. Elle était recouverte de la poudre que le bonnet-rouge lui avait jetée, et sa peau semblait avoir été plongée dans l'acide. Les larmes noires sur sa peau bleue lui donnaient un aspect démoniaque.

— Mère de l'hiver, vous m'entendez ? chuchota Max, gardant un œil sur les bonnets-rouges tout en guettant le retour d'Alexander et de ses Lames.

L'Ondine ne répondit pas. Elle était près de mourir. Max grimaça, puis elle se releva, fit quelques pas autour d'elle pour voir ce qu'Alexander avait trouvé de si intéressant par terre. Elle s'arrêta d'abord près des trois bonnets-rouges qui étaient déjà morts à son arrivée. Ils étaient raides et desséchés. Leurs lèvres remontaient de manière grotesque sur leurs dents orange et pointues, et leur couvre-chef avait été réduit en poussière.

Autour du trio momifié, l'herbe était arrachée. Max suivit la trace derrière le coin de la maison et trouva un cercle de sel incomplet. Elle s'accroupit, les coudes appuyés sur les genoux. Il semblait que les bonnets-rouges avaient essayé d'y enfermer l'Ondine mais qu'elle s'était débattue pour fuir. Cela expliquait la magie sauvage qui cernait la maison et la zone de chaos. Il y avait des éclaboussures de sang, celui de l'Ondine et celui des bonnets-rouges. Max fronça les sourcils et mit la main devant sa bouche. Qu'est-ce que l'Ondine faisait *ici* ?

Son regard tomba sur une cavité. Elle abritait un petit bassin entouré de romarin parfumé, de roses grimpantes et de gardénias. Des nénuphars flottaient sur l'eau. Bien sûr. Les Vergers des Sources de Julian… La source… C'était là que vivait l'Ondine. Les bonnets-rouges l'avaient attirée hors de l'eau et capturée. Max se redressa et considéra de nouveau le cercle de sel incomplet. Sauf que ce n'était pas un cercle. C'était une barrière qui faisait une courbe devant l'entrée de la grotte pour empêcher l'Ondine de retourner à l'abri dans la source.

Un grondement de voix provenant de l'intérieur de la maison poussa Max à retourner au cercle ensorcelé. Elle posa son fusil à terre et attrapa l'un des poignards qu'elle portait aux avant-bras, puis elle hésita une fraction de seconde. Jusqu'à ce moment, elle pouvait justifier ce qu'elle faisait comme une mission de reconnaissance. Giselle voudrait savoir que les bonnets-rouges avaient traqué l'Ondine. Maintenant que Max savait ce qui s'était passé, elle aurait dû partir. C'étaient les ordres. Le seul fait d'envisager leur transgression faisait s'épanouir la douleur dans son ventre : la magie qui exigeait qu'elle obéisse à Giselle tenaillait Max. Elle respira résolument, resserrant sa prise sur le poignard.

Elle *n'allait pas* abandonner l'Ondine. Celle-ci s'était bien battue et elle était sans défense. Elle méritait une chance de s'enfuir. La sorcière d'Alexander l'emprisonnerait et l'asservirait ou trouverait un moyen de lui voler sa magie. L'image des quatre corps torturés de l'autre côté de la maison revint à l'esprit de Max. Une rage la saisit au ventre sans prévenir. Ses doigts tressaillirent sous sa force. Plus personne ne souffrirait cette nuit. Pas si elle pouvait l'empêcher. Elle refoula sa fureur, la repoussant profondément au fond d'elle-même. Les émotions n'étaient que des obstacles. Au lieu de ça, elle se concentra pour désorienter ses sortilèges de contrainte. Ce n'était pas difficile ; elle avait beaucoup de pratique.

C'est pour le bien de Giselle, dit-elle fermement à la magie. Et c'était vrai, au point où elle en était. Sans le moindre doute, mieux valait pour Giselle qu'une sorcière rivale ne mette pas la main sur l'Ondine. Max ne se permit pas de penser à ce qui pourrait mal se passer : qu'elle se fasse prendre, par exemple. La fleur de douleur en elle commença à se faner, et elle sourit, triomphante. Il y avait toujours des zones d'ombre dans l'interprétation des ordres. Elle avait appris qu'elle pouvait prendre, pour le *bien* de Giselle, des décisions dont elle savait pertinemment que cette putain de sorcière ne les apprécierait pas. Les sortilèges de contrainte ne se souciaient pas de ce qu'éprouvait la sorcière, ils veillaient seulement à ce qu'elle soit protégée et servie. La magie ne distinguait pas la nuance.

Max n'attendit pas plus longtemps. Elle se fraya un chemin vers la lumière ensorcelée bleu lavande et l'intérieur du cercle de sel. Sa puissance la gifla, la rejetant en arrière. Elle tomba lourdement, sa tête heurta le sol, l'air s'échappa de ses poumons dans un souffle. Instantanément, elle se releva, haletante. Sa main était brûlée à vif et une douleur atroce tenaillait son bras. Elle ne savait pas où était son poignard. Elle secoua sa main comme pour chasser la brûlure et retourna au bord du cercle.

La lumière ensorcelée avait disparu. Il y avait un anneau de cendre grise sur le sol. Max y creusa un passage du bout du pied puis alla s'agenouiller devant l'Ondine.

— Mère de l'hiver, nous devons vous déplacer.

L'Ondine ouvrit les yeux. Ils étaient d'un bleu pâle et froid, comme des glaces éternelles. Ses lèvres se décollèrent des stalactites de ses dents et elle proféra quelque chose dans une langue que Max ne connaissait pas.

— Je ne vous comprends pas. Ils vont revenir vous chercher. Vous pouvez marcher ?

Max offrit sa main à l'Ondine. Celle-ci trembla, sa bouche se tordit comme elle essayait de bouger. Elle s'affala, ses yeux se refermaient, sa respiration était rauque. Le froid irradiait d'elle. Le souffle de Max se condensait dans l'air.

— Que puis-je faire ?

La question était risquée. Cela impliquait une promesse. Cela impliquait beaucoup de choses.

Les paupières de l'Ondine se soulevèrent lentement.

— Nourris-moi.

Max recula, puis se reprit. *Qu'est-ce que je suis en train de foutre ?* Elle aurait dû tuer l'Ondine, tout simplement, et abréger ses souffrances. Il aurait suffi qu'elle lui arrache le cœur. L'estomac de Max se souleva. Non. Pas cette nuit. Il y avait eu assez de morts ici. Ce n'était pas souvent qu'elle pouvait sauver des vies. Et qu'elle pouvait empêcher le sang de couler.

Elle ne prit pas le temps de réfléchir à la stupidité qu'il y avait à créer un lien de sang avec l'Ondine. Elle tira son autre poignard de son fourreau et entailla son poignet d'un geste bref. Elle coupa profondément. Autrement, ses sortilèges de guérison le refermeraient trop vite.

Elle tint son bras relevé et laissa le sang couler dans la bouche sans lèvres de l'Ondine. Sa langue bleue, pointue comme la queue d'un lézard, sortit et attrapa les gouttelettes dans l'air. Le changement fut presque instantané. Ses yeux s'enflammèrent comme des néons et son corps eut un spasme. Elle s'accrocha au bras de Max de ses doigts noueux et l'abaissa vers sa bouche avec une force implacable. Ses ongles noirs et pointus s'enfoncèrent dans la peau de Max.

Instinctivement, Max eut un geste de recul, mais l'Ondine était trop forte. Sa bouche se plaqua à la blessure et elle lécha la chair de Max. Le froid de la créature entra en elle. Il s'insinua dans son bras avec une intensité saisissante, engourdissant sa peau qui était devenue blanche. Max chercha de la main son poignard, elle savait que l'Ondine pouvait la vider de son sang en quelques minutes à peine.

Au lieu du poignard, ses doigts trouvèrent le fusil. Elle tenta de s'en saisir tandis que l'Ondine continuait d'aspirer son sang. Max serra son bras contre son estomac, grelottante. De l'autre main, elle souleva le fusil. L'Ondine s'assit. De sa longue langue, elle lécha les filets de sang sur son menton et ses joues.

— Pouvez-vous marcher ? demanda Max, les lèvres raidies. Nous devons partir d'ici.

L'Ondine tourna la tête, se penchant pour examiner Max. Ses yeux brillaient encore, et Max recula devant l'énergie qu'ils contenaient.

— Que veux-tu ? murmura l'Ondine d'une voix qui évoquait du gravier dans un mixeur.

— Qu'on sorte d'ici vivantes. Et on n'y arrivera pas si on ne se met pas en marche.

— Non. Que veux-tu ?

Max se leva avec peine, chancelante.

— Venez. Ils seront bientôt là.

Combien de temps cela avait-il duré ? Huit minutes ? Dix ? Elle entendait le grondement de véhicules diesel et un faible crissement de gravier. Les camionnettes étaient dans la longue allée plantée de noisetiers.

Dans un mouvement saccadé, l'Ondine se leva, comme si elle avait été tirée par des cordes. Elle faisait presque trente centimètres de plus que Max, elle devait bien mesurer deux mètres. Ses mains squelettiques pendaient sur les côtés, et les extrémités de ses doigts étaient recourbées.

Max recula, resserrant sa prise sur le fusil.

— Je veux qu'on parte d'ici. Compris ?

L'Ondine secoua la tête, les longues mèches emmêlées de sa chevelure blanche remuaient, comme vivantes.

— Tu brûles, dit-elle.

Un doigt osseux parcourut l'air devant le nombril de Max.

— ...de rage. (Elle avait lâché le mot comme si elle le savourait.) Que veux-tu ?

— On ne bouge pas.

Max se retourna, redressant son fusil. Pendant une fraction de seconde, elle croisa le regard perçant d'Alexander alors qu'il pointait son calibre .45. Soudain, dans un mouvement trop rapide pour le saisir, un éclair bleu frappa Alexander, l'enveloppant dans un cocon de lumière bleue ensorcelée.

— Immobilité, dit l'Ondine.

C'était, Max le comprit, un ordre. Alexander ne bougeait pas, il ne cillait même pas. Il était gelé. Lentement, elle baissa le canon de son fusil et lança un regard oblique à l'Ondine, qui tenait une baguette dans sa main squelettique. C'était une baguette de bois noir gainée de glace. Des feuilles piquantes de houx s'enroulaient tout autour, et l'extrémité était sculptée en forme de corbeau.

L'Ondine regarda de nouveau Max. Elle inclina la tête, pointant sa baguette sur celle-ci.

— Il va y avoir la guerre. Elle est déjà à nos portes. Beaucoup vont mourir. Le monde sera refait. Bientôt, tu seras à la croisée des chemins. Tu peux choisir le feu (la baguette toucha Max à l'estomac), ou tu peux choisir le sang (la baguette toucha son poignet où l'entaille s'était déjà refermée). Sois avertie, les deux voies auront un prix. Des vies seront sauvées et des vies seront perdues.

L'Ondine se pencha au point que son nez toucha presque celui de Max. Celle-ci lutta pour rester immobile, alors que son instinct lui criait de prendre ses jambes à son cou.

— Tu m'as donné ton sang. Une dette est contractée. Je te donne cela.

L'Ondine fouilla dans une poche en lambeau et en sortit une boule d'un blanc argenté. Elle la plaça dans la main de Max. Un grêlon... Son givre glacé la brûla, mais il ne fondit pas.

— Quand le moment sera venu, avale-le. Sache ce que tu veux. Tu l'auras.

Là-dessus, l'Ondine se dirigea vers le bassin de la grotte en effleurant l'herbe. Dans son sillage, du givre se mit à scintiller sur la pelouse et un vent froid souffla, malgré la chaleur du mois d'août. Elle ne se retourna pas quand elle entra dans l'eau. En un instant, elle s'enfonça et disparut. Le vent mourut.

Max empocha le grêlon sans le regarder de nouveau. Son esprit hésitait ; elle ne savait que penser, et elle n'avait pas le temps de se décider. Elle fit face à Alexander. La lumière bleue qui le retenait faiblissait. Encore quelques secondes, peut-être une demi-minute, et il serait libre. Et même si elle disparaissait avant, il l'avait vue. Ils seraient tous deux au Conclave de la nuit prochaine ; toutes les sorcières étaient tenues d'y amener leur Lame d'Ombre Prime. Tôt ou tard, il y aurait une confrontation.

Elle releva le canon de son fusil et le pointa sur lui en l'enclenchant. À cette distance, le coup lui arracherait la tête. Personne d'autre ne saurait qu'elle était venue ici. Elle le contempla, et leurs regards se croisèrent, son doigt effleurant la gâchette. Ses sortilèges de contrainte faisaient vriller en elle des aiguilles d'acier, la poussant à le tuer. Pourtant, elle hésita. Il y avait quelque chose dans la manière dont il la regardait, comme s'il la reconnaissait. Peut-être ne la reconnaissait-il pas en tant que personne, mais il savait de quoi elle était faite. Elle eut l'impression qu'il la voyait de l'intérieur, et ce sentiment était à la fois profondément dérangeant et étrangement bienvenu : personne ne s'approchait d'elle. Après que Giselle l'avait transformée, elle s'était enveloppée dans un kevlar émotionnel, elle préférait que ce soit comme ça. Quand son corps ressentait le besoin d'être touché, elle trouvait des étrangers dans des bars et se payait une partie de jambes en l'air, et ça lui convenait : pas d'attaches. Elle tenait tout le monde à distance, même ses Lames d'Ombre, qu'elle en était venue à aimer malgré elle. Mais le regard d'Alexander la transperça profondément.

Sans même qu'ils échangent un seul mot, elle savait qu'il la comprenait déjà mieux que personne d'autre dans sa vie. C'était un cadeau inattendu du destin, et elle ne pouvait pas l'annihiler comme ça.

Brusquement, elle releva son arme et posa le canon sur son épaule, pointant la crosse vers le sol.

— Je m'appelle Max, dit-elle, sans être certaine qu'il puisse l'entendre. Je te verrai au Conclave.

Là-dessus, elle partit en courant en direction de sa Tahoe. La nuit prochaine arriverait bien assez tôt pour s'entre-tuer.

À suivre dans

*Le Cercle des Sorcières,* tome 1 : *Alliance Nocturne*

de Diana Pharaoh Francis

DIANA PHARAOH FRANCIS
LE CERCLE DES SORCIÈRES
1 • ALLIANCE NOCTURNE
CRIMSON

PANINI BOOKS

# CRIMSON

Achevé d'imprimer sur les presses
de l'imprimerie Rotolito Lombarda (Italie)
Dépôt légal : janvier 2013